LE STRIP

LES GRANDS MÉCHANTS LOUPS

LE STRIP

Heather Killough-Walden

Traduit de l'anglais par
Catherine Vallières

ADA éditions

Éditeur : François Doucet
Traduction : Catherine Vallières
Révision linguistique : Nicolas Whiting
Correction d'épreuves : Nancy Coulombe, Katherine Lacombe
Conception de la couverture : Matthieu Fortin
Montage de la page couverture : Mathieu C. Dandurand
Illustrations de la couverture : © Thinkstock
Mise en pages : Mathieu C. Dandurand
ISBN papier 978-2-89752-764-8
ISBN PDF numérique 978-2-89752-765-5
ISBN ePub 978-2-89752-766-2
Première impression : 2015
Dépôt légal : 2015
Bibliothèque et Archives nationales du Québec
Bibliothèque nationale du Canada

Éditions AdA Inc.
1385, boul. Lionel-Boulet
Varennes, Québec, Canada, J3X 1P7
Téléphone : 450-929-0296
Télécopieur : 450-929-0220
www.ada-inc.com
info@ada-inc.com

Diffusion

Canada :	Éditions AdA Inc.
France :	D.G. Diffusion Z.I. des Bogues 31750 Escalquens — France Téléphone : 05.61.00.09.99
Suisse :	Transat — 23.42.77.40
Belgique :	D.G. Diffusion — 05.61.00.09.99

Imprimé au Canada

Participation de la SODEC.
Nous reconnaissons l'aide financière du gouvernement du Canada par l'entremise du Fonds du livre du Canada (FLC) pour nos activités d'édition.
Gouvernement du Québec — Programme de crédit d'impôt pour l'édition de livres — Gestion SODEC.

Catalogage avant publication de Bibliothèque et Archives nationales du Québec et Bibliothèque et Archives Canada

Killough-Walden, Heather

[Strip. Français]

Le strip

(Les grands méchants loups ; 2)
Traduction de : strip.

ISBN 978-2-89752-764-8

I. Vallières, Catherine, 1985- . II. Titre. III. Titre : Strip. Français.

PS3611.I445S7714 2015 813'.6 C2015-941065-7

Pour Eric et Sarah

CHAPITRE UN

MISE À L'AVEUGLE

— Eh bien, tout semble parfait. Fait dans les règles de l'art, lie les deux parties, etc., soupira Jessie. Le Nevada…

Il secoua la tête et referma la chemise qui contenait les documents juridiques. Il leva les yeux vers la femme assise en face de lui.

— Ma chère, tu ne reverras jamais un de mes frères au Nevada.

Claire le dévisagea un moment d'un air indéchiffrable, puis une lueur apparut dans ses yeux, et elle lui décocha un sourire je-m'en-foutiste.

— Ça va, Jess. Vous êtes tous pareils, dit-elle, lui faisant un geste de main dédaigneux avant d'avaler une gorgée de bière. Lorsqu'on a vu un frère, on les a tous vus, termina-t-elle en baissant le ton d'une octave, le défiant de ses yeux bleus et froids.

Jessie sentit son cœur accélérer, et une chaleur envahit sa bite. Il connaissait ce regard. Il soupçonnait qu'elle était d'humeur à se battre. Quelque chose la tourmentait ; il l'avait senti dès qu'il était allé la chercher au studio, ainsi que les autres musiciens du groupe. Ils lui avaient demandé de jeter un coup d'œil à certains documents — une offre de contrat de la part d'une personne de l'extérieur de la ville.

Claire s'était montrée trop silencieuse. C'était un signe chez elle qui ne mentait pas. Et apparemment, il avait raison. Elle cherchait un exutoire quelconque. Elle avait envie de se soulager, et comme toujours, il était heureux d'être à sa disposition.

Il attendit un moment, s'imprégnant de ce regard défiant, puis il haussa paresseusement les sourcils, lui signifiant qu'il relevait l'invitation. Il s'inclina au-dessus de ses gros bras musclés, qu'il avait croisés sur le bord de la table, et il la cloua sur place de ses yeux qu'il savait passionnés.

Claire St. James releva bravement les épaules, repoussant de son adorable visage une longue mèche de cheveux blond vénitien ondulés. Elle lui rendit son regard.

Le jean de Jessie commençait à être serré au niveau de l'entrejambe. Claire était si jolie lorsqu'elle affichait cet air. Elle était si magnifique lorsqu'elle faisait semblant de ne pas être sur le point de succomber. Il résista à l'envie de sourire.

— Eh bien, ma fille, dit-il en secouant la tête tout en la fixant de ses yeux ambre. Penses-tu vraiment ce que tu viens de dire ?

L'air sembla s'alourdir et s'électriser autour d'eux.

— Plutôt, oui, P. Diddy, lui répondit-elle en plissant ses yeux d'un bleu métallique.

Assise à côté de Jessie, une jeune femme dont les cheveux noirs lui arrivaient aux épaules soupira et secoua la tête. Elle leva ensuite les yeux au ciel et finit de boire sa bière, puis elle en sortit une autre, fraîche, du seau à glace sur la table, et elle recula sa chaise.

— V'là notre signal, marmonna-t-elle.

Mary Jane avait déjà assisté à ce genre d'échange entre Claire et lui. Jessie n'avait pas besoin de lui dire quoi que ce soit. Il garda son regard fermement fixé sur son trophée aux yeux bleus.

Les deux autres personnes à la table étaient les hommes du groupe de quatre musiciens dirigé par Claire. L'un, le plus jeune membre du groupe, était bien bâti pour ses vingt-sept ans. Il avait les yeux bleu-gris et les cheveux blonds rasés en brosse. L'autre était légèrement plus grand, les cheveux brun-roux coiffés en *dreadlocks*. Ses mèches de cheveux cordés contrastaient plutôt fortement avec ses yeux noisette parsemés de points dorés. Les deux hommes se levèrent dans une attitude désinvolte, imitant M.J., et ils se prirent aussi chacun simultanément une bière fraîche. Les sourires réprimés sur leurs beaux visages témoignaient du fait qu'ils comprenaient fort bien ce qui allait suivre. Ils étaient probablement désolés de ne pas y participer.

M.J. se pencha jusqu'à ce que ses lèvres rouges charnues ne soient plus qu'à un souffle de l'oreille de Claire. Ce geste dégageait quelque chose de manifestement érotique, comme tout ce qui touchait la fameuse M.J., et Jessie commença à se sentir impatient. Affamé.

— Essayez de ne pas vous entre-tuer, Charlie, chuchota Mary Jane. Scott joue tôt demain soir, et nous n'avons pas le temps de trouver de nouveau batteur.

Jessie vit Claire sourire sans répondre. Celle-ci fit un signe d'au revoir à ses copains sans détacher ses yeux de Jessie.

Mary Jane et les deux hommes quittèrent la pièce sans un autre mot.

Jessie Graves attendit que la porte d'entrée s'ouvre et se referme avant de déplier les bras et d'appuyer ses paumes sur la table. Il se leva lentement en observant le regard de Claire aller de son visage à sa large poitrine, puis de ses bras puissants à sa taille fine.

Il vit une lueur d'anticipation nerveuse traverser ses beaux yeux. Présente un instant, disparue l'instant d'après. Claire avait un talent pour dissimuler ce genre de réaction. Mais il avait, lui, un talent pour lire en elle.

— Alors comme ça, une petite Blanche entre chez un Noir, et elle se montre irrespectueuse ? dit-il, le ton bas et faussement calme alors qu'il commençait à contourner la table qui les séparait l'un de l'autre. Tu ne crois pas vraiment qu'il puisse le tolérer, n'est-ce pas ?

Claire commença à se lever à son tour. Jessie observa chez cette dernière chacun de ses muscles se tendre, remarquant son corps agile et puissant passer sans effort en mode de combat.

— Oh, allons, Jessie, le taquina-t-elle doucement en inclinant la tête. As-tu vraiment le temps de t'attarder à ces petits détails, ces temps-ci ? dit-elle en souriant, dévoilant ses dents parfaitement blanches. Après tout, n'avez-vous pas un pays à gérer, monsieur le président ?

Jessie cligna des yeux. Il aurait franchement voulu rire à cette boutade, mais il réussit à s'en empêcher en se mordant plutôt l'intérieur de la joue. Claire était particulièrement en forme ce soir. Il secoua la tête, à moitié d'émerveillement, à moitié en guise de fausse réprimande.

Il continua d'avancer vers elle, mais elle ne daigna pas bouger d'un poil.

— Belle petite salope, tu n'as pas la langue dans ta poche, murmura-t-il lorsqu'il se trouva devant elle.

Elle dut lever les yeux pour croiser son regard, et Jessie sentit quelque chose fondre en lui. Il adorait chaque fois qu'elle levait ainsi les yeux vers lui.

C'était l'une des choses qu'il préférait dans la vie.

Elle allait inspirer pour répliquer à nouveau, mais il se précipita tout de suite vers elle pour enrouler ses bras autour de son corps et poser ses lèvres sur les siennes. Il empoigna ses épais cheveux doux de sa main gauche pendant que sa main droite s'appuyait fermement sur la courbe délicate de son dos, collant le corps de Claire contre le sien.

Elle gémit contre ses lèvres et tenta de le repousser de ses mains sur sa poitrine. Ça faisait partie du jeu. Il était prêt, bien sûr. Il rompit le baiser et resserra son étreinte. Il baissa le regard vers elle avec un sourire rapace et impitoyable.

— Putain, tu joues à *m'allumer*? siffla-t-il sur ses lèvres avant de secouer la tête. Tu t'embarques pour une longue nuit, ma belle.

Ensuite, il recula d'un pas et lui saisit ses deux poignets, utilisant toute la puissance de son corps pour la retourner, avant de lui lever les bras derrière le dos.

Elle eut le souffle coupé par cette attaque. Il savait qu'elle ne s'y attendait pas. Il ne jouait pas franc jeu. Car Claire St. James n'était pas une faible femme. Elle savait se battre, se défendre. Elle voyait un entraîneur quatre fois par semaine à raison de deux heures la visite, et les leçons d'autodéfense apprises étaient efficacement inscrites dans sa tête.

Mais Jessie connaissait Claire depuis des années. Ils étaient de grands amis — ils couchaient aussi ensemble —, et après tout ce temps, il savait d'instinct quand elle désirait davantage que leurs séances d'intimidation amicales habituelles.

C'était justement le cas ce soir-là. Claire se sentait mal dans sa peau. Il s'en rendait compte. Elle avait beau se dissimuler derrière une carapace, l'embrasser goulument, les dents bien acérées, il voyait bien dans ses yeux que ça n'allait pas, et il le sentait dans l'air autour d'elle. Il avait l'intention de l'aider à s'en sortir.

Même si ça devait prendre toute la nuit.

Claire n'avait pas encore appris à se défaire de ce genre d'attaque. Il le savait, car elle le lui avait confié quelques jours auparavant alors qu'ils regardaient ensemble une partie de hockey. Jessie ne comprenait *rien* au hockey ; le match lui était complètement égal. Mais il avait attentivement écouté Claire lorsqu'elle lui avait confié qu'elle trouvait frustrant de ne pas pouvoir se défaire de cette prise. Et comme c'était toujours le cas avec les confidences de ce genre, il avait enregistré ce renseignement dans son cerveau pour en tirer profit éventuellement.

Pour l'instant, il prit rudement ses deux poignets dans l'une de ses larges mains, puis il glissa son autre bras autour de son corps et la fit tourner sur elle-même avant de l'attirer contre sa poitrine.

Elle haleta de surprise et ressentit une petite douleur. Cette prise de lutte ne pouvait pas vraiment la blesser — il savait après tout qu'il devait faire attention à ses bras, car elle les utilisait pour jouer de la batterie ; c'était son gagne-pain. Mais la prise pouvait assurément faire affreusement mal.

Il écarta les doigts sur son ventre ferme, puis il monta lentement sa main, effleurant ses seins parfaits en progressant vers son cou. Il enroula ses doigts autour de sa mince gorge, qu'il serra juste assez pour s'assurer qu'elle lui obéisse. Elle cessa de se débattre et ferma les yeux. Dépassant Claire d'une tête, il pouvait voir ses longs cils fournis battre contre ses pommettes. Il se servit de sa poigne sur sa gorge pour forcer la jeune femme à appuyer la tête contre son épaule afin qu'il puisse lui chuchoter des mots à l'oreille.

— Tu as maintenant le choix, ma belle, lui dit-il. Tu peux me devancer jusqu'à ma chambre et t'étendre sur mon lit sans faire de scène, proposa-t-il en effleurant son lobe d'oreille de ses dents alors qu'il sentait sa queue durcie se lever dans son jean, ou c'est moi qui t'y traîne, et ça te fera mal. D'une manière ou d'une autre, nous allons tous les deux aboutir dans le lit.

Il sourit intérieurement et lui serra le cou un peu plus, appréciant sa respiration pénible et le gémissement qu'il faisait sortir de sa gorge en l'empoignant de ses doigts.

— Réponds-moi immédiatement, ordonna-t-il en relâchant sa poigne assez longtemps pour qu'elle puisse parler librement. Vas-tu t'y rendre docilement ?

Elle se mordit la lèvre, puis hocha la tête.

— Oui, murmura-t-elle.

Il savait qu'elle mentait. C'était le seul moment où elle lui mentait. Là encore, ça faisait partie du jeu. Il lui lâcha lentement les bras et recula d'un pas, attendant qu'elle se retourne. Lorsqu'elle fut face à lui, il reconnut une lueur de défi dans ses yeux bleus, et il se crispa une seconde avant qu'elle ne file. Il la talonna alors qu'elle se sauvait vers le salon. Elle était à peine arrivée dans cette pièce qu'il la saisit par l'arrière du cou et la fit tomber brutalement par terre sur la moquette.

Il savait que son seul espoir était de lui immobiliser les bras et les jambes avant qu'elle ne puisse s'en servir pour se défendre. La forte carrure de Jessie lui conférait un net avantage. Peu importe la rapidité des coups d'une personne ou le nombre de cours d'arts martiaux qu'elle a pu avoir suivis, si elle se mesure à un adversaire qui pèse cinquante kilos de plus, elle est assurée de perdre.

Claire roula rapidement sur la moquette, et Jessie se mit immédiatement à cheval sur elle. S'il lui avait laissé la moindre fraction de seconde, elle se serait servie de ses jambes et aurait pu lui faire vraiment mal. Ce soir-là, elle était comme possédée, imprévisible et dangereuse ; il se devait de rapidement prendre le dessus.

Il avait vu venir son coup de poing à la mâchoire, mais Claire l'atteignit quand même, et la douleur qu'il ressentit suffit à aiguiser sa détermination. Sa tête pencha sur le côté, puis revint en position ; il pouvait presque sentir comme des flammes dans ses yeux ambre.

Elle leva le regard vers lui, en quelque sorte surprise de ce qu'elle venait de faire. Une réelle peur envahit ses magnifiques traits pour la première fois de la soirée.

Il eut un sourire sans joie, les lèvres ouvertes sur ses dents, puis il saisit rudement les deux poignets de Claire et se mit rapidement debout, la tirant pour la remettre sur pied. Il la fit dans un même temps tourner sur elle-même une fois de plus, lui coinçant les bras de chaque côté du corps pour la soulever comme un sac de pommes de terre et la transporter dans sa chambre.

Elle se débattit vivement dans ses bras, en proie à une réelle agitation. Il rit sans pitié.

— Tu as fait ton choix, ma belle, dit-il, comme s'il rendait une sentence sévère et sans appel.

Au moment où il passa le cadre de porte de sa chambre pour la jeter sur le lit, il avait pris sa décision. Claire ne l'avait jamais réellement frappé auparavant — pour aucune raison. Elle venait de dépasser les limites.

Elle devait être maîtrisée.

Elle rebondit en tombant sur le matelas, puis elle roula immédiatement de l'autre côté du lit pour s'échapper. Il la laissa faire, sachant que la seule manière pour elle de sortir de la pièce était de repasser par le cadre de porte, où il prenait place.

Il y avait une porte de placard à côté de lui. Il l'ouvrit et sortit plusieurs ceintures de cuir qui pendaient à des crochets à côté de ses cravates. Il les jeta toutes sur son lit, sauf une. D'une main experte, il fit passer rapidement l'extrémité trouée de cette dernière ceinture à l'intérieur de la boucle pour former une sorte de laisse.

Avec sa vision périphérique, il vit Claire tenter de contourner le lit à la course pour atteindre la porte. Il bougea à la vitesse de l'éclair pour lui bloquer la sortie, et de sa main gauche, il fit mine de lui attraper le poignet. Alors qu'elle esquivait le coup, il passa la ceinture au-dessus de sa tête, puis il tira pour la resserrer.

Elle eut le souffle coupé et s'arrêta soudainement pendant qu'il enroulait fermement l'extrémité trouée de la ceinture autour de sa propre main pour amener Claire à lui. Elle ferma les yeux, et ses doigts saisirent le cuir qui lui serrait de plus en plus la gorge.

Le dos de Claire collé une fois de plus contre sa poitrine, il la retint avec sa laisse de fortune et lui saisit fermement le menton de son autre main. Il approcha ses lèvres de son oreille.

— Dirigeons-nous maintenant vers le lit, lui dit-il d'un ton résolu.

Il desserra légèrement sa poigne de la ceinture, s'assurant que Claire puisse respirer, puis il la guida lentement vers le lit. Elle se sentit assez menacée pour le suivre sans plus de résistance.

Lorsque les jambes de Claire heurtèrent le matelas, Jessie se plaça devant elle et mit les doigts sous le menton de la jeune femme pour lui lever la tête.

– Ouvre les yeux, Charlie, murmura-t-il devant ses lèvres, utilisant le surnom normalement employé uniquement par les amis les plus intimes de Claire. Regarde-moi.

Il serra la ceinture en guise d'avertissement. Mais son ton était doux, tout comme ses jointures, qui lui effleuraient les pommettes. Il devait lui voir les yeux. Il devait regarder dans ces yeux d'un bleu métallique pour savoir qu'elle n'était pas vraiment effrayée, qu'elle n'avait pas du tout peur. Il ne lui aurait jamais vraiment fait mal, mais il devait s'assurer, avant de poursuivre, qu'elle en était pleinement consciente.

Claire ouvrit les paupières et leva le regard vers lui. Il observa ces yeux d'une beauté surnaturelle et réprima un grognement de désir. Il n'avait jamais rencontré une aussi belle femme.

– Je vais t'attacher à mon lit, Charlie, lui dit-il d'un ton qui ne laissait pas place à la discussion.

Elle n'avait aucune peur dans les yeux; seulement une envie forte, contenue, qui rendait carrément le désir que Jessie éprouvait pour elle douloureux.

– Si tu me résistes, je vais serrer la ceinture.

Il lui fit tout de suite une démonstration, et elle appuya à l'instant les mains sur la poitrine de Jessie, fermant les yeux, soudainement privée d'oxygène. Il relâcha son étau, et elle prit une grande bouffée d'air en enfonçant les ongles dans les muscles de sa poitrine. Il se demanda si elle était déjà étourdie. Il s'efforçait de rester calme, bien qu'il eût mal à l'entrejambe.

— Si tu veux respirer, couche-toi au milieu du matelas et lève les bras vers la tête du lit. Compris ?

Elle hocha la tête, cette fois-ci de bon cœur.

— Parfait.

Il se pencha avec elle pendant qu'elle s'assoyait sur le grand lit, puis il se glissa jusqu'au milieu du matelas pour lui lever les bras au-dessus de la tête. Il songea un instant à ses vêtements, se rendant compte qu'il devrait les couper pour les lui enlever s'il l'attachait d'abord au lit. Mais il y avait toujours un feu glacial dans les yeux bleus de Claire. Elle avait encore quelque chose à combattre. S'il lui en donnait l'occasion, elle leur rendrait la situation plus pénible à tous deux.

Il conclut que la meilleure solution serait de découper ses vêtements. À une vitesse et avec une efficacité dont il fut lui-même surpris, il s'empara des autres ceintures pour attacher ses minces poignets au cadre d'acier de sa tête de lit.

Ce fut ensuite le tour de ses jambes. Il aurait pu affirmer qu'elle voudrait résister dans ce cas, mais sa poigne sur la ceinture qu'il lui avait passée autour du cou la fit changer d'idée, et elle se calma.

— Écarte-les, Charlie.

Elle hésita tout de même, n'appréciant manifestement pas le moindrement cet ordre aussi direct.

Il poussa un rire grave, méchant, puis il se pencha sur elle jusqu'à ce que ses lèvres ne soient plus qu'à un souffle des siennes.

— Je vais devoir les écarter de toute manière, ma belle. Si tu le fais toi-même, tu pourras rester consciente le moment venu.

Elle serra les dents de frustration, puis en le défiant résolument du regard, elle écarta les jambes.

— Davantage, ordonna-t-il, car il était nécessaire que ses jambes soient alignées sur les poteaux de métal au pied du lit.

Elle grogna presque devant cette nouvelle exigence, mais elle obéit une fois de plus.

— Brave fille.

Il savait qu'il la rendait folle en se montrant aussi condescendant dans le choix de ses mots. Mais il savait aussi qu'elle avait besoin de se faire parler ainsi. Comme elle était du type à tout régenter dans sa vie de tous les jours, elle avait désespérément besoin de se laisser mener de brefs instants lors de certaines occasions. Peu importe ce qui la rongeait de l'intérieur en cette soirée, elle serait incapable de décrocher tant qu'elle n'aurait pas l'occasion de se défouler, tant physiquement que mentalement.

Il était son grand ami. Prêt à l'aider sur ces deux plans.

Il rit intérieurement lorsqu'il lui eut solidement attaché les deux chevilles. *De grands amis qui couchent aussi ensemble, en effet.*

* * * *

Claire courait. Elle entendait à l'intérieur d'elle son souffle irrégulier, son cœur qui lui martelait la poitrine. Les ronces et les broussailles se dressaient devant elle de plus en plus rapidement; elle ne pouvait les esquiver à temps. Elle ne pouvait les repousser avant qu'elles lui lacèrent le visage et le cou et qu'elles déchirent ses vêtements.

Et elle l'entendait, lui, derrière elle. Elle entendait *la bête.* La peur l'envahit, et Claire eut comme un goût de métal dans la bouche. Elle ne pouvait se laisser attraper par cette bête. Car si la bête parvenait à l'attraper… *Quelque chose d'horrible,* se répétait Claire dans sa tête, *quelque chose d'horrible va en résulter !*

Elle ne pouvait pas courir plus vite. *Bon Dieu !* Ses jambes faiblissaient déjà, et ses poumons semblaient vouloir exploser.

Puis la bête fut sur elle, et Claire fut projetée au sol au milieu des plantes rampantes sur lesquelles elle glissa à une vitesse étourdissante. L'impact lui coupa le souffle, et elle se sentit paralysée. Elle entendit un grognement féroce et sentit qu'on la retournait sur elle-même. Étrangement, elle aurait pu jurer que c'étaient des mains d'homme qui la touchaient. Il n'y avait pas de griffes.

Elle ferma tout de même les yeux pour trouver la volonté de combattre, de se démener pour se sauver la vie. Elle tenait à lutter pour empêcher ces dents blanches et acérées de s'enfoncer dans sa chair.

— Charlie !

Le monstre connaissait son nom. Il la secouait, à présent. Pourquoi ne lui avait-il pas déchiré la gorge ? Pourquoi ne l'avait-il pas dévorée ?

— Charlie, réveille-toi !

Un long grognement sans fin se fit entendre. Un avertissement, l'expression d'une colère, un élan de frustration. Elle avait l'impression que ce grognement avait une forme réelle qui la figeait littéralement sur place, l'empêchant de se relever.

Elle cria lorsqu'elle sentit le souffle du monstre sur son cou, puis elle ouvrit les yeux. C'était comme une sensation de déchirement, cruelle et horrible.

— Charlie, ma belle, calme-toi !

Jessie, penché sur elle, avait de la difficulté à la maintenir sur le lit, et il tenait ses poignets dans ses mains.

— Doucement, ma belle… ça va. Je suis là.

Elle sentait qu'elle s'était débattue. L'effort lui avait raidi les muscles. Son cœur battait toujours à vive allure dans sa poitrine. Elle leva le regard vers Jessie, consciente d'avoir les yeux écarquillés sous l'emprise d'une peur dont elle ne pouvait pas encore se défaire.

Jessie lui lâcha les poignets et l'attira contre lui pour l'envelopper de ses bras puissants tandis qu'elle se collait la tête contre sa poitrine. Elle tremblait. Elle sentait son corps trembler contre celui de Jessie.

Elle ne dit rien, mais elle se tint contre lui pendant qu'il la berçait doucement en passant une main dans ses cheveux. Il lui murmurait de sa voix grave que tout irait bien, qu'elle était en sécurité. Elle inspira son odeur, sentit la chaleur de sa peau sur le bout de ses doigts, et elle s'ancra à lui jusqu'à ce que les dernières images atroces de son rêve commencent finalement à se dissiper.

Après plusieurs longues minutes, Jessie se recula juste assez pour baisser les yeux vers elle. Charlie connaissait la suite. Il voudrait des explications.

— Tu veux m'en parler ? demanda-t-il doucement.

Elle secoua la tête et se pencha une fois de plus sur sa poitrine. Elle s'appuya fortement contre lui ; elle pouvait entendre son cœur battre. C'était réconfortant. Mais elle savait qu'il ne laisserait pas tomber. Elle savait qu'il avait remarqué que quelque chose la préoccupait, ces derniers temps. Ce rêve était un catalyseur. Elle ne pourrait éviter l'inévitable indéfiniment.

Finalement, comme elle l'avait prévu, il l'éloigna légèrement de lui une fois de plus et baissa les yeux vers elle.

— Tu dois t'ouvrir, Charlie. Que se passe-t-il ici, à l'intérieur ? demanda-t-il en lui touchant doucement une tempe du bout des doigts.

Elle prit une profonde inspiration, puis elle poussa un énorme soupir.

— Je fais des rêves de fou… chaque nuit. Ça me réveille. Je dors très peu, finalement, commença-t-elle avant de se mordre la lèvre, un tic nerveux chez elle. Je suis de plus en plus fatiguée, je m'en rends bien compte. Je manque parfois des temps à la batterie, et ça ne m'était jamais arrivé auparavant, dit-elle avant de prendre une inspiration hésitante. Et Reese continue de gagner. C'est comme s'il savait que je suis fatiguée, et il…

Elle s'arrêta. Elle n'avait pas eu l'intention de mentionner aussi rapidement le nom de son entraîneur dans cette conversation — ces mots lui avaient tout simplement échappé. Et il était maintenant trop tard.

Jessie recula et la tint doucement par le haut des bras. Ses yeux ambre fixèrent ceux de Claire.

— C'est lui, le responsable de toutes ces ecchymoses, n'est-ce pas ? demanda-t-il.

Elle entendait la rage qu'il réprimait dans son ton. Elle faisait aveuglément confiance à Jessie, mais elle savait qu'il ne fallait pas le contrarier. Il avait des contacts, et elle s'inquiétait du fait qu'il s'ingère d'une manière quelconque, qu'il tente de s'en prendre à David Reese.

— Jessie, c'est uniquement de ma faute. Il essaie seulement de m'enseigner…

— *Foutaises,* Charlie. Cet homme est un sadique.

Il tira les draps qui se trouvaient entre eux, exposant ainsi leurs deux corps, puis il observa sa peau d'un regard sévère, s'arrêtant sur des marques sombres sur ses hanches et le haut de ses cuisses. Il pointa un éventail de petites ecchymoses dans le bas de sa cage thoracique.

— Celles-là ne sont pas accidentelles, déclara-t-il, le ton dur. Il te fait ces marques lorsque tu es trop épuisée pour te débattre, et il le fait avec *plaisir,* dit-il en grognant presque le dernier mot. Ne le vois-tu pas ?

Soudainement fâchée, Claire s'éloigna de lui. Elle plissa les yeux.

— Il est le seul qui peut m'enseigner ce que je dois savoir, Jess. Jusqu'à maintenant, ça m'a sauvé la vie plusieurs fois.

Jessie ne sembla pas trouver de réponse à cet argument. Il ouvrit la bouche, comme s'il allait dire quelque chose, puis il la referma. Elle savait qu'*il* savait qu'elle avait raison.

Quelque chose en elle attirait les personnes mal intentionnées. Les hommes étaient sous son charme, et depuis toujours. Elle exerçait un magnétisme sur les membres du sexe opposé. Les hommes bien réussissaient à garder leurs distances, peut-être par respect ou parce qu'ils savaient faire la distinction entre le bien et le mal. Mais les autres obéissaient à leurs instincts primaires, et elle avait dû se défendre trop souvent contre eux.

Ses parents l'avaient prévenue. Du moins, en quelque sorte.

Avant que ses parents meurent, ils l'avaient prise à part, et ils s'étaient assis avec elle. Claire avait alors douze ans. Sa mère lui avait pris les mains dans les siennes. Elle lui avait dit qu'elle était une jeune fille particulière et que ça pourrait lui occasionner des problèmes.

Des problèmes ? se rappela-t-elle s'être demandé. *Quelle sorte de problèmes ? Des règles étranges ? Des boutons ? Des retards d'apprentissage ?* Elle se souvint de l'horreur qui lui était venue en tête à cette pensée. *Ah, mon Dieu, ai-je une sorte de maladie mortelle ?*

Charlie était restée tout à fait perplexe devant la déclaration de sa mère, et elle avait voulu lui demander des précisions, mais son père s'était mêlé à la conversation avant qu'elle puisse formuler sa question. Il lui avait dit qu'elle aurait à apprendre à se défendre et qu'elle devrait toujours être prudente. Elle devrait apprendre à se tenir loin du danger.

Lorsque Charlie leur avait finalement demandé pourquoi, ses parents étaient demeurés silencieux.

– C'est compliqué, Claire, avait répondu sa mère. Un peu trop compliqué pour que tu comprennes, pour l'instant. Mais nous te l'expliquerons le moment venu. Lorsque tu seras prête.

Et ils en étaient restés là. C'était la conversation la plus bizarre qu'elle ait jamais eue de sa vie, et comme n'importe qui d'autre à douze ans, elle avait rangé cette histoire dans un coin sombre de son cerveau où allaient aboutir en désordre toutes les autres bizarreries de l'existence propres à l'adolescence. Sa vie avait repris son cours.

Deux mois plus tard, ses parents s'étaient tués dans un accident sur le pont Fort Pitt. Des témoins avaient déclaré que le VUS avait semblé surgir de nulle part pour ensuite changer brusquement de direction dans une perte de maîtrise totale. Le véhicule avait littéralement fracassé le garde-fou du pont avant de tomber dans la rivière Monongahela. Lorsque les autorités l'avaient sorti du cours d'eau, le VUS n'était plus que lambeaux de métal. Les autorités avaient été avares de commentaires, mais Charlie avait compris dans son for intérieur que les corps de ses parents devaient être méconnaissables.

Les cercueils fermés ne faisaient que le prouver.

Charlie avait passé le reste de sa minorité chez sa marraine, et comme les deux s'entendaient relativement bien, les tribunaux n'avaient pas cherché à poursuivre plus loin.

Claire avait ensuite connu des hauts et des bas à l'école secondaire. Et même si tous et toutes autour d'elle n'avaient pas manqué de constater qu'elle était devenue une jeune femme d'une extraordinaire beauté, elle ne cherchait quant à elle qu'à s'enfermer dans son travail.

Ses compagnons de classe masculins étaient attirés par elle comme les mouches l'étaient par du miel. Ils s'étaient mis à lui porter beaucoup d'attention. Tout comme d'ailleurs leurs petites amies, mais pas de la même manière. Elle s'était rapidement mise à rechercher la compagnie d'amis de grande taille pour la relative protection qu'elle pouvait retirer de leur amitié. L'un de ces amis était un véritable géant qui aimait Metallica. Un après-midi, il l'avait laissée jouer de sa batterie, et il avait été stupéfié en voyant les roulements et les enchaînements qu'elle réussissait à accomplir sans jamais avoir touché à des tambours de sa vie. Elle apprenait rapidement.

Claire avait aussi appris à ne jamais se déplacer seule. Elle avait appris à détourner immédiatement son regard de celui des garçons afin qu'ils ne se méprennent pas sur son compte.

Toutes ces précautions n'étaient pas sans l'aider, mais elles ne couvraient pas toutes les possibilités.

C'était un phénomène presque surnaturel, mais elle attirait comme un aimant les violeurs en devenir. Après s'être tirée d'une situation de trop qui l'avait gelée jusqu'au plus profond d'elle-même, elle s'était souvenue de l'avertissement de ses parents. Elle s'était demandé quel était au juste le sujet qu'ils n'avaient jamais eu l'occasion d'aborder avec elle. Mais elle s'était aussitôt résignée à ne jamais le savoir.

Elle avait plutôt essayé de régler le problème auquel elle devait continuellement faire face.

Elle jouait de la batterie avec une aisance naturelle, et ses mains semblaient voler d'elles-mêmes, sachant toujours où et quand frapper avec les baguettes. Il lui avait donc été facile de se joindre à un groupe, de s'entourer une fois de plus de gens qui n'auraient pas peur de se battre pour elle. Et elle s'était mise à la recherche d'entraîneurs qui lui apprendraient à se défendre d'elle-même.

Un jour, une femme de son cours de judo lui avait suggéré d'essayer les services d'un homme du nom de David Reese. Elle jurait que personne n'était meilleur que lui. Elle était convaincue, avait-elle dit à Charlie, que c'était le genre d'entraîneur dont celle-ci avait vraiment besoin.

David Reese ne se trouvait pas dans l'annuaire, et il ne faisait pas non plus de publicité. Si la femme ne lui avait pas remis sa carte professionnelle, Charlie n'aurait peut-être jamais réussi à trouver son studio privé.

L'homme l'avait prise volontiers sous son aile, et elle s'entraînait maintenant avec lui depuis trois ans.

Elle devait admettre qu'il était bon. *Très* bon. Peut-être le meilleur. Mais Reese ne perdait pas de temps. Il ne ménageait pas ses forces, et à défaut de lui faire perdre connaissance d'un revers de la main ou de lui enfoncer une aiguille dans les veines, il utilisait exactement les techniques de prédilection des violeurs ou des agresseurs. Charlie s'était retrouvée plus d'une fois dans une position douloureuse, coincée dans ses bras, à sa merci pendant qu'il lui racontait, dans les plus petits détails, ce qu'un violeur lui aurait fait probablement subir ensuite. Murmurer ces menaces à ses oreilles semblait lui procurer du plaisir. Ses mains se faisaient souvent baladeuses, tout comme l'auraient été celles d'un violeur.

Jessie avait raison, bien sûr.

David Reese était un sadique. Il était brutal et acharné, même s'il faisait les choses à fond. Les amis de Charlie l'avaient souvent implorée de cesser de suivre ses cours. Mais elle savait intérieurement que ses méthodes impitoyables la maintenaient en vie, qu'on le veuille ou non.

En ce moment même, Jessie l'observait d'un regard intense, notant la moindre expression sur son visage dans le but de trouver les mots qu'il s'apprêtait à lui dire ou de justifier les gestes qu'il serait appelé à faire.

Finalement, il inspira et expira lentement et profondément par le nez, puis il choisit de passer à un autre sujet.

– Alors, ce contrat à Las Vegas, tenta-t-il plutôt. Tu vas l'accepter, je suppose.

Elle hocha la tête une fois.

– Quand pars-tu ? demanda-t-il.

– Après-demain, répondit Charlie en posant les yeux sur le tapis pour éviter son regard.

Elle ne voulait pas vraiment y aller. Elle n'avait jamais aimé le désert. Et Las Vegas lui semblait si superficielle et artificielle que ça lui faisait profondément mal à l'intérieur d'elle-même. Elle adorait Pittsburgh. Elle avait grandi ici. Ses parents étaient enterrés au cimetière Homewood.

Une fois de plus, Jessie attendit un moment avant d'ouvrir la bouche. Lorsqu'il le fit, il changea de sujet une fois de plus après avoir attiré Claire contre sa poitrine et enveloppé leurs deux corps sous les draps.

— Parle-moi de tes rêves, ma belle.

Charlie se mordit la lèvre un moment, prit une profonde inspiration et soupira.

— D'accord. Mais seulement si tu me promets de ne pas rire.

— Parole d'honneur, lui répondit Jessie en posant un doux baiser sur sa tête.

* * * *

Charlie balançait les jambes d'avant en arrière, assise sur le mur au-dessus du chemin de fer, le regard fixé sur la courbe du tunnel au loin. Dans dix minutes, le train arriverait à toute allure, ses wagons de métal à la queue-leu-leu dans le vent, et elle ferait un signe de main au conducteur. Comme toujours, il lui rendrait son salut et ferait siffler sa locomotive. C'était l'une de ses choses préférées à Pittsburgh. Sa ville natale allait vraiment lui manquer.

Elle soupira.

— Tu ne trouves donc pas cette offre un peu étrange ?

Jessie, assis à côté d'elle, lui jeta un coup d'œil.

— Tu fais allusion à Gabriel Phelan et à son offre au Casino ?

Elle lui décocha un regard dédaigneux.

– Non, à Whole Foods, le taquina-t-elle en faisant un signe de tête en direction du magasin d'alimentation à plusieurs centaines de mètres d'eux.

Jessie secoua la tête et leva les yeux au ciel.

Charlie continua.

– C'est que cet homme sort du néant, Jess. Il envoie une autre personne nous rencontrer pour nous faire signer le contrat…, dit-elle en haussant les épaules, se sentant étrange.

Quelque chose clochait dans cette histoire de contrat. Gabriel Phelan, un homme possédant apparemment beaucoup d'immeubles dans tout le pays, mais surtout à Vegas, venait de conclure un marché avec Charlie et son groupe de musiciens. Un très gros contrat. Mais elle n'avait jamais rencontré Phelan en personne, et cette offre sortait de nulle part. Tout cela lui paraissait suspect.

– Pourquoi *nous*, précisément ? demanda-t-elle. Comment a-t-il bien pu apprendre l'existence de Black Squirrel ? continua-t-elle en poussant un soupir. Et cette histoire de six mois est tout simplement…

– Louche ? suggéra Jessie.

Charlie rougit, puis elle haussa les épaules.

Le téléphone cellulaire de Jessie sonna. Il l'éteignit sans le regarder et sourit à Claire.

– Vous formez un bon groupe, Charlie.

Il secoua la tête, affichant un air semblable à de l'émerveillement. Ses yeux ambre semblèrent brûler dans la lumière du jour déclinant.

– Et *toi*, Charlie ? *Tu* es *vraiment* bonne. Dans une classe à part, dit-il en riant doucement. Le mot commence à se passer, ma belle.

Charlie n'était pas nécessairement d'accord. Elle ne pouvait se défaire de cette sensation de malaise qui l'habitait depuis que le contact de Gabriel Phelan les avait abordés au bar, quelques jours auparavant. Cependant, elle n'eut pas l'occasion d'en discuter davantage avec Jessie. Un grondement sourd couvrait maintenant leur conversation. Le train approchait.

Elle se tourna pour regarder le dragon noir dont le cri vrombissant la coupa totalement du reste du monde.

* * * *

L'homme et la femme étaient assis en équilibre précaire du côté extérieur du pont au-dessus du train vrombissant, apparemment inconscients de tout à l'exception d'eux-mêmes et du train qu'ils regardaient passer. Ils ne se doutaient absolument pas du fait qu'on les observait eux aussi.

Un homme aux lunettes de soleil foncées qui portait une veste de sport grise sortit un téléphone de sa poche et composa un numéro. Son regard resta fixé sur la femme aux longs cheveux blond vénitien ondulés.

L'interlocuteur répondit à la première sonnerie.

— Ils ont accepté l'offre, dit celui qui appelait.

— Je peux lui dire quel jour elle compte arriver ?

— Elle quitte Pittsburgh lundi.

— Je vais faire le message.

— Il y a autre chose, dit l'homme en plissant les yeux pendant qu'il observait le Noir à côté de la femme mettre un bras autour d'elle pour l'attirer contre lui. Elle a passé la nuit avec l'avocat.

Il y eut un moment de silence.

– Graves ? fit ensuite la voix.

– Oui.

– Je vois, rétorqua-t-il d'un ton glacial.

– Veux-tu qu'il disparaisse de la scène ? demanda l'homme aux lunettes de soleil.

Il y eut un autre moment de silence, beaucoup plus long, cette fois-ci.

– Non. Il constitue le talon d'Achille de Charlie. Il pourrait s'avérer utile pour monsieur Phelan.

– Compris.

– File-la jusqu'à son départ. Assure-toi que tout se déroule bien.

La conversation se termina ainsi, et l'homme remit son téléphone dans sa poche. Une brise légère soufflait autour de lui, et il put capter l'odeur de la jeune femme. Il sourit, montrant ses canines blanches de prédateur.

– Dans une classe à part, en effet, murmura-t-il pour lui-même en rigolant. Tu ne te doutes de rien, ma petite Charlie.

Il baissa ses lunettes un moment pour être en mesure de la voir sans filtre aucun. Elle rit, et il entendit son rire, qui résonnait comme des carillons éoliens. Son sourire s'élargit, et il remit ses lunettes en place.

– Absolument de rien.

CHAPITRE DEUX

LA FAILLE

Beaucoup de choses peuvent arriver en deux ans. Beaucoup de choses peuvent changer.

Il aurait dû le savoir. Au cours des deux dernières années, il était passé de Malcolm Cole le tueur en série, le loup-garou solitaire, le monstre aux yeux verts, à Malcolm Cole l'innocent. Exonéré de tout blâme.

On lui avait pardonné ses fautes. Des fautes qu'il n'avait jamais commises.

De l'avis du conseil du clan, le pardon suffisait. La malédiction réelle dont Malcolm faisait toujours l'objet n'était qu'un détail sans importance en comparaison à la difficulté, beaucoup plus grande, d'établir son innocence en rapport aux effroyables meurtres dont il avait sans cesse été forcé d'être témoin durant des décennies.

Les mots de la bohémienne mourante n'importaient guère aux membres du conseil. Ces derniers s'étaient contentés de savoir que l'un des leurs n'était pas devenu ce genre de monstre qu'aurait à craindre le monde des humains. Cole était certes malchanceux de toujours porter ces marques provoquées par une vieille gitane. Mais ils ne pouvaient rien y faire.

Malcolm inspira avec hésitation en traversant rapidement la grande maison, passant une main dans ses épais cheveux. Il grimaça lorsque la marque rouge à son poignet effleura ses boucles brunes ondulées. Il se dit qu'il devait être malgré tout reconnaissant, au moins envers une personne.

Son cas n'aurait jamais été abordé au conseil, encore moins entendu, étudié et classé, si ce n'avait été du témoignage tenace et persuasif de Lily St. Claire. Après tout ce qu'il lui avait fait subir…

Les confessions forcées d'Allan Jennings, un chasseur, n'avaient pas nui non plus.

Pour l'instant, Cole s'engageait à toute vitesse dans le dernier couloir de l'aile ouest de sa demeure en direction de la porte de son nouveau sanctuaire, devant laquelle se tenait un grand loup-garou blond. Cole fit un signe de tête à Jake, qui montait toujours la garde à l'entrée de cette pièce. Cole n'aimait pas que cette faille en lui soit connue de la communauté des loups-garous. Les failles d'une personne sont souvent exploitées par autrui, et la sienne était étrange.

Jake répondit lui aussi d'un signe de tête à son alpha, et il lui ouvrit la porte.

– Dieu vous garde, lui dit Jake en inclinant la tête avec révérence.

C'était ce qu'il disait toujours quand Cole devait s'absenter. Jake savait ce qui attendait Cole. Il savait où se rendait son chef de meute lorsque les marques anciennes et maléfiques sur les poignets de ce dernier se mettaient à rougir et que son visage se mettait à blêmir, faisant luire une flamme sinistre dans ses yeux émeraude.

Cole entra dans la pièce sans dire un mot. À ce stade de ce cycle cruel imposé par sa malédiction, il était toujours sans voix. C'était tout simplement trop douloureux.

Jake referma la porte derrière son chef. Le sanctuaire était constitué d'une grande pièce en pierre, sans fenêtres. De riches tapisseries étaient accrochées aux murs. Au centre de la pièce se trouvait un énorme foyer de pierre parfaitement dégagé et de forme circulaire où brûlaient en permanence des flammes, jour et nuit. Deux gros fauteuils de cuir noir avaient été placés devant ce foyer, entre lesquels se trouvait un petit réfrigérateur noir. D'épaisses carpettes pelucheuses couvraient le plancher, fait de pierres grossièrement taillées.

Le feu crépita soudain bruyamment et projeta une lumière tenace et porteuse d'espoir dans l'obscurité qui enveloppait l'imposante silhouette de Cole. Ce dernier se dépêcha de se rendre à l'endroit dégagé qui séparait les fauteuils du foyer avant que débute le rituel magique. Il s'était trop éloigné, cette fois-ci ; il avait mis trop de temps à se rendre à la pièce secrète pour retrouver l'intimité qu'elle lui offrait.

Malcolm parvint au centre de la grande pièce et inclina la tête tant la douleur à ses poignets devenait insupportable. Il serra les dents et réprima le grognement qui s'élevait de sa gorge. Ses crocs transpercèrent ses gencives, ses ongles menaçant de se transformer en griffes.

Puis il sentit son corps se mettre à miroiter. Une douleur atroce familière lui déchira le corps, lui arrachant un cri rauque de la gorge. La pièce s'évanouit autour de lui dans une brève lueur éclatante d'un horrible rouge, puis elle se reforma. Lorsque la pièce réapparut entièrement, il était encore debout, mais se tenait de peine et de misère sur ses jambes.

Il garda les yeux fermés, bien fermés pour se couper du monde et de ses réalités. Quelque part, au loin, des klaxons retentissaient, des personnes hurlaient entre elles, et de la musique s'échappait des portes d'une discothèque à l'arrivée ou à la sortie de clients. Mais, ici, maintenant, dans le silence de cet endroit étouffant où il se trouvait, le seul bruit audible était celui de son souffle irrégulier.

Lentement, Malcolm s'abandonna à son destin et ouvrit les yeux.

La vue qui s'offrait à lui reflétait, comme toujours, inexplicablement l'horreur. Cette fois-ci, Cole céda. Cette énergie en lui, qu'il cherchait encore à maintenir quelques instants auparavant, s'échappa finalement de son corps, et il tomba à genoux. Il serra les poings jusqu'à ce que ses griffes s'enfoncent dans la chair de ses paumes et qu'il sente le sang commencer à perler.

Combien ? se rebella-t-il dans sa tête. *Combien devrai-je encore en voir ?*

Y aurait-il un jour une fin ? Il sentit le désespoir l'envahir comme jamais auparavant. Toutefois, dans la froide analyse des faits, cette scène de crime n'était pas pire que n'importe quelle autre. Elles étaient toutes pareilles. Toutes maculées de rouge, marquées par l'obscurité et l'écœurante puanteur de la misère confinant à l'impuissance.

Comme à Dachau.

La malédiction qu'avait proférée contre lui la bohémienne sur son lit de mort s'abattait sur lui comme une vengeance pure et dure. Malcolm était effectivement le témoin éternel de la mort.

Dans un bruit qui était mi-cri, mi-grognement, mais à tout le moins l'expression d'une véritable angoisse, Cole se releva du tapis taché de sang et tituba jusqu'à la porte du petit appartement suffocant. Comme elle était déjà partiellement ouverte, il n'eut pas à toucher la poignée dégoulinante de sang. Il poussa la porte, qui se cogna contre le mur adjacent, et il sortit maladroitement à l'extérieur dans la nuit.

Il fut tout de suite ébloui par les lumières des néons, puis étourdi par les klaxons des autos. Il cligna des yeux pour reprendre ses esprits dans la luminosité floue. Derrière lui s'échappaient encore des relents de puanteur liés au meurtre qui venait de se produire, des relents qui s'agrippaient à son corps comme des bras élastiques aux doigts maigres. Il prit une inspiration pour chasser son dégoût devant l'odeur, étonné à la fois de sa réaction inhabituellement mauvaise et du désespoir qui l'habitait face à sa perpétuelle malédiction.

Un camion qui transportait des produits de boulangerie vrombit à côté de lui, à peine à quelques centimètres du bord du trottoir sur lequel Malcolm se trouvait. Le véhicule remua l'air au passage, et Cole fut submergé comme par une brise.

Il se figea. Son souffle irrégulier se calma dans sa large poitrine. Ses crocs rentrèrent dans ses gencives, mais restèrent douloureux derrière ses lèvres fermées. Sans réfléchir, il se redressa et ferma les yeux.

Puis, par pur instinct, il se mit à inspirer lentement.

Il perçut alors une odeur. Il n'avait jamais senti quelque chose de semblable. Il ne pouvait pas ne pas la remarquer. Et pourtant… c'était *impossible.* Il ouvrit les yeux et, d'un regard perçant et intransigeant, il se mit à parcourir les trottoirs bondés. Il y avait quelqu'un de particulier, une femme, dans les environs. Quelque part dans tout ce bordel.

Il oublia immédiatement le gâchis qui attendait derrière lui l'arrivée de la police. Tout ce qui comptait maintenant pour Cole, c'était cette latente, très unique et très spéciale, qui se trouvait dans les environs et qu'il devait absolument découvrir. Il affûta ses sens dans cet environnement de néons et de bruits étourdissants, et il entreprit d'examiner attentivement chaque visage humain de la foule qui déambulait devant lui.

Puis il entendit une voix. La voix de la latente ; il en était sûr, même sans savoir pourquoi. C'était tout simplement le son le plus incompréhensiblement beau qu'il ait jamais entendu de sa vie. Il inclina obliquement la tête et regarda de l'autre côté de la rue alors qu'elle sortait d'un entrepôt à trente mètres de distance.

Le cœur de Cole arrêta de battre un long moment dans sa poitrine, puis il se mit à palpiter à un rythme effréné. Au même instant, les marques sur ses poignets se mirent à chauffer une fois de plus. Il les ignora, préférant se concentrer sur cet ange qu'il venait d'apercevoir.

Elle avait les cheveux d'un blond vénitien de la couleur d'un coucher de soleil à San Francisco, et ils tombaient en de longues vagues épaisses et fournies jusqu'à sa mince taille. Sa peau semblait ne pas avoir de pores ; elle avait un doux teint de pêche avec de minuscules taches de rousseur parsemées sur son nez délicat. Et ses yeux… Ils avaient la couleur de la glace, celle de la partie cachée des glaciers, celle des océans gelés à une profondeur totalement insondable. Ce genre d'océans qui, si une personne devait y tomber, empêcherait de prédire si elle gèlerait ou se noierait en premier.

Elle était d'une exquise beauté, d'une beauté presque irréelle.

Il était incapable de faire autre chose que de la fixer du regard alors qu'elle s'approchait d'une camionnette remplie d'équipement de musique, de couvertures, de caisses de batterie et de bâches poussiéreuses. Elle était accompagnée d'une femme aux cheveux noirs qui lui arrivaient aux épaules. Deux hommes suivaient de près les filles. Cole fut stupéfait de constater qu'il éprouvait soudain un besoin maladif et pressant d'égorger ces deux mâles.

– Charlie, tu t'inquiètes trop, dit la jeune femme aux cheveux noirs qui marchait à côté de l'ange. Ce n'est qu'une invitation toutes dépenses payées pour le lancement du nouveau casino ; il tente sa chance de faire du fric dans ce domaine, et il veut nous faciliter la vie pour que nous ayons le goût de rester.

L'ange sembla réfléchir un moment. Elle se mordit la lèvre. Malcolm se surprit à grogner. Sourdement. Il se sentait *affamé*. Ses gencives lui faisaient mal de nouveau, ses crocs prêts à percer ses gencives pour le nourrir.

– Pourquoi nous, M.J. ? Il est manifestement riche. Il possède plusieurs casinos en ville. Pourquoi n'attirerait-il pas plutôt les foules avec des vedettes comme… je ne sais pas, Three Days Grace, ou Rihanna, ou même les Jonas Brothers ?

La femme aux cheveux foncés rit de bon cœur dans un mouvement de tête vers l'arrière.

– Mon chou, tu as vraiment mis le paquet pour cette répartie, n'est-ce pas ?

Les hommes rirent aussi, d'un rire amical.

– Tu nous sous-estimes, Charlie, lui dit l'un des jeunes hommes.

Il était grand, bien bâti et avait les cheveux arrangés en longs *dreadlocks*. Ses yeux très colorés ressemblaient à ceux d'un loup-garou, de l'avis de Cole, même si ce dernier ne doutait pas du fait qu'il s'agissait bel et bien d'un humain.

— Et tu doutes surtout de toi. N'oublie pas que nous avions déjà en poche des engagements pour trois mois complets de spectacles lorsque nous avons signé ce contrat de monsieur Phelan…

Malcolm détourna son attention un moment en raison de la douleur qui empirait dans ses poignets. Il réessaya malgré tout de se concentrer davantage sur leur conversation tout en jetant un coup d'œil à ses bras, où il constata que les marques de sorcellerie se mettaient à luire. Il ne lui restait plus beaucoup de temps.

Il releva les yeux, qu'il posa une fois de plus sur la latente. Charlie. *Charlie,* songea-t-il.

— Et la seule raison pour laquelle nous sommes restés chez Scott si longtemps, c'est que nous pensions que nous lui devions une fière chandelle, ajouta la femme aux cheveux foncés.

Charlie se tourna vers elle.

— Tu crois vraiment que nous sommes si bons que ça ?

Le jeune homme aux longues rastas brun-roux et aux yeux très colorés enfonça ses mains dans ses poches et fixa Charlie d'un air tout à fait exaspéré.

— Chère, te poses-tu sérieusement cette question ?

Charlie haussa les épaules, les mains en l'air, dans un geste d'innocence naïve.

— M.J., combien de harceleurs avons-nous dû écarter de Charlie au cours du dernier mois ? demanda-t-il, les yeux toujours posés sur Charlie.

M.J., la fille aux cheveux foncés, fit un bruit de dérision.

— Trois, si on étire jusqu'à un mois et demi.

— Bon, continua l'homme. Trois harceleurs en quarante jours, et pas moins de six groupes de musiciens à Pittsburgh qui ont essayé de nous voler notre joueuse de batterie tant elle a du talent, dit-il en secouant la tête. Nous sommes bons, Charlie, réitéra-t-il en hochant la tête encore une fois. Et tu le sais, ne fais pas semblant. Et ne fais pas non plus semblant d'ignorer que c'est surtout grâce à toi.

Les autres membres du groupe se turent aussitôt. Ils la regardaient tous. Totalement captivé, Malcolm l'observa rougir sous ces regards scrutateurs.

Puis son environnement se mit à se déformer autour de lui. Une intense douleur lui parcourut la colonne, comme s'il était victime d'un éclair dans son grand corps puissant. Malcolm se plia en deux, le souffle coupé. *Va-t'en, maintenant !* entendit-il comme un cri dans sa tête.

À une vitesse déconcertante, presque dans un brouillard, il descendit du trottoir et tourna le coin pour se retrouver dans une sombre ruelle adjacente. Il eut tout juste le temps de remarquer la puanteur des déchets en décomposition et d'entendre les cris des sirènes au loin que, déjà, le monde s'évanouissait autour de lui dans un éclair. Il était transporté à nouveau dans sa demeure.

Il réapparut brutalement dans le couloir de pierre, tombant tout de suite à genoux, intérieurement torturé, les nerfs à vif. Presque immédiatement, la douleur dans son corps et à ses poignets se mit à diminuer, s'évanouissant dans le néant en quelques secondes. Mais Malcolm ne se releva pas. Il resta sans bouger, plié en deux sur la carpette pelucheuse qui recouvrait le plancher, les yeux bien fermés, le souffle pénible dans le silence entrecoupé par les craquements du feu. Une image de l'ange aux yeux bleus flottait langoureusement derrière ses paupières. Il ne voulait pas la laisser s'échapper.

Charlie.

Il murmura son nom dans sa tête. Elle incarnait quelque chose d'impossible. Une latente…

Et une louve-garou de naissance.

Il ne pouvait se méprendre sur l'odeur. Mais ça ne pouvait tout de même pas exister. Ça n'avait jamais existé. On croyait depuis longtemps que ça n'existait pas. Les loups-garous avaient toujours eu à se tourner vers des humaines pour se trouver une compagne.

Mais Charlie n'était pas une humaine. Et elle existait pour de vrai. Elle n'était rien de moins qu'un miracle. Qu'elle n'ait pas encore été réclamée par un alpha était en soi ahurissant.

Malcolm prit une profonde inspiration, puis une autre. Un désir inflexible grandissait en lui. Il était un alpha sans compagne, et ce, depuis beaucoup trop longtemps. La vue d'une autre latente dans les circonstances se comparait à la vue d'une gourde d'eau que l'on aurait agitée devant un homme dans le désert.

Mais la conscience de Cole lui pesait lourd. Dans son empressement à vouloir remplir le vide en lui, il avait commis des gestes dont il n'était pas fier. Deux années auparavant, il avait enlevé la compagne marquée d'un autre alpha, et il avait tenté de la faire sienne. Elle lui avait tout de même pardonné son geste, alors qu'il ne le méritait pas.

Il s'était ensuite retiré quelque temps. Maintenant qu'une occasion semblait de nouveau se présenter à lui, qu'était-il prêt à faire, exactement ?

Si la malédiction dont il faisait l'objet n'avait pas fait en sorte qu'il soit brièvement expédié à ce moment précis sur cette scène de meurtre dans l'artère principale de Las Vegas, et s'il n'était pas sorti en titubant dans la ville à cet autre moment précis, il n'aurait jamais senti sa présence. Il n'aurait jamais posé les yeux sur cette latente qui était aussi une louve-garou.

Que ferait-il pour réclamer la femme que le destin avait mise sur son chemin ? Était-il prêt à se compromettre une fois de plus ?

Pour Charlie… Oui. Oui, il l'était.

Il sentit naître en lui une détermination inébranlable. Il s'assit et ouvrit lentement les yeux. La lueur émeraude de ses yeux fit progressivement place à un magnifique vert jade. Un air de détermination apparut dans son visage alors qu'il se levait avec fluidité du plancher pour se diriger vers la porte.

Jake lui ouvrit celle-ci avant qu'il l'atteigne.

— Jake, réserve-moi un vol pour Las Vegas, lui ordonna Cole dans son accent britannique typique empreint de douceur pendant qu'il sortait dans le couloir, suivi du loup-garou blond. Nous partons dans l'heure.

* * * *

— Les gars…

Charlie s'interrompit un instant alors qu'elle pensait à ses amis et à tous les ennuis qu'elle leur avait causés au cours des années. Roman avait raison. Ils étaient bons. Mais il avait aussi raison de dire qu'elle avait le don d'attirer les harceleurs. Et ce n'était pas facile pour le groupe. Les musiciens semblaient toujours sur leurs gardes.

— Je suis désolée, leur dit-elle avant de hausser les épaules. Je ne comprends tout simplement pas. Si nous sommes si bons, pourquoi acceptons-nous cette offre étrange de la part d'un homme que nous n'avons jamais rencontré ? Pourquoi ne pas attendre une meilleure occasion ?

— Nous *sommes* devant la meilleure occasion, Charlie, répondit Kevin en désignant la ville d'un geste.

Il n'était pas aussi grand que Roman, mais ses yeux bleu-gris semblaient toujours voilés de nuages orageux ; sa forte carrure et ses cheveux blonds coupés courts en brosse lui donnaient un air plus méchant qu'il ne l'était en réalité.

— Et cesse de t'excuser, ajouta-t-il en lui souriant avant de secouer la tête, comme pour la réprimander.

— C'est vrai, Charlie. Ça t'a déjà valu un surnom, dit Mary Jane en la poussant légèrement du coude. De plus, ce n'est pas si étrange. Bon, il veut que nous jouions exclusivement pour lui durant six mois. Et puis ? C'est comme demander à un auteur les droits exclusifs de relecture d'un manuscrit. Phelan ne veut pas qu'une autre personne se pointe pour nous présenter une offre d'enregistrement avant lui.

Charlie, de son vrai nom Claire St. James, songea à ces mots pendant qu'avec ses copains musiciens, elle sortait leur équipement de la camionnette pour le ranger dans l'entrepôt. Gabriel Phelan était propriétaire de quatre des casinos sur le Las Vegas Boulevard, communément appelé le Strip. L'un de ces immeubles consistait en un gratte-ciel audacieux tout neuf dont le métal et le verre luisants déchiraient le ciel du Nevada ; c'était dans ce casino qu'allait se produire Black Squirrel pour les six mois à venir. Le rez-de-chaussée de l'immeuble logeait un club réparti sur trois étages ouverts l'un sur l'autre, assez vaste pour accueillir trois mille fêtards. La scène réservée aux musiciens était immense, et les coulisses étaient incroyablement bien équipées.

Phelan leur avait donné le droit d'aménager la scène à leur goût. Il paierait la note. Il payait non seulement leur décor, mais aussi le gîte et le couvert à l'hôtel. De plus, il leur verserait un cachet considérable.

Pour eux, c'était la réalisation d'un rêve. Il n'y avait qu'un problème. Claire ne pouvait se défaire de l'impression que quelque chose clochait dans toute cette histoire. C'était tout simplement trop beau pour être vrai.

Elle était de plus en plus habitée d'un étrange sentiment. Ces derniers temps, sa peau était tour à tour chaude et froide. Elle se sentait oppressée, et son cœur battait de manière irrégulière.

Elle savait qu'elle vivait soit des crises de panique, soit de mini-crises cardiaques. Et puisqu'elle était en forme, qu'elle mangeait bien et qu'elle était encore jeune, elle pariait sur la première hypothèse.

Son manque de sommeil jouait assurément un rôle dans ses états d'âme. Elle faisait les mêmes rêves récurrents depuis maintenant des mois. Elle faisait face à un homme aux yeux bleus perçants qui la terrifiait, puis à un autre homme aux yeux d'un incroyable vert qui la faisaient fondre de l'intérieur, et elle se livrait à une folle et horrible course cauchemardesque dans les bois dans le but d'échapper à une bête qui s'approchait de plus en plus d'elle à chaque cycle lunaire. Ses rêves la vidaient de ses forces et diminuaient sa capacité de concentration.

Claire soupira en baissant le regard devant elle, vers les tambours et leur support. Elle avait besoin de nouvelles peaux de tambours. Sans aucun doute. Elle avait usé les siennes jusqu'à la corde.

— Tu as besoin de nouvelles peaux, ma chère.

Claire leva les yeux vers Roman, qui l'observait de l'endroit où il installait son propre équipement à quelques mètres d'elle. On aurait dit qu'il avait lu dans ses pensées. Elle n'était pas surprise. Elle laissait parfois voir ses sentiments.

— Et maintenant, tu as les moyens de te les payer, ajouta-t-il, hochant la tête une fois avec un sourire.

Elle savait où il voulait en venir. Il désirait qu'elle soit contente de leur nouvelle scène. Et il avait raison. Avec le cachet que leur accordait maintenant Phelan, ils pouvaient tous se permettre du nouvel équipement. Ils pouvaient se payer beaucoup de choses.

— Pas si elle donne une fois de plus toutes ses paies à des œuvres de charité consacrées à la stérilisation et la castration des animaux, rétorqua Mary Jane. Je le jure devant Dieu, Charlie, si tu donnes tout ton argent cette fois-ci, je vais te dénoncer à Jessie.

Claire sourit en l'entendant.

— Ne te gêne pas pour moi.

Mary Jane, qui était en train d'accorder sa guitare basse, leva ses yeux maquillés de mascara et fixa durement Claire du regard.

— Ma chère, savais-tu que t'es plutôt rétive, ces temps-ci ?

Ses lèvres rouges s'étirèrent en un sourire de connivence.

Au même moment, un air de Beethoven retentit du sac à dos de Claire. Elle s'éloigna de son matériel de musique pour aller prendre son sac, qui était appuyé contre le mur. Elle sortit son téléphone de la pochette avant et répondit en oubliant, comme d'habitude, de d'abord regarder qui l'appelait.

— Deux boutons, dit une voix.

Claire cligna des yeux.

— Pardon ? demanda-t-elle, les sourcils froncés.

— Deux boutons, Charlie. Deux petits boutons. Ne peux-tu pas simplement appuyer sur deux misérables boutons pour me faire savoir que tu es en vie ?

Claire expira. C'était Jessie. Elle avait oublié de l'appeler à l'atterrissage de l'avion. Elle avait eu une légère crise de panique à ce moment-là, et la seule chose qui l'avait alors préoccupée était d'accepter ou de refuser la bière que Roman offrait de lui acheter au premier bar qu'ils croiseraient en traversant l'aéroport.

Elle avait décidé de décliner son offre, sachant qu'une fois l'euphorie passée, elle serait contrainte de faire la répétition avec la gueule de bois. C'était trois heures plus tôt.

— Jess, je suis vraiment désolée.

— Je sais, ma fille. Voilà d'ailleurs pourquoi nous t'appelons toujours Charlie, dit Jessie à contrecœur.

Elle entendait l'exaspération dans son ton, mais elle nota aussi qu'il lui avait déjà pardonné.

— Alors, comment ça va jusqu'à maintenant ? C'est O.K. ?

— Jusqu'à maintenant, tout va bien, répondit Claire en hochant la tête. Nous dépaquetons nos choses dans notre nouveau local de répétition. C'est un entrepôt plutôt grand, mais quelqu'un s'est donné la peine d'ajouter une tonne d'isolant et de nous fournir des coussinets pour éviter les effets de couplage.

— Ma belle, tu sais que je n'ai aucune idée de ce dont tu parles, n'est-ce pas ?

Claire cligna des yeux et se mordit la lèvre.

— Désolée.

Dès qu'elle eut prononcé ce mot, Mary Jane, Kevin et Roman levèrent tous ensemble les yeux vers elle, les sourcils haussés, l'air amusé.

Elle soutint leur regard.

– Quoi ?

Jessie rit.

– Je peux pratiquement les entendre secouer la tête à cause de toi, Charlie. Tu dois cesser de toujours t'excuser. Tu n'as rien fait de mal.

– Bon, ça suffit, lui dit-elle tout en pointant les membres de son groupe tour à tour pour qu'ils sachent qu'elle s'adressait aussi à eux. Vous devez arrêter de me taquiner.

– Je vais te laisser retourner travailler, lui dit Jessie, le ton amusé, mais doux. Donne-moi de tes nouvelles après avoir rencontré Gabriel Phelan, dit-il avant de s'interrompre alors que Claire attendait la suite. Je veux en savoir davantage sur l'homme avec qui tu fais affaire.

– Ne peux-tu pas tout simplement retracer des documents qui le concernent, ou quelque chose du genre ? demanda-t-elle.

Elle savait que Jessie avait l'habitude de faire des recherches sur des gens dans ses dossiers et qu'il en faisait probablement sur des personnes non liées à ses clients.

– Phelan est un individu… eh bien, très privé, lui dit lentement Jessie. Crois-le ou non, il n'y a à peu près rien nulle part sur lui. Son empire financier est bâti sur l'immobilier. Il n'a pas de famille. Ni femme ni enfants. C'est à peu près tout ce qu'on sait sur cet homme.

Claire réfléchit un moment.

– De quoi a-t-il l'air ? demanda-t-elle finalement.

– Je n'ai pas de photos de lui, répondit-il. Je n'en ai aucune idée. C'est l'une des raisons pour lesquelles je veux que tu m'appelles lorsque tu l'auras rencontré. Je suis vraiment curieux.

— Super, rétorqua-t-elle. Il a probablement des ongles de quinze centimètres, et il ne mange que de la crème glacée dans une pièce toute blanche de l'étage supérieur de l'un de ses hôtels-casinos.

Jessie rigola, puis ajouta :

— Ce serait justement l'hôtel-casino où tu loges, ma belle. Son lieu de résidence est l'une des rares choses que j'ai *pu* trouver sur lui. Il habite dans un penthouse tout en haut du The August.

— Il faut donc que ce soit une adresse relativement récente, remarqua-t-elle.

— En effet. Avant, il habitait sur une propriété privée en banlieue.

Il y eut un silence, puis Claire se secoua et réprima un bâillement.

— J'ai entendu ça, dirent simultanément Roman et Jessie.

C'était bizarre d'entendre leurs voix à l'unisson, celle de Jessie au téléphone et celle de Roman dans la pièce.

— Laissez-moi tranquille, je suis fatiguée, marmonna Claire.

— Va dormir, ma belle. Appelle-moi demain, lui rappela Jessie avant de raccrocher.

Claire referma son téléphone et le remit dans son sac.

— Hé, que diriez-vous d'arrêter pour aujourd'hui et de recommencer tôt demain ?

Elle se redressa, puis se tourna et vit Kevin, qui saisissait déjà son manteau sur une patère tout près, ainsi que Mary Jane, qui passait son sac à main en similicuir de crocodile sur son épaule. Roman avait quant à lui déjà parcouru la moitié du chemin vers la sortie.

— Puisque c'est comme ça…

Claire secoua la tête, un sourire fatigué sur les lèvres. Elle prit son sac à dos et suivit les autres à l'extérieur de l'entrepôt.

CHAPITRE TROIS

UN JEU AGRESSIF

Les moteurs de l'avion ronronnaient faiblement, lui rappelant des jours depuis longtemps révolus. Des batailles gagnées — et perdues. Il ne prenait habituellement pas l'avion. Il lui était désagréable de s'imaginer téléporté du haut des airs vers une scène de meurtre, puis ramené à l'endroit où il se trouvait auparavant dans le ciel, sachant que l'avion aurait dans l'intervalle poursuivi sa route.

Il se déplaçait normalement en voiture ou en bateau. Comme il n'avait jamais été forcé de se retrouver sur deux scènes d'homicide le même soir, et comme il avait déjà eu sa dose de sang et d'horreur depuis le coucher du soleil, il se savait libre, en quelque sorte, et dans la situation actuelle, le temps était d'une importance capitale.

Cole se détourna de la fenêtre du jet de luxe et baissa les yeux vers le document qui reposait sur ses genoux. Durant la dernière heure, il en avait beaucoup appris sur la femme qu'il connaissait sous le nom de « Charlie », mais qui s'appelait en fait Claire St. James, une louve-garou de naissance originaire de Pittsburgh, en Pennsylvanie.

De plus en plus saisi par un mauvais pressentiment, il en avait aussi appris considérablement sur l'homme qui avait payé son déménagement temporaire à Las Vegas, au Nevada.

– Quand rentrera-t-il de New York ? demanda doucement Malcolm.

Jakob Samson, alias « Jake », l'un des deux membres de la meute de Cole en qui ce dernier avait le plus confiance, était assis en face de lui dans le fauteuil de cuir luxueux.

– Demain soir. Et je crois bien qu'il voudra la voir immédiatement à ce moment-là, répondit Jake.

Sans l'ombre d'un doute, songea Cole.

Claire St. James, selon le dossier du conseil du clan à son sujet, était une louve-garou de naissance, devenue orpheline à douze ans. Le conseil considérait la mort de ses parents comme suspecte, mais rien n'avait pu être prouvé. L'eau de la rivière dans laquelle était tombé le véhicule avait effacé toute trace d'odeur à l'intérieur, ne laissant rien de plus que leurs corps estropiés et, comme par hasard, décapités.

Leur messe de souvenir et leurs funérailles s'étaient déroulées à cercueils fermés, et l'enfant avait été laissée aux soins de sa marraine, une humaine qui avait été la meilleure amie de sa mère.

Les louves-garous de naissance ressemblent tellement à des humaines qu'elles mènent essentiellement des vies de femmes normales. Leur odorat est légèrement supérieur à celui des êtres humains, tout comme leur ouïe. Certaines sont plus fortes que les humaines de même stature, mais à part ces quelques exceptions, une louve-garou de naissance ne ressemble pas plus à un loup-garou qu'un gothique ressemble à un vampire.

La majorité des parents loups-garous font part de leur secret à leurs filles, mais ces dernières ne pourront jamais en un flash se transformer en louves ni bénéficier des dons naturellement accordés aux garçons.

Cependant, les parents de Claire n'avaient pas révélé leur secret. Pour une raison quelconque, ils avaient décidé de cacher leur véritable nature à leur fille. Donc, lorsque les humains de l'entourage de Claire avaient décidé de la traiter comme l'une des leurs, les membres du conseil n'avaient pas vraiment pu intervenir. Ils avaient certes opposé les avantages de lui dire la vérité et de la faire rentrer de plein droit dans les rangs des loups-garous aux avantages de la laisser chez ses homologues humains.

Au final, le conseil avait assigné à quelques individus la tâche de tenir cette fille à l'œil pour s'assurer qu'elle serait capable de gérer sa nouvelle vie avec sa marraine. Lorsqu'il était devenu manifeste que la petite Claire se remettait relativement bien de la mort de ses parents et qu'elle était satisfaite de vivre une vie parmi les humains, le conseil avait rappelé ses observateurs et l'avait laissée tranquille.

Son dossier était clos. La communauté des loups-garous l'avait laissée partir.

Apparemment, les loups-garous ne se doutaient pas du fait qu'elle était aussi une latente. Après tout, il était prétendument impossible qu'une louve-garou de naissance puisse être de surcroît une latente. Il était évident pour Cole qu'aucun de ses observateurs ne s'était approché suffisamment d'elle pour sentir son odeur ; sinon, ils l'auraient su, et le conseil aurait adopté une position tout à fait différente.

C'était la seule explication possible, ou alors sa latence n'était apparue que plus tard. Peut-être à la puberté. Elle avait douze ans lorsque ses parents étaient morts. Le conseil du clan n'avait peut-être pas remarqué de changement à cet égard.

De toute manière, au bout du compte, le conseil avait laissé filer entre ses doigts celle qui aurait pu être son plus beau joyau à ce jour, et il ne le savait toujours pas. Et ce n'était sûrement pas Cole qui allait vendre la mèche.

Apparemment, Gabriel Phelan, l'homme qui possédait la moitié des immeubles de Las Vegas et qui vivait supposément maintenant dans le penthouse de The August, à l'étage au-dessus de Claire St. James, n'en avait pas non plus l'intention. Un loup-garou alpha qui savait trop bien et sans l'ombre d'un doute à quel point Claire était spéciale.

L'un des membres de sa meute devait l'avoir sentie. Il y avait peu de loups-garous à Pittsburgh, en Pennsylvanie. Il était possible que ce fût la raison pour laquelle les parents de Claire, Colette et Brian St. James, avaient à la base choisi d'y habiter. Peut-être souhaitaient-ils vraiment éloigner leur fille de tout ce qui la rapprochait du mode de vie des loups-garous. Ils voulaient peut-être seulement qu'elle soit normale. C'était un désir que Malcolm pouvait facilement comprendre.

Mais pour une raison quelconque, Charlie ne s'était jamais fait remarquer à Pittsburgh. Ce n'était probablement que récemment que Phelan ou l'un de ses hommes passant par cette ville avait par pur hasard senti la trace de cette latente de naissance.

Cole se tourna pour regarder par la fenêtre une fois de plus. La nuit s'étirait à l'infini. À une dizaine de milliers de mètres plus bas, de petites villes apparaissaient sporadiquement l'une après l'autre dans des gerbes multicolores pour aussitôt disparaître sous l'avion.

Maintenant qu'il y songeait, il fallait que ce soit l'un des hommes de Phelan qui ait senti St. James. Car si Gabriel l'avait lui-même sentie, il l'aurait tout simplement prise immédiatement. C'était ce que Malcolm avait lui-même voulu faire. Ce besoin de la revendiquer s'était fait sentir soudainement, fortement et indéniablement en lui. Selon le dossier que Cole tenait sur ses genoux, Gabriel Phelan avait environ le même âge que lui. Quatre-vingt-dix ans sans compagne, c'est très long.

Il restait maintenant moins d'une journée à Cole avant que Phelan ne rentre à Las Vegas après s'être rendu pour une quelconque raison à New York ; moins d'une journée pour retrouver Charlie avant que Phelan n'y parvienne. Ce ne serait pas facile. Il devrait jouer agressivement. Il pouvait s'imaginer que les hommes de Phelan la surveillaient en permanence. Ils connaissaient probablement déjà tous ses faits et gestes. En réalité, il était surpris qu'elle n'ait pas été emprisonnée par mesure de précaution. Phelan ne prévoyait apparemment pas l'entrée en scène d'autres alphas. Les loups-garous de Las Vegas faisaient probablement tous partie de sa meute et étaient donc sous ses ordres.

Un petit sourire se dessina sur les lèvres de Cole. *Tout allait bientôt changer.*

Il se tourna pour jeter un regard à deux autres membres de sa meute de l'autre côté de l'allée. L'un était un loup plutôt jeune, mais incroyablement fort. Il avait les cheveux blonds, et ses yeux étaient de cette couleur ambre commune chez les loups-garous. C'était un combattant féroce. Il s'appelait Adam Trenayne.

L'autre loup avait les cheveux noirs, des yeux tout aussi noirs, obsédants, et portait une boucle à l'oreille gauche. Lucas Caige avait depuis toujours cet air sinistre. Malcolm trouvait qu'il ressemblait beaucoup à Daniel Kane, avec ses vêtements de cuir noir et son penchant pour les motos.

Il servait Cole depuis de nombreuses années. Caige, lui-même alpha, avait déjà dirigé sa propre meute. Sa puissance était redoutable, et son magnétisme, indéniable. Il avait quitté sa meute d'Australie longtemps auparavant pour se rendre aux États-Unis, où il était depuis auprès de Cole. D'une loyauté indéfectible envers son chef, il semblait satisfait de ne plus avoir à travailler à son compte.

Cole étudiait maintenant Caige, qui était en train de regarder par la fenêtre, perdu dans ses pensées.

Puis, comme s'il sentait que les yeux de Cole étaient posés sur lui, Lucas Caige se tourna, et leurs regards se croisèrent.

– Fais-tu toujours un peu de tatouage de temps à autre, Caige ?

La voix de Cole, qui trahissait un accent particulier, atteignit les membres de sa meute. Sa voix dégageait une autorité qu'on ne pouvait pas ignorer.

Caige leva un sourcil et haussa les épaules, ses traits magnifiques révélant un air intéressé.

– Un peu. Un ami à moi est propriétaire d'un salon de tatouage en ville. Je remplis parfois quelques contrats, répondit-il d'une voix grave avec un léger accent tout en inclinant la tête d'un côté. Pourquoi me demandez-vous ça ?

Cole sourit, exposant ses parfaites dents blanches. Il se tourna pour regarder par la fenêtre une fois de plus. Un plan se formait dans sa tête.

– J'ai une idée, déclara-t-il. Et avec un peu de chance, elle pourrait fonctionner.

****

– Non !

Claire se crispa violemment dans son lit et se réveilla avec une sensation de déchirure presque douloureuse. Son cœur s'arrêta de battre durant de longues secondes dans sa poitrine, et elle se replia sur elle-même, en proie à une violente nausée. Elle gémit et ferma fortement les yeux. Alors que la tête lui tournait et que sa peau devenait rouge de chaleur, elle commença à trembler, comme si elle était gelée jusqu'aux os.

Elle mit quelques misérables secondes à comprendre ce qui se passait. Elle avait encore fait ce cauchemar – et elle s'était réveillée en pleine crise de panique.

Elle n'allait pas mourir. *Je ne vais pas mourir,* se dit-elle. *Je ne suis pas morte. Ça ne m'a pas tuée. Et je ne vais pas mourir maintenant.*

Elle s'efforça de dire ces pensées encore et encore dans son esprit fiévreux. Elle fut envahie d'une autre vague de nausée et tenta de prendre une grande inspiration. Ses poumons ne semblaient pas vouloir s'ouvrir ; du moins, pas complètement. Elle ne pouvait que respirer à moitié. Une moitié de respiration, puis une autre.

Lorsque le cœur lui manqua de nouveau et qu'un autre terrible frisson lui parcourut le corps, elle repoussa ses couvertures trempées et se leva. Elle fut prise de vertiges. Elle se rassit et se mit la tête entre les genoux.

– Respire, se dit-elle. Fais juste respirer. Pense aux orages…

Elle tenta d'imaginer des cumulonimbus au-dessus d'elle, le vent d'une tempête s'approchant à toute allure, le grondement du tonnerre précédant l'orage qui rattrapait tous ceux qui le fuyaient.

Pour n'importe qui d'autre, une telle vision n'aurait rien eu d'apaisant. Mais elle avait toujours adoré les orages. Elle aimait qu'il soit impossible de les maîtriser, de les arrêter. Rien ne pouvait stopper leur progression. Ils étaient terrifiants. Il n'y avait rien à faire, à part rester à l'intérieur et attendre qu'ils passent. C'était ce qu'elle adorait.

Ses poumons s'ouvrirent un peu plus, et la nausée se dissipa. Elle imagina le bruit de la pluie qui tombait sur un toit de tôle. Elle ferma les yeux et parvint même à se représenter l'odeur d'un sol humide, l'odeur qu'elle préférait entre toutes.

Après quelques minutes, elle fut capable de se rasseoir. Dans sa tête, les éclairs déchiraient le ciel nocturne, et le tonnerre grondait. Elle se voyait dans un chalet près d'un feu chaleureux qui craquait de manière invitante tandis que le vent soufflait à l'extérieur.

Lentement, comme si l'univers relâchait enfin ses serres autour d'elle, Claire ouvrit les yeux. Elle continua de respirer calmement et regarda autour d'elle.

Elle se trouvait dans une gigantesque suite d'hôtel, somptueuse et décorée avec goût. Ce luxe infini mettait Claire plutôt mal à l'aise. Elle avait l'impression qu'elle devrait offrir en retour davantage que sa musique.

Pour dire la vérité crûment, elle se sentait dépréciée dans tout cet étalage de richesse. Sa chambre était située juste au-dessous du penthouse du The August et donnait sur le Strip de Las Vegas. Il était pour l'instant impossible de voir à travers les fenêtres qui s'étiraient du plancher au plafond, car elle avait tiré les rideaux avant d'aller au lit.

Claire se leva et se rendit jusqu'aux fenêtres, où elle se mit à ouvrir lentement les rideaux. Comme toujours, la ville était tout à fait éveillée à des mètres au-dessous d'elle. Elle leva le regard vers la ligne d'horizon, où les lumières semblaient s'arrêter pour laisser le désert reprendre ses droits sur la nuit. Tout semblait paisible au-delà de ces néons qui découpaient artificiellement le visage de la région.

À ce moment, elle souhaitait désespérément se trouver quelque part là-bas, dans le noir, à dormir sous les étoiles avec les coyotes pour seuls compagnons. Elle prit une autre grande inspiration pour se purifier l'intérieur, puis après s'être enveloppée de ses bras pour se protéger du froid qui ne voulait pas quitter sa svelte silhouette, elle poussa un long soupir de lassitude.

Elle n'allait pas pouvoir se reposer cette nuit-là. Elle le savait maintenant. Chaque fois qu'elle fermait les yeux, elle revoyait les mêmes images.

C'était d'abord toujours celle de l'homme aux yeux bleus qui semblait lire dans son âme, qui la paralysaient en dévoilant un à un ses secrets jusqu'au plus profond d'elle-même. Elle se retrouvait dépouillée et vulnérable, frissonnant dans son sommeil jusqu'à ce qu'elle plonge dans un deuxième rêve.

C'était alors immanquablement l'image de l'homme aux yeux verts et au regard perçant, dont le parfait sourire éclatant ne lui apparaissait qu'en songe. Elle se souvenait qu'il était vraiment trop magnifique… le genre d'homme avec lequel il était impossible d'établir un contact visuel sans risquer de se consumer de l'intérieur.

Claire était désarçonnée ; elle avait l'impression de faire elle-même partie d'un rêve de cet homme aux yeux verts.

Il semblait la prendre au dépourvu, agréablement, par surprise. Et pourtant, lorsqu'elle se réveillait, elle pouvait à peine se souvenir du visage de cet homme. Elle se rappelait uniquement le vert de ses yeux. Lorsqu'elle émergeait totalement de son sommeil, l'image de son rêve s'échappait d'elle en douce. Elle se retournait alors toujours dans son lit, frustrée et découragée.

Jusqu'à ce qu'elle recommence à rêver. À la bête, cette fois-ci, à ses dents, à ses griffes. Claire se mettait à fuir, terrorisée, ralentie à chaque pas par divers obstacles sur le sol. Puis elle se faisait projeter par terre… et des mains humaines la retournaient sur le dos.

Claire se demanda combien de fois elle rêverait à la bête avant que celle-ci ne finisse par la tuer. Chaque nuit, elle sentait de plus en plus son souffle chaud sur son cou ; la bête était de plus en plus forte au-dessus d'elle. L'égorgerait-elle la nuit suivante ? L'autre après ?

Elle se demanda si le mythe de Freddy Krueger pouvait s'appliquer dans son cas. Si elle se faisait tuer dans son rêve, mourrait-elle vraiment ? Les crises de panique qu'elle vivait ces derniers temps la poussaient à le croire.

Claire passa une main dans ses longs cheveux humides de sueur, et elle se détourna de la fenêtre. Elle se sentait particulièrement malheureuse à ce moment-là. Ses parents lui manquaient. Son chez-soi lui manquait. Et elle était si fatiguée. Elle prit soudainement une décision. Elle s'éloigna de la fenêtre pour se rendre à la salle de bain, dont toutes les surfaces étaient recouvertes de marbre. Des serviettes pelucheuses ultra-douces pendaient à plusieurs porte-serviettes plaqués or. Elle fit couler l'eau de la douche et attendit deux secondes pour que l'eau devienne très chaude.

Elle retira ensuite sa chemise de nuit, qui colla à sa peau humide un moment avant de tomber par terre. Elle la laissa sur le plancher et passa sous le jet dru.

Trente minutes plus tard, elle enfilait un t-shirt AC/DC avant de se diriger vers la porte d'entrée. Elle avait encore les cheveux mouillés, car elle n'avait pas voulu prendre la peine de se servir du séchoir. Résultat : ils s'étaient mis à onduler en séchant rapidement dans l'air nocturne naturel du désert.

Une fois près de la porte, Charlie saisit sa veste en denim et prit son petit sac à main de toile, qu'elle enfila en bandoulière sur son épaule. Elle sortit le téléphone qui se trouvait à l'intérieur et composa le numéro de Mary Jane en ouvrant la porte, puis elle sortit dans le lobby privé et laissa la porte se refermer derrière elle.

Presque instantanément, elle sentit l'objectif d'une caméra au-dessus d'elle. Elle leva les yeux pendant que le téléphone sonnait une, deux, puis trois fois à son oreille. Finalement, Mary Jane répondit, la voix étouffée.

— Quoi ?

— M.J., je dois sortir. Tu veux bien m'accompagner, s'il te plaît ?

Il y eut un silence. Charlie fixa les caméras. Elle cligna des yeux et appuya sur le bouton en forme de flèche vers le bas de l'ascenseur.

— M.J. ?

— Tu te fous de moi ? Veux-tu bien me dire de quoi tu parles ? dit-elle, la voix toujours étouffée, d'un ton maintenant agacé.

— Je parle de nous deux, de sortir pour aller prendre un verre.

L'ascenseur se mit à monter jusqu'à l'étage de Claire. Celle-ci regardait les voyants des chiffres s'allumer puis s'éteindre l'un après l'autre.

– Claire, il est une heure du matin, ou à peu près...

– Il est une heure du matin selon notre fuseau horaire, mais ici, à Vegas, il n'est que dix heures du soir. Avec un peu de chance, nous pourrions voir la toute fin d'un match des séries éliminatoires.

– Mon Dieu, non, pas question que je sorte de ce lit super génial pour aller regarder le hockey avec toi, Charlie, protesta Mary Jane, qui semblait maintenant plus éveillée.

Charlie se mordilla la joue. L'ascenseur était presque arrivé. Elle aurait bien emprunté l'escalier, mais elle aurait déjà été rendue devant la chambre de M.J., et son amie avait encore besoin d'être convaincue avant d'ouvrir la porte.

– D'accord, alors nous irons où tu voudras, promis. Sors-moi simplement d'ici et soûle-moi, M.J. Je suis désespérée.

Mary Jane resta silencieuse pendant plusieurs battements de cœur. Les portes de l'ascenseur s'ouvrirent avec un « ding » caractéristique. Charlie entra. Elle savait que Mary Jane réfléchissait sérieusement à son offre.

M.J. aimait bien jouer avec le danger dans ses sorties. Comme flirter à fond avec des hommes qui, à sa connaissance, se vouaient une haine féroce. Ou accepter de monter comme auto-stoppeuse avec des motards qui arboraient trop de tatouages. Ou danser sur les comptoirs des bars alors qu'elle n'avait pas pris la peine de mettre de sous-vêtements. Ce genre de choses. Voilà pourquoi Charlie décidait donc habituellement de leurs sorties à deux, ne serait-ce que pour leur éviter de se retrouver au cœur d'une bataille.

– Je croyais que t'étais épuisée, Charlie.

Mary Jane semblait maintenant inquiète. Le fait que Claire ne dormait pas bien depuis un certain temps n'était pas un secret pour les membres du groupe. Et Claire en était contrariée. Elle ne voulait pas de pitié. Elle voulait qu'on l'oublie.

— Je le suis, M.J., soupira Charlie. Crois-moi. Maintenant, vas-tu m'aider, oui ou non ?

Mary Jane sembla parvenir à une décision. Sa voix était beaucoup plus ferme lorsqu'elle répondit finalement à la question.

— D'accord. Mais nous devrions réveiller les gars.

— Non. Pas question. Pas de gars ce soir. Je suis désolée, M.J., mais j'ai sérieusement besoin de passer quelques heures sans être entourée de mâles à la testostérone surprotectrice. C'est une soirée de filles. Marché conclu ?

Les portes de l'ascenseur s'ouvrirent une fois de plus avec un « ding », et Claire sortit à l'étage de M.J. Elle jeta un coup d'œil à chaque numéro de porte en parcourant le couloir, remarquant que cet étage comportait beaucoup plus de chambres que le sien.

— D'accord, répondit Mary Jane en prenant une grande inspiration. Marché conclu. Mais si tu veux lâcher ton fou et t'amuser pour une fois, tu devras faire tout ce que je te dirai. Pas de « si » ni de « mais ». Entendu ?

— Oui, entendu.

Charlie trouva la bonne porte et attendit devant.

— D'accord, dans combien de temps seras-tu prête ? lui demanda M.J.

Claire fit son plus beau sourire et cogna à la porte.

* * * *

– Elle est sortie.

Un homme aux yeux ambre observait les déplacements de Claire et Mary Jane sur les multiples écrans de caméra de surveillance qui se trouvaient devant lui. Alors que les femmes se frayaient un chemin vers la sortie parmi les tables du casino et les machines à sous, il regarda par-dessus son épaule l'homme qui se tenait derrière lui. Il y avait quatre autres hommes dans la pièce, dont les yeux anormalement brillants étaient rivés aux écrans. Le plus grand d'entre eux, un gentleman aux cheveux argentés vêtu d'un très chic complet, appuya sur un genre d'appareil de communication à côté de son oreille. Lorsqu'il entendit un signal de tonalité, il se mit à parler.

– J'ai besoin de Mitch et de son équipe sur les traces de mademoiselle St. James et de sa compagne.

– Compris, lui répondit une voix monocorde.

L'homme baissa le bras et inspira lentement et profondément.

– Vince, suis-les aussi. Concentre-toi sur Claire, peu importe ce que font les autres. Vois à ce qu'elle soit de retour dans sa chambre avant le lever du jour.

Un homme à barbiche et aux longs cheveux noirs et lisses qui se tenait à côté du gentleman plus âgé hocha la tête. Ses yeux dorés luisirent lorsqu'il jeta un dernier coup d'œil à Charlie avant qu'elle disparaisse du champ des caméras situées à l'intérieur du casino et réapparaisse sur les écrans des caméras à l'extérieur, dirigées sur les trottoirs devant l'hôtel The August. Puis il se tourna et quitta la pièce.

* * * *

Ils étaient au nombre de cinq. Trois des hommes de Phelan semblaient se déplacer aux côtés d'un loup-garou bien bâti aux cheveux bruns courts rasés en brosse. Si Cole les avait bien entendus, il s'appelait Mitch. Le cinquième loup-garou se déplaçait seul, à l'écart.

Les loups-garous sont généralement grands. Cole n'en avait jamais rencontré un qui mesurait moins d'un mètre quatre-vingts. Cependant, de la même façon que certains loups-garous sont plus forts, plus rapides que d'autres ou dotés de pouvoirs qui leur sont propres, certains sont aussi visiblement plus grands.

Ce cinquième homme de Phelan était justement très grand. Le noir intense de ses vêtements s'alliait au noir d'ébène de ses cheveux. Cole pouvait littéralement sentir l'étrangeté qui émanait de cette personne. C'était la même odeur que celle d'Eva Black, sans le caractère obscur de cette dernière. Une odeur de magie. Mais Cole n'aurait aucun moyen de savoir hors de tout doute s'il avait affaire à un sorcier tant que ce loup-garou ne se serait pas mis à jeter des sorts.

Depuis leur arrivée quelques heures plus tôt, les hommes de Cole s'étaient déployés dans toute la ville ; il les avait tous emmenés à Vegas. Il ne prenait pas de risques. Plus d'une dizaine de loups-garous sous ses ordres avaient commencé à se rapprocher sur le Strip comme des points rouges lumineux sur un radar, restreignant leur cercle autour de Claire St. James. En ce moment, ils étaient trois fois plus nombreux que les hommes de Phelan.

Cole soupçonnait que l'absence de Gabriel Phelan y était pour beaucoup dans les impairs que commettaient les hommes de ce dernier. Il est effectivement presque impossible pour une meute de s'organiser de manière efficace en l'absence de son chef. La présence d'un alpha a un effet positif sur sa meute. Il sert de rassembleur, il rend ses membres plus forts, et il assure leur cohésion.

Phelan ne rentrerait de New York que le lendemain soir. Ce roi milliardaire de l'immobilier comptait sur deux choses à ce moment-là. Il misait sur la capacité de sa meute d'assurer la garde de Charlie dans cette ville qu'il considérait sans l'ombre d'un doute comme son territoire : Las Vegas. Il escomptait aussi qu'aucun autre alpha ne connaissait l'existence de Claire St. James.

Et il avait tort sur les deux plans.

Cole sut exactement à quel moment les hommes de Phelan se rendirent compte qu'ils étaient encerclés. Mitch et les membres de son équipe se mirent à renifler l'air, la tête tournée vers le haut, leurs yeux fouillant les ombres des rues et ruelles autour d'eux.

Ils furent tout de suite imités par le loup-garou aux cheveux noirs à l'aura de magicien, qui se redressa lui aussi, la tête inclinée légèrement d'un côté. Malcolm sourit lorsque l'homme se tourna lentement sur lui-même, ce dernier se rendant compte qu'il n'était pas seul dans la ruelle obscure.

Les yeux ambre du mage se mirent à luire en scrutant l'ombre.

— Je vous sens, alpha, murmura-t-il.

Puis ses yeux se posèrent sur la grande et forte silhouette de Cole. Le mage loup-garou sourit.

— Et en plus, je vous vois.

Malcolm sortit calmement de l'ombre de la ruelle, et il regarda les yeux de l'homme s'écarquiller presque imperceptiblement.

— Malcolm Cole, le salua-t-il. Le tueur en série qui n'en était pas un.

— Je suppose que ça dépend de ta définition du terme, répondit Cole avec décontraction.

Après tout, il avait quand même tué bon nombre d'hommes. Sa voix teintée d'un doux accent remplit tout l'espace dans la ruelle, et Cole put voir dans les yeux de l'autre homme que ce dernier était impressionné de la puissance de celui qui lui faisait face.

Le loup-garou aux cheveux noirs alla droit au but.

— Vous êtes ici pour la latente.

Malcolm ne répondit pas. De toute manière, ce n'était pas une question. Il baissa plutôt le regard et replaça mine de rien l'une des bandes de cuir à ses poignets.

Le magicien sembla remuer une idée dans sa tête. Cole savait que son opposant était conscient que celui-ci allait perdre la bataille en cette soirée. Il devrait se retirer et regrouper les siens. Phelan pourrait le tuer à cause cet échec.

Malcolm fut impressionné de voir le mage tenter une autre tactique.

— Si vous la prenez ce soir, Cole, avant qu'elle ait la chance de vous connaître, elle vous détestera. Vous comprenez ça, n'est-ce pas ?

Les yeux émeraude de Malcolm luisirent dans l'obscurité. Il fixa l'autre loup-garou d'un regard terriblement intense, puis il sourit, dévoilant ses crocs. *Oh, je le sais,* songea-t-il. *Encore mieux que tu ne peux te l'imaginer.* Mais ce genre de considération l'avait-il déjà empêché de procéder ?

L'autre loup-garou n'ajouta rien. Il avait fermé ses yeux ambre. Les deux adversaires n'avaient plus rien à se dire. La suite de leur conversation aurait tourné en bataille, et aucun loup-garou intelligent ne se serait mesuré à Cole dans ces conditions. Il était trop fort, trop affamé, et ses hommes étaient partout.

— Je vous souhaite bonne nuit, Malcolm Cole, dit finalement l'homme d'un ton sec.

Cole l'observait avec méfiance. Les magiciens et les enchanteurs étaient dangereux, et les sorciers l'étaient encore plus. Mais ces derniers devaient consacrer un certain temps à proférer leurs incantations avant de pouvoir lancer un sort à autrui. L'autre homme pouvait bien décider de lui jeter un sort dans la ruelle, mais Cole ne lui donnerait jamais la chance de prononcer jusqu'au bout ses paroles magiques.

Malcolm regarda le loup-garou se retourner. Celui-ci jeta un dernier coup d'œil par-dessus son épaule large, puis il sortit de la petite ruelle sombre. L'homme aux cheveux foncés se mit à avancer sur le trottoir bien éclairé, et il se dirigea avec nonchalance vers le The August, dont le verre et l'acier se dessinaient nettement, formant ce qui ressemblait à une fracture dans le ciel du Nevada.

Lorsque Vince fut hors de son champ de vision, Cole se tourna à son tour pour regarder de l'autre côté de la rue, où Jake se tenait appuyé contre le mur d'un club, ses bras musclés croisés sur sa poitrine. Ce club était celui où Claire St. James et son amie aux cheveux foncés étaient entrées vingt minutes auparavant.

Le regard de Jake croisa celui de Malcolm, et le loup-garou blond sourit, hochant une fois la tête. Les hommes de Phelan étaient temporairement maîtrisés. Malcolm répondit lui aussi à Jake d'un signe de tête, et celui-ci pénétra à l'intérieur du club.

L'heure du coup de grâce était arrivée.

****

Mary Jane commanda une bière pour Charlie et un petit verre de Goldschläger pour elle-même, puis elle se tourna pour parler à Charlie à voix basse.

— Bon, voici ce que je veux que tu fasses.

Charlie se mit à boire sa bière, l'avalant en un temps record, comme pour se préparer au plan, si sournois qu'il fût, échafaudé par M.J. pour leur soirée.

— Je veux que tu danses avec le premier homme qui te le demandera ce soir, peu importe à quel point il te semblera repoussant ou indigne de confiance.

Charlie recracha un peu de bière et s'essuya la main du revers de sa manche de veste.

— Quoi ? toussa-t-elle.

— Tu m'as bien entendue. Ce soir, tous les coups sont permis, ma poulette, dit Mary Jane en pointant son index à l'ongle rouge en direction de la poitrine de son amie. Toi, ma chère, tu es trop dure avec les gars. Tu les juges trop rapidement. Tu crois qu'ils veulent tous t'arracher tes vêtements et te prendre sur le plancher.

Charlie posa lentement sa bière et se mordilla l'intérieur de la joue, ses sourcils à peine froncés.

Mary Jane cligna des yeux, puis elle soupira et avala son reste de Goldschläger. Après avoir déposé le verre en le cognant sur la table, elle haussa les épaules.

— D'accord, peut-être qu'ils veulent *vraiment* tous t'arracher tes vêtements et te baiser sur le plancher. Mais tu peux gérer la situation, si tu veux. Tu peux aussi en profiter pour t'amuser avant que ça commence à déraper.

— Tu veux dire que je devrais les allumer.

À ces mots, Mary Jane sourit jovialement et hocha la tête.

— Exactement ! Là, tu comprends ! Nous allons peut-être nous amuser ce soir, après tout.

Cette fois-ci, ce fut au tour de Charlie de cligner des yeux. Elle avait parlé pour la forme, n'ayant nullement l'intention d'être prise au sérieux par Mary Jane. Mais elle n'eut pas l'occasion de réprimander son amie, car l'une des serveuses du club s'était faufilée jusqu'à leur table.

— Salut, leur dit-elle en prenant sur son plateau noir deux petits verres remplis d'un liquide ambre pour les poser devant les filles. De la part de ce monsieur, ajouta-t-elle en faisant un signe de tête vers un homme assis au bout du bar au centre de la pièce. Et il se demandait si la jeune dame aux cheveux foncés accepterait une invitation à danser lorsque vous aurez terminé ces consommations.

La serveuse leur sourit, puis s'éloigna pour aller s'occuper de clients à une autre table.

Charlie et Mary Jane fixèrent toutes deux l'homme au bar. Il ressemblait à un mannequin blond. Non, encore mieux, car il n'avait pas l'air d'un jeune homme frais sorti de l'adolescence. Plutôt grand, le corps superbement bronzé, il semblait avoir été sculpté dans le granit. Son ventre d'acier se découpait à merveille sous le tissu tendu de son t-shirt gris. Ses yeux d'un ambre pur semblaient prêts à se mettre à luire à tout moment. Surnaturels et intenses. Charlie trouvait qu'ils avaient une certaine ressemblance avec ceux de Jessie.

— Bon sang ! murmura Mary Jane, dont le regard alla de l'homme à Charlie, puis de nouveau à l'homme. Il veut danser avec *moi* ?

Charlie sourit.

— Ouais, dit-elle d'une voix traînante. C'est ce que la serveuse a dit.

— Elle aura mal compris. Il doit avoir voulu dire toi.

— Non, continua Charlie, le sourire de plus en plus grand.

Pour la première fois depuis des semaines, elle se sentait plutôt satisfaite. Pour une fois, c'était M.J. qui attirait l'attention des hommes, et non elle. Et d'un dieu grec en plus, rien de moins.

— Je…

Mary Jane semblait à court de mots.

Charlie vint à son aide.

— Je te conseille de ne pas froisser ce garçon, lui ordonna-t-elle calmement. Bois ton verre, puis va lui accorder sa danse, continua-t-elle en poussant légèrement le verre le plus près de son amie. Mais sois prudente, M.J., ajouta-t-elle, son sourire laissant maintenant voir ses belles dents blanches. Honnêtement, on dirait qu'il pourrait aller jusqu'à te mordre, ajouta-t-elle en jetant un autre coup d'œil à l'homme au bar. Ou te manger tout rond, conclut-elle.

Mary Jane poussa un faible grognement, que seule Charlie pouvait entendre.

— J'aime lorsqu'ils mordent, marmonna-t-elle entre ses dents.

Charlie vit que son amie rougissait du cou jusqu'au sommet du visage, ce qui était impressionnant, car il était presque impossible de faire rougir M.J.

— Nous sommes toutes pareilles, acquiesça doucement Charlie avant de prendre une autre gorgée de bière.

Elle n'allait pas toucher au verre offert par l'inconnu, un verre de tequila, comme elle pouvait le sentir de son siège.

Mais elle avait l'impression que Mary Jane ne laisserait pas ce précieux liquide se gaspiller.

– Bon Dieu, je sens que je vais me réveiller d'une minute à l'autre ! Et qu'est-ce que je vais être frustrée de découvrir que ce n'était qu'un rêve !

À ces mots, Mary Jane avala le verre de spiritueux devant elle et fit une grimace.

– De la tequila. Merde… ça fait *mal*… c'est *si bon*…

Elle serra les dents pendant que l'alcool commençait à faire effet, puis elle secoua rapidement la tête, comme pour la vider de toute pensée. Elle pinça les lèvres, rentra les joues, puis se mit à rire.

– J'y vais, mon chou, dit-elle en décochant un regard désinvolte à Charlie tout en repoussant sa chaise. Ne m'attends pas.

Charlie rit aussi, secouant la tête alors que son amie s'éloignait d'un pas nonchalant entre les tables en direction de l'étranger aux cheveux blonds.

Ses yeux étincelaient dans la lumière multicolore de la boîte de nuit lorsqu'il se leva du tabouret sur lequel il était assis à observer Mary Jane avec un ardent désir manifeste.

Charlie frissonna. *S'il n'existait qu'un regard affamé, ce serait celui-là,* songea-t-elle en observant avec beaucoup d'intérêt l'homme prendre la main de M.J. et guider son amie sur la piste de danse. Puis elle porta sa bière à ses lèvres une fois de plus, mais pour constater que sa bouteille était vide. Elle fronça les sourcils et leva la main pour signifier à la serveuse qu'elle voulait en commander une autre lorsqu'une ombre se dessina soudain au-dessus d'elle.

Une voix grave teintée d'un fort accent britannique se fraya sans effort un chemin dans sa tête.

– Permets-moi.

Charlie leva les yeux, et l'espace d'un instant, le monde cessa de tourner.

CHAPITRE QUATRE

MISE INITIALE

Cole baissa le regard sur les yeux de Claire, des yeux d'un incroyable bleu métallique, et il sentit son estomac se serrer. Il sentit également renaître une gamme de sentiments profondément enfouis à l'intérieur de lui ; l'air fut rapidement chargé d'émotions. Le temps ralentit. Claire fut d'abord surprise, puis effrayée. Elle laissa ensuite paraître sur ses traits un émoi qui déclencha en lui une réaction tout aussi forte. Une réaction de désir.

Il réagit à ce premier contact habilement et avec grâce en lui souriant innocemment et en faisant un geste vers la bouteille de bière vide qu'elle avait en main.

— Puis-je ?

Il se pencha pour prendre la bouteille, et Claire retira lentement ses doigts. Il aurait voulu les attraper et les tenir solidement.

— Euh, oui. Je veux dire, bien sûr. Je veux dire...

Elle ferma les yeux, secoua une fois la tête, puis rouvrit les paupières pour fixer une fois de plus son visage.

— Oui, s'il te plaît, dit-elle. Merci.

Claire butait sur chaque mot, mais Cole se sentit enveloppé par sa douce voix aussi rapidement et efficacement qu'il envoûtait habituellement les autres avec la sienne.

C'était stupéfiant. Le cœur lourd, Malcolm se rendit compte du fait qu'il allait avoir besoin de toutes ses forces ce soir-là pour rester calme et ne pas la transformer avant le lever du jour.

Cole se tourna pour faire un signe à la serveuse, qui se trouvait plusieurs tables plus loin. Il attira facilement l'attention de la femme, qui écarquilla les yeux lorsqu'elle le reconnut. Elle rougit intensément et se mit à avancer vers lui. Il aurait pu jurer qu'elle allait s'adresser à lui en mentionnant son nom, Malcolm Cole, l'auteur connu, mais il n'était pas d'humeur à jouer ce rôle ce soir-là. Pas maintenant. Pour l'instant, il était seulement d'humeur à aller au lit avec Claire St. James, sans plus.

Il s'employa donc à la convaincre, dans une forme de télépathie et par la puissance de sa volonté, de modérer ses élans. Elle s'arrêta net et cligna des yeux. Puis son sourire revint, mais cette fois-ci, c'était à nouveau le sourire simple et artificiel qu'elle offrait volontiers à tous ses clients dans l'exercice de ses fonctions.

— Que puis-je vous servir à tous les deux? demanda-t-elle en s'approchant.

— Une autre bière pour la dame, s'il te plaît.

Il jeta un coup d'œil à Claire, qui semblait toujours stupéfiée, mais qui se ressaisit rapidement alors qu'elle croyait qu'il ne l'observait pas.

— Et une pour moi aussi.

La serveuse hocha la tête et s'éloigna.

Cole ramena son attention sur Claire. Il écoutait attentivement le cœur de la jeune femme, qui battait la chamade.

Elle avait les joues un peu rouges. Il pouvait sentir l'adrénaline dans le système sanguin de la jeune femme. Mais en arrière-plan, il percevait également l'odeur enivrante de son excitation, légère et si attirante.

Une fois de plus, le désir de Cole monta en flèche. Il agrippa d'une main plus ferme que nécessaire la chaise que l'amie de Claire avait laissée libre, et il la pointa d'un geste interrogateur.

— Aurais-tu une objection à ce que je m'assoie ? demanda-t-il.

Elle hésita, puis elle s'éclaircit la gorge et secoua la tête.

— Non, je t'en prie. Assieds-toi.

Il sentait qu'elle avait voulu dire non. Elle était manifestement attirée par lui, mais elle demeurait sur ses gardes. Il se demanda pourquoi. Elle avait déjà assurément attiré par sa beauté autour d'elle toutes sortes de dangereux vauriens dans sa vie, et il pouvait comprendre que cela avait fait en sorte qu'elle se montre prudente avec les hommes. Mais ils étaient tous les deux assis dans une boîte de nuit bondée comportant sa bonne part de videurs baraqués. Le seul fait qu'il était un homme n'expliquait pas sa peur.

Elle avait peur de lui ; précisément de lui.

Il s'assit et l'étudia attentivement. Elle rougit sous son regard.

— Je suis… je suis désolée, dit-elle, ses joues rougissant encore un peu plus. C'est seulement que ton visage me dit quelque chose.

La serveuse vint leur servir leurs boissons. Claire saisit immédiatement sa bouteille et prit une grande gorgée. Cole observa toute la longueur de sa gorge lisse pendant qu'elle avalait le liquide. Elle ne reposa sa bière qu'après en avoir bu la moitié.

Et elle se laissa aller à sourire.

Le souffle de Cole s'arrêta ; ses gencives devinrent douloureuses là où ses crocs semblaient vouloir se libérer. Il sentit naître une érection. Il devait retenir le loup en lui, le rappeler à l'ordre alors qu'il ne souhaitait pourtant que traquer sa compagne et la baiser comme si c'était la dernière fois.

Claire sortit la langue une fraction de seconde pour lécher une goutte sur sa lèvre supérieure. Malcolm se mit à voir de petites étoiles. Il sentait un changement se produire ; il allait perdre la maîtrise de lui-même, ce qui ne lui était jamais — *jamais* — arrivé auparavant. Que se passait-il ? Pourquoi lui faisait-elle cet effet ?

Irrésistiblement attiré vers elle, il décida qu'il devait la toucher.

Lorsqu'elle déposa sa bouteille, il tendit la main vers la jeune femme.

— Je m'appelle Malcolm.

Il lui fit son sourire le plus désarmant et sentit qu'elle devenait encore plus excitée. Dans sa tête, il jurait violemment. Il allait être absolument incapable de passer la nuit sans la goûter.

Elle glissa doucement sa propre main dans la sienne, et il referma ses doigts autour des siens, légèrement, mais d'une façon possessive. Il ne pouvait pas s'en empêcher. Il était un loup.

— Je m'appelle Claire, dit-elle. Mais tous mes amis m'appellent Charlie.

Elle cligna alors des yeux, comme si elle ne comprenait pas pourquoi elle venait de lui dire ces mots. Après tout, il n'était pas son ami. Elle venait tout juste de faire sa connaissance.

Il sentit naître un espoir en lui, comme une lumière dans un phare depuis trop longtemps éteint.

— Charlie, dit-il doucement.

Il aurait pu jurer qu'il avait vu les muscles de la jeune femme se détendre lorsqu'il avait répété son prénom, alors que les siens s'étaient plutôt contractés. Il voulait lui sauter dessus. Il s'appuya plutôt contre le dossier et but une grande rasade de sa propre bière. La bière n'avait aucun effet sur lui, mais Claire se serait enfuie à toutes jambes s'il s'était mis à boire des bouteilles entières d'Everclear devant elle. Au moins, il pouvait s'humecter le gosier d'un liquide froid. Ça aidait un peu.

— Dis-moi, Malcolm…

Elle laissa son nom traîner sur sa langue, comme si elle s'exerçait à le prononcer.

Malcolm déglutit. *Bon Dieu.*

— Es-tu en ville par affaires ou pour le plaisir ?

— Honnêtement ? fit-il en posant sa bière, qu'il continua à faire tourner machinalement entre son pouce et son index. Les deux.

Elle hocha la tête. C'était la réponse convenue à Las Vegas. Il pouvait maintenant sentir l'alcool qui commençait à faire effet dans le sang de Charlie.

Elle prit une autre gorgée, et il attendit. Lorsqu'elle eut fini, il lui posa la même question.

— Et toi ?

Elle se mordilla la lèvre inférieure un moment, un peu plus fermement qu'elle l'aurait peut-être voulu. Il imagina qu'elle perdait quelque peu la maîtrise de ses sens en raison de la bière. *Un baiser,* songea-t-il, *et je leur redonnerais tout leur tonus.*

— Aussi ridicule que ça puisse sembler, je joue de la batterie, lui avoua-t-elle en haussant les épaules. Et mon groupe vient justement d'obtenir… un contrat, dit-elle en fronçant les sourcils. Nous jouons au casino au bout de la rue, le plus grand de tous.

— The August, dit-il facilement.

— En plein celui-là, confirma-t-elle.

— Quel genre de musique joues-tu ?

— De tout, répondit-elle. Ce que la foule a envie d'entendre, en fait.

Il continua à l'étudier, l'analysant sous toutes ses facettes alors qu'elle terminait sa bière, et il leva la main pour faire venir la serveuse. En face de lui, Claire se mordit la lèvre une fois de plus, soudainement nerveuse.

— Je ne suis pas certaine que ce soit une bonne idée, dit-elle. Honnêtement, je ne bois jamais autant. Je veux dire…

Elle fut soudainement gênée, comme si le fait d'avouer cette confidence faisait d'elle le résultat d'un horrible croisement entre la ravissante idiote blonde soûle et celle qui ne boit jamais rien.

— Je veux dire que je n'arriverai peut-être pas à la boire si tu la commandes, précisa-t-elle en souriant d'un air penaud tout en se mettant les mains sur les cuisses. Mais merci quand même.

Le désir envahit Malcolm une fois de plus avec une force renouvelée. Chaque fois qu'elle se mordait la lèvre, chaque fois qu'elle souriait, il perdait un peu plus la maîtrise de lui-même. Il était un alpha très puissant. Il possédait depuis sa naissance des aptitudes que l'on ne retrouvait pas chez les autres loups-garous. De la même manière que certains humains peuvent plus que d'autres courir plus rapidement le kilomètre ou soulever de lourds poids, Malcolm possédait des pouvoirs qui le distinguaient de sa communauté de loups-garous. Même si ces pouvoirs lui étaient assez souvent utiles, il n'avait honnêtement pas prévu les utiliser sur Claire St. James. Il avait emprunté cette mauvaise voie par le passé, et ses actions le hantaient encore ; il se sentait toujours coupable.

Cette fois-ci, il voulait réellement connaître Charlie et l'amener elle aussi à le connaître. Mais elle était trop tentante. Et l'effet qu'elle avait sur lui était beaucoup trop fort. Ça n'aurait pas dû être ainsi. Il devait se replacer rapidement.

Avec autant de résignation que de détermination, il entreprit par son charme télépathique de la faire tomber sous son emprise. Claire se tortilla un moment sur sa chaise. Il savait qu'il allumait des feux en elle. Il l'exhortait silencieusement à s'abandonner, à cesser de s'en faire…

À lui faire confiance.

— À bien y penser, je vais prendre cette bière.

Il leva immédiatement le bras, rappelant la serveuse à leur table.

— Une autre bière, ma chouchoute ? demanda la serveuse, qui avait deviné avant que Cole ne commande.

Claire hocha la tête en souriant.

— D'accord. Je reviens tout de suite.

Elle ramassa la bouteille de bière vide et s'éloigna.

Puis Claire regarda par-dessus l'épaule de Cole. Quelque chose avait attiré son attention. Il se tourna par curiosité et sourit lorsque son regard se posa sur Jake. Il tenait l'amie de Claire, Mary Jane. Et il l'embrassait.

– Oh, mon Dieu ! s'exclama doucement Claire. Elle vient juste de le rencontrer !

Elle cligna des yeux, manifestement étonnée de ce qu'elle voyait. Même si elle était clairement stupéfiée, il décelait aussi de l'humour dans son ton. Elle secoua la tête, comme en guise de réprimande.

– Comment ose-t-il ? demanda-t-elle en rigolant.

Voyons, ma petite, songea-t-il. *Laisse tomber.*

– Ça se joue à deux, mon amour, dit Malcolm de manière nonchalante en laissant traîner sa voix, son regard toujours posé sur les deux silhouettes.

Lorsqu'il se retourna, ce fut pour constater que Claire le dévisageait ouvertement. Il se sentit cloué sur sa chaise par ses yeux bleus innocents ; l'air autour d'eux était soudainement chargé d'électricité.

– Répète ça, dit-elle.

– Quoi donc ? demanda-t-il, ne comprenant réellement pas ce qu'elle voulait dire.

– Redis « mon amour ».

Il cligna des yeux. Puis, lorsqu'il se rendit compte qu'elle avait le souffle court et que ses yeux luisaient, il se permit de faire un lent sourire dangereux.

– Puis-je aussi faire autre chose pour toi, mon amour ?

Le regard de Claire alla de ses yeux à ses lèvres, puis de nouveau à ses yeux.

– Voilà, ma chouchoute.

La serveuse posa la bière sur la table, et par chance, elle repartit rapidement ; aucun des deux ne voulait lui prêter attention.

– Euh…

Claire prit distraitement sa bière et la porta à sa bouche, avalant quelques petites gorgées. Ses yeux fixaient toujours ceux de Malcolm.

— Ouais, mais…

— Charlie, je vais retourner à l'hôtel.

Charlie cligna des yeux et réussit finalement à détacher son regard de celui de Cole pour se tourner vers son amie, qui venait de s'approcher de la table. Jake Samson se tenait derrière elle, son bras passé autour de sa taille. Cole croisa le regard de Jake et nota le hochement de tête à peine perceptible que son second lui faisait.

En face de lui, Claire repoussa sa chaise et se leva.

— Quoi ? Pourquoi ? Ça va ?

Cole se leva aussi. Il fronça les sourcils en constatant que son emprise sur Charlie commençait à se relâcher. C'était comme si elle le repoussait, d'une certaine manière. Était-ce même possible ? Il redoubla d'efforts pour reprendre son ascendant sur elle, et il sentit qu'elle opposait à nouveau moins de résistance.

— Ça va bien, j'ai juste…, commença Mary Jane en s'éventant et en se pâmant quelque peu pendant que Jake la retenait facilement. Je crois que j'y suis allée un petit peu fort.

Même si Claire était affaiblie par l'autorité cachée que Cole exerçait si bien sur elle, elle était toutefois visiblement soucieuse de l'état soudain de son amie. Malcolm se maudit parce qu'il n'avait pas pensé à attendre que Mary Jane ait ingurgité plus d'alcool avant de permettre à Jake de l'embrasser pour la soumettre à ses quatre volontés. La situation aurait été plus crédible. Jake n'aurait pas eu besoin de forcer la note.

— Je…, déglutit Claire en se passant une main sur le visage, comme pour se clarifier les idées. Je rentre avec toi, dit-elle en réussissant à faire un pas de côté pour contourner sa chaise et se déplacer avec une grâce fluide autour de la table afin de prendre les mains de son amie.

Cole était stupéfié. Elle était drôlement têtue, incroyablement gracieuse et forte.

Mary Jane retira immédiatement ses mains de la poigne de Charlie et les posa sur ses hanches.

— Pas question, dit-elle sévèrement.

Elle jeta un coup d'œil à Malcolm, puis de nouveau à Claire. Elle se pencha vers l'avant, légèrement chancelante, et elle approcha ses lèvres rouges à un cheveu de l'oreille de Charlie. Elle voulait lui confier quelque chose sous le sceau du secret, mais Malcolm entendit tout distinctement.

— Impossible que je te laisse manquer cette chance, Charlie. Cet homme est un dieu. Sois bonne envers lui.

Elle recula, décocha un regard significatif à Charlie, puis se rapprocha d'elle encore une fois.

— D'ailleurs, je ne rentre pas seule à l'hôtel.

Claire cligna alors des yeux. Mary Jane se redressa, un sourire lascif sur ses lèvres rubis. Charlie ouvrit soudainement les lèvres, comprenant ce qui se passait, puis elle écarquilla les yeux tout en rougissant.

— Oh, balbutia-t-elle. Je… je vois.

— Ça va, ma belle. Fais-moi un câlin.

Mary Jane prit Claire dans ses bras, et les deux amies s'enlacèrent. Une fois de plus, la femme aux cheveux foncés murmura quelques mots à l'oreille de Claire.

— Merci de m'avoir obligée à t'accompagner ici ce soir.

— De rien, répondit Claire dans un murmure, trop abasourdie pour dire autre chose.

Sur ce, Mary Jane mit fin à leur étreinte, et Jake la guida à l'extérieur de la boîte de nuit.

Claire l'observa partir, puis elle leva les yeux vers Malcolm. Ce dernier contourna la table et lui tendit la main.

— Suis-moi, ordonna-t-il.

Ce n'était même pas une demande. Plus maintenant.

Elle hésita tout de même. Sa résistance avait à la fois pour effet d'impressionner Malcolm et d'attiser son désir envers elle. En vérité, il avait toujours aimé avoir à se battre. Il était *partagé* entre la voir fuir et la voir rester. Il était un loup, et à l'image de ses congénères, il était un prédateur. Il chassait toute proie qui le fuyait. Une proie était toujours attirante en soi. Et même s'il fallait faire vite ce soir-là avec Charlie, il ne pouvait pas nier que la chasse était sa partie préférée du jeu.

Il sourit lorsqu'elle mit finalement la main dans la sienne, et une fois de plus, ses doigts se fermèrent sur les siens. Claire St. James ne reculait devant rien. Elle le combattait autant qu'elle le pouvait, c'est-à-dire avec toutes les fibres de son être.

Mais aucune des femmes sur la planète ne pouvait mentir à Malcolm. Il lisait trop bien à l'intérieur de leurs corps. L'odeur de leur excitation, le bruit de leur cœur battant à tout rompre, leurs joues rougies et leurs lèvres entrouvertes, tout témoignait des véritables sentiments qui émanaient d'elles, indépendamment de ce que leur criait leur cerveau. Et c'était aussi vrai pour Charlie. Ce que son corps disait à Cole, c'était que la situation lui plaisait autant qu'à lui.

Pour Malcolm, c'était comme jeter de l'huile sur le feu.

Il lança une liasse de billets sur la table et ne perdit pas de temps pour guider Charlie à l'extérieur de la boîte de nuit. Une fois dehors, alors qu'il la tenait déjà par la main, il entrecroisa ses doigts avec les siens. Il la sentit se raidir une fraction de seconde à côté de lui, puis elle laissa échapper une légère expiration tremblotante — et elle s'abandonna.

Il dissimula son sourire.

— Ton amie semble très émancipée, dit-il en avançant sur le trottoir avec elle en direction du salon de tatouage qu'il avait ordonné à Lucas d'acheter.

Claire demeurait silencieuse à côté de lui. Il savait qu'elle tentait de trouver quelque chose à répondre. Finalement, elle soupira.

— Effectivement, oui.

Malcolm sentit la joie de la victoire le parcourir lorsqu'il nota dans la voix de Claire la pointe de jalousie qu'il espérait tant.

— J'imagine qu'elle est du genre à ne jamais tenir la journée pour acquise, continua-t-il, et qu'elle vit dans l'instant présent.

Il laissa émaner de sa personne une dose d'énergie qui enveloppa Claire, enfermant celle-ci dans une attitude de soumission.

— En effet, oui, dit Claire.

— Et j'imagine que tu es la plus terre à terre du groupe, continua Malcolm en espérant avoir bien deviné le type de personne qu'elle était.

Claire fronça les sourcils, réfléchissant à ce qu'il venait d'avancer. Elle ne dit rien, ce qui signifiait qu'elle ne pouvait nier ses propos, mais qu'elle hésitait à admettre qu'il disait vrai.

— Après tout, il faut bien quelqu'un pour retenir les autres, n'est-ce pas ? Ce n'est pas tout le monde qui a l'instinct maternel, Charlie. J'imagine que toi, tu l'as, cependant.

Il attendit.

— Pourquoi donc ?

Bingo !

— Oh. Eh bien… je ne sais pas…, commença-t-il, faisant semblant de chercher ses mots, comme s'ils le gênaient trop. C'est juste que tu es si…

— Ennuyante ? demanda-t-elle alors.

Elle ne lui avait pas craché le mot au visage, et elle ne s'était pas montrée cinglante non plus, mais même si sa voix était encore douce, son ton avait une nuance qu'il entendait dans sa bouche pour la première fois.

— Je suis prudente. Je le sais, lui dit-elle.

Je dois l'être… Il l'entendit presque réfléchir. Il pouvait lire dans ses pensées en posant les yeux sur son joli visage.

— Viens, dit-il. Je vais t'offrir un café.

Ils se tenaient devant un restaurant à côté du salon de tatouage. Comme il l'avait supposé, le regard de Claire alla du restaurant à la vitrine voisine.

— Du café ? dit Claire, sa voix s'estompant.

Il sut dès lors qu'il la tenait en son pouvoir. Claire baissa les épaules et leva le menton. Défiante. Forte. Il aurait voulu la prendre là, tout de suite, sur le trottoir.

— Laisse tomber le café, dit-elle tout net. Je veux un tatouage.

* * * *

— Il n'est pas content.

Vincent Cromwell sourit et rit presque en entendant ces mots.

— Non, j'imagine que non. Mais ce n'est pas de notre faute s'il a sous-estimé le pouvoir d'attraction de Claire.

Le grand loup-garou se dirigea vers le fauteuil le plus près et s'assit avec grâce, les lumières du plafond faisant ressortir les reflets bleus de ses cheveux.

— Elle a attiré l'alpha célibataire le plus puissant des nôtres, à l'exception peut-être de James Valentine. Et Valentine ne compte pas.

L'homme plus âgé devant lui inspira profondément, puis il expira lentement. Il se pencha vers l'avant, plaçant ses coudes sur ses genoux, puis il fixa Cromwell d'un regard éloquent.

— Il a modifié tout son programme, et il est en ce moment à bord d'un avion, dit-il en sortant son téléphone de la poche intérieure au niveau de la poitrine de son complet chic avant de jeter un coup d'œil sur l'écran. Il sera ici dans moins de deux heures.

— As-tu un plan ?

L'homme aux cheveux argentés eut un sourire narquois et se recula dans son fauteuil.

— J'en avais un. Cole a tout gâché.

— Nous ferions donc mieux d'en trouver un autre, suggéra calmement Cromwell.

Il s'adossa et croisa les mains sur son ventre.

— Crois-tu qu'il va la prendre ce soir ?

— Cole ?

L'homme aux cheveux argentés hocha une fois la tête.

Cromwell réfléchit un moment. Ses pouvoirs magiques s'étaient manifestés plus tôt dans la ruelle. Il avait senti une détermination implacable chez Malcolm Cole. Mais contrairement à ce qu'il s'attendait de constater, il n'avait pas noté de malveillance. Un côté sombre, oui. De la malveillance, non. Pour une raison ou pour une autre, Cromwell doutait même que Cole veuille faire du mal à Claire St. James. Et la transformer cette nuit causerait chez elle énormément d'anxiété. Au bout du compte, Vincent ne pouvait pas se prononcer. Il ne le savait tout simplement pas.

— Ça dépend, dit-il en se passant un index sur sa barbichette. Ça dépend de beaucoup de choses.

— Je vois, dit l'homme aux vêtements chers avant de se lever, les mouvements empreints d'une grâce fluide. Je veux que tu lances à Claire un genre de sort qui la forcera à au moins revenir à notre hôtel.

Il se tourna vers la sortie, mais la voix de Cromwell l'arrêta.

— Je pourrais faire ça, dit-il. Mais Cole n'est pas étranger à la magie. Il saurait ce qui se passe, et il empêcherait Claire de revenir. Comme je l'ai dit, il a toute sa meute avec lui en ce moment. Et il est plutôt fort, même seul.

L'homme aux cheveux gris réfléchit un moment, puis il traversa la pièce et ouvrit la porte.

— Je vais m'occuper de monsieur Phelan. Toi, surveille Charlie. Attends l'occasion propice, dit-il en jetant un coup d'œil significatif par-dessus son épaule, puis fais-la rentrer.

Derrière lui, Vincent Cromwell acquiesça d'un hochement de tête, mais ne dit rien. Alors que le plus vieux sortait de la pièce, Cromwell bougea ses doigts devant lui, dessinant l'image de Claire St. James dans son esprit, puis il sourit et quitta lui aussi la pièce.

* * * *

Lorsque Cole fit entrer Charlie dans le salon de tatouage, il fut immédiatement impressionné par la rapidité avec laquelle Lucas avait su si bien tout organiser. Deux clients se trouvaient déjà à l'intérieur, mais Caige s'était montré assez prévoyant pour embaucher plusieurs artistes professionnels, hommes et femmes, pour s'occuper de toutes les personnes qui pourraient se présenter ce soir-là.

Caige lui-même leva les yeux à l'arrivée de Cole, et leurs regards se croisèrent. Les deux hommes se comprirent tout de suite sans mot dire pendant que Caige approchait.

— Puis-je vous être utile ? demanda-t-il.

Claire se fit plus petite à côté de Cole, qui resserra sa poigne sur la main de la jeune femme. Elle leva les yeux vers lui et fut captivée par son intense regard vert. Il lui insufflait la volonté de ne pas reculer.

— J'aimerais me faire tatouer, dit Claire au propriétaire du salon.

Cole voyait qu'elle était intimidée par Caige, comme la plupart des gens. Le loup-garou ressemblait à un très bel acteur qui jouait un rôle dément. Charlie était une latente, et en ce sens, encore plus sensible aux autres loups-garous et à leur « virilité », faute d'un meilleur terme. Lucas Caige était en effet des plus virils, et ses yeux parfaitement noirs, qui étaient rares chez les loups-garous, étaient à la fois enivrants et menaçants.

Mais comme tout propriétaire de salon de tatouage l'aurait fait, il hocha la tête et fit un sourire rassurant, révélant ses dents parfaitement blanches. Claire sourit aussi, un peu nerveuse.

— C'est la première fois ? demanda Caige, la voix basse et le ton gentiment taquin.

Elle fit signe que oui.

— Dans ce cas, il te faut d'abord choisir ce que tu veux.

Il se rendit devant une série de présentoirs fixés sur un mur et ayant la taille de grandes affiches. Chacun comportait plusieurs dizaines d'œuvres artistiques. Il y avait une quantité incroyable de modèles. Cole avait presque peur que Claire dégrise et renonce à son idée alors qu'elle réfléchirait attentivement à son choix.

Cependant, elle le surprit une fois de plus en se dirigeant immédiatement vers le présentoir du milieu pour y pointer un dessin vers le haut.

Malcolm ressentit comme un étourdissement. Claire pointait un loup noir qui hurlait à la lune. Les yeux de Caige se posèrent sur ceux de Malcolm durant une fraction de seconde, et il sut que l'autre loup était tout aussi surpris.

— Puis-je me faire faire cette image ? demanda-t-elle.

Lucas hocha la tête, cachant savamment ses émotions, et il la guida vers l'une des quatre pièces privées du salon. Cole leur emboîta le pas, fermant la porte derrière eux. Il y avait au centre de la pièce une table inclinable recouverte de peluche à côté de laquelle se trouvait un plateau argenté rempli d'un large éventail d'outils d'artiste déposés sur une pellicule plastique.

— Aimerais-tu que je te montre à quoi sert chaque instrument afin que tu ne sois pas surprise par quoi que ce soit ?

Claire constata rapidement qu'il y avait beaucoup d'outils étranges qui comportaient des aiguilles à leur extrémité, et elle blêmit visiblement. Puis elle secoua la tête de gauche à droite.

— Non, merci. Fais simplement ton travail. Je ne veux même pas regarder, sans quoi je pourrais changer d'idée.

Caige hocha la tête, et Cole sourit.

— Assieds-toi, dit Lucas en faisant un geste vers la table. Où veux-tu te faire tatouer ?

— Sur mon poignet. Je pourrai alors couvrir le pansement avec l'un de mes bracelets de cuir lorsque je jouerai. Personne n'en saura rien.

Elle s'assit et baissa les yeux vers l'intérieur de ses bras pendant que Cole et Lucas échangeaient une fois de plus un regard.

Malcolm était littéralement sidéré devant les choix de Claire. Un loup ? L'intérieur de son poignet ? C'était comme s'ils étaient des âmes sœurs. Il n'aurait jamais cru une telle chose possible.

— Le poignet droit.

Elle tendit le bras et laissa échapper une expiration tremblotante. Ce serait exactement à l'endroit où Lily avait porté la marque de Daniel Kane. Soudainement, Cole se demanda si toutes les latentes réagissaient instinctivement de la même façon lorsqu'elles accueillaient leur compagnon.

Claire leva les yeux vers lui, et il capta et soutint son regard. De ses yeux bleu métallique, elle l'implorait presque, le suppliant de lui faire croire qu'elle prenait la bonne décision — et de continuer à lui donner la force nécessaire pour aller au bout de son idée.

Ma Charlie, songea Cole. *Tu es si courageuse.*

— Ce sera magnifique, mon amour, lui dit-il doucement, la faisant sourire et rougir d'émotion. Et si tu changes d'avis dans cinquante ans, je suis sûr qu'ils auront d'ici là inventé une méthode pour effacer rapidement ces tatouages.

Seulement, pas ce genre de marques, ajouta-t-il mentalement.

Sur ce, Lucas se rendit derrière la table et posa doucement les mains sur les épaules de Claire. Ce geste excita instantanément la jalousie de Cole, mais il se retint de le faire paraître et permit à l'autre loup d'installer Claire sur la chaise qui faisait aussi office de table, l'inclinant pour que la jeune femme soit plus confortable. Puis Caige leva les yeux vers Cole, et les deux hommes se comprirent une fois de plus du regard sans prononcer un mot.

— Ferme simplement les yeux, et détends-toi, Charlie, lui dit Cole avec toute la puissance discrète nécessaire dans son ton.

Claire ferma les yeux.

Cole se rendit derrière la table alors que Lucas lui tendait un couteau de poche. Malcolm ne perdit pas de temps pour faire glisser sur sa paume la lame finement affûtée. Alors que le sang se mettait à perler, il serra le poing et le tint au-dessus d'un des récipients d'encre vides sur le plateau enveloppé d'une pellicule de plastique. Lorsque le récipient fut à moitié plein, Lucas fit un signe de tête.

Malcolm retira sa main, et la plaie se referma. La discussion qu'il avait eue plus tôt avec Lucas lui revint en tête.

— Je vais devoir inciser beaucoup plus profondément que je ne le ferais normalement pour un tatouage, assez profondément pour faire saigner la plaie, avait dit ce dernier. Elle aura donc beaucoup plus mal que si je faisais un tatouage normal. Peux-tu l'insensibiliser à cette douleur ?

Malcolm avait réfléchi attentivement à la question. En vérité, ses pouvoirs particuliers lui permettaient d'influencer le comportement d'autrui, mais pas au point d'aider quelqu'un à ignorer la douleur. Le mieux qu'il pouvait faire était de continuer à la tenir sous son emprise.

Ou de l'embrasser. Le baiser d'un loup-garou pouvait aider de plusieurs façons. Par un baiser, un loup-garou pouvait engourdir ou affaiblir sa compagne, lui procurer du plaisir, ou même l'endormir. Il avait entendu dire que c'était ce que Daniel Kane avait fait à sa compagne pour la marquer.

Pour une quelconque raison, Malcolm n'aimait pas l'idée de procéder de la même façon que le chef de police de Baton Rouge. En fait, il voulait voir l'air de Claire lorsqu'elle se rendrait compte de ce qu'il lui arrivait. Il savait que tout au fond d'elle-même, elle reconnaîtrait la marque. C'était incrusté en elle. Elle était une louve-garou de naissance et une latente. Elle saurait qu'il la marquait comme sienne, et il voulait voir cette prise de conscience dans ses yeux bleus et purs.

D'autres paroles de Lucas lui revinrent en mémoire.

— Au moment où l'aiguille pénétrera sa chair suffisamment pour que le sang injecté fasse effet, elle tombera dans un état de soumission, avait-il dit. Tu devras agir rapidement, sur le coup, car sinon, elle se mettra à paniquer.

Le marquage d'une latente par un alpha entraîne généralement la soumission de cette dernière, et les effets initiaux se font sentir avec vigueur. Les latentes sont instantanément prises d'un désir sexuel, et elles perdent toute volonté en même temps qu'elles sont envahies d'une bonne dose de peur qui peut les pousser à faire des folies. Mais jusqu'à maintenant, toutes les latentes avaient été des humaines.

Malcolm ne savait pas trop à quoi s'attendre de la part de Claire. Il était tout à fait possible qu'elle passe en mode de combat, ce qui ne serait pas rigolo. Dieu seul savait ce dont elle serait capable lorsque le sang d'un alpha se mélangerait au sien.

Cole avait décidé que lorsqu'elle aurait été marquée et qu'elle aurait eu l'occasion de se rendre compte qu'il la réclamait, alors, et alors seulement, il l'embrasserait. Il appliquerait fermement ses lèvres sur les siennes jusqu'à ce qu'elle faiblisse sous lui. Et qu'elle s'endorme, si nécessaire.

Comme Claire ne s'était jamais fait tatouer auparavant, elle ne remarqua pas que Caige n'avait pas pris la peine de tracer l'image ni de nettoyer son bras à l'endroit où il la marquerait. Elle garda plutôt simplement les yeux bien fermés et tenta de faire confiance aux deux étrangers qui se trouvaient dans la pièce avec elle.

Malcolm se plaça du côté gauche de Claire pendant que Lucas trempait la pointe de son pistolet de tatouage dans le récipient contenant le sang de Malcolm, dans le but d'aspirer l'épais liquide rouge dans le tube de son appareil. Jetant un dernier regard significatif à Cole, Lucas plaça ensuite la pointe de son pistolet sur le poignet de Claire, et après avoir subtilement empoigné de sa main libre le bras de la jeune femme pour la tenir en place, il alluma l'appareil.

Et il appuya fort pour que les aiguilles pénètrent la peau dès le premier coup.

Claire ouvrit subitement les yeux lorsque le sang de Malcolm se mélangea au sien, provoquant instantanément une intense chaleur dans son bras. Caige la retint fermement, gardant le pistolet bien appuyé contre sa peau pour que le sang du puissant loup-garou fasse son œuvre. Cole lui saisit rapidement l'autre bras de sa main droite. Claire arqua le dos et ouvrit la bouche pour crier, mais la main gauche de Cole se posa sur ses lèvres alors qu'il glissait l'une de ses longues jambes bien musclées sur les deux siennes pour retenir la jeune femme afin qu'elle ne puisse même pas bouger.

La terreur se vit immédiatement au fin fond de ses yeux bleus. Elle était coincée, seule avec ces hommes, et personne ne savait où elle se trouvait. Elle avait mal. Elle était sans défense. Et pire que tout, elle était sexuellement excitée. Il le sentait.

Cole se pencha vers elle et approcha les lèvres de son oreille, le monstre en lui se délectant de la sensation de ses seins si bien appuyés contre sa poitrine alors qu'elle s'arquait sous lui dans une vaine tentative de fuite.

– Ne résiste pas, mon amour. Laisse-toi faire ; ce sera plus facile pour toi, lui dit-il de sa douce voix teintée d'un bel accent qui la mettait dans un état second.

Elle frissonna alors que la douleur initiale des aiguilles s'estompait lentement, mais sûrement, pour faire place à une sensation de plaisir. De désir.

Elle se mit à suffoquer en raison des doigts que Cole avait mis sur sa bouche pour l'empêcher de crier alors que la marque commençait à prendre forme. Lucas poussa un faible sifflement, et Cole se tourna pour regarder.

Il en avait terminé avec les aiguilles et fixait le bras de Claire. Une mince ligne émeraude luisante s'entremêlait à sa peau couleur crème. Elle était d'une complexité inouïe. C'était stupéfiant.

La vue de cette ligne sur la peau de Claire eut un effet particulièrement puissant sur Malcolm. Il se raidit douloureusement sur elle. Ses crocs explosèrent dans sa bouche, et il sut que ses yeux s'étaient mis à luire. Il sentit ses pupilles se dilater d'envie alors que tout dans la pièce devenait contrasté. Sa peau brûlait aux endroits exacts où il touchait celle de Claire, et il ne sentait que l'excitation, le shampoing et le dentifrice à la cannelle dont elle s'était servie avant de quitter l'hôtel.

Ses griffes se mirent à pousser alors qu'il succombait sans merci à l'appel du désir. Tout dans son être l'incitait à la mordre sur-le-champ, à déchirer ses vêtements et à la pénétrer dans sa moiteur en avalant son sang et en la transformant tout de suite en louve. Il commençait à voir flotter de petites chandelles devant ses yeux pendant que le loup en lui menaçait de prendre forme en un flash.

Ce fut Lucas qui, s'éclaircissant la gorge à côté de lui, ramena Cole à la réalité, malgré les réticences certaines de ce dernier. Cole jeta un coup d'œil au loup-garou aux cheveux noirs. Les yeux foncés de Caige lui lançaient un avertissement. Il ne pouvait pas la prendre maintenant. Le mage avait dit vrai dans la ruelle.

Claire savait ce qui lui arrivait. Cole savait que même si elle ne comprenait pas la démarche, il était clair pour elle qu'il réclamait à toutes fins utiles son corps. En se redressant et en baissant le regard vers ses magnifiques yeux, il sut qu'elle était consciente du fait qu'il la marquait comme sienne.

Toutefois, s'il ne lui laissait pas le temps de voir venir les étapes, elle le détesterait. Elle le haïrait. Elle tenterait peut-être même de le tuer. Il se doutait bien du fait que Charlie, même une fois transformée en louve, ne deviendrait pas pour autant une mauviette.

Certes, il n'avait pas eu le choix de la marquer. Sur ce point, il pouvait se prétendre dans son droit. Il avait dû la protéger de Phelan. Mais la réclamer et la transformer, c'était une tout autre histoire. Il devait attendre l'occasion de tout lui expliquer comme il faut avant de terminer la transformation.

Ce n'était pas encore le moment.

Charlie gémit sous la main de Cole alors qu'elle se sentait de plus en plus humide au niveau de l'entrejambe. Lucas se contracta lui aussi visiblement en l'entendant gémir, l'observant avec émerveillement alors qu'elle fermait les yeux en raison du plaisir qui augmentait en elle. Caige était aussi un loup et un alpha, et il n'était absolument pas immunisé contre ce genre de comportement à connotation ouvertement sexuelle que manifestait actuellement Charlie.

Lucas se leva, voulant à tout prix quitter les lieux aussi rapidement que possible. Il se dirigea vers la porte en jetant un dernier coup d'œil à son chef et à la compagne qu'il avait choisie, puis il les laissa seuls, fermant bien la porte derrière lui.

Malcolm retira sa main de la bouche de Claire, et il regarda la jeune femme de ses yeux aux pupilles entièrement dilatées. Comme si elle sentait qu'il voulait attirer son attention vers lui, elle ouvrit les paupières.

– Tu m'appartiens, Charlie.

– Que m'as-tu fait ? demanda-t-elle, le souffle coupé.

– Je t'ai marquée comme mienne. C'est impossible de revenir en arrière, et tu ne peux plus rien y faire. Je te suggère donc de capituler, mon amour. Et d'accepter la situation.

Il sentait qu'elle se serait instinctivement rebellée devant de tels propos si elle n'avait pas été sous l'emprise de la marque, qui la mettait dans un état de soumission. Elle était forte, et il sentait qu'elle avait appris à se battre dans la vie. Mais la marque d'un alpha était inexorable.

Elle réussit tout de même à plisser un peu les yeux.

— Tu n'es pas un humain, l'accusa-t-elle.

Il était impressionnant qu'elle soit parvenue aussi rapidement à cette conclusion. Il était encore plus impressionnant qu'elle l'accepte si aisément. Mais voilà, c'était une louve-garou de naissance.

— Veux-tu bien me dire ce que tu es ? grogna-t-elle alors qu'une autre vague brutale et envahissante de plaisir menaçait de la faire jouir sur-le-champ.

Il sourit, montrant ses crocs. Ses yeux s'écarquillèrent, et son souffle s'accéléra.

— Je suis un loup-garou, lui dit-il. Et toi aussi.

CHAPITRE CINQ

LA CARTE MARQUÉE

Charlie, les yeux écarquillés, fixait l'homme qui la retenait sur sa chaise.

Il représentait presque en tous points un personnage tout droit sorti d'un film d'horreur gothique. Il était la vedette érotique du cauchemar qu'elle était en train de vivre. Tout en lui, que ce soit son visage d'une beauté frappante, ses traits sculpturaux, ses pupilles totalement dilatées, ses crocs luisants ou son aura, la faisait se sentir comme une palette de chocolat dans une cage aux côtés d'un homme affamé enfermé avec elle. Il représentait l'incarnation du danger.

Il aurait tout aussi bien pu être le diable. C'eût été parfaitement logique.

Qu'il fût le diable ou non, elle voulait qu'il lui déchire ses vêtements et la prenne sur le plancher, là, immédiatement, dans cette pièce. Et ce constat *terrifiait* totalement Charlie, sans équivoque.

D'un point de vue chimique, la terreur était un afflux soudain et rapide d'adrénaline et de cortisol dans le système sanguin. Et cette adrénaline et ce cortisol avaient maintenant complètement envahi le système sanguin de Claire St. James.

Il n'y avait plus de place dans son corps d'athlète pour les émotions. Plus de place dans son cerveau instinctif pour toute pensée rationnelle. Mue par ses trois longues années d'entraînement intense, elle réagit par réflexe, chassant impitoyablement tout ce qui tentait vainement d'accaparer son cerveau.

Elle appliqua ce qu'on lui avait enseigné durant trois ans. D'un mouvement fluide, elle leva les bras à la vitesse de l'éclair et saisit les deux côtés de la tête de Cole. Au même moment, elle se recula et prit de l'élan. Une fraction de seconde plus tard, elle cognait la partie la plus solide de son crâne contre le visage de Malcolm, le repoussant complètement de la chaise où elle était assise.

Sans constater le résultat de son geste sur Cole et sans s'arrêter pour voir s'il se lancerait à sa poursuite, Charlie se leva de la chaise et se précipita vers la porte, qu'elle ouvrit aussitôt pour traverser la grande pièce jusqu'à la porte principale.

* * * *

Lucas Caige regarda Charlie quitter le salon, les bouclettes de ses cheveux blond vénitien flottant derrière elle alors qu'elle se dirigeait à toute vitesse à l'extérieur pour se fondre dans le chaos de la ville. Il songea à essayer de l'arrêter, mais ce n'était pas son combat à lui. Et de toute manière, Malcolm Cole ne devait pas mener cette bataille au vu et au su des autres humains.

Une seconde plus tard, Cole sortit calmement de la pièce et s'essuya le visage d'une manche longue de son chandail thermique blanc. Elle fut tout de suite couverte de sang, même si le nez et la bouche de Cole semblaient normaux.

Ses yeux avaient retrouvé leur couleur d'un jade vif, et un sourire cruel se dessinait sur ses lèvres.

— Elle vous a sonné ? demanda Caige.

— Plus ou moins, répondit Cole avec désinvolture. Si nous ne guérissions pas comme nous le faisons, je serais quelque peu défiguré en ce moment.

Caige haussa les sourcils.

— J'avais donc raison.

Cole inclina la tête de côté. Il écoutait, mais son attention dériva vers l'entrée et la femme qui venait de sortir à la course.

— Elle n'est pas comme une latente humaine, continua Caige. Elle aurait dû totalement se soumettre. Mais elle t'a plutôt donné un coup de tête.

Lucas ne pouvait s'empêcher de sourire, et il sourit davantage lorsque Cole lui décocha un regard cinglant.

Malcolm inspira profondément et fixa une fois de plus la sortie du salon. Si les loups de Phelan avaient encore été sur le Strip et si les propres hommes de Cole n'avaient pas été plus nombreux qu'eux, Charlie aurait été la proie rêvée en ce moment. Cependant, les hommes de Gabriel étaient partis, et les loups de Cole étaient dispersés dans toute la ville. Malcolm retrouva le sourire.

Il savait qu'il était un salaud. Il avait en lui un côté un peu trop sombre et peut-être un peu trop tordu. Il n'était pas certain du moment où il avait changé, ni même de la façon dont cela s'était produit. Peut-être était-ce en raison du sortilège. Peut-être était-ce parce qu'il avait participé à trois guerres, toutes sanglantes.

Peut-être n'était-ce que lui. Il était peut-être juste détraqué.

Qu'importe la raison, Cole devait admettre qu'il prenait plaisir à détruire autrui lentement et méthodiquement. Il avait puni d'innombrables tueurs en série de cette manière, les amenant à se mettre à genoux avant de leur asséner le coup final. À sa grande honte, il avait systématiquement torturé Lily St. Claire de cette façon. Il n'avait pas respecté, ou alors si peu, les besoins ou les désirs de cette femme. En vérité, il ne s'en était pas préoccupé.

Il ne lui aurait jamais carrément fait mal, mais il avait obtenu ce qu'il voulait, et il avait su comment jouer le jeu pour l'obtenir.

Ce qu'il aimait, c'était la chasse. La poursuite. Il était un loup, un véritable prédateur, et la chasse sous toutes ses formes lui procurait un immense plaisir. La situation, dans le cas de Charlie, frôlait la perfection. Il avait pu sentir son excitation en elle ; bordel, il aurait été impossible de ne pas la remarquer. Il savait qu'elle avait été aussi affectée que lui par la marque. Sa décision de s'enfuir de Cole laissait à ce dernier le temps et la distance dont il avait besoin pour la pourchasser de la bonne manière. Peu importe sa force ou son entêtement, elle se soumettrait à lui au bout du compte. Mais de la façon dont elle agissait, c'était beaucoup plus amusant.

— Occupe-toi de tes gens, puis ferme boutique, ordonna-t-il calmement, son regard se tournant vers les fenêtres et l'agitation nocturne de Las Vegas. Rentre ensuite au Bellagio.

Lucas hocha une fois la tête pour montrer qu'il avait compris, puis il s'éloigna pour aller s'occuper de ses clients.

Cole sortit son téléphone cellulaire de sa poche avant et l'ouvrit. Il appuya sur quelques touches et attendit que Jake réponde.

— Elle dort comme un loir, lui dit Jake sans détour.

Cole savait qu'il parlait de Mary Jane, l'amie de Charlie. Jake avait réussi à l'endormir d'un baiser. Elle était probablement inconsciente sur le lit de Jake, ne s'étant jamais rendue au The August.

— C'est bien, dit Cole. Rassemble les hommes. Charlie est en fuite, et je ne veux pas qu'ils interfèrent, à moins qu'elle tente de retourner à sa chambre.

— Compris, confirma Jake.

Cole raccrocha et remit son téléphone dans sa poche. Il sortit ensuite sur le trottoir et prit une lente inspiration. Profonde. Il capta facilement l'odeur de Charlie. C'était comme si la jeune femme l'appelait. Il sourit et se laissa aller à faire montre de sa puissance pendant qu'il parcourait la rue. Les gens se rangeaient sur son passage, lui laissant beaucoup de place.

Ils faisaient comme s'il n'existait pas.

* * * *

Charlie n'avait aucune idée de l'endroit où elle se dirigeait. Elle se contentait de courir.

Quelques personnes dans la rue ne purent s'empêcher de la dévisager. De bons Samaritains tentaient de lui demander si elle allait bien ou regardaient autour d'elle pour voir de qui ou de quoi elle s'enfuyait. Elle voyait bien que des employés au salaire minimum plantés sur le coin des rues songeaient à lui tendre brutalement des poignées de petites cartes obscènes à la tête, mais sa rapidité les stupéfiait ou les déroutait suffisamment pour qu'elle échappe aux éraflures sur son visage.

Le cerveau de Charlie s'activait presque aussi vite que ses jambes. Malcolm Cole — si c'était bien son vrai nom — avait tenu des propos insensés. Il n'y avait pas le moindre doute possible. La présence de loups-garous dans le vrai monde n'était que pure folie.

Cependant, aussi insensés que pouvaient être les propos de Cole, et aussi folle qu'elle l'aurait été de voir dans cette situation autre chose qu'un cauchemar ou un plongeon dans les profondeurs de la démence, elle le croyait. En fait, elle le croyait, mais en plus, quelque part à l'intérieur d'elle-même, elle n'avait pas été surprise. Elle était certes déroutée et confuse, mais pas aussi déconcertée qu'elle aurait dû l'être. Et c'était ce qui la surprenait le plus.

Malcolm Cole exerçait sur elle une emprise irréelle. *Bon Dieu*, comme il l'attirait ! Même lorsqu'il avait utilisé sa force pour lui couvrir la bouche de sa main et permis à son acolyte de la marquer avec cette aiguille, elle avait été mouillée de désir pour lui. Elle était si fortement attirée vers lui que c'en était littéralement douloureux.

Au moment où leurs yeux s'étaient pour la première fois croisés dans cette boîte, elle avait eu comme l'impression qu'elle le connaissait depuis des années. Son visage lui avait été instantanément familier. Ses yeux verts étaient en fait les mêmes que ceux qu'elle voyait en rêve depuis plusieurs mois. Il était l'étranger aux yeux verts de ses rêves.

Mais ce n'était pas tout. Il avait un autre je-ne-sais-quoi ; quelque chose de si magnétique et de si séduisant qu'elle lui avait presque demandé de la raccompagner à sa chambre d'hôtel pour une aventure d'un soir. Elle avait porté sa bière à sa bouche pour s'empêcher de commettre une erreur horriblement gênante.

Charlie était sidérée par les réactions dans son corps et dans sa tête. Même si l'homme n'était manifestement pas un humain, et même s'il avait juré qu'elle n'était pas elle non plus une humaine – même si tout ce qui s'était produit au cours de la dernière heure avait fait complètement basculer son monde –, elle le désirait malgré tout. Elle en était *accro*. Elle n'avait jamais été aussi accro à quoi ou à qui que ce soit.

Elle voulait passer ses doigts dans ses épais cheveux, si foncés qu'ils en étaient presque noirs. Elle voulait embrasser ses lèvres sensuelles, le goûter en passant sa langue sur ses dents acérées. Elle voulait sentir la fermeté de ses muscles sous son chandail, puis elle voulait qu'il l'empêche de bouger pour qu'elle ne puisse plus du tout le toucher.

Elle ressentait une envie, une envie *immense* de se soumettre à lui. Comme elle le faisait parfois avec Jessie. Elle n'avait jamais ressenti la même chose avec qui que ce soit auparavant. C'était comme si, malgré le sombre présage que laissaient planer ses yeux entièrement dilatés et malgré la cruauté de son magnifique sourire ouvert sur ses crocs, elle lui faisait réellement confiance.

Un loup-garou.

Elle se secoua et accéléra le pas, se laissant distraire par le va-et-vient de la rue et par les rapides et forts battements de son cœur afin de ne plus avoir en tête ce désir qu'elle ne comprenait pas et qui menaçait de la submerger.

Elle se força à penser à autre chose. À ses crocs. À cette lueur étrange dans ses yeux. À ses griffes acérées, qu'elle avait remarquées au bout de ses doigts lorsqu'il lui retenait le bras sur la chaise.

Les loups.

Charlie adorait les loups depuis son enfance. Sa chambre chez ses parents en était décorée. Déjà quand elle n'était qu'un bébé, des images aux tons pastel de ces bêtes et des dessins humoristiques de ces animaux pendaient à des mobiles au-dessus de son berceau ou aux poignées de tiroir de sa commode. Ces décorations avaient plus tard été remplacées par de grandes affiches punaisées aux quatre murs sur lesquelles on pouvait admirer des loups gris dans de grandes forêts.

Une silhouette de loup ornait l'arrière de son blouson de cuir à l'école secondaire. Deux loups jumeaux avaient été gravés sur sa première paire de baguettes de batterie. Elle se souvenait de la nuit où elle avait pensé au nom de Black Squirrel — écureuil noir — pour son groupe. Elle avait rêvé à un loup noir qui chassait un écureuil noir. Elle s'était réveillée, s'était retournée et avait griffonné ce nom sur un bout de papier avant de se rendormir.

Elle avait même décidé de se faire tatouer un loup sur le corps, mais le projet n'avait pas abouti en raison d'une étrange marque vert émeraude qui couvrait l'intérieur de son bras à l'endroit qu'elle avait choisi pour son tatouage.

Pendant qu'elle courait, Claire jeta un coup d'œil sur cette marque, puis regarda de nouveau devant elle sur le trottoir pour s'assurer de ne pas heurter quelque chose ou quelqu'un.

Que lui avait-il fait ? Il lui avait dit qu'elle lui appartenait, qu'il l'avait *marquée* comme sienne. Elle jeta un autre coup d'œil sur son bras et nota la présence d'une lueur sur les nœuds complexes de la marque. C'était hypnotisant.

Ainsi absorbée, elle heurta de plein fouet un mur de brique et ressentit l'impact dans tous les os de son corps pendant qu'elle tombait de tout son long vers l'arrière.

— Je peux voir le hamster qui court dans ta tête, mon amour, lui dit-il.

Sa voix était si puissante. Si diablement agréable. Claire eut beau se remettre sur pied à la hâte et reculer quelque peu, la voix de Cole déclencha en elle un frisson involontaire qui lui fit grincer des dents.

Comme s'il était bien conscient de l'effet qu'il avait sur elle, Cole sourit davantage.

— Où crois-tu aller, exactement ? lui demanda-t-il en faisant un pas vers elle. L'hôtel est dans l'autre direction, Charlie, la taquina-t-il.

Elle recula de nouveau.

— Comment es-tu arrivé ici aussi rapidement ? lui demanda-t-elle, le ton haut et une note d'hystérie dans la voix. *Que m'as-tu fait* ?

Elle voulait savoir pourquoi il exerçait une telle puissance sur elle, pourquoi le simple fait de penser à lui éveillait son appétit sexuel.

— Je te l'ai dit, Charlie, dit-il en faisant un autre pas vers elle.

Instinctivement, elle recula encore. Sa proximité lui donnait le vertige. Il était si magnifique. La nature ne créait tout simplement pas d'hommes de ce genre.

Non, en effet, songea-t-elle avec désespoir. *Elle crée des loups-garous à la place.* Un loup-garou qui peut apparemment guérir en quelques secondes d'un nez brisé. Il n'y avait déjà plus de trace du puissant coup de tête qu'elle lui avait asséné au visage quelques minutes auparavant.

– Je t'ai marquée comme ma compagne, continua-t-il calmement. C'était nécessaire.

Il avait un accent prononcé et envoûtant qui éveillait les terminaisons nerveuses de Charlie, puis les soulageait comme un baume.

– Tu es fou, lui dit-elle. Reste loin de moi. Je ne sais pas ce que tu es, mais je ne veux plus jamais te revoir.

En disant ces mots, toutefois, elle savait qu'elle mentait, que c'était là un mensonge flagrant. Mais elle était désespérée. Il lui arrivait trop de choses en même temps.

Cole s'arrêta et inclina la tête de côté, plissant légèrement ses yeux perçants.

– Savais-tu qu'en entendant simplement ton cœur battre et en notant simplement le subtil changement de ta voix, je peux déceler que tu mens, Charlie ? demanda-t-il en l'étudiant un moment alors qu'elle se figeait presque sous le regard scrutateur de ses yeux émeraude. Ça ne te sied pas.

Elle eut le réflexe instinctif de se tourner pour fuir en direction opposée. Une fois de plus, il ne lui importait guère de savoir l'endroit où elle irait. L'important était de mettre de la distance entre elle et l'homme aux yeux verts qui la poursuivait.

****

Une lueur étrange apparut au fond des yeux de Cole.

Il se sentait soudainement déchiré. En observant les yeux bleus de Charlie se plisser avec détermination, il se rendait compte qu'indépendamment des sentiments qui habitaient le cœur de la jeune femme, sa tête s'employait à la convaincre qu'il lui voulait du mal.

Il ne pouvait pas vraiment la blâmer. Jusqu'alors, il n'avait rien fait pour lui prouver le contraire. Il avait usé de ruse contre elle, l'avait retenue, l'avait marquée, l'avait pourchassée et l'avait traitée de manière menaçante. Le loup en lui était à la fois surexcité et fâché. Même si la chasse l'amusait, il souhaitait aussi qu'elle accepte tout simplement l'inéluctable et qu'elle cesse de courir.

Il lui faisait manifestement du tort. Elle avait peur. Il avait entendu les battements de son cœur, légèrement irréguliers, et il avait remarqué qu'elle tremblait. Il sentait la peur émaner d'elle.

Lorsqu'elle se tourna une fois de plus pour disparaître dans la foule, il se demanda ce qui l'avait d'abord poussée à sortir dans la nuit. Pourquoi était-elle allée dans cette boîte avec son amie ? À bien y penser, ça ne lui ressemblait pas. Elle n'était pas… à sa place, d'une certaine manière. Un peu comme un ange qui serait tombé parmi les démons. Elle avait été nerveuse. Il l'avait senti. Et que signifiaient les paroles que Mary Jane lui avait dites ? « D'accord, peut-être qu'ils veulent vraiment tous t'arracher tes vêtements et te baiser sur le plancher. Mais tu peux gérer la situation, si tu veux. Tu peux aussi en profiter pour t'amuser avant que ça commence à déraper. »

Il fronça les sourcils en se rappelant ses mots. Il sentit une lourdeur désagréable au milieu de sa poitrine.

Claire représentait bien davantage que toutes ces impressions à première vue. Elle était aussi complexe et compliquée qu'époustouflante. Ce qui troublait Cole, c'était que pour la première fois de sa très longue vie, il constatait qu'il s'intéressait réellement à quelqu'un.

Il laissa son regard descendre vers le sol, et il sortit son téléphone cellulaire. Lorsqu'il entendit la voix de son interlocuteur, il avait déjà pris une profonde inspiration apaisante, et il était parvenu à une décision.

— Jake, fais-la reconduire chez elle.

Il y eut un silence au téléphone avant que Jake réponde.

— Bien sûr, patron.

Malcolm raccrocha et se passa une main dans ses épais cheveux.

— Bon Dieu.

Ce serait beaucoup plus difficile qu'il ne l'avait cru.

* * * *

Lily Kane observa la jeune femme aux longs cheveux blond vénitien qui courait dans la rue à toute vitesse, à quelques pâtés de maisons de distance. Charlie se dirigeait à n'en pas douter vers le taxi à l'intérieur duquel se trouvait Lily.

— Je te l'avais dit ! dit-elle au grand homme assis à côté d'elle. La voici ! Et elle est terrifiée. Je te l'avais bien dit, n'est-ce pas ? répéta-t-elle.

Elle mit la main sur la poignée de la portière, mais James Valentine l'arrêta, ses doigts entourant doucement, mais fermement le poignet de Lily.

— Attends, ordonna-t-il en inclinant la tête de côté. Le second de Cole est également dans les parages. Jakob Samson. Je le sens.

— Et puis ? demanda Lily en se tournant vers lui, plissant ses yeux dorés. Je ne vais pas le laisser m'arrêter. Elle a besoin de notre aide, James. Je te le dis : cette fois-ci, c'est sérieux.

Valentine baissa le regard vers elle durant ce qui sembla un long moment, ses yeux argentés devenant soudain plus foncés. Il savait qu'elle avait raison. Il pouvait sentir le danger au-dehors. Mais il acceptait plus facilement de laisser Claire St. James se démener sans défense que de permettre à Lily Kane de se chercher par exprès des ennuis.

— Ton mari va me tuer si je te laisse faire, Lily.

Lily lui décocha un regard *exaspéré.*

— Rien ne peut te tuer, James. Même pas Daniel.

Même s'il s'en faudrait de peu pour qu'il le puisse, ajouta-t-elle mentalement. Mais elle devait sortir de la voiture ; chaque seconde comptait. Claire, ou Charlie, comme on l'appelait dans les rêves de Lily, avait besoin d'aide.

Deux ans auparavant, Lily Kane s'appelait encore Lily St. Claire. À ce moment-là, elle était travailleuse sociale — et elle était encore une humaine. Mais un curieux effet du hasard et une rencontre avec une ancienne flamme de l'école secondaire, un homme incroyablement sexy, avaient tout changé dans sa vie en l'espace de quelques jours.

Daniel Kane l'avait transformée en louve-garou. Ce changement de physiologie s'était accompagné d'un changement de vocation, car sans trop qu'elle sache pourquoi, Lily avait maintenant le pouvoir d'observer la vie des autres loups-garous. Elle rêvait à leur passé ou aux dangers qu'ils devaient affronter, et elle pouvait parfois même déceler l'issue des événements. Elle était passée de travailleuse sociale normale à travailleuse sociale du surnaturel.

Ni les implorations de Daniel ni les supplications de James Valentine, son protecteur, n'avaient pu faire en sorte que Lily change d'idée lorsqu'elle avait décidé que son nouveau don devait être utilisé à bon escient. Elle retraçait maintenant les loups auxquels elle rêvait, et elle tentait de son mieux de les aider.

Daniel était chef du service de police de Baton Rouge ; son travail le retenait donc en Louisiane la plupart du temps. C'est pour cette raison que Valentine l'accompagnait lorsqu'elle parcourait le pays dans le but de venir en aide à de purs étrangers.

Cette mission avait été particulièrement difficile lorsque Lily s'était retrouvée enceinte. Au début, Daniel avait catégoriquement refusé de la laisser partir. Mais ses rêves la faisaient se sentir coupable, et au bout du compte, ils avaient été tous deux inquiets des conséquences qui pourraient en résulter pour leur fils à naître. Il lui avait donc permis d'écouter son cœur. Dans tous ses déplacements, elle était accompagnée de Valentine et de beaucoup d'autres membres de sa meute.

Ils avaient finalement traversé cette intense période de neuf mois, et le fils de Lily était maintenant en sûreté auprès de Daniel et de la meilleure amie de Lily, Tabitha. Toute la meute de Daniel surveillait l'enfant. Lily se trouvait très, très chanceuse d'être une mère entourée de tant de loups-garous forts et aimants pour s'occuper de son fils. Combien de mères n'ont *personne* pour les appuyer ?

Redonner à autrui était bien la moindre des choses.

Et en ce moment, il lui fallait aider Charlie.

— Il y a un chasseur qui en veut à cette femme, James, dit Lily à son protecteur sur un ton très sérieux. Si quelqu'un sait comment on se sent dans ces cas-là, c'est moi. Et cet homme est incroyablement pire qu'Allan Jennings l'était, expliqua-t-elle en frissonnant, se rappelant son rêve sur le chasseur et la manière dont il avait touché Charlie. Fais-moi confiance. Nous devons intervenir.

À ces mots, James poussa un profond soupir et lui lâcha le poignet. Il hocha la tête et ouvrit sa propre portière pendant qu'elle ouvrait la sienne.

****

Charlie s'arrêta sur place lorsqu'elle perçut une odeur étrange. Une odeur de danger. Non pas une odeur de mort, mais une odeur qui la laissait présager. Elle avait le souffle incroyablement régulier pour une personne qui venait de parcourir vingt pâtés de maisons à toute vitesse. Elle se sentait à peine fatiguée alors qu'elle analysait à la hâte la foule des deux côtés de la rue, cherchant la source de cette odeur étrangement différente.

Puis elle vit la femme et l'homme sortir du taxi à deux coins de rue de distance. Ils la fixaient. Leurs yeux avaient une couleur surnaturellement pure ; ceux de la femme étaient d'un doré luisant et étincelant, et ceux de l'homme étaient d'un gris argenté.

Ce ne sont pas des humains, songea-t-elle. *Ce sont des loups-garous.*

Son cœur s'emballa durant quelques instants ; elle gémit presque. La marque bizarre, mais jolie sur son bras sembla se réchauffer. Elle baissa les yeux vers son bras, même si elle *sentait* intérieurement que le couple du taxi commençait à se diriger vers elle.

— Tout cela est irréel, murmura-t-elle.

Le désespoir envahit sa mince silhouette aussi certainement que l'adrénaline s'était mise à circuler dans son système sanguin. Une fois de plus, ses réflexes appris à l'entraînement refirent surface, et elle se précipita de l'autre côté de la rue en se faufilant entre les voitures qui circulaient, s'attirant du coup quelques coups de klaxon de conducteurs irrités ainsi que quelques doigts d'honneur tendus bien haut.

Elle ignora tous ces reproches et se précipita vers la première ruelle sombre. *Je dois retourner à l'hôtel,* songea-t-elle désespérément. Mais il était si loin ! Avant d'arriver à Las Vegas, elle ne savait pas que la ville était grande à ce point. Elle pensait que l'endroit se résumait plus ou moins à ce seul boulevard – le Strip – et à une poignée de restaurants.

Ce n'était pas le cas.

Je dois trouver un taxi.

Puis elle sortit à l'autre bout de la ruelle, où s'arrêtait justement un taxi en bordure du trottoir. Charlie s'arrêta brusquement de nouveau. Mais cette fois, personne ne sortit de la voiture. En fait, la banquette arrière était vide. Le chauffeur de taxi se pencha simplement vers elle et cria par la fenêtre du côté passager :

– Hé, madame ! On m'a demandé de vous prendre et d'vous ramener au The August !

Charlie le jaugea d'un coup d'œil. C'était un homme plutôt âgé, probablement dans la soixantaine, qui s'exprimait avec un accent du New Jersey. Il semblait fatigué, mais déterminé à faire de l'argent. Il portait une bague de mariage à son annulaire gauche, et une photo de lui avec sa famille était posée sur le tableau de bord. Trois enfants, tous adultes. Quatre petits-enfants.

Charlie jeta un coup d'œil derrière elle, par-dessus son épaule ; elle capta une fois de plus l'odeur de loup-garou et se décida rapidement. Elle ouvrit la portière arrière du taxi et se glissa à l'intérieur.

Le chauffeur de taxi lui lança un regard de sa banquette avant. Manifestement, il voyait la peur dans son expression. Il ne tarda pas à la rassurer.

— La course a déjà été payée, dit l'homme en s'éloignant du trottoir. Mais si vous voulez me donner un généreux pourboire, je peux faire vite.

— Faites vite, lui dit Charlie de la banquette arrière.

L'homme rigola un peu et secoua la tête, puis il appuya sur l'accélérateur.

* * * *

— Merde !

Lily ralentit, s'arrêta et se pencha pour retrouver son souffle. La course n'était pas son point fort — ça ne l'avait jamais été. Elle se débrouillait *légèrement* mieux, sans plus, maintenant qu'elle était une louve.

— L'as-tu vue détaler ? demanda-t-elle à James entre deux respirations. Ce n'était pas normal !

— Pas normal du tout, acquiesça Valentine, à côté d'elle.

Ses yeux gris luisaient vivement dans l'obscurité de la ruelle. Il avait observé la jeune femme monter dans le taxi, qui s'était ensuite éloigné.

— Même pas pour un loup.

— Que s'est-il passé ? demanda Lily en se redressant, pour ensuite se passer une main dans ses longs cheveux dorés. Comment a-t-elle soudainement pu filer si rapidement ?

James réfléchit un moment. Il n'était pas à bout de souffle, mais il était effectivement impressionné par la soudaine rapidité de la latente. La silhouette de Charlie était devenue presque floue quand la jeune femme s'était précipitée dans la ruelle, se déplaçant beaucoup plus rapidement que la normale. En fait, Valentine n'avait rencontré jusque-là qu'un seul loup qui puisse se déplacer si rapidement.

— Que faites-vous ici, tous les deux ?

Valentine ne fut pas surpris. Il avait senti l'autre alpha avant que son accent britannique ne résonne dans la ruelle. Mais Lily, alarmée, se tourna précipitamment.

— Cole !

Malcolm rit sans joie.

— Tu n'apprends donc pas, mon amour ?

Il sortit de l'ombre contre le mur, sa grande silhouette se découpant dans le rayon d'un réverbère au bout du passage.

— Appelle-moi Malcolm.

Lily déglutit bruyamment, puis elle sembla se rappeler qu'elle n'avait plus rien à craindre de lui. Elle se redressa et replaça ses épaules vers l'arrière.

— Vous ne devriez pas vous approcher sournoisement des gens ainsi.

Malcolm l'étudia en silence. C'était la première fois qu'il la voyait depuis sa transformation.

— Je dois admettre que tu es superbe, Lily. Le changement te va bien.

Elle se sentait mal à l'aise sous son regard.

— Ça me pousse à me demander de quoi Charlie aura l'air lorsque je l'aurai transformée.

— Vous l'avez marquée, n'est-ce pas ? l'accusa Lily.

Malcolm fronça les sourcils.

— Vous n'avez pas répondu à ma question. Pourquoi êtes-vous ici ? insista-t-il, son regard allant du visage de Lily à celui de Valentine. Quel est votre lien avec Claire ?

— Elle est en danger, lui dit Lily sans détour.

Le regard de Malcolm revint se poser sur elle. Son sourire était empreint d'ironie.

— À cause de moi ? demanda-t-il doucement, le regard énigmatique derrière ses yeux émeraude.

Lily serra les dents. Cet homme pouvait se montrer si exaspérant. Les deux dernières années ne semblaient pas l'avoir changé.

— Non, grogna-t-elle. À cause d'un chasseur qui la désire désespérément, au point de la suivre depuis la Pennsylvanie.

Le sourire de Cole s'effaça, et toute expression disparut de ses magnifiques traits. Il regarda James de nouveau, comme pour obtenir une confirmation. James hocha la tête.

— Maintenant, répondez à ma question, exigea Lily. L'avez-vous marquée ?

Cole tourna son attention vers elle une fois de plus et résista à la tentation de l'envoûter par la puissance de son charme. Il ne savait pas trop pourquoi il s'irritait à cause du fait qu'elle et James, qui, en ce qui concernait ce dernier, travaillait auparavant pour *lui*, interfèrent dans ses projets. Et apprendre l'existence de ce chasseur remuait quelque chose d'instable en lui. Il sentait qu'il devait se défouler. Éliminer qui que ce soit ou quoi que ce soit qui s'approcherait à trois mètres de Claire St. James.

Charlie était *sienne*.

— Je vais prendre votre silence pour un oui, ajouta simplement Lily. Et ça expliquerait sa si grande rapidité, soupira alors Lily en se croisant les bras sur la poitrine. C'est une louve de naissance, continua-t-elle. Lorsque vous avez mêlé votre sang au sien, il est survenu quelque chose d'étrange. Elle a entre autres hérité d'une partie de votre puissance.

— Ce n'est pas important, s'interposa James. L'important, c'est de trouver le chasseur avant qu'il ne la trouve.

Lily fronça les sourcils et baissa les yeux vers le sol. Elle se rappela quelque chose.

— Il est trop tard pour ça, dit-elle. Il sait déjà où elle se trouve.

Des images dansaient dans son subconscient, et elle ferma les yeux pour tenter de les voir plus clairement.

La voix de Cole interrompit ses pensées comme un couteau chaud dans le beurre.

— De quoi a-t-il l'air ?

* * * *

Jessie Graves se redressa à l'endroit où il s'était accroupi sur le toit de l'édifice. Il avait observé Charlie, qui venait de parcourir la ruelle à la course avant de monter dans le taxi. Il sortit son téléphone cellulaire de la poche avant de sa veste, et il appuya sur une touche de numérotation abrégée.

— Qu'y a-t-il ? demanda la voix sans dire bonjour.

— Il est survenu des complications, dit doucement Jessie, car il ne voulait pas être entendu de l'homme et de la femme qui se trouvaient dans la ruelle juste au-dessous. Il y a trop d'intervenants dans le dossier.

L'interlocuteur s'interrompit, réfléchissant manifestement à ce qu'il venait d'entendre.

— Un instant, s'il te plaît.

Jessie attendit le temps de quelques clics sur la ligne, puis une autre personne répondit. La voix de l'homme était grave et râpeuse, et même s'il parlait lentement, son ton était sérieux.

— Graves, le salua-t-il. Il semble y avoir un problème ?

Jessie se rendit à la sortie d'urgence du toit, puis il descendit le long escalier tout en parlant.

CHAPITRE SIX

LA MAIN

Charlie descendit du taxi et sortit un billet de vingt dollars de la poche avant de son jean. Elle le tendit au chauffeur.

— Merci d'avoir fait vite, dit-elle.

Il prit le billet et hocha la tête, un grand sourire sur son visage ridé.

— Il n'y a pas de quoi, ma jeune dame. Si vous avez besoin d'un taxi, appelez-moi, peu importe l'heure.

Il plaça le billet avec le reste de son argent dans un compartiment à cet effet, puis il partit.

Charlie se tourna vers l'entrée de l'hôtel The August. Les portiers lui ouvraient déjà la double porte en verre. Elle inspira profondément de manière incertaine et entra.

La soirée avait été longue. Les vingt-quatre dernières heures avaient semblé être une éternité. Elle se sentait un peu soûle, ne sachant pas si c'était en raison des bières qu'elle avait bues ou de tout ce qui s'était passé avec cet homme qui disait s'appeler Malcolm Cole. Elle était confuse et effrayée. Mais surtout, elle était tout simplement épuisée.

Elle se rendit aux ascenseurs, puis une fois à l'intérieur de l'un d'eux, elle demanda à l'ordinateur à commande vocale de la cabine de l'amener au quarante-deuxième étage. Une caméra confirma que cette voix était bel et bien la sienne, puis sitôt les portes fermées, l'ascenseur se mit à monter. Les oreilles de Charlie se bouchèrent deux fois durant l'ascension. Les portes s'ouvrirent dans un tintement, et Charlie sortit dans le hall géant qui menait à quelques rares suites.

Pendant qu'elle circulait dans le couloir, son téléphone cellulaire sonna. Elle le sortit de la poche avant de sa veste en denim, et sans chercher à savoir qui l'appelait, elle ouvrit le rabat sans regarder l'afficheur.

— Allô ?

— Tu n'es jamais venue à ton dernier cours, Charlie.

Charlie s'arrêta net, la gorge nouée. Un étrange frisson la traversa, et la marque sur son bras droit se mit à chauffer, tout ça en une fraction de seconde après qu'elle ait reconnu la voix de son interlocuteur.

— Reese.

— Je suppose que tu as une bonne raison d'avoir délaissé ton entraînement.

Charlie sentit son cœur s'accélérer. Elle ne s'expliquait absolument pas sa frayeur, mais c'était ainsi. Elle avait peur. Jusqu'à un certain point, David Reese lui avait toujours fait peur. Cet homme était une véritable armoire à glace : grand, costaud et très, très fort. Il était beau, mais d'une beauté froide. Ses longs cheveux blonds étaient toujours retenus par une lanière de cuir dans un enchevêtrement de nœuds des plus complexes qu'elle associait toujours automatiquement à la pratique du bondage. Comme s'il savait ce qu'elle pensait, il la raillait de ses yeux bruns, esquissant chaque fois de ses lèvres cruelles ce sourire entendu, secret.

Il l'appelait par son surnom même s'il savait qu'elle s'y opposait. Il la regardait comme s'il lisait à l'intérieur d'elle, comme s'il la connaissait mieux qu'elle-même. Lorsqu'ils s'entraînaient ensemble, il réussissait toujours à trouver une manière de la prendre dans ses bras pour l'asservir alors même qu'il lui enseignait à se prémunir contre ce genre d'attaques.

Elle était invariablement tiraillée. D'un côté, elle se sentait en sécurité grâce à l'enseignement qu'il lui prodiguait. D'un autre côté, elle se sentait *en danger* en raison *de sa méthode d'enseignement*. Mais pour l'heure, il était en Pennsylvanie. Et elle se trouvait au Nevada. Pourquoi le son de sa voix l'effrayait-il soudain autant ?

– Je suis désolée, Reese. Je n'ai pas eu le temps…

– Tu sais que je n'accepte pas les excuses, Charlie, dit-il avant de prendre une pause durant laquelle la jeune femme entendit son propre sang lui heurter les tympans. Tu me dois un cours, chérie. J'ai l'intention de te le charger.

Il raccrocha.

Charlie se tint immobile dans le couloir durant ce qui lui sembla une éternité. Elle baissa lentement son téléphone, qu'elle se mit à fixer. Elle cligna des yeux quelques fois, puis elle ferma le rabat et remit le téléphone dans sa poche.

Quand elle sembla avoir retrouvé son souffle, elle poussa un soupir mal assuré et ferma les yeux, passant sa main dans ses longs cheveux blond vénitien.

– C'est trop pour moi, marmonna-t-elle. C'est… tout simplement trop.

Elle ouvrit les yeux et avança dans le couloir en s'efforçant de chasser David Reese de ses pensées. Il était à des kilomètres. Elle s'occuperait de lui plus tard.

Elle trouva la porte de sa suite, inséra sa carte magnétique et entra dans la pièce. L'endroit était frais et sombre, mais chaleureux. Charlie ôta sa veste et l'accrocha sur le côté du fauteuil poussé sous une table ronde à côté de la porte.

Elle se rendit ensuite directement vers son lit somptueusement fait, dans l'autre pièce de l'énorme suite. Elle retira son chandail en cours de route et le laissa tomber sur la moquette. Elle enleva ensuite son soutien-gorge, puis lorsqu'elle fut à côté de son très grand lit, elle déboutonna son jean et s'en extirpa, le laissant en tas à côté du lit avec ses sous-vêtements et ses chaussures.

Dans la fraîcheur de la chambre, Charlie se rendit immédiatement compte à quel point elle était encore mouillée. L'humidité dans son entrecuisse lui rappelait cruellement et à contrecœur l'homme à l'origine de cette réaction. Une image des yeux verts de Cole lui apparut en tête. Elle vit ses crocs et frissonna en se tenant les bras.

Mais ensuite, son estomac se contracta ; une chaleur se répandit dans son ventre alors qu'elle imaginait ces crocs effleurer doucement son cou, sa clavicule et le haut de sa poitrine.

Charlie baissa le regard pour s'apercevoir qu'elle parcourait sa peau de ses doigts, comme si elle imaginait le parcours qu'il suivrait de sa bouche, de ses mains… Elle se sentit immédiatement vulnérable, mais c'était une sensation agréable. En se penchant voluptueusement sur son lit, elle ne put résister à l'envie de prendre son temps pour se glisser dessus afin de défaire les couvertures. Ce faisant, elle s'étira comme un chat et sentit l'air frais caresser langoureusement la moindre parcelle de sa peau nue.

Finalement, elle leva les couvertures et se coula dans son lit. Les draps étaient si incroyablement doux qu'elle poussa un faible gémissement en les remontant jusqu'à ses épaules.

Mais qu'est-ce qui m'arrive? se demanda-t-elle.

Aucun des événements de la soirée n'avait de sens. C'était complètement dément. C'était comme si elle était tombée dans une faille pour se retrouver dans *Bizarro World*. Dans *La Quatrième Dimension*.

Malgré tout, la seule chose à laquelle elle pouvait vraiment penser à ce moment-là — la seule chose qui la préoccupait réellement —, c'était ce besoin grandissant à l'intérieur d'elle. Le tissu des draps sur sa peau était trop doux, trop attrayant. C'était comme une caresse. Elle se sentait lascive, sensuelle. Elle avait besoin…

Sous les couvertures, Charlie écarta les jambes et plia les genoux pour avoir accès librement à son entrecuisse. Elle fit glisser ses doigts de sa poitrine à son ventre, puis ralentit le mouvement. Elle ferma les yeux et, instantanément, Cole fut comme sur place, remplissant l'obscurité de sa présence. Elle remarqua distraitement que son bras droit devenait chaud. Elle ressentait un picotement agréable.

Les doigts de sa main droite étaient plus chauds qu'à l'habitude lorsqu'elle écarta les poils duveteux de son pubis, continuant de faire glisser sa main vers le bas. Un autre gémissement s'échappa de sa bouche. Elle sentit ses longs cils effleurer ses joues lorsqu'elle ferma profondément les yeux pendant qu'elle frôlait son orifice de sa main.

Elle sentit une chaleur humide sur le bout de ses doigts. Elle se mordit la lèvre.

Mon Dieu, songea-t-elle. *J'ai besoin de…*

Elle avait besoin de *quelque chose*. Quelque chose qu'elle ne pouvait pas s'accorder d'elle-même.

La marque sur son bras devint encore un peu plus chaude. Elle ouvrit les yeux. Elle discernait absolument tout dans la chambre. Elle cligna des yeux quelques fois, étonnée par ce soudain changement. Normalement, elle ne pouvait pas voir aussi bien dans l'obscurité.

Une puissante vague de désir s'empara à nouveau d'elle, l'obligeant à refermer les yeux ; son corps frissonnait en raison des sensations qui l'envahissaient. Avant qu'elle puisse tenter une fois de plus de reprendre la maîtrise de ses sens pour chasser cette envie qui lui brûlait le corps, Charlie eut soudain étrangement sommeil.

Elle se sentit léthargique.

Elle avait toujours ce désir, ce besoin criant. Et elle se languissait toujours désespérément. Mais ses paupières étaient si lourdes qu'elle ne put s'empêcher de les laisser retomber tout en posant les bras sur le matelas. En l'espace de quelques courtes secondes, sa tête tourna sur le côté ; Charlie venait de sombrer dans un sommeil totalement surnaturel.

Quelques instants plus tard, la porte de sa suite s'ouvrit pour laisser entrer Vincent Cromwell. Sa grande silhouette sombre masqua une minute la lumière du corridor alors qu'il balayait la pièce des yeux. Puis il fit un pas de côté, et un autre homme le suivit dans l'entrée.

Cet homme était aussi grand que Cromwell, mais plus massif. Ses longs cheveux blonds ondulés et soyeux arrivaient légèrement sous ses larges épaules. Il balaya froidement la pièce de ses yeux bleu saphir, comme l'avait fait précédemment Cromwell.

Il avait l'air d'un ange, mais les traits impitoyables de ce magnifique visage froid, ainsi que l'expression de cruauté qui se dessinait sur sa bouche sensuelle, ne trompaient pas. Il avait certes l'air d'un ange, mais d'un ange… *déchu*.

— Elle est au lit, dit doucement Cromwell.

Ses yeux ambre luisaient dans l'obscurité de la pièce. Sa voix était légèrement rauque. L'homme à côté de lui hocha la tête et entra dans la pièce, laissant la porte se refermer derrière eux. Cromwell le suivit.

Les deux hommes s'arrêtèrent sur le seuil de la chambre individuelle de la suite. Les yeux bleus de l'homme blond se mirent à luire, ses pupilles se dilatant légèrement à la vue du corps inconscient de Charlie étendu mollement sur le lit. Les draps et les couvertures étaient rassemblés autour d'elle, comme si elle s'était débattue en dessous. Ses longues boucles soyeuses et éparses sur les oreillers éveillaient l'image d'une cascade miroitante et dorée aux reflets rosés. L'une de ses longues jambes s'échappait de l'amoncellement des couvertures. La peau dorée légèrement luisante de cette jambe et sa minceur attiraient le regard.

— Fais en sorte qu'elle reste inconsciente, dit l'homme d'une voix basse et autoritaire.

Cromwell hocha une fois la tête et se rendit dans la pièce pour prendre place dans un coin à côté des grandes fenêtres qui donnaient sur les lumières toujours brillantes de la ville.

L'homme blond se rendit auprès du lit, au-dessus duquel il se mit à observer, du haut de sa grande taille, la déesse endormie.

— Elle est magnifique, n'est-ce pas ?

Il n'y avait pas de réponse à donner. La question était purement rhétorique.

— Elle l'a toujours été, termina-t-il.

Il se pencha légèrement et saisit les couvertures d'une main puissante. Lentement, il les tira jusqu'à ce qu'elles tombent au pied du lit, laissant Charlie totalement exposée et vulnérable.

Les yeux de l'homme passèrent du bleu au noir en l'espace d'une nanoseconde. Le corps endormi de Charlie frissonna, et elle fronça les sourcils. Lentement, langoureusement, elle bougea sur le matelas, l'air frais de la nuit lui donnant la chair de poule. Elle agrippa fermement le drap de l'une de ses mains, jusqu'à former un poing sur le matelas. Elle ouvrit ses belles lèvres roses, soupira, puis gémit. Elle remonta les jambes et plia les genoux, puis elle revint en position allongée, sa main glissant jusqu'à son ventre dans son sommeil.

L'homme blond s'assit sur le bord du lit à côté d'elle. De l'autre côté de la pièce, Vincent Cromwell se tourna vers les fenêtres et ferma les yeux, se concentrant sur le sort qu'il avait désespérément besoin de maintenir.

— M'entends-tu, Charlie ?

L'ange déchu avait baissé la tête pour lui souffler de près ces mots à son oreille ; il lui parlait doucement, ses forts bras appuyés de chaque côté du corps longiligne de la jeune femme. Il baissa le ton jusqu'au murmure et lui demanda si elle reconnaissait sa voix. Il rigola alors d'un ton tout à fait cruel, et Charlie eut le souffle coupé dans son sommeil.

— Je sais ce que tu veux, Charlie, lui dit-il en murmurant toujours.

Il enroula doucement les doigts autour du poignet droit de la jeune femme, afin de le retourner. Son regard se posa sur la marque qui se trouvait du côté intérieur du bras.

— Je sais de quoi tu as besoin, continua-t-il, son regard s'obscurcissant légèrement devant la marque émeraude qui luisait au clair de lune visible par les fenêtres.

Lorsqu'il releva les yeux vers le visage de Charlie, ses propres lèvres s'ouvrirent, et son sourire impitoyable révéla ses longs crocs acérés. Elle aurait crié dans son sommeil magique, n'eût été le baiser qu'il lui donna alors de force, assourdissant son cri.

Près des fenêtres, Cromwell fut lui-même près de crier lorsque la marque de Charlie passa du vert émeraude au rouge rubis profond et brûlant. Les talents de magicien dont il devait faire preuve pour la maintenir endormie face à une telle attaque devenaient presque impossibles à gérer. Il avait les paumes appuyées contre le verre, la tête inclinée, les yeux bien fermés. Il tremblait violemment en raison de l'effort déployé pour la garder inconsciente.

Mais Gabriel était sans pitié. Il l'avait toujours été.

Phelan écarta les dents de Charlie avec sa langue pour goûter à la latente sous lui. Elle avait un goût sucré — incroyablement sucré. Elle goûtait la cannelle, l'alcool et une saveur semblable à celle des fraises. Sa queue se dressa dans son pantalon, n'attendant qu'un soulagement. Il attendait ce moment depuis si longtemps. Il l'attendait, *elle, Charlie,* depuis si longtemps.

Il ne pourrait pas la prendre cette nuit-là. C'était totalement impensable en raison de la marque de Cole. Cependant, il pourrait tout de même avoir une partie d'elle. Et il *prendrait* une partie d'elle. Cette partie-ci. Pour le reste, il jura de revenir à la charge.

Il mit lentement fin à son baiser et s'assit sur le lit, se permettant de lui parcourir le corps de son regard inhumain pour bien l'enregistrer dans sa tête. En observant Charlie s'endormir d'un sommeil encore plus profond et plus paisible, il prit une décision.

— Je veux que cette marque soit effacée de son bras d'ici demain soir, Cromwell.

De l'autre côté de la pièce, l'enchanteur Vincent Cromwell déglutit lentement. Il hocha la tête. Il était fatigué et épuisé, mais il n'en laisserait rien paraître. Il répondit plutôt :

– À vos ordres.

Son ton était bas, à peine plus élevé qu'un murmure dans le nouveau silence de la pièce.

Gabriel Phelan se leva alors, son regard toujours fixé sur le corps endormi de Charlie. Puis, sans un autre mot et sans regarder le mage, il sortit de la chambre.

Vincent entendit son maître quitter la suite, la porte se refermant doucement derrière lui.

Lentement, le mage se passa une main tremblotante dans ses longs cheveux noir bleuté. Puis, avec une émotion empreinte de regret dans ses yeux ambre luisants, il se rendit au lit et releva les draps pour recouvrir Charlie.

Dans le lit, Charlie fit un sourire reconnaissant, petit et doux.

Cromwell se redressa et se demanda ce qu'il pourrait bien faire ensuite. Il n'était pas capable du type de magie nécessaire pour retirer la marque pratiquée par un alpha sur sa compagne. C'était là de la magie noire, en fait. Il aurait fallu un sorcier, ce qu'il n'était pas.

Il devrait en trouver un. Dans les vingt-quatre heures.

Sinon, il ne serait pas mieux que mort.

CHAPITRE SEPT

LA RELANCE

À la hâte, Malcolm se mit à pousser les meubles contre les murs. Jake et Lucas l'aidèrent, puis lorsque le milieu de la chambre d'hôtel fut complètement dégagé, Lucas retourna se poster près des grandes fenêtres le long d'un mur. Jake se rendit à la porte, qu'il prit soin de bien verrouiller.

Cole se tint immobile au milieu de la pièce. Il baissa le regard sur les marques rouges luisantes à ses poignets, puis il serra les poings de chaque côté de lui.

– Dieu vous garde, dit doucement Jake.

Malcolm croisa son regard, puis il baissa la tête et ferma les yeux, attendant que la malédiction dont il était victime bouscule une fois de plus son existence déjà tourmentée.

Il ne fut pas déçu.

Quelques secondes plus tard, la douleur qu'il avait appris à si bien connaître lui parcourait le corps, traversant sa colonne vertébrale dans des étincelles de souffrance qui remontèrent jusqu'à son cerveau non humain. Cette fois-ci, il refusa d'exprimer son mal, ravalant le cri d'angoisse qui menaçait de s'échapper de sa gorge pour retentir derrière ses crocs devenus visibles.

Quelques pénibles battements de cœur plus tard, il était emporté dans un flash vers un autre endroit, dans une autre réalité.

Il ouvrit les yeux et observa la scène autour de lui.

Une jeune femme était étendue sur un matelas sale dans une chambre d'hôtel. Son cadavre était blême malgré la lumière rouge vacillante qui émanait d'une enseigne au néon décrépite visible par la fenêtre. La femme avait été vidée de son sang. Elle avait des entailles aux poignets et à l'intérieur de ses cuisses nues.

L'odeur du sang était accablante, même si le matelas sous la femme était sec. La personne qui avait commis le crime avait minutieusement recueilli son sang — dont elle avait ensuite recouvert les murs.

C'est de ma faute, songea Malcolm. *Elle est morte par ma faute.*

Le tueur venait d'agir une deuxième fois en moins de douze heures. La même technique. Le même genre de victime.

Si Malcolm était parti à la recherche du meurtrier la première fois, la femme sur le lit devant lui serait toujours vivante.

Mais Cole avait été submergé devant la beauté de Charlie, ne pensant plus qu'à la marquer. Et il avait réellement cru qu'il aurait plus de temps à sa disposition avant que le meurtrier frappe de nouveau. Quelques jours, au moins.

Toutefois, l'homme qui avait commis ce crime était déchaîné. Ce n'était pas un tueur en série patient et méticuleux. Il était effrayé et en colère ; il voulait frapper autant et aussi rapidement que possible.

Malcolm retint la bile qui bouillait dans son estomac et laissa venir la transformation. Un éclair lumineux surgit dans la pièce, comme le flash soudain d'un appareil photo, et un loup apparut à l'endroit même où se tenait un homme à peine quelques instants auparavant.

Les meubles de la pièce devinrent rapidement nets et précis aux yeux de l'animal. Il perçut distinctement les odeurs, comme si chacune d'elles représentait un objet tangible ayant une forme et une couleur propres.

Il perçut l'odeur qu'il cherchait et la grava en sa mémoire.

Puis la douleur revint, et il s'accroupit dans sa forme de loup, serrant les dents en raison de la torture physique qui l'accablait en cet instant qui annonçait sa téléportation.

Lorsqu'il réapparut en un flash dans la chambre d'hôtel, Lucas Caige et Jakob Samson étaient toujours sur place, n'ayant pas bougé depuis son départ. Constatant qu'il s'était métamorphosé en loup, ils se préparèrent eux aussi à se battre auprès de lui. C'était naturel pour les individus de leur espèce. Si l'alpha était en mode combat, les autres l'imitaient.

Mais il reprit sa forme humaine avant qu'ils se laissent aller à leur transformation, puis il passa une main tremblotante dans ses épais cheveux noirs.

— Je repars en chasse, annonça-t-il d'une voix grave et rauque qui trahissait une émotion contenue.

D'un geste compréhensif, Jake leva la tête.

— Alors, nous partons avec vous.

Cole ne s'y opposa pas. Ils avaient autant le droit de chasser que lui. Et il aurait été stupide de refuser leur aide. Cole était incroyablement habile et fort — c'était peut-être le loup-garou le plus fort du clan, à l'exception de James Valentine. Mais un loup n'est jamais seul au monde, et les hommes de

Phelan étaient tous présents dans les rues. La nuit serait longue et sombre. Tout pourrait arriver.

Il hocha donc la tête une fois et se dirigea vers la porte. Samson et Caige le suivirent en silence.

* * * *

Lorsque le trio de loups revint au Bellagio une heure plus tard, ils avaient acheté de nouveaux vêtements et s'étaient lavé les mains et le visage avec un boyau d'arrosage emprunté dans le jardin d'un inconnu. Il y avait longtemps qu'ils n'étaient pas allés chasser de cette manière, spontanément et sans rien emporter avec eux. D'une certaine façon, ça leur faisait du bien.

Au moins, Malcolm savait que ses *compagnons* se sentaient bien. Caige exultait de satisfaction lorsqu'ils entrèrent dans le lobby luxueux et se rendirent aux ascenseurs. Et Jake ne semblait pas trop déçu non plus.

Malcolm, cependant, se sentait fatigué. Anormalement fatigué.

Ses pensées le ramenaient sans cesse à Charlie. Il voulait se rendre à l'hôtel The August pour y trouver sa chambre. Il voulait constater par lui-même que la jeune femme était bien rentrée. Mais Jake l'avait assuré que le chauffeur de taxi l'avait déposée devant l'hôtel et que Charlie y était entrée saine et sauve.

Et il était trop épuisé pour agir.

Lorsque les portes de l'ascenseur se refermèrent devant eux, Cole s'appuya contre le mur du fond de la cabine et secoua la tête pour s'éclaircir les idées. Ses pensées s'embrouillaient. Quelque chose clochait.

— Patron ? lui parvint la voix soudainement inquiète de Jake.

— Ça va, dit doucement Malcolm.

Mais son ton le contredisait. Il n'articulait plus, les sons s'étirant trop lentement sur ses lèvres.

— Est-il blessé ? demanda doucement Caige, s'adressant manifestement à Jake à côté de lui.

Ce dernier ne répondit pas, mais Cole sentit, malgré ses paupières fermées, que l'autre loup haussait les épaules d'incertitude.

— Je ne suis pas du tout blessé, maugréa Cole.

Mais une fois de plus, ses mots étaient mal articulés et peu convaincants. Il avait les jambes faibles. Il était trop lourd. Il se sentait comme s'il avait été empoisonné. Drogué, peut-être.

Ses pensées revinrent à Charlie. Une soudaine inquiétude lui envahit l'esprit.

La magie ! C'était l'œuvre de la magie — mais il ne sentait aucun mage à proximité. Cela signifiait que ses ennemis s'en servaient sur Charlie. Il sut alors que celle-ci et lui étaient maintenant liés l'un à l'autre. Qu'elle le veuille ou non, le sang de Cole coulait dans les veines de la jeune femme. Si quelqu'un faisait usage de magie contre elle, il était bien possible qu'il en soit lui aussi affecté.

Avant qu'il puisse avertir ses hommes de se précipiter auprès d'elle, il se sentit chanceler dans l'ascenseur, du haut de son grand corps puissant. Il était sur le point de tomber par terre. Lucas et Jake furent instantanément à ses côtés pour le soutenir. Il les sentait vaguement, comme à distance. Il perdait peu à peu connaissance.

Il entendit les portes de l'ascenseur, qui semblèrent tinter au loin en s'ouvrant. Une voix qui lui semblait provenir d'un endroit à des kilomètres ordonna qu'on le transporte sur le canapé, puis tout devint sombre. Mais cette obscurité ne dura pas. Malcolm n'avait pas rêvé depuis des décennies, depuis si longtemps qu'il avait même oublié avoir déjà rêvé.

Il était évidemment bien au fait du mécanisme des rêves. Il savait que l'esprit se vide durant le sommeil. Cependant, puisqu'il était sous l'emprise d'un sortilège, il ne vivait plus ce luxe. Ce qu'absorbait son esprit restait gravé à l'intérieur de sa tête. Il ne pouvait jamais s'en défaire.

Le seul répit qu'il avait pu trouver avait été de coucher ses mots sur papier, ou de les taper à l'écran d'un ordinateur. Il s'agissait de parties de son âme qu'il déversait ailleurs — à un endroit autre que son cerveau, à l'extérieur de son esprit devenu las.

L'écriture lui procurait une brève libération, si légère fût-elle. Il avait quelques fois senti que s'il n'écrivait pas, il allait exploser. Ses idées noires, profondément ancrées en lui, allaient entraîner l'éclatement de sa personne. Déjà, il se sentait brisé. Chaque fois que les marques sur ses bras se mettaient à chauffer, les minuscules fissures de son âme s'élargissaient un peu plus à l'intérieur de son cœur usé.

Il ne voyait pas le bout du tunnel. La situation semblait sans issue.

Mais ce soir-là, pour une fois, il rêvait.

Il lui fallut un bon moment avant de se rendre compte qu'il se trouvait dans un monde irréel. Quelque chose de flou dans les contours de son environnement, des sons qui lui semblaient à la fois clairs et étouffés — ces anomalies lui mirent la puce à l'oreille.

Dans son rêve, il se tenait debout en spectateur, les yeux écarquillés, stupéfié de ce qui lui arrivait après tant de longues années passées chaque nuit dans le néant.

— Claire, descendons un peu la colline. En raison de ces vieilles pierres, la lumière est parfaite dans la vallée.

La jeune femme devant lui, tout simplement superbe, ressemblait de manière frappante à Charlie. Mais ce n'était pas elle. Pas tout à fait. Elle avait les cheveux de la même couleur, mais un peu plus courts, et les mêmes traits de visage. Mais ses yeux étaient différents. Alors que ceux de Charlie étaient de cet incroyable bleu arctique, ceux de cette femme étaient ambre, et ils luisaient de cette lueur étrange que Malcolm reconnaissait si bien. Elle était une louve-garou.

Elle se tenait dans un grand cimetière parfaitement entretenu aux nombreux arbres majestueux. Elle tenait un gros appareil photo en bandoulière pour mieux en supporter le poids. Elle parlait à quelqu'un derrière elle.

Malcolm l'observa se mettre à sourire alors qu'elle jetait un coup d'œil par-dessus son épaule.

— Qu'en penses-tu ? ajouta-t-elle à l'intention de la personne que Cole ne pouvait apercevoir.

— D'accord, faisons la course, maman ! répondit la voix.

La femme fit un pas de côté, et Cole vit la jeune fille qui venait de parler.

Charlie…

Malcolm mit une fraction de seconde pour comprendre qu'il s'agissait de Claire St. James, qui était alors encore une enfant. Elle était belle, bien qu'à l'aube de l'âge ingrat. Il lui donnait environ onze ou douze ans, et ses cheveux lui arrivaient déjà à la taille. Ils luisaient splendidement au soleil. Sa peau était encore lisse, n'ayant pas encore subi les affres de l'acné, et des taches de rousseur minuscules recouvraient çà et là son petit nez retroussé.

La femme, sûrement la mère, de l'avis de Malcolm, rit une fois de plus, puis elle pivota pour se mettre à courir vers le bas de la colline.

– Hé, ce n'est pas juste ! Tu triches ! lui cria Charlie, dont les yeux bleus témoignaient de son irritation, mais qui eut un sourire comme celui de sa mère lorsqu'elle se leva de l'endroit où elle était assise, à côté d'une pierre tombale passablement usée par le temps, pour se mettre à la poursuite de la jeune femme.

Malcolm les observa faire la course jusqu'au bas de la colline. La mère de Charlie l'emporta, mais de peu. Charlie était rapide. Lorsqu'elles arrivèrent au bas, la scène du rêve de Malcolm se mit à changer.

Le décor devint plus flou, les images se mirent à bouger. Il cligna des yeux. Il se trouvait maintenant dans le fond d'un trou de deux mètres dans le sol et regardait vers le haut. Charlie, toujours âgée de douze ans, comme dans la scène précédente, se tenait à côté de la fosse. Elle était vêtue de jaune éclatant des pieds à la tête. Une grande femme d'une minceur presque squelettique se tenait à côté de l'enfant. Elle était aussi vêtue de jaune, mais c'était un jaune moins voyant. Les épaules de la femme tremblaient, et son expression était empreinte de chagrin. Elle leva une douce main, qu'elle posa sur l'épaule de Charlie.

Charlie ferma les yeux.

Malcolm sembla s'élever du sol jusqu'à ce qu'il puisse remarquer un groupe de personnes manifestement rassemblées pour des funérailles.

Elles étaient toutes vêtues de noir, comme le voulait la coutume. Charlie et son accompagnatrice se démarquaient des autres, comme des flammes de bougies dans une pièce sombre. Les cheveux de Charlie, qui pendaient librement, luisaient au soleil.

Il y avait deux trous rectangulaires dans le sol, et Malcolm savait trop bien pour qui ils avaient été creusés. Il se demanda combien de temps s'était écoulé entre la première partie de son rêve et celle-ci. Combien de jours de plus Charlie avait-elle passés avec sa mère avant qu'elle ne lui soit enlevée ?

Une fois de plus, il sembla y avoir un saut dans le temps, même si le paysage resta le même. Malcolm se tenait encore au cimetière, mais des feuilles mortes tapissaient cette fois-ci l'herbe fanée des collines, et au-dessus de lui, les arbres avaient pris des teintes de rouge, d'orange et de doré.

Il entendit une fille pleurer, et il pivota pour constater que c'était Claire St. James, devenue une adolescente en fleur, agenouillée devant des tombes jumelles. Elle se tenait les bras et se balançait d'avant en arrière. Les manches et le col de son chandail chaud étaient déchirés, faisant pendre le vêtement sur son épaule, exposant sa peau laiteuse. De la poussière et de la boue formaient une croûte sur les genoux de son jean, et une déchirure dans le tissu de la jambe droite du vêtement exposait une entaille sur sa peau. Des feuilles et des brindilles s'étaient emmêlées dans sa chevelure.

Lorsqu'elle leva le regard pour essuyer les larmes de ses yeux du revers de ses mains, il vit qu'elle saignait de la lèvre. Une égratignure traversait sa pommette gauche, et l'œil de ce même côté du visage semblait légèrement enflé.

Malcolm se figea sur place, manifestement stupéfait de ce qu'il voyait. Il sentit en même temps naître en lui une terrible fureur, sombre et violente, qui imprégna son rêve d'une couleur rouge sang. Charlie avait été attaquée.

Il tenta de regarder ailleurs, d'observer autour d'elle afin de trouver son attaquant.

Mais il ne pouvait pas détacher ses yeux d'elle. Ce n'était pas prévu dans le scénario. Il ne pouvait que rester figé sur place pendant que Charlie se levait sur ses longues jambes tremblantes et murmurait des paroles personnelles aux esprits de ses parents. Elle se tourna ensuite et s'éloigna, trébuchant sur une pierre cachée sous les feuilles.

Une fois de plus, le décor changea. Le cimetière avait maintenant disparu, et Charlie se tenait dans un couloir passant à l'extérieur de ce qui semblait être une salle de gym dans un centre sportif populaire. Elle était couverte de sueur, et son soutien-gorge de sport exposait les muscles tendus et bronzés de son abdomen. Il laissait voir aussi une ecchymose dans le haut de son bras qui ressemblait remarquablement à l'empreinte d'une main.

Malcolm grinça des dents, et même dans son rêve, il sentit ses crocs se mettre à pousser.

Le pantalon de jogging de Charlie, aminci par l'usure, épousait de manière attirante la courbe ferme de ses fesses. Elle portait une paire d'espadrilles usées. Elle était maintenant une adulte, probablement dans le début de la vingtaine, aurait dit Malcolm.

Elle parlait à plusieurs autres femmes, toutes vêtues de manière semblable. Cependant, aucune n'était aussi parfaitement jolie que Charlie.

Au bout d'un certain temps, ces femmes lui donnèrent chacune l'accolade et partirent rapidement. Lorsque Charlie fut seule, une autre femme s'approcha d'elle. Charlie se tourna vers cette dernière, et la femme lui chuchota quelques mots et lui tendit une carte professionnelle.

Charlie sembla ne pas savoir quoi penser des propos de la femme, mais elle prit la carte et hocha la tête, de toute évidence pour la remercier poliment.

Lorsque cette femme fut partie elle aussi, Charlie se tint seule dans l'entrée, et elle baissa les yeux vers la carte. Elle sembla réfléchir un moment. Puis, distraitement, elle se frotta d'une main l'ecchymose qu'elle avait sur le bras et prit une profonde inspiration avant de pousser un soupir.

Lorsqu'elle se mit à parcourir le couloir jusqu'au vestiaire des femmes, Malcolm remarqua qu'il pouvait finalement bouger. Il tenta de la suivre, car il souhaitait lui parler, plonger son regard dans ses yeux bleus — il voulait désespérément la toucher.

Mais lorsqu'elle passa la porte du vestiaire et qu'il entra sur ses talons, la scène changea une fois de plus.

Le vestiaire était devenu un dojo où il n'y avait personne à part Charlie, qui se tenait au centre de la pièce, et un homme, qui se tenait près des miroirs, de dos aux portes. Il regardait Charlie dans le miroir devant lui. Malcolm le reconnut immédiatement : c'était le chasseur, comme l'avait dépeint Lily Kane. Il ne pouvait pas se tromper. Peu d'hommes sur terre lui ressemblaient.

Il était très grand et bien bâti, avec un physique que Malcolm associait normalement aux loups-garous. Ses cheveux blonds et ondulés étaient retenus par une bande de cuir aux nœuds complexes. Il portait un t-shirt noir, un pantalon de jogging noir, et il avait les biceps ornés d'un tatouage de nœuds celtiques. Seuls ses yeux – des yeux normaux d'humains – pouvaient permettre de conclure qu'il n'était pas un être surnaturel.

Mais pour l'instant, ces yeux bruns qui observaient Charlie laissaient planer un sombre présage.

Que fait-il ici ? se demanda Cole, dont l'esprit s'emballait. *Comment peut-elle se tenir si près d'un chasseur, de quelqu'un qui souhaite l'extinction de notre espèce ?*

Pour sa part, Charlie soutenait le regard de l'homme, dans une attitude d'œil pour œil, dent pour dent. Elle avait le corps tendu, accroupi dans l'attente d'une attaque. Tout son être semblait en alerte ; elle était prête à se battre.

Le chasseur esquissa un sourire mauvais, puis, vif comme l'éclair, il se tourna sur lui-même, et les deux antagonistes fusionnèrent dans une tornade de coups et parades qui rappelaient vaguement à Malcolm des scènes de *Roadhouse* ou *Burn Notice* – ou même de *Buffy contre les vampires*.

Il n'arrivait pas à suivre les échanges de coups, et il en était stupéfié. Il avait vu beaucoup de combats dans sa vie – l'équivalent de trois guerres. Mais ce combat-ci était différent de tous ceux dont il avait été témoin. Les deux adversaires étaient plus rapides et frappaient beaucoup plus fort que pouvaient théoriquement le faire des humains. En ce qui concernait Charlie, Malcolm savait d'où lui venaient sa rapidité et sa force surhumaines. Elle était une louve de naissance.

Mais le chasseur ? Malcolm n'arrivait tout simplement pas à s'expliquer comment il pouvait être si bon. Les chasseurs s'entraînaient intensément, et ils étaient des tueurs très habiles. Mais jamais comme lui. Charlie aurait dû être capable de le battre. Si ce que Cole voyait était vrai – s'il s'agissait d'un extrait de la vie de Charlie, ce qu'il croyait d'ailleurs bel et bien –, Charlie était alors incroyable. Elle était une armée à elle seule. Buffy n'avait plus qu'à aller se rhabiller.

Et le chasseur était tout simplement trop fort. Beaucoup trop rapide. Quelque chose clochait ici.

Quelques secondes plus tard, le chasseur maîtrisa soudainement Charlie. Elle avait les bras retenus dans le dos, son corps collé contre celui de l'homme, qui entourait sa poitrine d'un bras puissant.

Elle serra les dents en raison de la douleur qu'elle ressentait manifestement, et le chasseur sourit. Il lui murmura quelque chose à l'oreille, et elle tenta de se défaire de son emprise. Sans succès.

Malcolm ne put maîtriser son propre corps. Celui-ci se transforma le temps d'un flash sans que Cole le veuille et sans qu'il soit capable de résister. Un instant il était un homme, et l'instant d'après, il était devenu loup, les dents sorties, les poils du cou hérissés.

Cependant, si énorme fût-il, le loup noir ne pouvait se dépêtrer de cette fange invisible des rêves. Il ne pouvait pas aider Charlie. Il ne pouvait pas s'approcher d'elle. Son grognement menaçant se perdait dans l'épais néant qui le séparait de la compagne qu'il avait choisie. Il ne pouvait qu'observer.

Le chasseur murmura autre chose et laissa glisser sa main sur Charlie, de sa clavicule à un sein, qu'il saisit doucement. Charlie se raidit à ce contact, et Malcolm observa de ses yeux émeraude flamboyants une partie de son champ de vision tourner rapidement au rouge alors que le chasseur riait doucement à l'oreille de la jeune femme. Puis, de manière aussi soudaine qu'inattendue, celui-ci la repoussa.

Elle fit quelques pas vers l'avant en titubant, puis elle se retourna juste à temps pour faire face à une autre attaque en règle du chasseur. Malcolm ne pouvait pas regarder. Il ne voulait tout simplement pas voir Charlie se faire maltraiter davantage.

Et fort heureusement, le décor changea de nouveau.

Après trois quarts de siècle sans le moindre rêve la nuit, voilà que Cole était coincé dans un cauchemar qui lui semblait interminable. *Ce rêve ne s'arrêtera-t-il donc jamais ?* songea-t-il au moment même où il se retrouvait soudainement dans de petites toilettes publiques. Le chasseur se tenait à environ un mètre de lui, son grand corps penché sur l'unique lavabo dans la pièce où ils étaient tous les deux seuls. Ses yeux étaient fermés, et il semblait chercher son souffle. Ou même prier.

Malcolm plissa les yeux. *Si ce n'était pas de ce foutu rêve, je le tuerais bien sur-le-champ.*

Puis toutes ces pensées s'échappèrent de l'esprit de Cole lorsque le chasseur se redressa, relevant la tête pour fixer le miroir au-dessus de l'évier. Ses yeux n'étaient plus bruns.

Ils étaient bleus.

Et ils luisaient.

CHAPITRE HUIT

LA CARTE BRÛLÉE

— Tu sembles un peu anémique, Vince.

L'homme aux cheveux gris entra dans le salon et se rendit directement au bar, où il se versa un verre après avoir pris une bouteille de spiritueux sur l'une des tablettes.

— Phelan te fait faire des heures supplémentaires, je parie.

Vincent Cromwell ouvrit les yeux et jeta un regard à la ronde depuis l'une des causeuses au tissu luxueux où il était affalé.

— Il m'a ordonné de lancer un sortilège d'expansion pour que l'hôtel entier fasse partie de son territoire, et pas seulement le penthouse, dit-il doucement.

L'homme aux cheveux gris se tourna vers lui, un sourcil haussé témoignant d'un soudain intérêt.

— Ah, fit-il en hochant la tête avant de boire la moitié de son verre. C'était astucieux de sa part, tu dois l'admettre. Cole ne peut maintenant plus entrer dans l'hôtel — il ne peut absolument plus s'approcher de Claire St. James.

Vincent lui décocha un regard exaspéré.

— Je le sais. Mais ça ne s'arrête pas là.

L'homme d'un certain âge observa le mage durant un instant, puis il s'assit en face de lui.

– Ah?

– As-tu la moindre idée de la puissance de la marque d'un alpha sur sa compagne?

Les yeux ambre de l'homme aux cheveux gris brillèrent dans la faible lumière de la lampe.

– J'en ai une petite idée, oui.

Vincent émit un bruit de dérision, et il se passa la main sur le visage.

– J'ai dû la maintenir endormie pendant qu'il la tripotait. La marque luisait comme les feux de l'enfer.

L'autre homme, impassible, sembla réfléchir un moment, puis il but le reste de son verre et posa le récipient vide sur la table devant lui.

– Est-ce tout?

– Non, répondit Vincent en laissant tomber l'arrière de sa tête sur la causeuse tout en fermant les yeux. Je dois trouver un sorcier d'ici minuit.

* * * *

Lucas Caige soupira et laissa tomber le rideau. Le soleil chaud du Nevada venait de se lever à l'horizon, impatient de brûler encore cette terre desséchée. Le jour n'était pas sa partie préférée de… la journée. Il adorait plutôt la nuit, son air frais et la voûte céleste qui se dévoilait à l'infini. Il aimait les étoiles, la lune et cette enveloppante obscurité de velours. Il se sentait depuis toujours en harmonie avec la nuit.

Il se mordilla l'intérieur de la joue un moment, puis il se rendit dans la cuisine attenante. Il ouvrit la porte du réfrigérateur et jeta un coup d'œil à l'intérieur. Il se sentait agité, ne sachant trop ce qu'il devait faire. Il sentait l'étrangeté qui émanait de son chef, en ce moment endormi sur le canapé. Il jeta un coup d'œil par-dessus son épaule vers la silhouette forte de son alpha affalé sur le canapé de cuir. Il dégageait vraiment une aura de magie.

Lucas en reconnut l'odeur. Il savait que Cole avait parfois recours à la magie; Lucas l'avait déjà lui aussi utilisée. Mais ce n'avait jamais été par choix. Il n'aimait pas la magie. Pas du tout. La magie était quelque chose d'intangible et d'incertain que l'on ne pouvait pas combattre avec des crocs et des griffes. Quelque chose de froid et de glissant qui s'attaquait à vous aux endroits les plus sensibles, quelque chose d'impossible à tuer en lui tranchant la gorge.

Selon lui, il fallait toujours se méfier de tout ce que l'on ne pouvait pas facilement éliminer.

Lucas inspira profondément, puis expira lentement. Il saisit ensuite l'une des bières sur l'une des clayettes du dessus et la décapsula du pouce de la même main.

L'instant suivant il pivotait sur lui-même, surpris par un mouvement soudain derrière lui. Cole se levait du canapé, ses yeux émeraude jetant mille feux, les crocs sortis et acérés. Lucas posa immédiatement sa bière et se dirigea vers lui, mais avant même que Jake Samson soit arrivé de l'autre pièce pour venir prêter main-forte à Caige dans le but d'arrêter leur alpha, Cole se précipitait déjà à toute vitesse vers la porte.

Jake fut sur ses talons en un instant.

— Patron! Voulez-vous bien me dire…

— C'est Charlie. Quelqu'un fait usage de magie contre elle. Je dois me rendre au The August.

Lucas avait donc eu raison. C'était de la magie.

— Est-ce ce qui vous a fait perdre connaissance? demanda-t-il en attrapant son blouson de cuir sur la chaise près de la table avant de suivre Jake et leur chef à l'extérieur.

Son sang bouillonnait en raison d'une poussée d'adrénaline dont il aurait besoin pour se battre, mais en même temps, il se sentait soulagé de ne plus rester là à ne rien faire.

— Il faut que ce soit ça.

Cole les mena vers l'escalier, car il ne voulait pas attendre l'ascenseur. Il tenta de ne pas dévaler les marches des vingt étages à la grande vitesse qui rendait ses déplacements flous, car ses deux compagnons n'étaient pas aussi rapides que lui et ne pourraient le suivre. Mais il lui était difficile de se retenir.

— Elle court un plus grand danger qu'elle le pense. Le chasseur est l'un des nôtres, dit-il à ses hommes en faisant claquer la porte de sortie en l'ouvrant d'un coup une fois au rez-de-chaussée.

Une fois dehors, il tomba face à face avec James Valentine. Cole s'arrêta net et se redressa, l'air autour d'eux soudainement chargé de l'énergie de deux des loups-garous les plus puissants du clan.

James inclina la tête de côté, son regard argenté réfléchissant la lumière du lever du jour. Lily était tout juste derrière lui; ses yeux dorés luisaient, et ses joues étaient rougies, comme si elle venait d'arriver à la course.

— Le chasseur est un loup-garou? demanda doucement James, ayant manifestement entendu les mots de Cole lorsque celui-ci avait passé la porte.

Cole n'était pas réellement surpris de les voir là, et il n'était *pas du tout* surpris que Valentine l'ait entendu. Mais il n'avait pas de temps à gaspiller sur place à expliquer quoi que ce soit à qui que ce soit. Il décida donc de parler en marchant.

— Oui, répondit-il en se tournant pour continuer son chemin à grandes enjambées sur le trottoir, James le suivant à sa hauteur. Et je ne sais trop pourquoi, Charlie le connaît personnellement. Je les ai vus se bagarrer dans un genre de dojo.

— Quand les as-tu vus ? demanda Lily, qui était apparue du côté gauche de Valentine.

Cole lui décocha un regard rapide et se demanda à quel point il devait s'ouvrir devant elle. Puis il se souvint qu'*elle-même* en avait beaucoup su à *son* sujet, de façon aussi soudaine qu'inattendue, après qu'elle eut été marquée par Daniel. Il se demanda tout à coup si le marquage d'une latente libérait automatiquement une sorte de... magie. Comme la magie d'un rêve, peut-être ?

De toute façon, il n'y avait pas de raison de garder le secret. En fait, plus Valentine et Lily apprendraient de détails, plus ils auraient tous la chance de parvenir aux bonnes conclusions.

— Dans un rêve, répondit-il simplement.

— Nous revenions de la chasse... quand quelqu'un s'est mis à lancer des sortilèges de sommeil à l'endroit de Charlie — pour finalement l'entraîner avec lui, ajouta Caige en hochant la tête à l'intention de son chef.

— Tu veux dire parce que Claire et Malcolm sont liés ? s'interposa Lily. Parce que Malcolm l'a marquée ?

Caige fit signe que oui. Malcolm lui décocha un regard irrité, et Lucas haussa les épaules.

— Fascinant, dit finalement James. Au fait, Cole, où allons-nous ?

— À l'hôtel The August. Quelqu'un jette des sortilèges à Charlie, et je parierais que c'est Phelan. Personne d'autre n'a de raison de le faire. Je dois me rendre auprès d'elle avant qu'on lui efface la marque.

James s'arrêta brusquement.

— Il ne peut pas la retirer sans la permission de Charlie.

Malcolm s'arrêta lui aussi. Il se tourna vers James, qui se trouvait maintenant à un mètre derrière.

— Cette permission n'est pas nécessairement difficile à obtenir, dit-il en jetant un regard éloquent en direction de Lily.

Lily rougit. Deux ans plus tôt, Malcolm avait réussi à obtenir la permission de Lily de retirer la marque de Daniel. Il n'avait eu qu'à quelque peu se servir de sa puissance indomptable et à faire preuve de *beaucoup* de pouvoir de séduction.

— Peut-être, répondit James en inclinant la tête de côté. Peut-être pas non plus. C'est une louve de naissance, et non une humaine. Et ça n'importe guère de toute manière, Cole. Tu ne pourras pas t'approcher d'elle.

— Mais de quoi diable parles-tu ? fit Cole, dont les yeux verts luisaient d'impatience.

— J'ai essayé d'entrer au The August ce matin, lui dit James. L'hôtel entier est maintenant devenu le territoire du ravisseur.

Il s'interrompit suffisamment longtemps pour marquer l'importance des mots qui allaient suivre.

— Aucun alpha ne peut en franchir les frontières.

* * * *

Charlie prenait tout son temps avant de se lever du lit, ce matin-là. Elle restait étendue sur le matelas mou, ses yeux grands ouverts fixant le plafond, et elle songeait à tous les événements de la veille.

À l'occasion, elle levait le bras droit et fixait la marque émeraude à l'intérieur de son poignet. C'était magnifique.

Plus rien n'avait de sens.

— Je suis une louve-garou, dit-elle à voix basse.

C'était ce que Malcolm Cole lui avait dit. Elle ferma les yeux et chercha dans ses souvenirs. Son père était présent, avec son grand sourire blanc de loup et ses yeux cobalt d'une grande pureté. Sa mère la regardait de ses yeux ambre. Des yeux qui ressemblaient à ceux de Jessie. Charlie se demanda si c'était l'une des raisons qui expliquaient son attirance pour Jessie. Cette similarité.

— Je suis une louve-garou ?

Cette fois-ci, elle se posait la question. Une fois de plus, elle regarda la marque sur son bras. Celle-ci semblait lui faire un signe. Claire semblait presque y voir quelque chose qui lui était familier, comme si, au fond, la jeune femme avait toujours su qu'elle la porterait un jour.

Elle soupira et se frotta les yeux. Elle n'était pas fatiguée, mais ça lui semblait être la bonne chose à faire. Elle se leva ensuite et s'habilla, revêtant un jean usé, un t-shirt de Metallica et des chaussures Converse sans lacets. En s'habillant, elle remarqua les sensations du tissu sur sa peau. Son soutien-gorge en dentelle lui frottait les mamelons, qui étaient douloureusement en érection, et la couture de son jean lui frôlait l'intérieur des cuisses. Elle était trop sensible.

Elle aurait voulu enlever ses vêtements et retourner sous les doux draps du lit pour se masturber.

– Seigneur, marmonna-t-elle en se passant une main dans les cheveux.

Elle devait comprendre ce qui se passait. Quel était son problème ? Elle savait qu'il y avait un lien avec la marque de Cole, et elle avait le pressentiment qu'il y avait aussi un fort lien avec elle-même.

Elle soupira une fois de plus et parcourut la pièce du regard pour tenter de se souvenir de l'endroit où elle avait laissé son téléphone cellulaire. Tout lui revint en mémoire, et elle se dirigea vers la chaise où pendait sa veste, mais à mi-chemin, elle s'arrêta net.

Le voyant du verrou de sa porte était devenu vert et faisait entendre un bip. La poignée tournait.

Sans trop savoir pourquoi, Charlie se figea sur place, incapable de faire autre chose que d'observer sa porte s'ouvrir lentement vers l'intérieur, laissant entrer plusieurs hommes corpulents dans la pièce.

Immédiatement, les yeux de Charlie s'écarquillèrent, sa gorge se resserra, et son cœur se mit à battre douloureusement fort. Ses oreilles se mirent à bourdonner à cause du bruit du sang qui parcourait ses veines. Quatre hommes entrèrent dans la pièce, chacun très grand et bien bâti. Deux d'entre eux portaient des pantalons propres et des t-shirts noirs moulants. Les deux autres portaient des jeans. Leurs yeux, chaque paire étant d'une couleur qui ressortait dans ces magnifiques visages, luisaient étrangement dans la lumière naissante. Les hommes en jeans avaient des tatouages aux bras, mais tous avaient les cheveux courts qui leur donnaient l'air encore plus méchant que leur physique et leurs tatouages.

Charlie avait l'impression que son cerveau brûlait, qu'il devenait fiévreux de peur. Elle remercia le ciel un instant d'avoir réussi à s'habiller avant que sa chambre soit envahie par des sosies de boxeurs de catégorie poids lourd. Mais ce sentiment fugace disparut aussi vite qu'il était apparu lorsqu'un cinquième homme passa le cadre de porte et qu'elle vit ses traits grâce à la lumière que la fenêtre derrière elle projetait dans la pièce.

Charlie resta bouche bée et vit apparaître des chandelles devant ses yeux.

— Reese ?

David Reese, son entraîneur, se tenait dans le vestibule de son appartement privé à l'intérieur de l'hôtel. Il était vêtu d'un complet très cher taillé sur mesure, et il avait les cheveux détachés plutôt que noués en queue de cheval comme d'habitude. Mais elle aurait pu le reconnaître dans n'importe quelles circonstances. Par ses longs cheveux blonds ondulés, ses yeux bruns perçants et son sourire cruel à ses lèvres.

— Rebonjour, Charlie, dit-il.

Comme toujours, le grondement grave de sa voix eut pour effet d'intriguer Charlie et de l'amener au bord de la crise de nerfs.

Les hommes de chaque côté de lui l'observaient avec au fond de leur regard une lueur s'apparentant à de l'avidité. Elle se sentait totalement dépassée. La marque sur son bras se mit à picoter. Elle n'avait aucune idée de ce qu'elle devait dire et se demandait vaguement si elle n'était pas en train de rêver.

— Comment trouves-tu tes quartiers ? demanda Reese. J'espère que mon hôtel te plaît.

Les hommes pénétrèrent plus avant dans la pièce et commencèrent à se séparer en s'approchant de la jeune femme, qui se sentit piégée. Elle recula de quelques pas et fut parcourue de frissons de panique. Elle avait tour à tour chaud et froid. Elle avait mal à la poitrine.

– De quoi parles-tu, David ? demanda-t-elle d'une voix manifestement très inquiète. Que fais-tu ici ? continua-t-elle avant de jeter un coup d'œil aux hommes de grande taille qui s'approchaient toujours davantage d'elle pour la coincer. Que font-ils ici ?

Quelques secondes de plus, et elle allait se mettre à crier. Est-ce qu'on l'entendrait ? Bon Dieu, était-elle sur le point de mourir ce jour-là dans une chambre d'hôtel ?

– S'il te plaît, commença David, son regard s'obscurcissant. Je crois qu'il est temps que nous cessions de faire semblant, Charlie. Je m'en suis lassé au fil des ans. Appelle-moi Gabriel. J'ai toujours voulu entendre mon nom s'échapper de tes lèvres.

Charlie se mit à le dévisager. Gabriel ? Comme dans Gabriel *Phelan* ? Le propriétaire de l'hôtel et de la moitié des immeubles du Strip ?

– De quoi veux-tu bien parler ?

Elle recula rapidement d'un autre pas et sentit son corps passer en mode combat.

Reese ne fut pas dupe.

– Saisissez-la tout de suite, ordonna David à ses hommes. Je ne veux pas qu'elle commence à se battre ce matin.

Les quatre armoires à glace se précipitèrent sur elle, plus rapidement que Charlie aurait pu l'imaginer. Elle eut peu ou pas de temps pour se défendre, et les hommes ne lui en laissèrent d'ailleurs pas la moindre chance. Ils étaient incroyablement forts ; il lui était inutile d'essayer de fuir. En quelques courtes secondes, ils lui immobilisèrent les poignets dans le dos au moyen de menottes de cuir qu'elle n'avait même pas remarquées quand ils étaient entrés, et ils lui retinrent solidement les bras avec leurs mains. Ils placèrent ensuite leurs jambes puissantes devant les siennes de manière à l'empêcher de bouger ou alors de donner des coups de pieds.

Elle était essoufflée et sans défense.

Charlie sentait qu'elle allait s'évanouir. Ses yeux commençaient à vouloir se fermer. Elle tenta de se ressaisir et se concentra sur sa respiration. Mais Claire était si confuse. Pourquoi Reese faisait-il une telle chose ? Était-il réellement Gabriel Phelan ?

Elle réussit à échanger un regard avec l'homme blond, qui s'avança dans la pièce en laissant la porte se refermer derrière lui. Il demeurait impassible alors que Charlie combattait une terrible peur au plus profond d'elle-même. Il avait les yeux étranges. Pendant qu'il s'approchait, ils semblaient s'éclaircir – changer. Un instant, ils étaient bruns…

Et l'instant suivant ?

Le souffle court de Charlie s'arrêta net dans sa gorge. Un minuscule gémissement incertain s'échappa de ses lèvres lorsqu'il vint se placer à trente centimètres d'elle et qu'elle put apercevoir, en levant la tête, cette paire d'yeux d'un bleu profond. Elle reconnut ces yeux. Ils brillaient dans les profondeurs de son imagination, parcourant son subconscient et réduisant en miettes son monde intérieur. Ces yeux l'exposaient à tout ce qu'elle avait toujours ignoré d'elle.

Il s'agissait des yeux bleus impitoyables et desséchés de l'homme dans ses rêves. De l'homme qui n'était pas Malcolm Cole.

– Pour répondre à la question que je sais que tu te poses, mon ange, c'est oui. Je suis bien Gabriel Phelan, Charlie, dit-il, le sourire sévère. Celui qui a embauché ton groupe pour un contrat de six mois à Las Vegas. Celui qui a signé ton chèque d'acompte et qui t'a attribué une suite directement sous son penthouse dans son plus grand hôtel… Comme une princesse enfermée dans la tour d'un château.

Il rit alors doucement, le ton cruel de son rire faisant fourmiller la marque sur le bras de Charlie de manière menaçante. La voix de Phelan l'enveloppa comme les pétales d'une rose noire, sombre et d'une douceur soyeuse. Mais les épines de la rose vinrent ensuite l'écorcher. Elle frissonna violemment, sa peau rougit, et son estomac bouillonna, pris d'un mélange de malaise et d'anticipation sexuelle qu'elle trouvait choquante.

Gabriel fit un dernier pas vers elle, réduisant à néant l'écart qui les distançait l'un de l'autre, et Charlie grimaça en raison de la marque émeraude qui devenait trop chaude sur son bras droit.

– Je t'avais prévenue que je viendrais chercher mon dû pour la séance manquante, n'est-ce pas, Charlie ? murmura-t-il en levant lentement la main pour lui caresser une pommette de ses doigts.

Des étincelles de douleur lui remontèrent le bras, et elle souffla entre ses dents en tentant de s'éloigner de lui. Les hommes resserrèrent leur poigne sur elle. Gabriel tendit la main à la vitesse de l'éclair, saisissant brutalement les cheveux sur sa nuque pour l'immobiliser pendant qu'il lui caressait les lèvres des doigts de son autre main. La douleur se fit davantage sentir à l'intérieur d'elle. Et Claire savait que David – que Gabriel – pouvait le remarquer dans ses yeux. Il avait toujours été capable de lire en elle, de savoir quand elle avait mal.

Il aimait cela. Son sourire le trahissait.

— Est-ce que sa marque te fait mal, Charlie ?

Elle ne répondit pas. Elle ne le pouvait pas. Il lui fallait utiliser toutes ses forces pour s'empêcher de crier alors que les doigts de Phelan descendaient maintenant de ses lèvres à sa clavicule, l'effleurant doucement avant de glisser davantage vers sa poitrine. De sa main, il parcourut ensuite le mince tissu de son t-shirt jusqu'au haut de son soutien-gorge, tout ça sans quitter ses yeux du regard. Il l'observait ; il mesurait sa réaction avec une curiosité malveillante.

— J'image que tu es très confuse, n'est-ce pas ? murmura-t-il.

La douleur qui avait remonté le bras de Claire et qui lui traversait maintenant la poitrine était devenue presque insupportable. Et elle passait en état de choc.

C'en était trop. Elle n'avait aucune idée de la signification de la marque, et elle ne savait pas pourquoi David Reese était en fait Gabriel Phelan. Elle ignorait aussi pourquoi il l'avait emmenée ici, et elle ne savait pas ce que Malcolm Cole voulait d'elle ni ce qu'il avait voulu dire avec ses histoires de loups-garous. Tout ce qu'elle savait, à ce moment-là, c'était qu'elle souffrait le martyre. Et elle voulait que ça cesse.

— Je peux te libérer de cette douleur, Charlie.

Gabriel lui serra un sein au travers du tissu de son chandail et de son soutien-gorge en dentelle ; Charlie ne put retenir le cri rauque qui s'échappa finalement de sa gorge. Ce contact provoquait en elle des sensations contradictoires. Par-dessus ses vêtements, il passa ensuite son pouce sur son mamelon durci, ce qui déclencha des vagues de plaisir électriques dans le corps de Charlie alors que se mettait à chauffer la marque ensorcelée qui lui faisait endurer un nouveau genre de souffrance, la brûlant maintenant comme un fer à marquer du côté intérieur de son bras droit.

Charlie sentit ses genoux faiblir face à cette double réaction. Mais les hommes de Phelan la retinrent facilement, et Gabriel maintint sa poigne dans ses épais cheveux soyeux. Il baissa les lèvres pour murmurer quelques mots devant les siennes.

— Rien d'autre ne compte en ce moment, Charlie. Il n'y a que toi et moi.

Il releva la main pour enrouler ses doigts autour de sa gorge. Il serra doucement, interrompant l'arrivée d'une bonne quantité d'oxygène à son cerveau déjà déboussolé.

— Dis-moi que tu veux que je retire la marque, Charlie, et je le ferai. La douleur cessera, lui promit-il doucement. Sinon, nous pourrons continuer ainsi toute la journée.

Il lâcha soudainement sa gorge et passa sa main devenue libre sur l'estomac plat de la jeune femme jusqu'à la taille de son jean. Puis il glissa brusquement les doigts dans son pantalon et dans son slip, et il les fit descendre jusqu'à ce qu'ils trouvent les douces bouclettes entre ses jambes.

Elle se rebiffa contre les hommes qui lui retenaient les bras, criant une fois de plus en raison du supplice physique qui lui était imposé. Les doigts de Gabriel se faisaient menaçants, s'arrêtant à quelques centimètres à peine de son intérieur. Charlie était certaine de n'avoir jamais vécu une telle souffrance. Mais ce n'était rien en comparaison à ce qu'elle ressentit lorsqu'il fit pénétrer violemment ses doigts en elle et qu'il l'empêcha de crier en couvrant sa bouche d'un baiser brutal. Son contact n'était que brutalité et voracité et faisait des ecchymoses aux lèvres de Charlie.

L'univers entier de Charlie ne fut plus qu'un mélange de plaisir avide et de souffrance. Ses jambes flanchèrent, et son cri réprimé sortit en un faible gémissement lorsqu'un orgasme lui parcourut tout le corps, aussitôt suivi d'une douleur qui s'abattit sur tout son être.

Elle sentit qu'elle allait perdre connaissance.

Puis elle fut envahie par quelque chose d'étrange qui ajouta au supplice, une sorte d'énergie insidieuse qui courait dans ses veines et lui réveillait les sens.

Les ténèbres s'estompèrent, et les tentacules du sommeil semblèrent reculer en même temps que s'amplifiait sa douleur. Inéluctablement. Elle était brusquement ramenée dans le monde de la réalité, où elle serait à nouveau totalement consciente. Le sommeil paisible lui avait été refusé.

Elle ne pouvait même pas s'évanouir pour échapper à la douleur.

Gabriel Phelan mit lentement fin à son baiser et se redressa, un sourire entendu et impitoyable ornant son beau visage. Il recula suffisamment pour pouvoir observer son regard glacial, puis il secoua la tête.

— Non, Charlie. J'ai bien peur que tu ne puisses pas t'en tirer si facilement. Tu vas rester éveillée, mon ange. En ma compagnie.

Il fit pénétrer ses doigts plus profondément en elle, ce qui la fit sangloter alors qu'elle était saisie d'une extase à la fois merveilleuse et atroce, ses muscles internes se contractant involontairement autour des doigts de Phelan.

— Jusqu'à ce que tu me donnes ce que je veux.

Les larmes qui s'étaient accumulées dans les yeux bleu métallique de Charlie se mirent alors à déborder et à couler sur ses joues. Elle avait envie de vomir. C'était déjà terrible d'être violée de cette façon. Et c'était encore pire de souffrir cet horrible et troublant supplice que lui infligeait la marque de Cole. Mais c'était parfaitement inacceptable de ressentir un tel plaisir en même temps. Phelan la déstabilisait, la remuait. Il lui avait jeté un sort, ou quelque chose du genre. Il n'était pas humain.

Elle voulait mourir. Disparaître.

Si elle avait eu la moindre possibilité de bouger, elle se serait jetée par les fenêtres qui faisaient tout le mur de l'autre côté de la pièce. Elle aurait fait n'importe quoi pour mettre un terme à cette intolérable souffrance.

— Que veux-tu ? souffla-t-elle.

Il lui avait été étonnamment facile de trouver et de formuler les mots, en dépit du martyre qu'elle endurait et qui la faisait suffoquer. La question était sortie d'elle-même.

— Je te veux, *toi,* Charlie. *Totalement,* siffla-t-il en tirant légèrement ses cheveux pour donner plus de poids aux mots qui allaient suivre. Dis-moi de retirer la marque de Cole de ton bras. C'est *ça* que je veux.

Charlie s'immobilisa sous sa poigne. Elle devint muette. Dans un bref et surprenant état de lucidité, Charlie conclut que si Phelan lui demandait quelque chose, il ne fallait pas le lui donner.

Il se battait bien. Il enseignait bien. Mais Jessie avait raison. Il était sadique dans tous les sens du mot, et au plus haut degré. Et tous savaient qu'il aimait surtout *lui* infliger de la douleur. Il en retirait du plaisir. Elle le voyait dans ses yeux, dans la manière dont il souriait. Elle le sentait lorsqu'il la touchait, et elle le percevait dans le ton grave et hypnotisant de sa voix.

Elle ne comprenait pas comment Malcolm Cole, l'homme aux yeux verts dans ses rêves, avait réussi à lui faire cette marque. Elle ne comprenait pas à quoi celle-ci servait, si ce n'était, apparemment, qu'à lui causer d'atroces douleurs. Mais elle sut, soudainement et avec une grande certitude, que si Gabriel Phelan voulait la retirer, elle ferait alors mieux de la garder.

– Non, siffla-t-elle, fronçant les sourcils en un geste de défi.

Elle grimaça tout de suite en raison d'une douleur qui la traversa comme une onde de choc, mais en serrant la mâchoire, elle ajouta malgré tout :

– Je crois que je vais la garder.

Elle s'attendait à ce qu'il se mette en colère. À ce qu'il la frappe. À ce qu'il lui assène un coup de poing, peut-être. À tout, mais pas à ce qu'il fit. Il retira doucement la main de son jean, et un sourire victorieux s'afficha sur ses lèvres. Elle leva le regard vers ses yeux bleus, qui commençaient à luire, tout comme dans ses cauchemars. Puis elle regarda sa bouche, et elle gémit presque d'horreur en voyant ses canines se mettre à s'allonger jusqu'à devenir des crocs acérés qui luisaient à faire peur dans la lumière croissante du soleil.

Charlie cessa totalement de respirer. Elle devint complètement immobile sous sa poigne.

– Ah, Charlie, dit-il d'un ton bas qui s'apparentait maintenant à un grognement animal à peine perceptible. J'espérais cette réponse.

CHAPITRE NEUF

MISE À DÉCOUVERT

– Patron, vous devez vous calmer.

Jake regardait son alpha avec méfiance, se demandant si la réaction de son chef n'allait pas ce jour même entraîner la mort de ce dernier. Si Cole se transformait en loup, ce serait un véritable enfer. Les membres de sa meute se transformeraient à leur tour, loyaux jusqu'à la fin, et les humains pourraient alors les voir. Puis il y aurait un terrible combat entre les loups gris et les loups noirs – au beau milieu de la rue en plein Las Vegas.

Et peu importe les gagnants, le conseil serait appelé à intervenir, et quelqu'un devrait payer pour les dégâts. Quelqu'un devrait les nettoyer.

Ce serait mal.

À peine quelques secondes auparavant, James Valentine avait informé son chef du sortilège territorial lancé contre l'hôtel The August. Il n'en avait pas fallu davantage pour que le visage de Cole s'assombrisse totalement – se transforme. La puissance de ce dernier s'était manifestée violemment, alimentée par la furie, au point où Jake en avait temporairement perdu le souffle en le voyant réagir ainsi. Il pouvait constater que les humains autour d'eux faisaient maintenant un écart pour les éviter, allant même jusqu'à traverser la rue.

Les yeux émeraude de Cole avaient commencé à luire tels des projecteurs. Lucas Caige avait tout de suite retiré ses lunettes de soleil au fini miroir pour les remettre à son patron, qui les avait mises sans hésiter.

Mais personne n'avait été dupe. Jake savait que les crocs avaient déjà poussé derrière les lèvres de son patron. Et les poings que l'alpha tenait serrés des deux côtés de son corps cachaient maintenant assurément ses griffes. Jake pouvait sentir le sang de Cole qui commençait à perler dans ses paumes en raison de ses ongles acérés.

– Le sortilège prendra fin à minuit, laissa tomber Lily, qui essayait de mettre du sien dans la situation. J'ai déjà lu des ouvrages à ce sujet. La plupart des sortilèges de ce genre ne durent pas plus de douze heures, indépendamment des habiletés du sorcier.

– Caige, dit Malcolm en se tournant vers le loup vêtu de cuir, parlant d'une voix devenue grognement derrière ses dents à peine dissimulées.

Jake nota que Lily Kane avait reculé d'un pas lorsque Cole avait parlé. Elle sentait poindre le danger. Ce grognement sourd semblait vraisemblablement lui rappeler cette fois où Cole l'avait enlevée pour prendre la fuite avec elle dans sa maison du Nouveau-Mexique, deux années auparavant. James Valentine se plaça rapidement devant elle. Il se devait de le faire à titre de protecteur de Lily, mais il réagissait aussi probablement par instinct.

Lucas Caige s'approcha de son chef et attendit la suite.

– Appelle Scrubs, lui ordonna Cole. Il est hors de question que j'attende la fin du sortilège.

Les yeux de Jake s'écarquillèrent.

Lucas fit un léger sourire et hocha la tête. Caige était ainsi fait. Il était fou, parfois. Légèrement dérangé, même. Il aimait que les choses aillent vite et bien, quitte à marcher sur les pieds de quelqu'un, et Jakob se sentait déjà triste pour la compagne qu'il réclamerait un jour, car elle aurait fort à faire avec lui.

Cet homme que Cole avait désigné sous le nom de « Scrubs » était membre d'un groupe de motocyclistes particulier dont Caige faisait lui aussi partie depuis les années 60. Scrubs, Johnny Campbell de son vrai nom, avait hérité à jamais du titre de médecin du groupe en raison de brèves études inutiles dans une école de médecine. Ce surnom n'était rien de plus qu'un sobriquet qui n'était lié à rien du tout, d'autant plus que Scrubs était davantage renommé pour ses talents de golfeur.

C'était un expert en destructions qui avait déjà passé du temps en prison en raison de son penchant pour les incendies criminels. C'était le seul humain vivant connaissant la véritable existence de Lucas Caige. Il était aussi loyal envers les membres de son groupe de motocyclistes que les loups-garous envers leurs meutes.

Si Cole voulait que Caige demande l'intervention de Scrubs dans cette affaire, c'était qu'il planifiait quelque chose de gros. Quelque chose de dangereux qui nécessitait l'emploi d'explosifs et touchait beaucoup de personnes.

Caige n'était pas le seul à être préoccupé par cette pensée terrifiante. Tous les loups sur le trottoir étaient habités de cette même pensée. Mais personne ne manifestait ses inquiétudes. Personne n'osait parler. À ce moment-là, Cole était tout simplement effrayant dans ses agissements.

Caige sortit son téléphone cellulaire de sa veste de cuir et composa un numéro tout en s'éloignant pour être en mesure de parler en privé. C'était toutefois totalement inutile, car tout loup-garou se trouvant à moins de plusieurs centaines de mètres pouvait de toute façon entendre facilement la conversation.

Jake se passa la main dans les cheveux. Il jeta un coup d'œil aux autres loups. James Valentine observait Lily, qui regardait Cole avec méfiance.

– Tu devrais retourner à l'hôtel, Kane, lui dit Jake. Ton mari va perdre la tête s'il apprend que tu as quelque chose à voir dans tout ceci.

Lily se tourna vers Jake.

– Je reste ici, répondit-elle d'un ton déterminé. Si jamais vous décidez, en grands garçons que vous êtes, d'intervenir auprès de Charlie, elle sera confuse et terrifiée. Elle aura besoin d'une amie, et c'est pourquoi j'ai bien l'intention d'être présente auprès d'elle.

– Rentre chez toi, Lily, intervint Malcolm avec impassibilité.

Son grognement sourd non dénué de sens laissait peu de place à l'argumentation.

Lily sentit sa gorge se serrer, et ses yeux dorés s'illuminèrent de colère et d'inquiétude à la fois. Mais elle ouvrit la bouche et secoua la tête.

– Ce n'est pas la première fois qu'un conjoint violent me demande de ne pas me mêler de ses affaires, Cole. Et je n'ai pas l'habitude de me soumettre à ce genre de demandes.

Cole l'observa de ses yeux voilés derrière ses lunettes de soleil opaques, et Lily commença à montrer des signes d'impatience. Cole inclina la tête d'un côté et parla très calmement.

— Violent ? dit-il d'un ton étouffé, beaucoup plus effrayant que son grognement précédent. Crois-tu vraiment que je ferais du mal à Charlie ? ajouta-t-il, sa question se voulant à toutes fins utiles purement rhétorique.

Mais Lily n'allait pas se laisser dissuader. James eut beau mettre sa main sur l'épaule de la jeune femme pour l'amener à revenir sur sa position, elle refusa de fléchir.

— Oui, je le crois, Cole. Vous n'avez éprouvé aucun malaise à la marquer contre son gré. Vous lui avez sûrement fait une belle grosse cicatrice, n'est-ce pas ? lui demanda-t-elle.

Jake étouffa un grognement. Il n'aimait pas la façon dont les choses évoluaient.

— Je ne serais pas surprise que vous ayez usé de votre stupide charme surnaturel et fait preuve de ruse pour la marquer sur le bras. Lui avez-vous laissé une moindre chance, Cole ? Avez-vous le moindrement songé à ce qu'*elle* pourrait ressentir une fois votre exploit accompli ? À la possibilité qu'elle ne *voulait peut-être pas* être marquée par vous ? Qu'elle désirait avoir le *choix* ?

Le ton de Lily était devenu de plus en plus haut, et lorsqu'elle cria sa dernière question à Cole, il était manifeste que ses propos étaient maintenant remplis de fiel.

Cole se contenta de lui faire un sourire, dévoilant la pointe de ses crocs.

— Eh bien, mon amour, il semble que tu parles par expérience. Puis-je te suggérer de consulter un conseiller matrimonial pour t'aider à assumer ta colère ?

— Espèce de fils de…

— Lily, l'interrompit Valentine de sa voix profonde teintée d'une autorité ferme.

Lily se calma, mais elle était visiblement irritée. Jake ne pouvait pas réellement la blâmer. Il y avait beaucoup d'animosité en elle, et il était tout à fait naturel pour un loup-garou de vouloir faire sortir son venin. En réalité, Malcolm Cole était le seul loup-garou, à la connaissance de Jake, capable de refouler des émotions accumulées depuis des décennies.

Il jeta un coup d'œil à son chef.

Mais pas cette fois-ci. Cole vivait des émotions qui semblaient vouloir le faire dérailler. Jake pouvait sentir l'adrénaline dans les veines de son chef. La puissance qui se dégageait de lui semblait hors de maîtrise. La situation était chaotique. Jake se sentait nerveux et agité, fin prêt à se battre.

– Dans la situation qui nous occupe, je suis moi aussi d'avis que tu ferais face à un trop grand danger si tu décidais de nous accompagner, dit James à Lily. Si nous décidons d'intervenir, il y aura des loups, des policiers et des humains qui se mettront à courir comme des fous dans toutes les directions. Nous ne pouvons te faire courir de risques ; tu es trop précieuse.

Lily roula des yeux impatients, mais Valentine leva la main, comme s'il savait qu'elle allait rétorquer quelque chose.

– Si Claire est blessée, nous te l'amènerons immédiatement.

Il essayait de la calmer. Jake savait que James, à titre de protecteur, ne mentirait pas à Lily. Si ce dernier promettait à Lily qu'elle pourrait venir en aide à Claire si nécessaire, c'est qu'il le pensait vraiment.

Ce fut cette promesse qui parvint finalement à convaincre Lily Kane de rester derrière. Elle hocha la tête, puis jeta un regard d'avertissement à Cole.

— Vous n'avez aucune idée de ce qui la rend si particulière, Cole.

Elle secoua la tête et ajouta d'un ton grave :

— Je ne vous ai pas tout dit.

Elle tourna les talons et disparut dans la rue en direction du Bellagio. Cole sembla la suivre du regard. Jake ne pouvait pas lui voir les yeux, mais il aurait pu parier qu'ils brillaient toujours intensément.

— Appelle-moi Malcolm, siffla doucement Cole, regardant toujours attentivement dans la direction où elle était partie. Et que peux-tu bien ne pas m'avoir dit, Kane ?

* * * *

— Excuse-moi de te demander ça, dit Vincent d'une voix traînante, ses yeux ambrés luisant dans la lumière tamisée des appliques, mais quel âge as-tu, au juste ?

Le jeune homme affalé devant lui sur le canapé de cuir noir fit un sourire à peine perceptible, et ses yeux indigo brillèrent étrangement, reflétant presque la lumière comme ceux d'un chat.

— Je suis plus âgé que j'en ai l'air, répondit-il.

Je n'en doute aucunement, pensa Vincent.

La voix du sorcier correspondait à celle d'une personne de dix-huit ans, presque à celle d'un adolescent, vu le ton clair des mots qui sortaient de sa bouche. Mais il parlait avec le calme de quelqu'un de beaucoup plus âgé. Vincent l'observa avec méfiance. Il avait mis moins de temps qu'il l'aurait pensé avant de joindre le sorcier. Pour dire la vérité, c'est plutôt le sorcier qui l'avait trouvé. Il s'était rendu au casino, comme s'il savait exactement ce que cherchait Vincent. Comme un diable faisant irruption devant un homme à l'agonie, dans un jet de fumée et de feu – un contrat dans une main, un stylo dans l'autre.

Les épais cheveux du sorcier lui arrivaient juste au-dessus des épaules. Ils étaient de la couleur d'un ciel de minuit, c'est-à-dire d'un noir d'ébène qui reflétait cette même lumière indigo qui étincelait dans la profondeur de ses yeux perçants. Il était grand, mais pas autant que l'aurait été un loup-garou. Vincent lui donnait un mètre quatre-vingts ; il le trouvait bien bâti pour un humain, mais un peu trop maigre et nerveux pour un loup. Il avait la taille vraisemblable d'un vampire, et il était d'ailleurs vêtu comme tel : un jean noir, une chemise blanche à manches longues, un blouson de cuir noir et des bottes noires.

Il avait à la fois la jeunesse du corps et la sagesse dans le regard, sans parler de son maintien, qui révélait une grande confiance en soi. C'était à proprement dire déconcertant. Il y avait comme une aura de menace presque palpable qui émanait de sa personne. Vincent se disait que quiconque se retrouvait en sa présence devait vite se sentir inconfortable.

Il avait l'air indigne de confiance, et vraiment, vraiment méchant.

Vincent Cromwell recourait aux artifices de la magie – à titre d'enchanteur – depuis longtemps. Il reconnaissait donc facilement et rapidement le genre de magie qui irradiait de l'autre homme. C'était suffocant. Il y avait d'ailleurs comme une odeur de danger en sa présence. Une odeur de feu à peine perceptible, cette odeur qui se fait sentir lorsqu'une personne gratte une allumette face au vent. Il y avait en même temps une odeur de neige. D'hiver. Long, froid et impitoyable.

Il avait dit à Vincent qu'il s'appelait « Seth », sans plus. Mais Vincent avait assez d'expérience pour savoir que ce n'était pas là le vrai nom de ce sorcier. Il était fort probable que personne ne connaissait son vrai nom, et ce, depuis fort longtemps.

Pour l'instant, ils attendaient tous les deux sur des canapés de cuir noirs qui «décoraient» le sous-sol de l'hôtel The August. Les installations souterraines avaient été aménagées en salle de torture depuis l'achèvement de la construction de l'hôtel. Les murs étaient recouverts d'un assortiment macabre d'instruments, et la porte métallique massive comportait plusieurs verrous.

Vincent prit le risque de jeter un autre regard vers le matériel et les pièces d'équipement de la vaste salle de pierre. Il réprima le besoin de chasser bruyamment cette boule qui lui serrait la gorge. Il se sentait malade. Il avait toutefois fortement l'impression que le fait de révéler ainsi sa faiblesse devant l'homme assis en face de lui pourrait s'avérer manifestement dangereux.

Il détourna donc le regard des entraves de cuir, des croix en bois géantes et des divers instruments de torture qui pendaient aux murs, et il se concentra sur la présence de Seth, ce sorcier qui allait effacer la marque de Cole du bras de Claire St. James.

Seth observait attentivement Vincent, sans aucune expression sur son beau et jeune visage. Ses yeux presque noirs, qui étincelaient de malveillance, semblaient cacher d'innombrables secrets. Autour du cou, il portait une lanière de cuir noire qui retenait un lapis-lazuli.

Vincent prit lentement une grande respiration, puis se rassit profondément dans le canapé de cuir luxueux, allongeant les bras sur le dossier.

– C'est une pierre de téléportation? demanda-t-il, curieux de savoir s'il avait deviné juste.

— Effectivement, répondit Seth avec décontraction. On ne peut jamais être trop prudent, et la négociation de contrats avec les loups-garous peut s'avérer dangereuse pour les gens de mon espèce. Une associée à moi a été tuée il y a quelques années à Baton Rouge après avoir accepté un contrat semblable à celui que je m'apprête à exécuter ce soir.

Vincent savait à qui il faisait allusion : Eva Black, la sorcière qui avait tenté d'effacer la marque de Daniel Kane sur le bras de Lily St. Claire. Elle avait échoué. Et la meute de Kane l'avait tuée. Cette histoire semblait remonter à des années-lumière. Travailler pour Phelan n'était pas de tout repos. Si le temps file lorsque l'on travaille dans le plaisir, il en va tout autrement lorsque le diable est votre employeur.

— Uniquement par curiosité, combien de personnes à la fois permet-elle de téléporter ? s'enquit Vincent, parlant toujours de la pierre et de ses pouvoirs magiques.

— Elle permet la téléportation de toutes les personnes se trouvant dans un rayon de dix mètres, répondit calmement Seth avant d'incliner la tête vers l'avant pour fixer Vincent d'un regard éloquent. Toutes celles que je veux bien téléporter, naturellement.

Vincent comprit bien la signification de sa dernière phrase, mais il n'eut pas le loisir d'y songer davantage, car il entendit des pas derrière la porte de la salle de torture.

Il se leva et se tourna en direction de la porte, sachant que Phelan et ses hommes — ainsi que Claire St. James — se trouvaient derrière.

Il pouvait entendre les battements de cœur de la jeune femme. C'était comme le bruit d'un battement d'ailes effréné de colibri au milieu des battements de cœur réguliers et calmes des loups-garous qui l'entouraient. Il pouvait aussi entendre sa respiration. Il était évident, d'après la clarté du souffle de Claire, qu'elle n'avait pas été bâillonnée. Cette précaution aurait été inutile de la part de ses ravisseurs, et elle le savait probablement. La cage d'escalier menant des deux étages supérieurs jusqu'au sous-sol était complètement à l'écart et interdite d'accès aux clients de l'hôtel. Elle était insonorisée et ne comportait ni fenêtre ni porte.

La salle de torture non plus ne comportait aucune issue, à l'exception de la porte d'entrée donnant accès à cette salle. Et seules deux personnes en avaient la clé : Gabriel Phelan et Vincent Cromwell.

Le sorcier Seth demeura assis pendant que l'on déverrouillait la porte. Phelan et ses hommes entrèrent. Ce n'est que lorsque les deux hommes chargés d'escorter St. James furent entrés que le sorcier se leva finalement.

Vincent, ayant noté que le sorcier avait bougé, se tourna vers ce dernier.

Il était manifeste, à voir la fascination qui se lisait sur le visage attrayant de Seth, que la beauté de Claire l'impressionnait grandement. Il semblait bien que peu importe la façon dont Seth avait mystérieusement et insidieusement appris que Cromwell voulait faire appel à ses pouvoirs magiques, on ne lui avait cependant pas mentionné que cette femme sur laquelle il devrait se servir de sa magie était aussi extraordinaire, aussi particulière. C'était une louve-garou de naissance — *et* une latente.

De plus, la marque de Cole qui faisait Charlie sienne semblait dégager autour d'elle une aura de tension sexuelle. Comme si elle était en chaleur ou noyée sous les phéromones.

— Déshabillez-la et suspendez-la, ordonna Phelan pendant qu'il marchait à grandes enjambées dans la salle en direction de l'un des canapés de cuir « pour voyeurs » près de Vincent et du sorcier.

Cromwell se mit à observer les hommes de Phelan, qui entreprirent de retirer les menottes à Claire pour mieux la dévêtir. Elle se mit immédiatement à se débattre. Elle bougeait incroyablement vite. Son corps devint presque comme flou lorsqu'elle gifla du revers de la main l'un des loups-garous et qu'elle asséna un coup de pied à l'autre, directement au plexus solaire.

À côté de Vincent, Gabriel enleva son veston de complet et le déposa sur le canapé, surveillant la situation d'un air intéressé, mais aussi avec un certain détachement. Ses yeux bleus luisaient d'une malveillance à peine déguisée, même si ses mouvements aisés témoignaient d'un calme froid et serein.

Il détacha ensuite sans hâte son nœud de cravate et déposa celle-ci sur son veston. De l'autre côté de la pièce, Charlie, se servant du poids de l'homme qui lui retenait solidement les poignets comme levier, se souleva pour lui donner un coup de savate au menton. Il lâcha son emprise.

Gabriel soupira. Il déboutonna les trois premiers boutons de sa chemise blanche.

Charlie se fit assaillir à nouveau, mais cette fois-ci, ses mouvements de défense furent un tantinet plus lents. Elle réussit quand même à donner quelques coups directs avant d'échapper à l'un des hommes bien bâtis, puis de se libérer d'une secousse de la poigne de l'autre.

Gabriel commença à remonter ses manches de chemise, s'attardant maintenant à peine à la bagarre. Il semblait plutôt se concentrer intérieurement. Se préparer.

Vincent connaissait ce comportement chez son patron. Il l'avait déjà vu faire à de nombreuses reprises. C'était un dominant inné, un sadique accompli, et il maîtrisait l'art de faire plier un adversaire fougueux. Contrairement à la plupart des dominants, toutefois, il n'agissait pas avec la permission expresse d'une dominée ni pour lui accorder du plaisir. Il agissait ainsi simplement parce qu'il en était capable. Il voulait briser Claire St. James depuis des années, et l'occasion se présentait enfin. Il voulait faire effacer cette marque de son bras ; il avait l'intention d'ébranler la volonté de cette femme jusqu'à ce qu'elle lui permette de procéder.

Il s'écoula encore quelques minutes de tension, puis Claire fut à nouveau maîtrisée, cette fois-ci par quatre hommes aux crocs sortis et dont les yeux luisaient comme des phares d'auto. Ces sbires avaient été prévenus de ne pas lui faire le moindre mal lorsqu'ils s'empareraient d'elle, ce qui avait grandement compliqué leur tâche. Leur colère et leur frustration étaient on ne peut plus évidentes. La résistance de Claire n'avait fait qu'attiser leur faim. Si Phelan ne s'était pas trouvé dans la même pièce qu'eux, elle leur aurait servi de repas.

— Tu sais à quel point j'aime te regarder te battre, Charlie, mais je dois admettre que j'ai en tête quelque chose de différent pour aujourd'hui, lui dit calmement Gabriel.

Sa voix grave fit écho sur les murs et couvrit la lourde respiration de Claire pendant qu'il se dirigeait vers l'un des murs de pierre, où il commença à examiner au hasard les fouets qui pendaient aux crochets répartis sur toute la surface verticale.

Derrière lui, trois de ses hommes tenaient fermement Charlie lorsque le quatrième entreprit d'agripper son t-shirt de Metallica pour le déchirer et le jeter loin d'elle. Elle siffla lorsque le tissu lui pinça la peau, puis elle se résigna, révélant malgré elle son soutien-gorge en dentelle et le souple renflement de ses seins.

De ses yeux plissés, elle lança un regard glacial à l'homme devant lui. Les dents serrées, elle laissa tomber :

— C'était un t-shirt original, fils de pute.

Il sourit, laissant voir ses crocs, puis il agrippa la taille de son jean. Charlie resta sans bouger. Se faire enlever un t-shirt était une chose, mais se faire déchirer un jean sur le corps, c'était complètement différent. Elle allait avoir mal, vraiment mal.

— Reste tranquille, et je ne le déchirerai pas, lui dit-il d'un ton menaçant, comme s'il lisait dans ses pensées.

Vincent devinait qu'elle aurait à tout prix voulu se débattre; elle savait ce qui était en jeu. Mais elle était futée. Elle cessa toute résistance, et le sourire du loup-garou devint de plus en plus vilain à mesure qu'il défaisait les boutons à pression. Il s'appuya ensuite sur un genou devant elle.

Elle baissa le regard vers lui et ne put réprimer de rapides halètements de poitrine lorsqu'il saisit son jean de ses deux mains fortes pour le faire glisser lentement sur ses longues jambes. Les biceps tatoués du loup-garou se gonflèrent férocement, de même que tous les muscles de son corps, en raison du désir qu'il éprouvait. Vincent croyait vraiment savoir pourquoi l'homme réagissait ainsi. Il supposa que le loup-garou pouvait sentir l'odeur de la jeune femme dans cette position — un genou au sol devant sa longue et souple silhouette. Elle avait un corps qui le rendait probablement fou. Vincent ne l'enviait pas.

Cependant, le loup-garou savait fort bien se maîtriser. Il fallait en effet faire preuve d'une bonne dose de maîtrise de soi si l'on voulait travailler pour Gabriel Phelan. C'est ainsi que lorsqu'il eut fini de faire glisser le jean de Claire jusqu'au sol, il laissa le vêtement aux pieds de la jeune femme et lui ordonna de lever les jambes une à une pour s'en défaire. Pendant qu'elle s'exécutait, il lui saisit les chevilles et lui retira ses chaussures, de sorte qu'elle ne portait plus maintenant que son slip et son soutien-gorge assortis.

Puis il se releva et se dirigea vers une étagère à proximité, sur laquelle se trouvait un vaste choix d'entraves et de menottes de cuir. Il en choisit une paire et revint au milieu de la pièce.

Vincent entendit le cœur de Claire s'arrêter un instant, puis recommencer à battre plus fort qu'auparavant. Il se demanda si ça lui faisait mal. Elle avait déjà tellement d'adrénaline dans son système sanguin qu'il n'aurait pu le dire. Il pouvait voir la marque à l'intérieur de son bras droit. Elle était passée du vert émeraude au rouge sang, et il n'avait pas, dans ce cas-ci, à se demander si Claire souffrait. Il en était certain. Elle n'était pas censée se faire toucher par qui que ce soit, à l'exception du loup-garou qui lui avait fait cette marque.

Et là, tout de suite, elle se faisait toucher par toutes sortes de gens.

Le loup-garou tenant les menottes de cuir regarda Claire de ses yeux brillants aux paupières tombantes pendant qu'il tendait le bras vers le haut pour attraper l'une des bandes de cuir qui pendaient du plafond et qui comportaient une boucle à l'extrémité du bas. Il tira fort sur la lanière, comme pour tester sa solidité. Satisfait de sa résistance, il enleva sa main et fit un signe de tête en direction des hommes qui tenaient Claire. Ces derniers amenèrent la jeune femme vers lui, puis ils la soulevèrent et la maintinrent fermement devant lui.

Il ne perdit pas de temps. Rapidement et efficacement, ce quatrième loup-garou entreprit de fixer fermement les entraves de cuir à chacun des minces poignets de Claire. Lorsqu'il eut terminé, il lui souleva les bras par-dessus la tête pour les relier à la boucle qui terminait la bande de cuir.

Les quatre hommes la relâchèrent et firent un pas en arrière. On aurait dit une scène sortie directement d'un film sadomasochiste : des hommes costauds, tous habillés, entouraient une superbe femme à moitié nue, ligotée et sans défense devant eux dans une sombre salle de torture.

Vincent ne pouvait nier la force d'attraction de cette scène. Il était un loup. Il aimait autant la chasse que tout autre loup. Et lorsque la meute était excitée, il lui était très difficile de ne pas suivre.

Chaque homme dans la pièce observait Claire. Mais elle n'avait d'yeux que pour un seul d'entre eux.

Lorsque Gabriel Phelan choisit plusieurs accessoires pour les disposer les uns à côté des autres sur un banc à moins d'un mètre d'elle, elle tira sur ses liens. Vincent pouvait sentir son désespoir. Il pouvait sentir la peur monter en elle.

Finalement, Gabriel se tourna vers elle, et elle fut tout de suite captée par ses yeux bleus perçants.

— Tu dois être tout à fait confuse, j'imagine, devant ce qui arrive, n'est-ce pas, Charlie ?

— Ne m'appelle pas Charlie, siffla-t-elle, essayant de cacher sa terreur tout en tirant brusquement sur les bandes de cuir qui la retenaient prisonnière.

Phelan ne prêta pas attention à son emportement et commença à enlever sa montre platine de son poignet gauche.

Il prit une grande inspiration et expira ensuite lentement, comme s'il songeait aux mots qu'il allait dire.

— Laisse-moi t'expliquer la situation, lui dit-il en s'avançant calmement vers elle, tendant sa montre à l'un des hommes lorsqu'il fut près de la jeune femme. Tu es une louve-garou. Une louve-garou de naissance, pour être plus précis, ajouta-t-il en commençant à tourner autour d'elle, lui scrutant la chair.

Il croisa les bras sur sa poitrine avec désinvolture, tapotant ses gros biceps de ses doigts pendant qu'il faisait un de ses cercles autour d'elle.

— Ton père était un loup-garou de naissance, et ta mère, une latente — une humaine qu'il est possible de changer en louve-garou et qui peut porter nos enfants.

Pendant qu'il lui parlait et qu'il tournait autour d'elle, il l'étudiait de ses vifs yeux bleus. Il contemplait chaque courbe de son corps, chaque étendue de sa peau crémeuse — et songeait à tout ce qu'il pourrait se permettre de faire.

— Ton père a réclamé ta mère, puis il y a vingt-sept ans, tu venais au monde. En tant que louve-garou de naissance, Charlie, tu n'affiches aucune caractéristique extérieure de ton espèce, contrairement aux mâles.

Il s'arrêta directement derrière elle. Vincent vit la jeune femme fermer les yeux, se contractant comme si elle se préparait à recevoir un autre coup, à souffrir encore.

Gabriel était vraiment beaucoup plus grand qu'elle, même si elle avait le corps en extension, et il lui était facile de se placer derrière elle s'il lui prenait l'envie de lui murmurer des mots à l'oreille.

— Puis ta mère et ton père ont été tués, Charlie. *Victimes d'un chasseur,* dit-il en se rapprochant d'elle pour lui poser sa main droite sur son estomac.

Elle émit un sifflement de douleur, tirant brusquement sur les bandes de cuir, mais ses yeux demeurèrent grands ouverts — elle l'écoutait attentivement.

— Oui, Charlie, lui souffla-t-il, c'est vrai. Ils ont été tués par un chasseur, gloussa-t-il légèrement, les dents à un cheveu de l'un de ses lobes d'oreille. Ils étaient morts depuis longtemps lorsque leur véhicule est tombé en bas du pont il y a quinze ans de cela, mon ange. Décapités, pour tout dire.

Il étendit les doigts de sa main sur le mince abdomen de Claire pour attirer son corps vers lui, ce qui la fit frissonner et trembler en raison de la douleur, tant physique que mentale, qu'il lui infligeait.

— J'avais initialement prévu t'éliminer aussi, continua-t-il, remontant son autre main jusqu'aux cheveux épais et soyeux de la jeune femme. C'est alors que je t'ai vue… Tu n'avais que douze ans. Tu étais vêtue de jaune. Tu ressemblais à un soleil, poursuivit-il en aspirant une boucle de cheveux à ses lèvres. Et tu avais une odeur différente, ajouta-t-il, laissant tomber sa main de ses cheveux pour reculer d'un pas, libérant lentement Claire de sa poigne désagréable. *Très* différente… *prometteuse.*

Il se détourna alors d'elle et se rendit posément jusqu'au banc où il avait placé ses instruments de torture. Il se tint debout devant ces accessoires, faisant dos à Charlie, puis saisit un grand couteau Buck de son pouce et de son index. La lame luisait d'une manière menaçante à la lueur du feu.

Charlie ferma les yeux. Vincent pouvait voir les larmes qui coulaient maintenant sur les joues de la jeune femme. Elle tremblait violemment ; il pouvait aussi entendre le bruit doux de ses pleurs silencieux.

— Je suis tel que je suis, Charlie, et même si la plupart de mes chasseurs me considèrent uniquement comme un reclus excentrique qui leur donne des ordres au téléphone et qui n'accepte jamais de les rencontrer en personne, la vérité…, s'arrêta-t-il en jetant un coup d'œil vers elle par-dessus son épaule alors qu'elle ouvrait à nouveau les yeux, apercevant ainsi les crocs blancs luisants de Gabriel à travers son sourire. Eh bien, la vérité, tu la connais déjà, n'est-ce pas, Charlie ?

Il s'interrompit encore une fois pour faire effet.

— À titre de loup — à titre d'alpha —, j'éprouve les mêmes besoins que tout autre alpha de mon espèce.

Il se redirigea vers elle. Elle gémit, ses yeux bleu pâle rivés sur la vilaine lame qu'il tenait dans ses mains.

— J'ai décidé de te laisser en vie. Tu étais tout simplement trop belle pour mourir.

Il se remit à tourner autour d'elle, et Charlie se démena encore en essayant de se défaire des entraves de cuir qui lui entouraient les poignets. Vincent pouvait sentir l'adrénaline circuler dans l'organisme de Claire, comme si cette hormone avait maintenant dépassé la quantité de sang circulant dans ses veines. Elle était envahie par la peur.

Phelan excellait dans sa démarche. Il était impitoyable.

— Après le meurtre de tes parents, le conseil t'a affecté plusieurs sentinelles — des surveillants, en quelque sorte. J'ai cédé du terrain en attendant le bon moment. Lorsque le conseil a décidé de te laisser seule, à toi-même, j'ai pris ma décision.

Claire se secoua violemment au contact du métal froid sur la peau chaude du milieu de son dos.

— Chuuut, Charlie. Ne bouge pas, mon ange, lui murmura de nouveau Phelan à l'oreille.

Claire sanglota et ferma les yeux avec force lorsqu'elle sentit la lame du couteau glisser derrière une bretelle de son soutien-gorge.

— Brave fille, la railla-t-il en continuant de faire doucement monter la lame pour finalement couper la bretelle qui recouvrait son épaule droite.

La bretelle gauche subit ensuite le même sort, entraînant la chute du soutien-gorge sur le plancher de pierre. Claire baissa la tête, comme dans un geste de défaite, ses yeux toujours bien fermés dans ce cauchemar qu'elle ne pouvait fuir.

— Quand tu as eu dix-huit ans, tu es devenue une latente mûre. Et je me suis retrouvé devant une alternative, continua Gabriel, presque sur le ton de la conversation, reculant une fois de plus pour continuer à tourner autour d'elle. Je pouvais alors soit te prendre et te marquer comme compagne, soit te laisser poursuivre ta latence.

Il vint se placer devant elle, le couteau dans sa main droite. Il leva ensuite sa main gauche et arqua son index sous le menton de Claire pour la forcer à relever la tête afin qu'elle soit prisonnière du regard qu'il lui adressait.

— Tu étais si forte, Charlie. Si rapide. Une élève parfaite, dit-il en souriant à nouveau. Un jouet parfait. Te transformer aurait changé tout ça.

Il se rapprocha un peu plus d'elle, laissant glisser sa main gauche vers le bas pour lui empoigner la gorge afin que Claire ne puisse plus bouger. Elle serra à nouveau les dents en raison de la douleur, puis écarquilla les yeux au moment où elle sentit une fois de plus la lame acérée et menaçante sur sa peau. La lame se mit à descendre sur son os iliaque jusque derrière la courroie de sa culotte, se glissant avec une facilité déconcertante au travers du mince tissu.

Gabriel s'inclina légèrement jusqu'à ce que ses lèvres soient pratiquement en contact avec celles de Claire. Lorsqu'il ouvrit la bouche, il lui parla dans le plus doux des murmures, mais en lui agrippant la gorge un peu plus fort pour appuyer sur ses mots.

— Les loups-garous ne se font jamais d'ecchymoses, Charlie. Et ton corps était fait pour porter ma marque.

Elle gémit lorsqu'il fit glisser le couteau de l'autre côté de son corps pour finalement lui couper sa culotte d'un deuxième coup de lame. Il retint le mince vêtement dans sa main et l'amena à ses lèvres, puis ferma les yeux et inspira profondément.

Charlie, dans un désarroi frisant le dégout, l'observa faire.

Lorsqu'il rouvrit les yeux, Claire vit qu'ils brillaient comme si l'on avait allumé des lumières vives derrière leurs orbites. Elle était prisonnière de ces rayons bleus ; Vincent s'aperçut du fait qu'elle ne bougeait plus du tout dans ses entraves.

— Je t'aurais transformée un jour de toute façon, Charlie, lui dit-il d'une voix devenue plus grave et dans un sourd grondement menaçant. Mais le sort en aura voulu autrement, ajouta-t-il en laissant tomber le sous-vêtement sur le soutien-gorge qui reposait déjà sur le dur plancher froid. Un autre alpha est venu s'installer dans mon territoire à Pittsburgh, et j'ai dû envoyer mes chasseurs à ses trousses. Je ne pouvais pas courir le risque que tu sois tuée accidentellement dans cette arène — ou enlevée par cet alpha qui marchait sur mes plates-bandes, ce qui aurait été inacceptable, poursuivit-il en secouant la tête tout en reculant d'un pas, puis il se tourna pour examiner les autres instruments sur le banc. Je t'ai donc fait venir ici.

Il saisit d'une main le manche d'un long fouet noir qui reposait sur la surface en bois, agrippant de son autre main libre la lanière enroulée sur elle-même. Il soupira, comme dans un geste de frustration.

— Nous aurions pu poursuivre nos séances de lutte pendant des mois, peut-être même des années, poursuivit-il.

Il se tourna vers elle, la colère irradiant de ses yeux brillants, et son regard se rétrécit soudain.

— Mais Malcolm Cole aura réussi à apparaître juste au mauvais moment, ajouta-t-il en revenant vers elle dans un déplacement tout aussi lent que déterminé, contenant à peine la furie qui le dévorait. Et il aura réussi à respirer une odeur qu'il affectionnait, poursuivit-il encore en la fixant avec colère de ses yeux saphir. Mais tu ne peux pas lui appartenir, Charlie. Je t'ai trouvée en premier, et je te garde.

Un sanglot de terreur, misérable, s'échappa de la gorge de Claire. Elle se fit suppliante.

— David, s'il te plaît.

— Appelle-moi Gabriel, mon ange. Et lorsque nous en aurons terminé, tu auras tant de fois crié mon nom que tu ne pourras plus jamais l'oublier.

CHAPITRE DIX

UN JEU BRUTAL

Jessie Graves était assis, le dos appuyé sur une chaise en métal à l'extérieur d'un café, occupé à surveiller un groupe d'hommes rassemblés de l'autre côté de la rue. De ses yeux ambre, il ne ratait aucun de leurs gestes. De l'avis des humains autour de lui, et spécialement des femmes, ces hommes n'étaient rien de plus que de beaux mâles bien bâtis, bien vêtus et discutant de sujets personnels. Il y avait une femme parmi eux, à vrai dire, mais sa présence ne semblait déranger personne. Elle était suffisamment belle pour attirer l'attention de la plupart des humains de sexe masculin, en dépit de ses grands et forts compagnons à l'air menaçant qui faisaient un cercle autour d'elle. Les hommes de ce groupe étaient si saisissants que les humaines qui passaient à côté d'eux se contentaient d'ignorer la femme. Les membres des deux sexes semblaient y trouver leur compte.

Celui qui attirait probablement le plus l'attention des femmes autour de Jessie était l'homme aux cheveux noirs qui venait tout juste d'enfiler une paire de lunettes au fini miroir. Il avait une belle prestance. Certains détails contribuaient à le faire ressortir du groupe : sa façon de se tenir droit, sa taille un peu plus grande que celle des autres, sa poitrine et les muscles de ses membres qui remplissaient ses vêtements dans une perfection quasi artistique. Et en plus, il avait l'air agacé. Pour une raison ou pour une autre, cette intensité chez sa personne ne faisait qu'ajouter à son charisme. Malcolm Cole.

Jessie avait entendu par hasard une femme circulant derrière Cole passer un commentaire sur son « robuste menton » avant d'ajouter dans un souffle qu'elle aimait bien ses épaules. Son amie lui avait rétorqué qu'il avait l'air dangereux.

Tu ne peux pas savoir à quel point, ma belle, avait pensé Jessie en faisant un sourire sombre.

Cole et ses hommes attiraient sans l'ombre d'un doute l'attention. C'était l'une des raisons pour lesquelles les individus de son espèce n'étaient pas censés se rassembler en grand nombre dans des endroits publics. La présence d'un alpha çà et là pouvait toujours passer inaperçue à la limite. Mais il en allait tout autrement pour deux mâles alpha super puissants entourés d'une demi-meute au beau milieu d'un trottoir passant. C'était pousser les choses trop loin. C'était carrément dramatique, anormal et beaucoup trop imposant. Strictement interdit.

Les badauds commençaient à murmurer et à devenir agités. Ils s'attendaient à ce qu'il arrive quelque chose, mais quoi ? Cole, ses hommes et James Valentine étaient la cause d'une certaine commotion. Aux yeux de certains humains autour d'eux, ils avaient l'air de joueurs dont le manège avait été découvert et qui allaient devoir répondre de leurs actes aux propriétaires de casino ou à la police. Aux yeux de certains autres, ils avaient l'air de trafiquants de drogue de la mafia sur le point de se faire prendre par des agents du FBI. Ou encore de superbes comédiens s'apprêtant à faire une sorte de numéro improvisé sur le Strip de Las Vegas. Toutes les idées saugrenues passaient également par la tête des clients assis aux tables voisines de celle de Graves, qui les entendait murmurer leurs commentaires alors qu'ils observaient la scène.

Mais Jessie savait quant à lui que toutes ces personnes faisaient erreur. Il savait *exactement*, lui, qui étaient ces individus, et comme il était l'un de leurs semblables, il pouvait entendre ce qu'ils disaient :

— Appelle Scrubs. Il est hors de question que j'attende la fin du sortilège…

Jessie fronça les sourcils. Il y eut comme un éclair noir dans ses yeux ambre. Il prit sa bière devant lui et avala lentement une gorgée, fixant toujours intensément le groupe d'hommes. Il remarqua le hochement de tête de Lucas Caige et son sourire diabolique, puis il le vit sortir un petit téléphone cellulaire de sa poche de veston et en ouvrir le rabat. Caige tourna le dos aux autres membres du groupe pour parler en privé au téléphone. C'était une précaution inutile, Jessie le savait, mais une précaution que Caige était fort probablement habitué de prendre pour faire comme tous les humains afin de confondre ceux et celles qui le regardaient.

Jessie était déconcerté de voir que Caige n'était pas à la tête de sa propre meute, dans les circonstances. Cet homme avait un air presque aussi intimidant que son chef. Dans cette chaleur accablante d'un matin de la fin du mois de mai à Las Vegas, il était malgré tout vêtu de cuir noir et de bottes de motocycliste. Et il ne suait pas une goutte. En vérité, il semblait entouré d'un halo de fraîcheur palpable, allant des poils rudes de son menton jusqu'à ses cheveux noirs ébouriffés qui tombaient en boucles sur ses épaules.

Jessie secoua la tête. Malcolm Cole était déjà bien assez méchant à lui tout seul. Lucas Caige constituait toutefois une menace de plus, avec ses crocs sortis et son blouson de motocycliste. Et si la conversation que Jessie était en train d'espionner en cet instant se voulait un tant soit peu révélatrice, Caige allait bientôt montrer aux loups-garous et aux humains *à quel point* il constituait une menace.

Graves fit légèrement glisser sa chaise vers l'arrière et enfila sa propre paire de lunettes opaques. Puis il prit le téléphone cellulaire qui se trouvait dans la poche au niveau de sa poitrine et composa un numéro qu'il connaissait bien.

Après quelques sonneries irritantes — Jessie n'était pas très patient dans les circonstances —, il entendit la voix d'un homme à son oreille.

— Ouais ?

— Roman, c'est Jessie. Charlie est avec toi ?

Il y eut un silence. Jessie conclut que le guitariste s'employait à mettre très rapidement de l'ordre dans ses idées.

— Non, bonhomme. Je pense qu'elle ne s'est pas réveillée à l'heure. On a cogné à sa porte, on lui a téléphoné, mais en vain. Mary Jane a dit qu'elle avait rencontré un gars hier soir et qu'elle aura probablement forcé sur l'alcool. As-tu essayé de l'appeler, toi aussi ?

Évidemment, Jessie avait essayé, mais c'était peine perdue. Il ne savait que trop bien où se trouvait Charlie. Et pour plusieurs bonnes raisons, il n'allait pas mettre Roman au courant.

— Où es-tu, maintenant ? demanda plutôt Jessie.

— Nous sommes au studio de répétition. Un entrepôt qu'ils ont transformé expressément pour nous…

— Êtes-vous tous là ? l'interrompit Jessie.

— Euh… ouais, sauf Charlie. Pourquoi ? répondit Roman d'un ton plus bas, soudain sérieux, inquiet. Elle va bien ? Quelque chose ne va pas ?

Jessie songea rapidement à ce qu'il allait dire. Il s'efforça de garder un ton calme.

— Je présume qu'elle va bien, mais j'ai découvert quelques points suspects sur ce Phelan avec qui vous avez passé un contrat. Nous devrons peut-être revoir toutes les clauses, et c'est pourquoi, dans l'intervalle, je ne jouerais plus pour lui à votre place. Tenez-vous loin de l'hôtel, en fait. Je ne veux pas que vous vous retrouviez au centre d'un conflit quelconque et que vous ayez à faire face à des accusations de voies de fait.

— Que diable as-tu découvert ? demanda Roman, manifestement interloqué.

— Disons que… cet homme ne joue pas franc-jeu, hasarda prudemment Jessie, avançant une vérité probable, moins certaine toutefois que la suivante. Et il n'a pas vos intérêts à cœur.

Il y eut un autre long silence de la part de Roman. Jessie pouvait entendre le musicien jurer tout bas.

— Jessie, nous avons déjà signé ce foutu contrat, siffla-t-il au téléphone.

— Ne t'en fais pas avec ça, Roman. Assure-toi simplement que Kevin et M.J. n'aillent pas près de l'hôtel tant que toi, Phelan et moi n'aurons pas parlé ensemble. Et si tu vois Charlie, assure-toi qu'elle fasse pareil. D'accord ?

Roman ne répondit pas tout de suite. Mais lorsqu'il le fit, sa réponse surprit Jessie.

— Jessie, j'ai un mauvais pressentiment à propos de Charlie. Elle n'arrive jamais en retard à une répétition.

Il avait parlé d'un ton très bas, ce qui donna à penser à Jessie qu'il essayait de ne pas se faire entendre de ses deux compagnons.

— Et je ne suis pas content de la sortie de Charlie et de M.J. hier soir. Je n'ai aucune confiance dans les gars qu'elles ont rencontrés.

Jessie se mordilla l'intérieur de la joue. Roman avait raison, sur bien des plans. Toutefois, même si ce dernier avait pleinement raison de s'inquiéter, ses craintes ne portaient pas sur le bon propos.

— Je rentre par avion d'ici une heure, Roman. Si nous ne la retraçons pas avant cet après-midi, nous contacterons la police.

Ces mots semblèrent calmer Roman. Jessie pouvait presque entendre son interlocuteur hocher la tête à l'autre bout.

— Marché conclu ! Appelle-moi quand tu seras rendu à destination.

Jessie mit fin à la conversation et quitta le café. Il savait au moins désormais que le reste du groupe serait en sécurité au cas où il ne pourrait empêcher Cole et ses hommes de faire voler en éclats le The August.

Il ne rangea pas son téléphone, cependant. Il devait appeler quelqu'un d'autre, et la conversation risquait d'être beaucoup moins agréable.

On répondit à son appel à la première sonnerie. Jessie n'attendit pas une seconde de plus.

— Graves à l'appareil. Je veux immédiatement parler à monsieur Kavanagh.

Il y eut un très bref silence, puis Jessie entendit une série de clics, suivis de la voix d'un homme.

— Graves, le salua le superviseur d'une voix râpeuse puissante qui dégageait une grande autorité, même au téléphone.

Jessie parla tout de suite, encore sans hésiter.

— La situation est devenue irréversible. Cole et Valentine planifient quelque chose de gros, et je vous demande la permission d'intervenir.

— Permission accordée, répondit tout de suite l'interlocuteur, dont la voix grave semblait témoigner d'une contrariété certaine. Sors ma petite-fille de ce bourbier, Graves. J'en ai assez de tout cela. Nos alphas semblent manifestement incapables de prendre soin de nos compagnes.

— Oui, monsieur.

— Emmène-la directement au quartier général du conseil, et fais de ton mieux pour lui expliquer les choses en cours de route. Je vais envoyer des renforts et un hélicoptère d'ici une heure.

* * * *

Charlie essaya de rassembler ses forces pour faire face à ce qui allait venir, mais elle savait que ce serait en pure perte. Elle n'était plus une enfant. Elle savait fort bien que les personnes du genre de Gabriel Phelan s'efforçaient de semer la confusion dans l'esprit de leurs victimes, de leur faire anticiper le pire, de leur inculquer la peur. Si Charlie s'attendait à recevoir cinq coups de fouet, il lui en donnerait probablement dix.

Lorsque Gabriel commença une fois de plus à tourner autour d'elle avec son cruel fouet noir dans les mains, elle choisit donc de fermer les yeux et de penser à ses parents. À ses parents assassinés par Gabriel Phelan.

Elle se demanda de quelle façon précisément ils étaient morts. Avaient-ils été surpris ? Avaient-ils opposé de la résistance ?

Pourquoi… Pourquoi avait-il fait ça ? Et qu'est-ce que c'était qu'un chasseur ?

Elle n'avait pas voulu montrer la moindre faiblesse devant Phelan, mais elle n'avait pu refouler les larmes qui lui coulaient sur les joues. Elle ne pouvait les réprimer. Elle était intérieurement déchirée ; elle avait l'âme mutilée. Elle saignait de l'intérieur, profondément, en un endroit noir où le sang était à peine visible. En cet endroit où se terrait la douleur. Chaque être avait un endroit semblable en lui, mais celui de Charlie était sur le point de déborder à ce moment-là.

Ses larmes représentaient le déversement d'un trop-plein d'émotions — une fuite dans un barrage, une rive inondée.

— Dis-moi d'effacer cette marque, Charlie.

Charlie ouvrit les yeux. Elle avait réussi à oublier la présence de l'homme durant quelques précieux instants, mais il la ramenait cruellement à la réalité. Le ton de Phelan avait l'effet d'une longe sur elle, une longe qui la serrait solidement et qui étouffait en même temps la vie en elle. Son cœur s'accéléra une fois de plus, et elle se mit à transpirer le long des douces et belles courbes de son corps.

Cette marque, pensa Charlie. Que pouvait-elle donc signifier ? Pourquoi voulait-il l'effacer ? Pourquoi lui demandait-il la permission de le faire ? Pourquoi ne la lui enlevait-il pas tout simplement de la peau ?

Et si elle lui donnait la permission… le ferait-il vraiment ?

Pour une raison ou pour une autre, elle aurait donné n'importe quoi pour que l'homme qui lui avait infligé cette marque se retrouve à ses côtés dans cette même pièce. Elle sentait d'instinct qu'il l'aurait protégée. Elle savait, de la même façon que le soleil se lève toujours à l'est, que Malcolm Cole lui libérerait les mains de ses entraves et qu'il la prendrait dans ses bras puissants.

Puis qu'il tuerait Gabriel Phelan.

Elle voulait la mort de ce dernier plus que toute autre chose au monde. Elle n'avait jamais détesté personne auparavant. Jamais à ce point. Elle souhaitait réellement la mort de Phelan.

Ce fut cette soudaine fureur, cette colère viscérale et ce dégoût qui la poussèrent à le défier une fois de plus.

— Va te faire foutre, David, siffla-t-elle entre ses dents serrées, ses mots sonnant comme du venin littéralement sortant de sa bouche.

Elle s'attendait à ce qu'il rie d'elle, qu'il lui fasse un « tss-tss » de désapprobation, qu'il se moque d'elle et peut-être même qu'il la remercie de lui donner une autre raison de la torturer.

Mais là encore, il la surprit. Là encore, il sema la confusion dans son esprit de manière inattendue. Car il ne rit même pas. Il se contenta plutôt de soupirer.

— Très bien, dit-il doucement d'un ton qui, elle l'aurait juré, exprimait de la déception et même de l'agacement. Nous allons faire à ma façon.

Elle ne put voir ce qu'il avait fait ensuite, mais il avait dû donner une sorte de signal à ses hommes, car l'un d'eux s'installa devant elle — le même qui l'avait dévêtue. Il se rapprocha ensuite d'elle, et Charlie fixa ces yeux ambre qui lui déchiraient le cœur. Ces yeux lui faisaient beaucoup penser à ceux de Jessie. C'était comme par erreur qu'ils se retrouvaient sur le visage de cet autre homme — cet homme qui allait vraisemblablement lui faire subir des douleurs indescriptibles.

Les pires qui soient.

– Je vais te faire une offre, Charlie, dit à nouveau Gabriel.

Charlie, dont la capacité d'attention était maintenant presque réduite à néant, se sentit instantanément tiraillée entre l'homme devant elle et celui à l'arrière d'elle.

– Si tu réussis à ne pas laisser sortir un seul son de ta bouche, le cuir de ce fouet ne touchera jamais ta peau. Par contre, continua-t-il après s'être interrompu un instant pour que ses mots cruels fassent leur effet, si tu émets le moindre soupir, tu seras punie.

L'homme devant elle souleva légèrement la main droite. Charlie se raidit. Elle retint son souffle, réprimant un halètement et ravalant un gémissement malheureux lorsqu'il passa très doucement le revers de ses doigts sur sa clavicule. Une douleur des plus vives, brûlante, se fit immédiatement sentir dans son avant-bras avant de poursuivre rapidement sa course jusqu'à son épaule. Charlie ferma fort les yeux en réaction à cette brûlure soudaine. Elle s'attendait à cette douleur. *Je suis capable de résister,* pensa-t-elle. *S'il vous plaît, donnez-moi la force de résister.*

– Et rappelle-toi, Charlie. Les loups-garous ont l'ouïe fine, ajouta Gabriel d'un ton bas qui accompagnait bien le regard noir qu'elle avait remarqué dans ses yeux avides. Je t'entends d'ailleurs prier en ce moment.

La main de l'homme descendit jusqu'à la courbe de ses seins, et la douleur qu'elle avait ressentie à son bras et à son épaule se propagea en un éclair jusqu'à sa poitrine, circulant plus profondément à l'intérieur d'elle, devenant de plus en plus aiguë. L'homme se mit à rire doucement, d'un rire moqueur qui fit ouvrir les yeux à Charlie.

Elle avait les dents serrées au point de craindre qu'elles se fendillent. D'autres larmes lui vinrent aux yeux, mais elle réussit à les retenir, troublant par le fait même sa vision. Elle ne voulait pas voir le visage de l'homme pendant que celui-ci la torturait.

Puis il se pencha vers l'avant, et Charlie inclina la tête vers l'arrière dans une angoisse silencieuse pendant que les dents de l'homme se refermaient sur son mamelon, le mordant presque au sang. En même temps, sa main continua à descendre sur le corps de la jeune femme, puis ses doigts se mirent à écarter les boucles de poil dans l'entrejambe de Claire.

Charlie tira si brusquement sur ses entraves qu'elles commencèrent à lui lacérer la peau. Elle vit des étoiles derrière ses paupières maintenant refermées. La douleur lui faisait perdre le souffle ; ses poumons refusaient presque de se dilater. Ses jambes commencèrent à trembler, et elle se mordit si fort la lèvre inférieure que le sang se mit à perler.

Puis la main libre de l'homme agrippa soudainement son autre mamelon, qu'il tordit méchamment. Charlie fut totalement incapable de réprimer le cri qui s'échappa de sa gorge.

Le premier contact du fouet de Gabriel dans son dos la saisit totalement dans tout son être. Elle ressentit une douleur vive autour de la marque brûlante laissée par la lanière sur sa peau. Ses larmes coulèrent librement de ses yeux bleu métallique, et elle projeta vers l'avant son corps arqué en réaction au coup reçu. Son hurlement se répercuta en écho sur les murs de pierre. Les flammes vacillèrent dans les appliques.

— Demande-moi d'enlever la marque de Cole, mon ange.

La voix de Gabriel lui parvint aux oreilles. Des mots durs comme le fer et l'acier, enveloppés dans du velours et de la soie. Cette voix caressa la plaie brûlante qu'il venait tout juste de lui infliger; elle lui bouleversait les sens. Il semblait s'être rapproché d'elle, maintenant. Sa voix était plus forte. Elle avait presque l'impression qu'il était carrément à l'intérieur de son cerveau.

Charlie laissa retomber sa tête sur son bras et se laissa pendre mollement à ses entraves de cuir. Lorsqu'il vit qu'elle ne répondait pas, l'homme devant elle reprit où il en était.

Elle ravala le sanglot qui lui monta à la gorge lorsqu'elle sentit les mains de cet homme sur ses hanches et qu'il appuya les lèvres sur sa gorge. Sa proximité éveilla instantanément tous ses sens. Elle sentait son souffle chaud sur son cou, et elle pouvait déceler cette chaleur en lui, même si cette satanée douleur liée à la marque sur son bras était à nouveau revenue à l'intérieur d'elle, se frayant un passage dans les voies qu'elle avait impitoyablement tracées au cours des dernières heures.

Lorsque le loup-garou lui souffla les mots suivants à l'oreille, elle sut par le timbre de sa voix qu'il avait les crocs sortis.

— Je te sens tout humide, ma pute, lui dit-il. Je pense que tu aimes ça, avoir mal.

Charlie se mordit à nouveau la lèvre, et d'autres larmes sillonnèrent ses joues. Il raffermit sa poigne sur son corps, comme s'il essayait de son mieux d'arracher le moindre son possible de sa bouche.

C'était un impitoyable salaud, mais le pire dans ses propos accusateurs, c'était qu'il avait en partie raison.

Charlie avait toujours aimé se la jouer dur. Elle avait besoin de confier les rênes à l'autre. Il lui semblait que c'était la seule façon de suffisamment relaxer pour apprécier les sensations que pouvait lui faire vivre un homme.

Mais elle n'avait toujours eu qu'un seul partenaire sexuel, en qui elle avait totalement confiance. Il ne lui avait jamais vraiment fait mal. Il semblait toujours savoir ce qu'elle voulait, ce dont elle avait besoin.

Il n'y avait absolument aucune comparaison entre le genre de domination et de doux sévices sexuels qu'exerçait sur elle Jessie Graves depuis toujours d'un commun accord et le traitement que lui infligeait maintenant Phelan. La séance de torture à laquelle se livrait Phelan n'était que brutalité ; Claire n'y trouvait pas du tout son compte, et elle n'éprouvait aucune satisfaction.

Charlie ne pouvait décemment imaginer que Gabriel et ses hommes de main puissent croire qu'ils pourraient susciter en elle ne serait-ce qu'un infime désir en la torturant aussi ignoblement. Elle ne comprenait pas. Elle ne pouvait pas non plus comprendre ce qui se passait en elle. Elle se sentait comme une chienne en chaleur depuis que Malcolm Cole lui avait fait cette foutue marque. Celle-ci suscitait en elle des réactions avec lesquelles elle n'avait jamais eu à composer.

L'homme qui lui tenait les hanches recommença à rire, puis il se mit à lui mordiller l'épaule pendant qu'il faisait glisser ses mains derrière son dos jusqu'à la courbe de ses fesses

C'en était trop. Il était trop près. Elle pouvait sentir son énorme érection contre son bassin. Elle saignait maintenant aux poignets, et la douleur que lui causait la marque l'aspirait dans une sorte d'abîme vertigineux.

Lorsque le loup-garou fit ensuite lentement glisser l'une de ses mains entre ses jambes par l'arrière, Charlie poussa un halètement et remua instinctivement pour fuir le contact de ses doigts.

À la seconde suivante, il avait reculé d'un pas.

Et le fouet de Gabriel lui pinça la peau une fois de plus.

Elle hurla, puis son corps s'arqua en réaction à la douleur, la tête pleine de sensations difficiles, inoubliables. Sa vision commença à se rétrécir, et elle s'entendit crier, comme si elle était au loin.

Elle ne se préoccupait plus d'avoir les jambes à bout de force ou de sentir un petit écoulement de sang qui descendait sur son biceps depuis son poignet. Son corps lui semblait légèrement engourdi, comme si elle ne l'habitait plus. C'était un cadeau du ciel. Il n'y avait pas de plus grand plaisir que celui de ne plus sentir la douleur.

Puis elle entendit à nouveau la voix de Phelan, si proche cette fois-ci que Claire en conclut qu'il se tenait à côté d'elle. Ces doigts sous son menton étaient-ils les siens ? Elle ne pouvait pas le dire. Ses yeux refusaient de s'ouvrir. La douleur dans son dos et à son bras s'était estompée, atténuée à mesure que la jeune femme perdait connaissance.

— Es-tu toujours éveillée, mon ange ?

Sa voix l'enveloppait gentiment, comme un baume trompeur sur ses nerfs complètement à bout.

Elle ne répondit pas, mais elle ne put s'esquiver, cependant. Il s'employa à l'amadouer en utilisant toute sa force de persuasion, la retenant inexorablement sous son emprise.

— Fais ce que je te demande, Charlie, lui murmurait-il maintenant d'un ton apaisant, calme. Ce n'est pas difficile ; tu n'as qu'à dire le mot « oui ».

Charlie fronça les sourcils. Il avait raison. Ce n'était pas nécessaire que ce soit si dur. Que représentait cette marque pour elle, de toute façon ? Elle n'avait fait que souffrir depuis qu'elle ornait son bras. Serait-ce si mal que David… que Gabriel l'enlève ?

Oui.

Oh, Bon Dieu ! pensa-t-elle. *Laisse-moi seulement dormir. Laisse-moi seulement mourir.*

Puis Gabriel se mit à l'embrasser, et elle se mit à se rebiffer lorsqu'il attira son corps contre le sien, la pressant contre lui de son bras puissant autour de sa taille.

Charlie sentit son souffle magique, qui s'agitait à l'intérieur d'elle comme un tas de serpents. Sa torpeur se dissipa pour laisser place de nouveau à la douleur. Sa vision redevint claire, et elle se retrouva brutalement dans cet enfer cauchemardesque qui ne voulait pas prendre fin.

Après qu'il eut réussi à dompter la bouche de Claire, forçant sa langue entre les dents de la jeune femme pour découvrir son goût sucré pendant qu'il avalait ses mugissements de douleur, il mit fin au baiser et recula d'un pas

La douleur lancinante des deux écorchures dans son dos capta instantanément toute l'attention de Claire. Elle soupira de douleur, serra les dents et plissa ses remarquables yeux bleus en direction de Gabriel Phelan.

– Tu es superbe lorsque tu souffres, Charlie, lui dit-il, ses crocs proéminents alors qu'il la fixait de ses yeux bleu-noir qui brillaient sinistrement.

Elle ne répondit pas, mais elle réussit à regarder ailleurs.

– Tu ne peux pas m'échapper, Charlie. Ni dans le sommeil ni dans la mort. Et je te jure que je ne fais que commencer, poursuivit-il en la contournant pour reprendre sa position à l'arrière d'elle.

– Je vais te donner une dernière chance, Charlie.

– Tu peux crever la gueule ouverte, David.

Charlie savait que c'était la phrase la plus stupide qu'elle ait jamais dite de sa vie. Ce serait peut-être même la dernière. Mais elle s'en fichait. Bêtement, naïvement, *stupidement*, elle s'en fichait tout à fait.

– Appelle-moi Gabriel, mon ange.

Elle entendit siffler la lanière du fouet avant même de recevoir le coup. Mais lorsque la mince bande de cuir lui toucha la peau, elle se rendit compte tout de suite qu'il avait retenu son coup juste avant. La douleur qu'elle avait ressentie ne se comparait en rien à celle des deux premières lacérations.

Lorsqu'elle poussa son hurlement, ce fut un cri dur et guttural qui lui brûla la gorge et se termina par un gémissement rauque. Il ne lui donna pas le temps de récupérer. Le quatrième coup de fouet l'atteignit rapidement et furieusement. Et même si la douleur était assez forte pour lui faire perdre heureusement connaissance, elle était aussi assez aiguë et vive pour la garder en contact avec la réalité, dans cet endroit devenu la salle de jeu de Satan.

Alors, elle essaya. Elle essaya vraiment de lui dire qu'elle acceptait de se faire enlever la marque. Elle essaya de formuler les mots. Mais ils se confondaient avec ses cris. Ils étaient inintelligibles.

La lanière du fouet s'abattit sur son dos une fois de plus. La cinquième ou la sixième ? Charlie ne savait plus. Elle aurait voulu vomir, mais elle n'avait rien dans l'estomac.

Son monde était devenu rouge. Il n'y avait plus d'odeurs ni de bruits ni de choses à voir, à l'exception de ce brouillard rouge sang qui obstruait sa vision. Elle ne ressentait plus que de la douleur, à présent. Dans son dos, à ses bras, dans sa tête et dans son âme.

* * * *

Johnny Campbell avait encore le même air dément qui l'avait toujours caractérisé. Ses cheveux gris-blond flottaient autour de son visage hâlé en fines mèches qui, aux yeux de Caige, avaient l'air d'une barbe à papa. Ses yeux bleus étincelants brillaient de cette intelligence qui donne généralement des frissons. Et, comme toujours, il portait un genre de survêtement bon marché en molleton — un ensemble vert olive, cette fois-ci — en dépit du temps chaud.

Il portait aussi des bottes de combat.

Lucas et les loups-garous autour de lui l'observèrent en silence déposer les pieds par terre, puis fermer le contact de sa moto. Lorsqu'il descendit de son engin, il se dirigea vers Lucas en boitant de sa façon on ne peut plus coutumière. Caige sourit.

— Eh bien, enfant de salaud, le salua Campbell en faisant un large sourire qui révéla des dents étonnamment blanches.

Caige le salua à son tour d'un hochement de tête et lui tendit la main.

— Scrubs, t'as toujours l'air aussi fou, dit-il avant de pointer du regard la moto de Campbell. T'as fait une belle promenade, à ce que je vois ! Qu'est-il arrivé à Delilah ?

Delilah était le nom de son autre motocyclette, qu'il avait fort probablement bousillée dans un accident. Scrubs n'en était d'ailleurs pas à une chute près.

— Elle s'est aplatie par terre, mon ami, rétorqua Scrubs dans un haussement d'épaules, souriant toujours. De ton côté, tu sembles bien aller, Ares, ajouta-t-il en regardant son vieil ami des pieds à la tête.

Il avait employé un surnom que la bande avait attribué à Lucas longtemps auparavant. Ce dernier avait effectivement l'air d'un dieu de la guerre.

— As-tu récemment baisé quelqu'un que je connais ?

Caige rit légèrement, mais il redevint vite sérieux.

— Laisse tomber, Scrubs. On a un problème à régler, ici

— Ouais, comme tu le disais.

Scrubs regarda ensuite Cole, qui avait assisté à la conversation dans un silence stoïque, ses yeux verts brillants voilés par les verres opaques de ses lunettes de soleil.

— J'ai apporté tout ce qu'il me fallait, continua Scrubs. Dis-moi seulement où intervenir, ajouta-t-il, redevenu lui aussi sérieux, et à quel moment, puis écartez-vous de moi.

Caige hocha la tête. Comme il s'apprêtait à donner les détails nécessaires à Scrubs, tous les loups-garous sur le trottoir furent soudainement attirés par le bruit d'une personne qui courait à toutes jambes avec grâce. Ils reconnurent tous immédiatement ses pas avant même qu'elle soit auprès d'eux. Lily Kane se dirigea directement vers Cole, qui sembla vouloir reculer d'un pas, étrangement démonté de la voir arriver si vite vers lui pour lui annoncer quelque chose.

— Cole ! cria-t-elle en se rapprochant.

James Valentine fit un pas en avant et lui saisit le haut des bras pour la faire tourner sur elle-même.

— Lily, que diable es-tu... ?

— Le sortilège a pris fin ! lui dit-elle hors d'haleine. Le sortilège territorial !

Sa gorge se serra, puis elle s'arracha des bras de James pour se tourner à nouveau vers Malcolm, qui s'était maintenant approché d'elle après avoir enlevé ses lunettes de soleil, révélant ses yeux verts si intenses que les hommes autour de lui avaient dû réprimer une envie de se transformer tout de suite en loups.

Johnny Campbell écarquilla les yeux et se mit à se balancer sur les talons de ses bottes de combat. Sagement, toutefois, il s'abstint de parler.

Cole fixait intensément Lily.

— Qu'est-ce que tu as dit ?

— J'ai dit que le sortilège territorial a pris fin, Cole, lui répondit Lily, reprenant peu à peu son souffle. Il y a eu une intervention du conseil ! Qui a décidé de s'en mêler et de dépêcher un mage…

— Le conseil ? demanda James, dont les yeux argentés luisaient. Comment as-tu su ça ?

— Peu importe comment elle l'a su, rétorqua rapidement Malcolm.

Il remit ses lunettes de soleil et se détourna d'eux. Les passants semblèrent s'écarter comme par magie devant lui lorsqu'il se mit à courir à une vitesse effrénée vers la tour éloignée et illuminée abritant l'hôtel The August.

Les membres de sa meute, tous aussi hébétés les uns que les autres, le regardèrent s'élancer sur le trottoir. L'instant d'après, ils semblaient tous avoir retrouvé leurs esprits et se précipitaient derrière lui.

****

Elle était tellement prise dans la confusion qui l'habitait, dans cet aller-retour entre le supplice et l'angoisse, que Charlie mit quelques secondes à s'apercevoir que les coups avaient cessé. Elle essaya de parler une fois de plus, mais elle avait la gorge enflée, et aucun son ne voulait encore sortir.

Il se trouvait maintenant tout près derrière d'elle, lui tirant les cheveux de son poing fermé pour lui incliner la tête vers l'arrière.

— Dis oui ! exigea-t-il.

Elle pouvait mesurer l'intensité de sa colère, qui se déversait sur elle comme une vague rouge de sang. Il mit son autre bras autour de sa taille, attirant son dos meurtri contre sa poitrine recouverte d'un t-shirt. Elle pouvait sentir sur la peau nue de son ventre la lanière enroulée du fouet, et elle se demanda distraitement s'il y avait de son sang sur cette bande de cuir.

— Dis oui, Charlie, lui siffla-t-il à l'oreille, tirant brusquement une fois sur ses cheveux pour insister sur les mots qu'il disait. Dis oui, *maintenant* !

Son dernier commandement n'était plus qu'un grognement sauvage. Charlie eut l'impression que le cœur allait lui sortir de la poitrine, tellement il battait à tout rompre. Elle aurait pu jurer qu'un camion lui était passé sur le corps. Deux fois plutôt qu'une.

Mais elle se sentait fière, malgré tout. Il avait fait tout ce qu'il pouvait — jusqu'à maintenant —, mais il n'avait pas réussi à obtenir d'elle ce qu'il voulait. Elle y trouvait une certaine consolation, si minime fût-elle. C'est pourquoi elle choisit de continuer à résister. Elle ne dit rien.

Il resserra sa poigne sur elle. Puis soudain, il y eut un étrange éclat dans la pièce, rapide comme le flash d'un appareil-photo. Puis un autre. Gabriel tourna la tête de côté, jetant un coup d'œil interrogateur dans une autre direction, détournant son attention de la femme qu'il tenait dans ses bras

Charlie ne bougea plus. Elle sentait elle aussi quelque chose. Quelque chose de différent. Ce n'était pas vraiment un bruit ni une odeur, mais plutôt une vibration. Il y eut un autre flash. Charlie tenta de regarder pour comprendre ce qui se passait, mais le poing de Gabriel lui retenait toujours solidement les cheveux, ce qui empêchait la jeune femme de bouger la tête.

— Le sortilège a pris fin, dit une voix grave quelque part à la droite de Charlie.

Gabriel grommela.

— *Qui ?*

Il y eut une pause, comme si l'homme à qui il s'adressait essayait de comprendre la situation. Puis, d'un ton qui trahissait de la surprise et une vive inquiétude, l'homme dit :

— C'est le conseil. Ça ne peut être que lui.

Gabriel sembla réfléchir un moment à cette explication, puis il jura violemment, et Charlie grimaça lorsqu'il la repoussa, la propulsant vers l'avant dans ses entraves de cuir. L'instant d'après, il levait les bras et insérait les mains dans les courroies de cuir qui la retenaient en place. Elles se défirent facilement après qu'il les eût tranchées en deux. Charlie tomba sur ses genoux.

— Sorcier ! hurla Phelan pendant qu'il soulevait un bras de Charlie pour la tirer de l'autre côté de la pièce, à l'opposé des canapés. Fais-nous sortir d'ici tout de suite !

Charlie réussit à jeter un coup d'œil furtif dans la pièce pendant qu'elle se faisait traîner par terre. Dans un état de choc quasi hystérique, elle s'aperçut qu'il y avait plusieurs grands loups dans la salle de torture avec eux. Et certains hommes de Phelan avaient disparu.

Des loups-garous... Cette pensée lui trotta dans la tête.

Phelan la traîna devant deux autres hommes, qui avaient tous les deux les cheveux noirs et qui dégageaient une étrange aura. Le plus jeune des deux, qui avait les cheveux courts et les yeux indigo, fit un signe de tête à Phelan et s'avança vers la jeune femme. Charlie eut un geste de recul, dans un effort visant à s'éloigner de lui. Il y avait quelque chose de répugnant chez cet homme. Il semblait bien avoir seulement vingt ans, et pourtant, il terrifiait sans aucun doute possible Charlie. Elle ne voulait pas le voir le moindrement près d'elle.

Comme s'il pouvait sentir sa vive inquiétude, le jeune homme sourit. Mais ce n'était pas un sourire réconfortant. C'était un sourire rempli de sombres secrets et de sombres desseins.

Charlie sentit revenir la douleur dans son dos lacéré lorsqu'elle voulut se débattre pour échapper à Phelan. Mais ce dernier ne tarda pas à la soumettre, la maîtrisant rapidement au moyen d'une des nombreuses techniques de combat que Charlie et lui mettaient en pratique depuis de nombreuses années.

Au bout de quelques secondes seulement, elle était à nouveau prisonnière, et son dos était une fois de plus appuyé douloureusement contre la poitrine de Phelan. Il avait enroulé de façon menaçante un de ses bras musclés autour du cou de la jeune femme. Il commença lentement à le serrer, et elle cessa de lutter.

— Brave fille, siffla-t-il. Maintenant, ajouta-t-il en se tournant à nouveau vers le sorcier, sers-toi de ta pierre.

Le jeune homme enveloppa de sa main droite le morceau de lapis-lazuli qu'il portait au cou, et il commença à murmurer des mots dans une langue que Charlie ne connaissait pas.

C'est alors que la porte de la salle de torture s'ouvrit vers l'intérieur avec fracas et avec une telle force qu'elle sortit complètement de ses gonds pour aller ensuite se fracasser contre le mur opposé de la pièce sans toucher le sol.

Ce fut tout de suite le chaos dans la salle faiblement éclairée.

Il y eut une série de flashs brillants qui illuminèrent tour à tour la pièce. Cette fois-ci, Charlie fut en mesure d'en voir la cause. L'espace d'un instant, elle fixait l'un des hommes de Phelan dans la salle de torture, et l'instant d'après, un loup massif se tenait à la place de cet homme.

Gabriel poussa Charlie sans ménagement vers un canapé qui se trouvait tout près et contre lequel elle trébucha, tombant de côté sur le cuir noir.

Un faible grondement se fit sentir sur le plancher de pierre avant de se répercuter sur les murs, rappelant un coup de tonnerre à Charlie. Puis les lumières s'éteignirent dans les appliques, plongeant la salle de torture dans l'obscurité.

CHAPITRE ONZE

UN PEU DE TÉLÉPATHIE

C'était l'obscurité totale dans la salle de torture, mais Charlie pouvait néanmoins entendre des bruits et sentir des odeurs, même si elle était dépossédée de son cinquième sens. Gabriel l'avait projeté rudement contre le canapé, et elle pouvait sentir le cuir froid sous elle contre sa peau chaude. Elle pouvait sentir le soufre des torches qui s'étaient éteintes dans leurs appliques. Et elle pouvait sentir le sang. Il était empreint d'une odeur acidulée et métallique, rappelant celle de copeaux de métal dans de la terre humide. Elle n'aurait pu dire comment elle pouvait ainsi l'affirmer, mais elle le savait hors de tout doute.

Elle ne pouvait s'empêcher de se demander si cette odeur provenait en grande partie de son propre sang. Elle aurait voulu ne pas y penser, mais elle avait la tête remplie de toutes sortes d'images possibles de son dos qui lui faisaient grincer des dents. Déjà, les balafres lui faisaient mal. Mais elle se dit alors que ce n'était rien en comparaison à la souffrance qu'elle ressentirait lorsqu'il lui faudrait apprendre à bouger, à s'asseoir et à dormir pendant sa guérison.

En plus de ces senteurs accrues, elle entendait des bruits qui lui coupaient le souffle.

Des bruits chaotiques. Certains hommes hurlaient des ordres et d'autres juraient. D'autres encore psalmodiaient des incantations. De lourds objets autour d'elle bougeaient en raclant sur le plancher de pierre. Elle crut un instant que le canapé, sur lequel elle était allongée, allait être soulevé et projeté à travers la pièce, mais ce ne fut pas le cas. Elle se sentait comme dans l'œil d'une tempête, immobile dans une tourmente soudaine.

À cette illusion de tempête s'ajoutaient de brefs flashs de lumière dans cette entropie noire. Ils éclataient dans son champ de vision dans des rayons rouges et noirs, puis disparaissaient à nouveau pour faire replonger Claire dans une obscurité encore plus profonde que celle des secondes précédentes. À chaque flash, Charlie s'efforçait de regarder autour pour avoir une idée de la situation. Mais c'était impossible. Les flashes se succédaient trop rapidement, et ils ne lui procurèrent au bout du compte que l'apparition d'un mal de tête aigu.

Elle voulait s'enfuir. Elle était d'avis qu'elle tenait sa chance. Elle avait une bonne idée de l'endroit où se trouvait la porte. Mais elle pouvait entendre et sentir que de nombreuses personnes se trouvaient sur son passage, et elle était certaine qu'elle heurterait plusieurs d'entre elles dans sa course.

Tout de même, le jeu en valait la chandelle.

Elle se redressa lentement, sentant sa peau tirer autour des marques dans son dos. Elle décida de ne pas prêter attention à cette douleur, et après avoir conclu, en raison du silence qui s'était fait devant elle et de l'absence d'odeur, que la voix était libre, elle se leva d'un bond du canapé, au même moment qu'un autre flash apparut.

Mais elle n'alla pas plus loin ; elle se fit tout de suite retenir douloureusement par le haut des bras et se retrouva à nouveau plaquée contre la poitrine de Phelan.

Le flash suivant fut différent des précédents. Moins brillant, mais de plus longue durée. Il l'aveugla complètement. Lorsque Gabriel la relâcha, elle tomba cette fois-ci sur un épais tapis pelucheux.

Elle cligna des paupières dans le but d'éclaircir son champ de vision. Les bruits avaient disparu, de même que l'obscurité. Et le seul sang qu'elle pouvait maintenant sentir était sans nul doute le sien.

Pendant qu'elle était affaissée sur ce tapis qu'elle ne reconnaissait pas, se tenant les bras, attendant de retrouver sa vision, elle sentit que des personnes se déplaçaient autour d'elle. Elle décida qu'elle allait s'asseoir et écouter leur conversation.

— Tu as laissé Cromwell, à ce que je vois.

— Je ne lui fais pas confiance. Il était sur le point de me trahir ; ce n'était plus qu'une question de temps.

La deuxième voix était celle de David. *De Gabriel.* Mais la première ne disait rien à Charlie. C'était un timbre très grave, quelque peu rauque ; une voix plus âgée.

Elle voyait encore des points de lumière devant ses yeux, mais des formes reconnaissables commençaient à se dessiner aux extrémités latérales de son champ de vision. Charlie s'assit finalement bien droit et regarda autour d'elle. Elle se trouvait dans un genre de salon, comportant ce qui lui semblait être des canapés, des causeuses et une table basse. En arrière-plan, un mur sans cloison menait à une cuisine et à une salle à manger. Elle se trouvait dans une maison privée brune et beige. C'était un intérieur simple, élégant et cher.

– Le conseil est intervenu, poursuivit Gabriel.

Charlie le regarda tout en remontant ses genoux devant sa poitrine, se tenant les bras. Elle ne pouvait fuir, maintenant. Elle n'avait aucune idée de l'endroit où elle se trouvait, et elle était nue.

Gabriel sortit un téléphone cellulaire de la poche au niveau de sa poitrine. Elle remarqua que sa chemise blanche de complet était tachée de sang. Elle se demanda de qui provenait ce sang. D'elle ? C'était le cas d'une certaine partie, à tout le moins. D'un adversaire à la suite d'une bagarre après que Phelan l'eut poussée sur le canapé dans la salle de torture ? Ça avait été le chaos, la fureur. C'était sans aucun doute une possibilité.

Elle se demanda ce qui avait bien pu se passer dans la salle de torture. Comment expliquer le fait qu'elle ne s'y trouvait maintenant plus ?

– Tu avais raison de t'attendre à les voir apparaître.

Cette fois-ci, c'était le jeune homme qui venait de s'exprimer. Celui que Phelan avait désigné sous le nom de « sorcier ». Il se tenait à environ 30 centimètres de Gabriel, et il observait la jeune femme. Leurs regards se croisèrent longuement.

Elle ne l'aimait *vraiment* pas. Elle éprouvait l'une de ces aversions spontanées et profondes qui font remuer de dégoût votre lèvre supérieure. Il émanait presque de lui des vibrations funestes ; à toutes fins utiles, c'étaient les mêmes que celles qu'elle avait ressenties dans la salle de torture.

– Oui, malheureusement, soupira Gabriel.

Charlie se rendit compte que si elle se devait d'admettre avoir bel et bien vu des hommes se transformer en loups dans la salle de torture, elle devait alors accepter l'existence des loups-garous.

Et accepter que Gabriel Phelan fasse partie de cette espèce, ainsi que Malcolm Cole.

Et elle-même.

Et si elle acceptait tout ça, il fallait qu'elle croie à la magie en général. Et cette dernière acceptation devait l'amener à reconnaître que c'était à cause de la magie du sorcier qu'elle se retrouvait ainsi dans le salon d'un domicile inconnu.

Si ce sorcier était capable d'accomplir une telle chose, que pouvait-il faire d'autre ?

Charlie fixa ses yeux d'un bleu profond, et elle en eut froid dans le dos.

Soudain, quelqu'un lui recouvrit les épaules d'une couverture très douce. Elle se tourna pour voir le visage de celui qui venait de lui faire cette gentillesse, le troisième et dernier homme dans la pièce. C'était un gentleman d'un certain âge, vêtu d'un complet impeccable. Ses yeux dorés brillaient.

Un autre loup-garou.

– C'était écrit dans le ciel que le conseil allait intervenir un de ces jours. Je m'y attendais depuis des années, continua Gabriel en ouvrant le rabat de son téléphone avant d'appuyer sur divers boutons. C'est une perte que je vais ressentir plus profondément que d'autres, termina-t-il en appuyant sur le bouton « talk ».

Il y eut une explosion à une distance non lointaine. Charlie écarquilla les yeux de surprise lorsque le grondement se répercuta sur les murs et le plancher de la pièce.

– Qu'est-ce… que c'était ? trouva-t-elle la volonté et la force de demander.

Elle se sentait sombrer. Elle avait certainement encore mal, et elle était sans aucun doute épuisée, prise de vertiges et presque au bord de la nausée suite à tout ce qu'elle avait subi au cours des dernières heures. Mais elle n'était pas inconsciente ni stupide. Elle savait que quelque chose de joliment gros venait d'être soufflé dans un « boum ». Et elle avait peur de trop bien savoir ce qu'il en était.

– C'était l'hôtel The August, répondit calmement Gabriel. Un des beaux immeubles de mon parc immobilier dont il fallait que je me départisse, j'en ai bien peur.

Charlie sentit sa tête lui tourner. Elle le regarda fixement au moment où il mettait de côté son téléphone pour se mettre à l'observer de son regard saphir. Elle recommença à voir des points noirs devant ses yeux.

Roman. Mary Jane. Kevin…

– Mon ange, tu es blanche comme un drap, dit-il lentement et calmement.

Il l'observait avec un ardent intérêt, la tête inclinée d'un côté, le regard de plus en plus étroit tant il était absorbé.

Charlie ne pouvait pas respirer. Elle se recroquevilla immédiatement sur elle-même, se laissant tomber vers l'avant jusqu'à ce qu'elle se tienne la tête sur ses genoux avec ses mains, puis elle ferma les yeux. L'univers tournait à une vitesse folle autour d'elle, et il était inutile qu'elle essaie de prendre une grande respiration.

Il y avait tant de personnes… Tant de personnes dans cet hôtel. Des enfants ?

Non… Oh, mon Dieu, non…

Le son de la voix de Gabriel, qui poussait doucement des jurons, lui parvint doucement aux oreilles. Mais c'était un son assourdi, comme s'il voyageait dans de la ouate. Elle s'en fichait. Elle était sur le point de tomber *finalement* dans un état d'oubli, un état qu'elle accueillait en silence, dans le noir et à bras ouverts.

C'est alors que Gabriel la tira brusquement par les bras, provoquant la chute de la couverture sur le sol. Il retourna ensuite rapidement la jeune femme pour l'étendre sur le cuir d'un autre canapé. Elle battit des paupières avec langueur en raison de la douleur encore plus vive qui lui parcourait le corps. Une douleur en partie attribuable aux gestes brusques de Phelan et en partie causée par les marques de fouet dans son dos, enfoncé sans ménagement dans le cuir froid et rigide du canapé.

Elle pouvait sentir l'eau de Cologne de l'homme penché sur elle. Mais elle était en état de choc. Un sentiment d'horreur lui glaçait tout l'intérieur du corps. Elle savait qu'elle frissonnait, qu'elle tremblait violemment, mais seulement en raison de ses dents qui claquaient les unes contre les autres, faisait un bruit qu'elle semblait aussi entendre de loin.

– Nous ne pourrons pas poursuivre notre séance si tu ne te réveilles pas, mon ange.

Elle ferma les yeux en raison de l'odeur du sang frais qu'elle avait sous le nez et qui atteignait ses sens malgré l'état d'engourdissement et d'amortissement dans lequel elle se trouvait. Elle sentit quelque chose de dur et d'humide sur ses lèvres, quelque chose qui les recouvrit entièrement.

– Bois !

Elle ressentit cet ordre et le contact du verre sur ses lèvres avec plus de douleur qu'auparavant. Il y avait un sentiment d'urgence, une insistance. Pourtant, elle aurait juré, aussi étrange que cela puisse être, que la marque sur son bras lui interdisait de boire la boisson qu'il lui offrait dans ce verre appuyé sur sa bouche.

Mais elle s'enfonçait ; plus rien n'importait de toute façon. Elle allait probablement s'étouffer en avalant le liquide, puis mourir. Et la mort serait la bienvenue.

Elle écarta les lèvres, et elle sentit un liquide chaud et salé lui brûler la langue. La puissance de l'alcool — était-ce de l'alcool ? — la fit se débattre sur le canapé. L'obscurité de son champ de vision commença à s'estomper, et son ouïe et son odorat redevinrent aiguisés une fois de plus.

Charlie avala le liquide, et elle sentit comme un feu lui parcourir rapidement la gorge, lui brûlant l'œsophage et l'estomac. Elle gémit faiblement et longuement, et elle tenta de le recracher, mais elle en fut empêchée par un bras puissant collé à ses lèvres.

— Une gorgée de plus, mon ange, lui dit Gabriel, qui la pressait de boire.

Son timbre de voix semblait plus guttural, maintenant, plus grave. On aurait dit un ton purement animal.

Gabriel voulait qu'elle boive. Gabriel le tueur, le meurtrier de ses parents, l'homme qui l'avait impitoyablement torturée et qui avait fait exploser un hôtel rempli de clients, dont ses propres hommes de main. Il était l'exemple parfait du monstre impitoyable. L'incarnation du diable.

La haine alimenta sa furie et lui redonna de la force dans les membres d'où l'engourdissement commençait déjà à se retirer. Elle leva le bras droit et le projeta brutalement vers Phelan dans le but d'écarter le verre qu'il lui pressait sur les lèvres. Elle essaya ensuite de s'asseoir en ouvrant les yeux.

Mais il se plaqua immédiatement contre elle, grognant à son oreille, la main entourant fermement sa gorge, la retenant allongée sur le canapé par la force de ses doigts.

Elle tenta de souffler, mais l'air resta emprisonné dans sa gorge. Elle fixa plutôt cet être le plus diabolique de l'univers, et de tout son esprit et de toute son âme, elle souhaita sa mort.

Ce liquide, peu importe ce qu'elle avait avalé, avait eu un effet magique sur elle.

Le liquide la guérissait; elle sentait les marques de lacération se refermer dans son dos. Elle pouvait sentir la douleur commencer à s'estomper dans ses muscles et ses articulations. En même temps qu'elle vivait ce répit dans ses douleurs non méritées, elle sentait en elle un afflux de force. C'était là une bénédiction inattendue qui accompagnait cette guérison tout aussi inattendue. Elle ressentait maintenant, comme un souvenir qui se réveillait en elle, cette pulsation qui lui parcourait le corps, provoquée par la main de Phelan sur sa peau et par la réaction de colère que semblait manifester la marque qu'elle avait au bras.

Charlie plissa les yeux à mesure que cette force retrouvée faisait effet dans tous ses muscles endoloris, et elle trouva la volonté de toiser son ravisseur, par défi. Elle se fit intérieurement une promesse qu'il pouvait sans aucun doute lire dans ses yeux.

Un jour, elle allait le tuer.

Le ton hargneux de Phelan laissa place à un sourire méchant qui révéla ses crocs blancs acérés au-dessus d'elle.

— Je vois que tu te portes mieux, Charlie, dit-il en souriant davantage. C'est bien. Mais ne t'avise *jamais* de t'éloigner de moi. Tu m'appartiens. Tu apprendras à m'obéir. Il faut toujours savoir capituler — tôt ou tard.

Il ponctua ses mots d'un resserrement de doigts autour de la gorge de la jeune femme, qui eut tout de suite le réflexe d'appliquer les mains sur la poitrine de Phelan pour essayer de le repousser. Il était si lourd. Une masse impossible à bouger. Elle essaya de réfléchir rapidement, mais ses pensées devenaient confuses. Éparses.

Il l'empêchait de bien respirer.

Que pouvait-elle vraiment espérer accomplir en le défiant ainsi, de toute façon? Où pourrait-elle aller? À supposer qu'elle vienne à bout de lui, que ferait le sorcier? Et l'autre homme?

Il dut sentir le corps de Charlie se détendre quelque peu sous lui, car il relâcha son étreinte sur sa gorge. Charlie eut tout de suite les idées plus claires.

— C'est mieux ainsi, mon ange.

Ces mots eurent l'effet d'une gifle. Elle n'allait pas se soumettre à lui. Elle n'allait pas rester écrasée sous lui et le laisser gagner. Il lui avait tout pris. S'il lui restait quelque chose dans la vie, c'était sa tête. Sa volonté. Le peu qu'elle avait encore en elle, elle allait s'en servir.

— Descends de moi, salaud.

Sur ces mots, elle souleva sa jambe gauche, remontant son genou avant tant de force qu'elle se surprit elle-même. À cause de la façon dont Phelan était allongé sur elle, Charlie ne pouvait pas l'atteindre à l'endroit où elle aurait voulu lui faire le plus mal. Mais si elle se dépêchait, elle pouvait le frapper aux reins. Les coups aux reins constituaient une bonne solution de rechange.

Elle était rapide comme l'éclair, et elle avait un objectif précis. C'est ce qu'elle avait appris à faire, de Phelan lui-même. Il remarqua son mouvement une seconde trop tard et ne put parer le coup à temps. Le genou de Charlie atteignit la cible, et Phelan se courba momentanément de douleur, desserrant instantanément ses doigts du cou de la jeune femme.

Elle profita de cet avantage pour projeter ses mains vers l'avant une fois de plus, le repoussant brutalement d'elle. Il fut projeté vers l'arrière, mais retomba sur ses pieds. Au moment où elle se relevait du canapé, Gabriel se redressa, moins affecté que ce qu'elle espérait.

Elle lui avait fait mal, mais il était plus robuste que la plupart des hommes. La douleur l'atteignait moins que les autres. C'était l'une des caractéristiques qui en faisaient un homme à part.

Ils se firent ainsi face ; la haine était palpable entre les deux. Le regard de cobalt de Phelan, où se lisait la rage, n'annonçait rien de bon.

Charlie le fixa droit dans les yeux. Elle était guérie de ses blessures ; elle le sentait, maintenant. Elle se sentait forte. Furieuse. *Folle.* Elle voulait le tuer, là, tout de suite, ou mourir en essayant. Elle n'avait rien à perdre.

Comme s'il pouvait deviner ce qu'elle pensait, il leva très légèrement la tête et plissa les yeux. Il l'observa étroitement pendant plusieurs secondes silencieuses, puis il respira profondément, uniquement par le nez.

— Fais-lui prendre une douche et donne-lui ensuite des vêtements, ordonna-t-il calmement. Elle doit être prête dans vingt minutes.

Le superbe gentleman aux cheveux gris s'avança vers eux, et Charlie se retourna brusquement vers ce dernier.

— Ne t'approche pas de moi ! hurla-t-elle en sa direction, le corps vibrant de rage.

Si elle devait le tuer aussi, tant pis. Elle n'hésiterait pas à le faire, même s'il avait été aimable plus tôt envers elle en lui couvrant les épaules d'une couverture.

— Sois gentille avec Ulrich, Charlie. Sinon, je te jure que je ferai transporter Jessie Graves dans le désert, où il sera enterré jusqu'au cou avant d'être abandonné aux scorpions.

Gabriel avait proféré cette menace doucement, sans hausser le ton, prenant Charlie tout à fait par surprise. De ses yeux bleu métallique, elle lui lança des éclairs. Il ne sourit même pas devant sa réaction. Il continua simplement de l'observer — la mettant au défi de ne pas le croire.

Charlie n'avait même pas à se demander comment il connaissait Jessie. Phelan était un homme très puissant. Il savait probablement tout sur elle. Il avait tué ses parents. Il la surveillait depuis quinze ans.

Tout compte fait, Charlie se rendait compte qu'elle avait tort de s'emporter ainsi. Elle avait finalement quelque chose à perdre. Et elle ne voulait rien risquer. Elle prit une profonde respiration, comme Gabriel quelques instants plus tôt, et baissa les yeux vers le plancher.

Ce geste témoignait de sa capitulation — du moins, pour l'instant.

— Voilà qui est mieux, fit Gabriel. Ulrich !

L'homme au complet s'avança une fois de plus. Charlie serra les poings de chaque côté d'elle pour se forcer à ne pas se battre avec lui.

* * * *

Malcolm s'arrêta dans l'ombre d'une ruelle voisine de l'hôtel pour observer deux fourgonnettes stationnées devant l'entrée arrière de l'établissement. Douze loups-garous géants sortirent des véhicules.

Des membres du conseil.

Ils étaient accompagnés d'une femme. Malcolm pouvait déceler l'aura de magie qui émanait d'elle. C'était une sorcière. Lily avait raison : le conseil était intervenu. La sorcière devait être très puissante, car elle avait rompu le sortilège territorial à distance.

Malcolm se passa une main dans les cheveux.

– Cole !

En se retournant, Malcolm aperçut James Valentine, qui marchait à grands pas vers lui dans la ruelle. Il avait la mine très, très sombre. Ses yeux argentés luisaient. Il faisait un peu peur à regarder ; les vagues de puissance qui émanaient de sa personne trahissaient malgré tout un vif sentiment d'inquiétude en lui.

– Lily vient tout juste d'appeler. L'hôtel va s'écrouler. Nous devons faire sortir tout le monde.

Malcolm cligna des yeux.

– Quoi ?

Il n'avait pas ordonné à Craig ni à Scrubs d'aller de l'avant dans son projet de destruction. De quoi diable lui parlait donc Valentine ?

– Tu m'as bien entendu, Cole. Tout le monde dehors. *Maintenant.*

Valentine le frôla en passant et se dirigea droit vers l'hôtel, plus précisément en direction de la femme que Malcolm avait étiquetée comme une sorcière.

Malcolm le regarda s'éloigner tout en réfléchissant rapidement. Valentine avait renvoyé Lily dès qu'elle avait informé Malcolm que le sortilège territorial avait pris fin. Et elle avait obéi sans discuter.

Si elle avait communiqué à nouveau avec Valentine pour l'informer de cette dernière nouvelle, c'est que quelqu'un avait eu une nouvelle vision de l'affaire. Lily ne perdait décidément pas de temps pour les tenir au courant, aujourd'hui.

Cole se secoua et s'efforça de réfléchir encore plus rapidement. Jake était maintenant à ses côtés, et le reste de sa meute, à l'exception de Lucas Caige, était resté plus loin, derrière dans la ruelle — en attente.

Il se tourna vers Jake.

— Je dois trouver Charlie. Toi, prends six hommes, et allez aider Valentine à faire évacuer l'hôtel. N'oubliez pas les piscines.

Les enfants allaient toujours se baigner avec leurs gardiennes lorsque leurs parents désiraient se reposer seuls.

— Faites sortir les enfants, poursuivit-il. Restez en contact, et informez-moi lorsque l'évacuation sera terminée et que vous serez en sécurité.

Jake hocha la tête et fit un signe de main à quelques-uns de ses hommes. Ceux-ci se dirigèrent vers l'hôtel en quelques secondes. Le reste de la meute de Malcolm se rassembla tout juste derrière lui, attendant ses ordres à venir.

— Cole ! lui cria à nouveau Valentine, cette fois-ci de l'endroit où il se trouvait, à côté de la sorcière.

Malcolm le rejoignit sans perdre une seconde.

— Dannai dit que Claire se trouve au sous-sol, l'informa Valentine. Les hommes du conseil sont déjà en chemin. Ils sont même probablement rendus sur les lieux à l'heure qu'il est.

Le regard de Malcolm alla de Valentine à la femme qui se tenait à côté de ce dernier. C'était une jeune femme d'une beauté sauvage qui devait être dans la fin de la vingtaine ou le début de la trentaine. Ses cheveux, aux yeux de Malcolm, avaient la couleur noire et la forme d'ailes de corbeau, et ils lui tombaient en vagues épaisses au milieu du dos. Elle avait le teint doux, immaculé et légèrement foncé, juste assez pour qu'il soit possible de parier sans trop craindre de perdre sa mise que l'un de ses parents était Noir. Elle avait d'ailleurs des yeux dont la couleur surprenante était à même de le prouver. Ils étaient en effet tachetés de bleu, de vert, de gris et de brun.

C'étaient de jolis yeux, qui avaient quand même quelque chose d'assez troublant.

Malcolm présuma qu'il se trouvait en face de Dannai.

— Tu peux la sentir ? demanda-t-il.

La femme hocha une fois la tête.

— Dans ce cas, tu peux sûrement me donner une bonne idée du nombre de personnes présentes dans l'hôtel, non ?

— Il n'y en a pas beaucoup, répondit-elle d'une voix douce, grave et riche, mais légèrement timide. Il y a une activité spéciale ce matin, un peu plus loin dans la rue. Une grande ouverture, quelque chose du genre ; la plupart des clients de l'hôtel s'y sont rendus.

Elle ferma les yeux et prit une grande inspiration.

— Il y a peut-être une cinquantaine de personnes encore à l'intérieur, poursuivit-elle. La plupart se trouvent sur les étages du bas, mais surtout au casino.

Malcolm fit un hochement de tête et se tourna vers ses hommes.

— Faites évacuer les premiers étages, puis sortez en vitesse.

Adam Trenayne, un jeune, mais non moins efficace membre de la meute de Cole, fit un pas en avant.

— Je veux vous accompagner. Vous pourrez sûrement venir à bout de Phelan, mais pas de toute sa meute.

Cole le mesura du regard. Trenayne savait que Malcolm allait se rendre au sous-sol pour aller délivrer Charlie et que Gabriel Phelan serait probablement sur les lieux lui aussi — avec la majorité des loups, voire la totalité. Adam n'était pas du genre à fuir un combat; plus les chances de victoire étaient minces, mieux c'était.

Malcolm accepta l'offre d'un hochement de tête.

— Valentine! dit-il ensuite en se tournant vers le loup-garou protecteur, lui jetant un coup d'œil significatif.

James Valentine hocha lui aussi la tête; il allait se joindre lui aussi à Cole.

— Vous pouvez manipuler la pensée des humains, Cole, lui dit soudainement Dannai, captant à nouveau par ces mots l'attention de ce dernier, le fixant droit dans les yeux. Au moins jusqu'à un certain point. Je peux vous aider à étendre vos recherches — vous pourrez faire en sorte que les humains dans le bâtiment éprouvent le besoin de le quitter immédiatement. Sans l'aide des loups-garous.

— *Merde*! Tu peux faire ça? demanda-t-il en clignant des yeux.

Elle fit signe que oui, pleine d'assurance.

Elle était bonne. Et elle en savait beaucoup sur lui. C'était simplement une humaine, mais elle faisait vraiment partie du cercle de la communauté des loups-garous. Elle était assez importante pour travailler directement auprès du conseil. Cole en était émerveillé.

— Parfait. Faisons-le, lui dit-il.

Il attendit pendant qu'elle faisait quelques pas vers lui. Puis elle plaça la paume de sa main sur la poitrine de Cole. Il y eut comme un transfert d'électricité de sa main à la poitrine du loup-garou. Celui-ci se sentit envahi d'une énergie mystérieuse se propageant à l'intérieur de lui jusqu'à ce que tout son torse en soit totalement imprégné.

— Allez-y, lui ordonna-t-elle en fermant les yeux.

Malcolm ferma lui aussi les yeux et laissa irradier sa puissance, qui rayonna autour de lui en d'invisibles tentacules jusqu'à ce qu'il s'aperçoive que son aura se faisait sentir à une distance beaucoup plus grande que de coutume. La sorcière était d'une aide précieuse en augmentant la portée, l'épaisseur et la puissance de ses cercles d'influence.

Il entra en contact avec un humain, et il communiqua profondément en pensée avec lui, obligeant l'homme à jeter ses cartes, à cesser de jouer et à se retirer de la table où il était assis. D'autres hommes l'imitèrent sur-le-champ. En moins de quelques minutes, les machines à sous étaient devenues désertes, de même que les tables où l'on jouait aux dés. Les videurs commencèrent à se diriger vers les sorties, se demandant ce qui se passait.

Aucun de ces gaillards baraqués n'était un loup-garou. Ils étaient tous des humains sans méfiance aucune, embauchés pour protéger une entreprise qui était sur le point de voler en éclats. Cole influençait leur esprit, bouleversait leurs pensées jusqu'à ce qu'ils aient envie de quitter les lieux pour aller faire une promenade à l'extérieur… comme tout le monde dans l'hôtel.

— *Combien de temps avons-nous ?* demanda Cole sans parler, sachant instinctivement que la sorcière qui lui touchait la poitrine serait capable de lire dans ses pensées.

— *Quelques minutes… je ne sais pas. C'est St. Claire, la voyante, pas moi.*

Il ouvrit les yeux, et elle enleva sa main, reculant d'un pas.

– Je vais à l'intérieur, annonça-t-il en se tournant vers Adam et James.

Ils hochèrent la tête en même temps et se mirent à courir tout de suite derrière lui alors qu'il se précipitait vers l'entrée de l'escalier arrière de l'hôtel The August.

Cole, de son ouïe de loup-garou, entendit immédiatement le bruit d'une bagarre quelque part au loin dans un étage souterrain.

Il pouvait sentir l'odeur du sang, et il aurait été prêt à parier que ses deux compagnons l'avaient sentie eux aussi. Ils descendirent à toute vitesse la cage d'escalier en acier et en béton avant d'arriver à une pièce dont les doubles portes de l'entrée avaient été arrachées de leurs gonds.

Malcolm se dirigea vers la source des bruits droit devant lui, courant à une vitesse folle dans un long tunnel noir qui menait jusqu'à une autre entrée dont les doubles portes avaient elles aussi été arrachées de leurs gonds. Puis il y eut un dernier corridor, le long duquel des torches éteintes fumaient encore dans leurs appliques.

La puanteur d'une plus grande quantité de sang lui heurta les sens, puis il y eut soudain une odeur délicate qui émanait de tout ce liquide, une odeur qu'il reconnut tout de suite. C'était le sang de *Charlie.*

Dans un rugissement de rage, Cole se transforma en loup le temps d'un flash et se précipita dans la mêlée derrière la dernière porte voûtée.

Il fut tout de suite accueilli par un autre loup qui engagea le combat avec lui, cherchant à lui mordre la gorge. Il réussit à se débarrasser facilement de ce loup gris en le projetant contre le mur de pierre, puis il regarda autour de lui, et ses yeux s'étant habitués à l'obscurité des lieux, il put aisément discerner les silhouettes des personnes qui se trouvaient dans la grande pièce, au beau milieu d'un chaos indescriptible.

Charlie n'était pas du nombre.

Et même s'il n'avait pas la moindre idée de ce à quoi ressemblait l'autre loup-garou alpha, Cole fut certain que Gabriel Phelan n'était pas lui non plus dans les parages. La pièce entière avait été aménagée en salle de torture, avec ses râteliers, ses entraves et sa grande variété d'instruments de supplice disposés l'un à côté de l'autre sur les murs. Ce vaste lieu noir dégageait des relents de magie noire. Il y avait sûrement encore un sorcier dans la pièce — ou alors il ne l'avait quitté que récemment.

Pendant que Malcolm réfléchissait à tout cela, il sentit à nouveau une petite bouffée délicate du sang de Charlie, et il pivota sur lui-même pour en retracer l'origine.

Il bondit vers l'avant et fut immédiatement attaqué en plein bond par un autre loup, qui se jeta sur lui de tout son côté. Les deux silhouettes furent projetées perpendiculairement avant de tomber par terre et de se mettre à rouler l'une par-dessus l'autre dans une masse confuse de noir et de gris.

Malcolm ne perdit pas de temps à prendre l'avantage sur son adversaire; il était plus fort au départ, et sa quête, plus désespérée. Ses griffes trouvèrent prise dans le ventre de l'autre loup, et ses crocs furent vite présents dans le cou de l'animal.

Il mordit profondément et tira, ouvrant la gorge de son prédateur. Il n'attendit pas que le loup retrouve en un flash sa forme humaine. Il choisit plutôt de s'esquiver, puis il renifla l'air, uniquement préoccupé par l'odeur de la souffrance de Charlie.

Il localisa enfin la source de cette odeur bouleversante. Un long fouet noir reposait par terre, la lanière enroulée sur elle-même, à côté de deux entraves en cuir qui avaient été coupées de leurs courroies fixées au plafond. Les deux entraves et le fouet étaient recouverts du sang de Charlie.

Malcolm Cole n'avait jamais auparavant ressenti le genre de rage qui s'empara alors de lui. Jamais. Il avait assisté à un millier de meurtres et assassiné mille personnes, mais jamais – pas une seule fois – dans sa vie de quasi-centenaire il n'avait ressenti cette sorte de haine ou de méchanceté folle qui l'habitait en cet instant.

C'était comme s'il respirait de la bile.

Il voyait rouge autour de lui.

Il décida d'obéir à son instinct. Il n'avait pas le choix. Sa rage était trop forte. Le loup en lui prenait maintenant les rênes de la situation.

De l'autre côté de la pièce se tenait un homme que Malcolm reconnut. L'enchanteur aux cheveux noirs à qui il avait adressé la parole dans la ruelle donnant sur le Strip. Il travaillait pour Phelan.

Cole se dirigea vers lui, se métamorphosant en humain pendant qu'il se frayait un chemin à une vitesse aveuglante au milieu des combattants.

* * * *

Vincent Cromwell donna une poussée à l'émissaire du conseil devant lui dans le but de surprendre ce géant aux cheveux roux assez longtemps pour pouvoir centrer toute son énergie dans sa paume. Lorsque l'émissaire revint vers lui, Vincent appliqua sa main avec force sur la poitrine de l'homme et laissa parler sa magie. La décharge électrique que ressentit le grand loup-garou, brève mais douloureuse, prit ce dernier par surprise et le força à reculer de quelques pas et à se secouer la tête, comme pour retrouver ses idées.

Vincent en profita pour entamer un sortilège qui lui permettrait de sortir pour de bon de la salle de torture. À peine avait-il commencé ses incantations que la pièce devint vite toute floue autour de lui en raison d'un bracelet de fer qui venait de lui être passé autour du cou à la vitesse de l'éclair.

Malcolm Cole, devant lui, le tenait par la gorge et le poussait vivement vers l'arrière tout en l'empêchant de pouvoir bien respirer. Vincent grimaça, réprimant un cri de douleur au moment où il était plaqué de tout son long sur le mur de pierre derrière lui. Il vit aussitôt trente-six chandelles et essaya de se changer en loup, mais son corps ne voulait pas obéir. Il était trop assommé.

— Où. Est. Elle.

Vincent cligna des yeux quelques fois, et lorsque sa vision redevint claire, il fixa l'homme qui se tenait devant lui. À cet instant, il saisit pleinement le sens de l'expression « Regarder la mort en face ». Il faisait en effet face à sa propre mort. Il ne pourrait échapper à son appel pressant.

Les pensées se bousculèrent dans sa tête. Il savait que s'il ne donnait pas à Cole la réponse voulue, l'alpha le tuerait. Il savait aussi que s'il donnait à Cole la réponse voulue, ce serait alors Gabriel Phelan qui le tuerait.

Il pensa à Claire St. James, la latente et louve de naissance qui s'était fait prendre involontairement dans un jeu du chat et de la souris avec un homme qui adorait manifestement distribuer des coups aux souris jusqu'à ce qu'elles ne puissent plus bouger et qui se résignait à les manger une fois qu'il était lassé. Elle ne méritait pas ce qui lui arrivait. C'était quelqu'un de bien et, pour dire la vérité, même si elle avait été une tueuse impitoyable, elle n'aurait pas mérité le traitement que lui avait fait subir Phelan au cours des quinze dernières années.

Il pensa aux loups dans la pièce — la moitié d'entre eux avaient été dépêchés par le conseil, ce qui signifiait que le conseil avait décidé d'intervenir. Et cela signifiait aussi que si Cole ne le tuait pas et que Phelan ne le tuait pas non plus, il serait traîné devant le superviseur, et sa vie ne vaudrait pas plus cher.

Au bout du compte, le temps de quelques courts battements de cœur, Vincent Cromwell en arriva à une décision. S'il devait de toute façon mourir, il allait mourir l'âme en paix.

Il ouvrit la bouche pour répondre à Cole, mais aucun son ne passa entre ses lèvres. Cole lui tenait le cou trop serré.

De ses yeux, il implora le loup plus puissant que lui de relâcher sa poigne, de le laisser respirer. Mais tout le corps de Cole irradiait la colère, comme si un ouragan était confiné à l'intérieur de sa taille d'un mètre quatre-vingt-dix. La tempête allait éclater. Et il n'y avait rien à faire.

Au moment où la vision de Vincent se mit à devenir trouble, il sentit que Cole l'arrachait du mur en le soulevant toujours par la gorge. Vincent leva les bras, puis de ses doigts, il agrippa l'avant-bras de Cole, ses griffes s'enfonçant dans les muscles de l'autre loup jusqu'au sang.

— La pierre… de téléportation, réussit à cracher Vincent entre ses dents serrées, incapable de dire autre chose.

La fureur de Cole brûlait en lui comme dans un immense foyer, asséchant la peau de Vincent comme s'il était vraiment exposé à une sorte de feu magique. Il savait que l'alpha avait senti l'odeur du sang de Claire. Aucune autre raison ne pouvait expliquer une telle furie. Sa colère était compréhensible, mais ce n'était pas en agissant ainsi qu'il allait pouvoir trouver Claire. Pas à temps, en tous cas. Si Cole ne changeait pas d'attitude, Phelan aurait le temps de venir à bout de la résistance de la jeune femme, et celle-ci consentirait à lui donner la permission d'effacer la marque.

Vincent sentait son sang tambouriner à ses oreilles, maintenant; ses poumons brûlaient, et son cœur battait vite, fort et de façon erratique. Il était sur le point de perdre connaissance. Il se demanda combien de temps il allait rester inconscient.

— Relâchez-le, Cole. Il ne pourra pas nous aider si vous l'éliminez.

Vincent ferma les yeux lorsqu'il entendit cette voix grave de la raison parvenir jusqu'à ses tympans, où affluait son sang comme des coups de tambour. Cole relâcha sa poigne, et l'arrivée soudaine d'oxygène et de sang au cerveau de Vincent lui donna encore plus mal à la tête. Ses poumons se dilatèrent avec avidité. Il ne voulait rien de plus que se laisser tomber en avant pour avaler de l'air, mais il savait qu'il n'avait pas ce luxe. Il fit tous les efforts possibles pour dire quelques mots :

— La maison… de Phelan… dans le nord de la ville, dit-il d'une voix rauque.

— Nous devons sortir, Cole, dit à nouveau la voix de la raison.

Malcolm ne répondit pas. Il saisit plutôt Vincent par l'épaule, le fit pivoter sur lui-même, puis le poussa brutalement vers la sortie. Vincent comprit sans qu'on ait besoin de lui expliquer quoi que ce soit, et il commença à marcher, puis à courir rapidement en direction du corridor à l'extérieur de la salle de torture. Ses poumons acceptèrent de plus en plus d'air, et son cœur se mit à battre à un rythme régulier. Ses forces lui revenaient.

D'autres se joignaient à eux, maintenant ; on assistait à un exode de loups-garous qui quittaient la salle de torture. Quelqu'un avait dû sonner la retraite.

Pour quelle raison ? se demanda Vincent.

Mais il n'avait ni le temps ni l'envie de s'arrêter pour le demander. Il suivit plutôt le groupe de loups-garous et les guida même à quelques occasions alors qu'ils se dirigeaient hors de la salle souterraine, remarquant qu'aucun des hommes de Phelan n'était au nombre des personnes qui gravissaient maintenant l'escalier. Il était uniquement entouré des loups de Cole ou des émissaires du conseil.

La meute de Phelan avait sûrement été entièrement éliminée.

Vincent était le seul survivant.

CHAPITRE DOUZE

CARTES SUR TABLE

On conclut qu'il y avait eu une fuite de gaz.

Toutes les autorités des services publics concernés étaient déjà sur place dans les minutes suivant l'explosion. Le Strip avait été fermé à la circulation à ses deux extrémités ; le bruit des hélicoptères décrivant des cercles au-dessus de l'hôtel était accompagné du hurlement des sirènes des véhicules d'intervention au sol.

La deuxième chose la plus étonnante, aux dires d'un chef d'antenne des médias, c'était que grâce à la prévoyance des constructeurs de l'hôtel The August, le feu ne s'était propagé qu'aux trois premiers étages et n'avait fait aucun dommage aux fondations et à la structure d'acier du gratte-ciel.

La *première* chose la plus étonnante avait été de constater que les trois premiers étages de l'hôtel étaient totalement inoccupés au moment de l'incendie.

Le maire avait d'ailleurs une opinion à ce sujet…

— Je crois personnellement que l'ouverture de Magic Mirrors explique en grande partie ce pour quoi les lieux étaient vides, dit-il. C'est un concours de circonstances inouï. Mais je ne suis pas naïf pour autant. Ce n'est quand même rien de moins qu'un miracle.

Les loups-garous qui avaient pénétré à l'intérieur du The August cet après-midi-là étaient probablement redevables à James Valentine d'être encore en vie, car c'est lui qui avait senti l'odeur du gaz et pris la situation en main, ordonnant à chacun de sortir de l'immeuble.

Mais les humains avaient quant à eux été sauvés grâce à Lily Kane et à sa capacité de prédire des événements à venir. C'était bel et bien là le *véritable* miracle survenu sur le Strip.

Malcolm, lui aussi, aurait pu sentir l'odeur du gaz avant que l'explosion ne vienne ébranler les fondations de l'hôtel The August. D'ailleurs, il l'avait perçue ; c'était une senteur très légère qui flottait çà et là dans l'air, un soupçon de danger qu'il avait relégué au second plan dans sa tête, obéissant d'abord à son instinct de loup, qui lui commandait de protéger sa compagne. Il avait effectivement remarqué l'odeur. Mais dans sa rage, il ne s'en était pas préoccupé.

La rage qui guidait la moindre de ses réactions dans la salle de torture était encore la même que celle qui le transportait en ce moment précis, alors que ses compagnons et lui asseyaient Vincent Cromwell dans une chambre de motel à la périphérie de la ville, le pressant de tout déballer.

– Gabriel Phelan est un chasseur, avoua tout de suite Cromwell. Et ce n'est pas tout ; il est aussi le chef des chasseurs, et ce, depuis plus de cinquante ans.

En entendant ces mots, Malcolm jeta un coup d'œil à James Valentine, qui semblait tout aussi surpris que lui.

– Se fait-il aussi connaître sous un autre nom ? demanda Valentine, pour qui c'était clair comme deux et deux font quatre.

– David Reese, répondit Cromwell d'un hochement de tête, et comme je sais que vous allez me le demander, *oui*, St. James le connaît depuis des années. Il était son entraîneur à Pittsburgh. Il a tué ses parents, puis il a commencé… en quelque sorte… à la *traquer*, faute d'un meilleur mot. Il avait toujours prévu en faire sa compagne. Il adore jouer avec les sentiments des autres, et comme elle était une louve-garou de naissance, elle était la candidate idéale pour…

Il s'interrompit, car il savait que s'il continuait à parler, Cole, qui bouillait déjà de colère, allait sauter au plafond.

Le conseil avait rappelé la plupart de ses émissaires tout de suite après l'explosion, de même que la sorcière Dannai. Toutefois, quelques grands loups-garous étaient restés derrière, et c'est ainsi que Lucas Caige et Johnny Campbell, alias Scrubs, avaient rejoint Malcolm et Valentine au motel. Lily était aussi sur place. Des personnes étaient en danger, et il n'était pas question pour elle de reculer ; elle tenait à faire partie de l'action.

Tous les regards étaient maintenant tournés vers Vincent Cromwell, et il se sentait mal à l'aise dans toute cette tension.

— Où l'a-t-il emmenée ? demanda alors Cole.

Il avait les crocs sortis, incapable de maîtriser tout à fait son instinct de loup. Le ton de sa voix avait quelque chose d'animal, de même que ses yeux brillants.

— Il a une maison dans le nord de la ville. Il est en compagnie d'un sorcier qui possède une pierre de téléportation.

— Je veux connaître l'adresse, mentionna simplement Cole.

— Très bien, mais faites attention, Cole, dit Vincent en se redressant, le fixant du regard. Ce sorcier me semble avoir quelque chose de plutôt louche.

— À part le fait qu'il utilise la magie noire, tu veux dire ? demanda Lily, nullement sarcastique.

Vincent lui jeta un coup d'œil et hocha la tête.

— Oui. Il dit s'appeler Seth. Et il dégage une odeur différente de celle des autres sorciers.

— Combien de sorciers précisément as-tu déjà eu l'occasion de sentir dans ta vie ? demanda Valentine sur un ton de désapprobation manifeste.

— Quelques-uns, répondit Vincent, nullement intimidé ni honteux. Et Seth est pire à lui seul que tous les autres réunis.

Un silence parcourut la pièce. Tous semblaient réfléchir aux mots qu'il venait de dire lorsque finalement Cole s'éloigna du mur où il se tenait en retrait pour s'approcher de Vincent.

— L'adresse ! répéta-t-il sur un ton impatient qui ne laissait aucunement place à l'argumentation.

— 7201 Grand Palms Circle. Sur le terrain du Silverstone Golf Club.

Malcolm se tourna vers Scrubs, à moitié assis sur la table branlante du salon près de la fenêtre. Le motard semblait habitué à devoir réagir rapidement — ou à tout le moins à se montrer attentif au danger. Il écartait parfois légèrement les rideaux pour jeter un coup d'œil méfiant à l'extérieur. Pour l'instant, toutefois, il regardait Malcolm, et il bougea légèrement sur lui-même. Il semblait savoir ce qui allait suivre.

Malcolm lui lança un regard, nota l'inquiétude dans ses traits et prit une décision.

— Laisse-moi t'emprunter ta moto, et je te jure que si je la fracasse, je t'en achèterai trois neuves.

Scrubs lui remit la clé, et Malcolm sortit aussitôt de la pièce.

* * * *

– Suivez cette moto, dit Jessie dans son casque radio à l'intention du pilote d'hélicoptère.

Ce dernier regarda au sol, hocha une fois la tête et dirigea son appareil dans la même direction que celle de la motocyclette, qui filait à toute allure à une centaine de mètres plus bas.

Le ciel était rempli de ces dragons de métal appartenant soit à des chaînes d'information, soit aux forces de police. L'hélico à bord duquel se trouvait Jessie était la propriété du conseil, plus précisément du superviseur. Mais on pouvait lire, sur les côtés du Bell 412, l'inscription « Mercy Air », ce qui donnait à penser à quiconque apercevait l'appareil que c'était là un hélicoptère des services médicaux d'urgence.

Pour l'heure, l'hélico Mercy Air se dirigeait à toute vitesse vers le nord au-dessus de North Rainbow Boulevard. Au sol, droit en dessous, Malcolm Cole filait dans la circulation, se frayant un chemin à travers les autos et les barils orange.

Par curiosité, Jessie demanda au pilote à quelle vitesse allait Cole.

– À cent cinquante, peut-être cent soixante kilomètres-heure, lui répondit le pilote après avoir jeté un bref coup d'œil à son indicateur de vitesse.

C'était une bonne chose qu'il soit difficile de tuer un loup-garou.

Jessie connaissait l'adresse de Phelan. Les émissaires qui se trouvaient dans la chambre du motel avec Cole et l'enchanteur la lui avaient immédiatement communiquée par téléphone. Il lui restait cependant une décision à prendre. Devait-il laisser Cole aller secourir Charlie et se débarrasser de Phelan, ou devait-il lui-même intervenir et ramener Charlie à son grand-père au quartier général du conseil ?

Jessie avait reçu ses ordres, mais comme à l'habitude, il bénéficiait d'une certaine marge de manœuvre. C'était un avantage lié à son travail de sentinelle. Il devait d'abord et avant tout assurer la sécurité de celle qu'il avait le mandat de protéger. Mais en deuxième lieu, il devait aussi s'assurer qu'elle soit heureuse. Et cela signifiait lui permettre de livrer ses propres combats, de trouver elle-même son compagnon et de tirer ses propres leçons de l'existence, si difficiles soient-elles.

Dans la mesure où elle ne faisait pas face à la mort.

En réalité, une sentinelle n'était jamais censée intervenir. Mais Charlie était différente. Elle n'était pas comme tout le monde.

Il l'aimait.

À l'origine, il n'était évidemment pas prévu qu'il en tombe amoureux. Quinze années auparavant, lorsque le groupe initial de sentinelles avait été rappelé pour surveiller Charlie, le grand-père de celle-ci avait fait venir Jessie dans son bureau pour lui parler en privé. Le superviseur savait que sa petite-fille était aussi une latente. Elle était la première de son espèce. Son fils et sa belle-fille l'avaient mis au courant peu avant qu'ils ne meurent.

Lorsque les parents avaient été assassinés et que les guetteurs avaient été dépêchés pour s'occuper de Charlie jusqu'à ce que tout rentre dans l'ordre, chaque sentinelle avait pris soin de noter son odeur très particulière. C'était alors une senteur à peine discernable, légère, que Charlie commençait juste à exhaler.

Monsieur Kavanagh ne savait trop comment réagir, à ce stade. Charlie semblait se satisfaire de sa vie d'humaine. Elle ne soupçonnait absolument pas qu'elle était une louve-garou, et encore moins que son grand-père était vivant et qu'il occupait le poste de superviseur du conseil du clan — la plus puissante et influente organisation de loups-garous dans le monde.

Il savait qu'il y avait trop de renseignements à absorber pour une jeune fille de douze ans; celle-ci aurait été incapable d'y croire. Il avait donc décidé, au bout du compte, de la laisser tranquille.

Mais pour être prudent, il avait dit à Jessie de continuer à la guetter, ce que ce dernier avait fait. Il l'avait donc vue grandir. Il avait été témoin de sa transformation de jeune fille charmante et pleine d'entrain à jeune femme tout à fait exquise.

Comment aurait-il pu ne pas la remarquer? Elle était superbe, avec ses étincelants cheveux blond vénitien, sa robuste, grande et mince silhouette et la pureté de ses yeux bleu métallique. Elle était d'une insupportable beauté.

Mais quelques jours après le dix-huitième anniversaire de Charlie, Jessie avait dû s'absenter de Pittsburgh pour une autre mission temporaire. En son absence, Charlie avait été sauvagement attaquée. La chance aidant, ainsi qu'un appel au 911 de la part d'une personne qui l'avait entendue se débattre, elle avait évité le viol. Le corps couvert de contusions et d'écorchures, elle était si affolée qu'elle avait pris ses jambes à son cou lorsque les sirènes avaient fait fuir ses agresseurs. Elle n'avait pas demandé de soins médicaux.

La communauté des loups-garous n'aurait jamais rien su de cette attaque si Jessie, à son retour le lendemain, n'avait pas remarqué les bleus sur le corps de la jeune femme. Lorsqu'il avait découvert ce qui s'était passé — lorsqu'il avait vu les marques sur son corps, noté la peur et la honte dans ses yeux et surpris une conversation entre elle et ses amies qui lui avait permis de reconstituer l'incident —, il avait contacté le superviseur. Il avait demandé de demeurer à Pittsburgh à plein temps. Il avait aussi demandé la permission de se rapprocher de Claire pour qu'il puisse efficacement la protéger.

Et il avait obtenu ce qu'il souhaitait par-dessus tout à ce moment précis : la permission de tuer les hommes qui s'en étaient pris à Charlie.

Ces derniers avaient été éliminés le lendemain soir, dans un incendie sur Murray Avenue dans Squirrel Hill. Les autorités en étaient arrivées à la conclusion que les trois jeunes hommes étaient entrés par effraction dans un salon funéraire avec l'intention de profaner les dépouilles. Un parfait exemple de délinquance juvénile.

Malheureusement pour les jeunes hommes, un ou deux d'entre eux avaient accidentellement trébuché sur des contenants de combustibles chimiques, et ils s'étaient retrouvés prisonniers de l'incendie ainsi créé.

Charlie avait par la suite commencé à suivre des cours d'autodéfense dans des centres communautaires. Elle s'était trouvé des amis — plutôt bien bâtis. Et elle avait cessé d'aller seule n'importe où.

Peu de temps après l'agression et l'incendie, la marraine de Charlie était décédée, laissant cette dernière seule au monde. C'est à ce moment que Charlie avait rencontré Jessie.

Les règles du conseil étaient simples. Jessie avait la permission de prendre soin d'elle, de veiller à son bonheur et de satisfaire ses besoins. Il avait même la permission de se lier d'amitié avec elle — ce qu'il avait fait. Mais il lui était interdit de la marquer. Il ne pouvait pas non plus la réclamer. Il était une sentinelle — un loup-garou ayant la caractéristique particulière de pouvoir masquer son odeur et de passer ainsi pour un humain, mais conservant la formidable force et la puissance exceptionnelle d'un protecteur. Les loups-garous de son espèce étaient rares et donc très en demande. Ils avaient droit à beaucoup de faveurs de la part du conseil pour leurs services, et ce, depuis des centaines d'années.

Ils étaient en retour obligés de se conformer à leur serment d'être toujours libres d'attaches et disponibles. C'était la seule façon de pouvoir compter sur eux en tout temps. Ils devaient demeurer en service actif, pour ainsi dire, ce qui leur aurait été impossible s'ils avaient réclamé une compagne. Le conseil ne voulait pas courir le risque de perdre une seule de leurs rares et précieuses sentinelles en cette période, et Jessie était le meilleur dans ce rôle.

En cette première journée, quinze années auparavant, lorsque monsieur Kavanagh, à titre de superviseur, avait fait venir Jessie dans son bureau, il avait joué cartes sur table. Le compagnon de sa petite-fille donnerait un jour signe de vie. Elle le verrait d'abord dans un rêve. Si c'était Jessie, alors il en serait ainsi ! Il laisserait aller Graves, le relevant de ses tâches de sentinelle, et souhaiterait bonne chance au couple. À l'inverse, Jessie devrait accepter le choix de Charlie, advenant qu'il ne soit pas l'heureux élu. Et il devrait aider Charlie à trouver son compagnon, même si cette tâche pouvait s'avérer difficile, que ce soit sur le plan physique ou affectif.

Le superviseur avait voulu s'assurer, avant de permettre à Jessie de prendre Charlie sous son aile, que Graves comprenait l'importance réelle de ces directives et qu'il les acceptait de bonne foi, indépendamment des conséquences. Jessie avait donné son accord.

Il détestait l'admettre, mais alors qu'il suivait maintenant Cole à la trace dans les rues de Las Vegas, du haut des airs, observant le loup-garou britannique qui était *censément* le compagnon de Charlie, il se rendait compte qu'il n'avait eu aucune idée de ce dans quoi il s'engageait vraiment lorsqu'il avait fait sa promesse au superviseur. Vraiment aucune idée; il pouvait maintenant l'affirmer.

Charlie avait une façon bien à elle d'occuper ce vide – cet endroit qui, à l'intérieur de vous, était demeuré obstinément inoccupé durant la majeure partie ou la totalité de votre vie, même quand vous aviez essayé par tous les moyens de le remplir. Vous partiez dans toutes les directions, résolu, année après année, à la recherche de quelqu'un qui saurait enfin combler parfaitement ce manque dans le noir de votre existence.

Mais rien n'y faisait.

Puis vous rencontriez Claire St. James, qui vous regardait avec ses yeux bleus pleins d'innocence et, tout de suite, vous ressentiez quelque chose d'étrange à l'intérieur de vous. Comme si quelqu'un parvenait enfin à nettoyer ces traces d'encre incrustées dans votre tête qui vous faisaient voir la vie en noir pour les remplacer par du véritable duvet, de la musique de violon et un éclairage aux chandelles.

Qu'il ne soit jamais – qu'il ne *puisse* jamais être – autre chose que son guetteur demeurerait pour toujours le plus grand regret de Jessie. Mais c'était maintenant un homme d'un certain âge. Et durant toutes ces années qui avaient défilé sous ses yeux, il avait appris que peu importe la gravité de la blessure, même les pires cicatrices finissaient par s'atténuer avec le temps.

****

Charlie ne comprenait pas trop. Elle savait seulement, instinctivement peut-être, qu'elle ne pouvait expliquer ce qui provoquait le réveil de cette marque sur son bras droit. Celle-ci recommença à picoter, mais cette fois, c'était agréable. C'était une sensation réconfortante, comme de l'eau froide sur une blessure ou un coussin chauffant sur des muscles endoloris. C'était comme faire glisser de la soie sur la peau. Lorsqu'elle regarda furtivement la marque, elle constata qu'elle chatoyait, comme si des éclats d'émeraude avaient été sertis dans le genre de nœud celtique superbe. La marque s'embrasait presque à la lumière du soleil qui s'infiltrait par les rideaux de la salle de séjour.

Elle avait les idées trop embrouillées pour comprendre. Elle était épuisée dans sa tête, traumatisée, en deuil. Mais aussi bizarre que ce fût, son *corps* lui disait que Malcolm Cole était près. Elle sentait qu'il s'approchait de plus en plus avec chaque seconde qui passait. C'était comme un bourdonnement dans son sang, comme une douce caresse électrisante qui lui durcissait les mamelons et lui contractait l'estomac.

Charlie sentit une chaleur lui parcourir la poitrine jusqu'à son cou, soudain tout rouge ; elle baissa aussitôt la tête, priant de toutes ses forces pour que Gabriel Phelan ne remarque rien.

Pour l'instant, il se tenait de l'autre côté de la pièce, près du bar à la jonction de la salle de séjour et de la cuisine, en pleine conversation au téléphone. Il parlait à voix basse, mais elle pouvait tout de même l'entendre. Elle avait toujours eu une bonne ouïe.

Il était question d'un avion et d'une piste d'atterrissage privée — et de plans de vol.

Cette conversation lui donna froid dans le dos, et en dépit du réconfort inattendu que lui avait procuré plus tôt la marque sur son bras, elle fut envahie par une brève vague de nausée. Il était absolument hors de question qu'elle monte dans un avion en compagnie de cet homme. Elle trouverait plutôt un moyen de se tuer d'abord.

Comme s'il pouvait déceler cette ferme intention dans les pensées de la jeune femme, Gabriel se tourna vers elle et lui lança un regard des plus durs de ses yeux saphir. Elle eut le réflexe de tout de suite soutenir ce regard, mais elle s'inquiétait du fait qu'il puisse détecter quelque chose qu'il ne fallait pas — qu'il décèle les effets de la marque sur sa peau — s'il l'observait trop longtemps.

Elle détourna donc les yeux et se tourna lentement sur son fauteuil dans une autre direction. Elle croisa ce faisant le regard du sorcier, qui manifestement l'observait depuis tout ce temps. À en juger par la lueur brillante de ses yeux indigo, il était évident qu'il avait noté, *lui*, le rougissement de Claire, contrairement à Phelan.

Elle se demanda s'il allait faire une remarque.

Il se contenta de sourire, ce qui était tout à fait troublant. Elle le regarda fixement, et elle se remémora des images de jeunes cruels et déments, comme celles des vampires dans *Génération perdue* et *After Dark*. Mais en même temps, il n'avait pas l'air si jeune. On aurait dit que quelqu'un avait greffé la peau d'un enfant sur le corps d'une momie.

Elle se rendit compte à l'instant que le sorcier ne travaillait pas comme tel à la solde de Gabriel Phelan. Il le faisait plutôt avec une intention cachée. Tout en cet homme respirait le secret et les problèmes ; tout en cet homme incitait à ne pas baisser sa garde. Il semblait peut-être âgé de vingt-cinq ans, tout au plus, mais ses yeux obscurs et profonds, ainsi que la moue cruelle de ses lèvres, en disaient fort long sur cette apparence trompeuse.

Qu'importe son but, il semblait logique pour l'instant qu'il vienne en aide à Gabriel Phelan. Sinon, il ne se serait pas trouvé dans cette maison.

Charlie réussit à détourner le regard du sien et se mit à observer le loup-garou du nom d'Ulrich. Il se reposait dans une causeuse à environ un mètre ou deux d'elle. Il semblait absorbé dans ses pensées. Il regardait fixement par la fenêtre, comme s'il s'attendait à voir apparaître quelque chose.

Il s'était comporté comme un parfait gentleman lorsque Charlie avait fait sa toilette et revêtu des vêtements. Il lui avait procuré, sans qu'elle sache comment, une robe d'été qui n'était pas du tout dans ses goûts. Mais après avoir pris une douche – pendant qu'il attendait patiemment à l'extérieur de la porte de la salle de bain – et s'être habillée, elle avait dû reconnaître intérieurement que c'était plus agréable et plus frais pour le corps de porter une robe de lin blanche plutôt qu'un jean dans la chaleur de Las Vegas.

Maintenant qu'elle l'observait, il avait un air digne, le dos droit comme un piquet, et Charlie se demanda quelle était son histoire. Quelle était la nature de ses liens avec Phelan ? Pourquoi travaillait-il pour lui ? Elle ressentait le besoin pressant de le lui demander, là, tout de suite. Il avait l'air d'un homme plutôt gentil. Pourquoi acceptait-il de travailler pour un bâtard aussi impitoyable, aussi sadique ?

Mais là encore, les apparences pouvaient être trompeuses. David Reese était en réalité Gabriel Phelan, après tout. Et le sorcier semblait être un jeune homme. Pourtant, Charlie aurait parié ses baguettes de tambour qu'il était tout sauf jeune — et probablement tout sauf un humain.

Elle réfléchissait à toutes ces questions lorsque la marque sur son bras se mit à chauffer au point d'être une source de distraction. Ce n'était pas encore une chaleur douloureuse, mais elle la sentait comme une douleur imminente, ce qui lui donna soudain l'envie irrésistible de quitter les lieux.

Elle voulut se lever du fauteuil où elle était assise.

Pour *rentrer chez elle…*

Sans plus réfléchir, Charlie se laissa aller à son instinct. Elle bondit du fauteuil et pivota en direction du corridor tout juste à sa gauche. Dans sa vision périphérique, elle constata qu'Ulrich se levait immédiatement de son fauteuil pour la prendre en chasse. Elle remarqua aussi que Phelan leva les yeux du comptoir où il était occupé à noter quelque chose par écrit. Le sorcier, quant à lui, inclina la tête sur un côté, non pas vers elle, mais vers la fenêtre.

Il y eut un miroitement, puis comme un flash que n'aperçut pas Charlie dans sa fuite — un éclat de noir et de chrome se profilant à toute vitesse dans la lumière pure du soleil d'un paysage délavé du Nevada.

Puis il y eut un bruit de fracas ; un million d'éclats de verre heurtèrent les tables et les murs. Charlie plongea intuitivement par terre, sur le plancher de bois franc, en se couvrant la tête.

* * * *

Une centaine de détails avaient au plus haut point irrité Jessie dans sa tâche de surveillance de Charlie. D'abord, lorsqu'elle avait commencé à s'entraîner avec David Reese, Jessie avait su dès le départ que cet homme était un loup-garou, et non seulement un loup-garou, mais un alpha. Il savait que « David Reese » n'était fort probablement pas le vrai nom de cet homme et que le brun n'était certainement pas la vraie couleur de ses yeux.

Tout de même, il n'avait pas le droit d'intervenir. C'est ainsi que lorsque David avait commencé à brutaliser Charlie sous le couvert de l'entraînement, la seule intervention possible de Jessie avait été de suggérer gentiment à Charlie de cesser de voir cet entraîneur. Semaine après semaine, mois après mois, année après année, il lui avait dit et redit que Reese n'était pas digne de confiance. Mais elle avait persisté à le voir.

Elle en avait le droit, et elle était entêtée.

Et elle avait peur. Jessie pouvait comprendre que Charlie, après avoir été attaquée par plusieurs jeunes hommes mal intentionnés, ait décidé de suivre des cours d'autodéfense auprès de Reese, qui était le seul capable de lui enseigner ce qu'elle devait savoir pour résister à des agresseurs.

Elle ne voulait pas abandonner ses cours ; elle disait que les bleus finissaient toujours par guérir.

Lorsque Charlie avait commencé à faire des cauchemars et des crises de panique, il avait vu ses forces diminuer et s'était demandé ce qu'elle pouvait bien voir derrière ses paupières closes la nuit. Finalement, quelques soirs auparavant, elle s'était ouverte à lui. Elle rêvait à deux hommes. L'un aux yeux bleus, l'autre aux yeux verts.

Jessie, qui était assez intelligent pour placer les pièces du puzzle dans sa tête, en avait conclu que le *compagnon* venait de faire son apparition. Au cours des dernières années et à une fréquence de plus en plus grande, les latentes avaient commencé à rêver à deux compagnons possibles. Le conseil avait échafaudé ses théories pour expliquer ce phénomène.

Les latentes étaient en effet très rares, et toute pensée politiquement correcte mise de côté, elles devaient être utilisées à leur plein potentiel. En d'autres mots, elles devaient s'accoupler avec le loup-garou le plus digne d'engendrer une belle progéniture. Il était possible que les deux loups-garous dans les rêves des latentes amènent celles-ci à faire un choix qu'elles n'avaient jamais été appelées à faire auparavant — et que le meilleur alpha l'emporte.

Cependant, lorsque Jessie s'était rendu compte que dans les rêves de Charlie, l'un des hommes avait les yeux bleus, il s'était de plus en plus inquiété du fait que l'alpha aux yeux bleus puisse être en fait David Reese. Il voulait tellement éviter que Charlie se retrouve avec Reese comme compagnon qu'il avait presque trahi son serment envers le conseil et tout révélé à Charlie.

Et c'est alors que Malcolm Cole avait fait son entrée en scène.

Jessie avait ainsi pu profiter d'un répit. Malcolm Cole, quant à lui, était précédé d'une réputation peu enviable : un mauvais garnement britannique qui avait longtemps passé pour un tueur en série au sein de la communauté des loups. Il avait toutefois été exonéré de tout blâme dans le cas des crimes allégués contre lui — il avait même été louangé par le conseil pour avoir rendu justice lui-même auprès des hommes qui avaient *véritablement* commis tous ces crimes. Il avait aussi auparavant agi comme espion pour les Britanniques durant la Seconde Guerre mondiale et servi lors des guerres de Corée et du Vietnam.

Il avait fréquemment fait des dons dans l'anonymat — du moins, aux yeux des humains — à d'innombrables organisations de charité, et il avait voyagé dans divers pays autour du monde afin d'offrir toute l'aide possible à n'importe quel endroit possible.

À titre de loup-garou, il pouvait offrir cette aide sans craindre d'être blessé par des militaires ou de contracter des maladies d'humains. Et contrairement aux autres loups-garous, il mettait grandement cet avantage à profit. Non pas par vanité, naturellement. Au contraire, Malcolm Cole semblait préférer passer pour un salaud auprès des autres. Les photos de lui sur la couverture arrière de ses livres, vendus à des millions d'exemplaires, le représentaient dans une pose diabolique, défiant le public de ses yeux verts.

Mais en réalité, il n'avait rien du diable. Il se *préoccupait* d'autrui.

C'était un vétéran et un philanthrope. Bien qu'il fût un peu rude parfois, il semblait vraiment avoir à cœur le bien-être général de l'humanité dans presque toutes ses actions.

Malcolm Cole était vraiment quelqu'un de bien.

Jessie ne pouvait vraiment pas en dire autant de David Reese. Lorsque David était arrivé à Vegas, Jessie s'était rappelé que Charlie avait aussi rêvé à un homme aux yeux verts, et c'est la raison pour laquelle la sentinelle avait immédiatement décidé de faire tout en son possible pour que Charlie se retrouve avec Cole.

Cette décision avait été difficile, car il avait un peu mal. Jessie voulait qu'elle soit heureuse, mais il aurait égoïstement voulu ne pas pouvoir être en mesure de si bien l'aider, ne pas être finalement une sentinelle.

Mais il était *bel et bien* une sentinelle.

Et l'important, c'était qu'il fasse maintenant son travail.

À une centaine de mètres plus bas, Malcolm Cole tourna abruptement à gauche depuis North Rainbow Boulevard sur Grand Teton Drive sans prendre le temps de ralentir à un feu rouge. Jessie ne pouvait les entendre, naturellement, mais il imaginait les coups de klaxon effrénés des conducteurs des autres autos qui, pour éviter la moto, zigzaguaient dans tous les sens pour terminer leur course sur les accotements ou sur le terre-plein central.

Enfant de pute, se dit-il intérieurement lorsque Cole fit un autre virage serré à une vitesse d'enfer depuis Grand Teton Drive sur Bird Rock Street. Cette rue menait au Silverstone Golf Club.

Avant que Jessie ait pu vraiment se demander comment Cole allait s'y prendre pour repérer l'adresse sans connaître le plan du quartier, Cole s'était dirigé vers la droite, puis avait tourné à gauche sur Passadera Street… avant de foncer dans le jardin d'un propriétaire pour se retrouver ensuite à pleine vitesse sur les pelouses du terrain de golf, magnifiquement et chèrement entretenues.

— Ah non, merde ! murmura Jessie, ses yeux ambre écarquillés, ne croyant pas ce qu'il voyait sous lui.

Le superviseur n'allait pas apprécier cette scène. Pour une raison inexplicable, Jessie sourit.

Il secoua la tête lorsqu'il vit la motocyclette de Cole serpenter entre une fosse de sable et un étang, évitant de justesse un groupe de golfeurs âgés trop habillés pour la température ambiante. La Harley Davidson écorcha finalement un vert au passage, puis obliqua vers la droite, continuant son œuvre de destruction sur le terrain.

— Stupide enfant de pute, dit Jessie en souriant.

Puis son sourire disparut lorsqu'il vit Malcolm Cole revenir sur un chemin d'asphalte, dirigeant son engin directement vers une grande maison en pisé à l'angle de deux rues perpendiculaires. Sans ralentir.

– Ne me dis pas qu'il…

Il n'eut pas le temps de terminer sa phrase. Il perdit littéralement le souffle lorsqu'il vit la moto de Cole heurter le bord du trottoir, s'envoler dans les airs et terminer sa course dans les fenêtres qui allaient du sol jusqu'au toit de la maison qui se trouvait devant lui.

CHAPITRE TREIZE

LES ENJEUX

Malcolm savait qu'il ne pourrait pas franchir la ligne de démarcation. C'était la maison de Phelan, donc le territoire de Phelan, et aucun autre alpha ne pouvait y pénétrer. Mais la moto en était capable, de même que les explosifs dans les sacoches de l'engin !

Il bondit sur la pelouse à cheval sur la motocyclette, donna un coup d'accélérateur, puis se projeta par terre vers la droite tout en laissant la moto poursuivre son élan. Pendant qu'il roulait sur la pelouse pour amortir sa chute, il entendit le bruit du verre qui volait en éclats et le fracas soudain de sa lourde machine, qui termina violemment sa course dans une salle de séjour vide.

Il fallut une minute à Malcolm pour reprendre tous ses sens, puis il écouta attentivement, se demandant combien de temps mettraient les occupants de la maison à se rendre compte du fait que la Harley était bourrée de C4.

Il ne leur fallut pas longtemps, apparemment, car tandis que Malcolm se remettait sur pied, la porte du garage éclata sous l'effet de la poussée d'une voiture dont le moteur V8 tournait à pleins gaz en rugissant.

Cole se tourna instinctivement sur lui-même et se couvrit le visage d'un bras pour ne pas être atteint par les planches de bois qui se fendirent et se déchiquetèrent avant de s'envoler en un million de morceaux comme des éclats d'obus. Par miracle, aucun d'eux ne l'atteignit, et il baissa son bras pour jeter un coup d'œil à la Shelby Cobra noire qui s'était précipitée dans la rue avant de s'arrêter soudainement.

Le monstrueux moteur tournait au ralenti et à grand bruit. Derrière le volant, Gabriel Phelan fixait Malcolm. Les yeux verts de l'un défiaient les yeux bleus de l'autre, électrifiant la distance entre les deux hommes. Le temps sembla s'arrêter.

Charlie était assise sur la banquette arrière, retenue fermement par un jeune homme aux cheveux noirs. Le siège passager était inoccupé.

Le regard de Malcolm alla de Phelan à Charlie, et il s'immobilisa. Malcolm avait le cœur qui battait fort dans sa poitrine. Elle fixa son compagnon avec insistance. La peur se lisait dans ses grands yeux bleu métallique, mais aussi le soulagement. De la rébellion. De la rage.

Elle le fixait d'un air qui le suppliait instamment de faire tout en son possible pour tuer Gabriel Phelan — même si cela signifiait qu'elle devrait elle aussi périr.

Gabriel actionna le levier de vitesse de son bolide, qu'il fit passer en première vitesse. Cole grogna. Instinctivement, il se précipita vers l'avant dans un élan de haine. Mais avant qu'il ait fait deux pas vers le véhicule noir luisant, un loup gris-blanc le plaqua de côté, le faisant tomber à nouveau par terre.

Au moment où il tombait en roulant sur lui-même, Malcolm se transforma en loup dans un flash, les griffes sorties, cherchant à trouver prise dans le sol.

Des pneus crissèrent, et la Cobra s'éloigna dans un rugissement de moteur juste avant que les deux loups roulent jusque dans la rue.

* * * *

– Quelle façon de passer inaperçu ! s'exclama Jessie.

Il secouait la tête pendant qu'il observait le spectacle des deux loups géants engagés dans un combat sur la pelouse avant de la maison, après que la Mustang noire soit passée à travers la porte du garage, filant maintenant en trombe dans la rue.

Cole et Phelan donnaient tout un spectacle en cette ville de Las Vegas, au Nevada.

Et puis merde, songea-t-il.

– Suivez cette voiture ! ordonna-t-il dans son casque radio.

Il se tourna ensuite dans le petit cockpit de l'hélicoptère. Plusieurs armes à feu de calibres différents pendaient à l'une des parois de l'appareil. Elles étaient toujours chargées, car elles auraient été plutôt inutiles dans le cas contraire. Parmi ces armes se trouvait un fusil utilisant des cartouches .270 Winchester. Il le décrocha et se retourna.

Au sol, la Cobra tourna brusquement à droite, ses pneus mordant l'asphalte avec une facilité incroyable. La voiture semblait totalement répondre à ce qu'on exigeait d'elle, fonçant à toute allure dans la rue avec une parfaite aisance.

Mais Jessie allait se charger d'altérer cette performance.

Il leva l'arme, l'appuya sur son épaule droite et regarda par la mire. Le coup de feu retentit, malgré le bruit des pales de l'hélicoptère, mais Jessie ressentit à peine le recul contre son épaule. Et la balle atteignit sa cible.

Au sol, la Shelby Cobra dévia légèrement de sa voie. Son pneu avant gauche réduit en miettes ne tenait plus que par de minces lambeaux de caoutchouc à la jante de métal.

* * * *

– Enfant de pute ! siffla Gabriel lorsqu'il sentit le pneu avant exploser, forcé de tourner le volant pour maintenir sa direction. Débarrasse-moi de l'hélico ! aboya-t-il au sorcier, qui retenait Charlie par les bras avec un peu plus de force que nécessaire.

Le sorcier sourit à ces mots et relâcha la jeune femme, accordant toute son attention à l'hélicoptère qui les survolait. Il se mit à psalmodier.

Charlie frotta pendant un moment ses bras endoloris, observant le sorcier d'un air abasourdi. Puis elle plissa les yeux. Elle se pencha soudain vers l'avant et ramena brusquement son coude gauche vers l'arrière dans un effort de concentration et de précision, appliquant le plus de force possible même si elle était gênée dans ses mouvements. Son coude atteignit le sorcier directement sur le nez, projetant sa tête contre le cuir noir du dossier derrière lui.

Seth se couvrit immédiatement le visage des mains. Ses incantations cessèrent à l'instant même, ce qui interrompit le sortilège en cours de réalisation. De l'arrière de ses paumes, il lui décocha un regard, ses yeux indigo s'illuminant et tournant davantage au violet, comme si le bleu s'en échappait pour laisser place au rouge.

– N'y songe même pas, sorcier.

Gabriel lui jeta un bref coup d'œil par le rétroviseur, puis il ramena son attention sur la route pendant que l'hélicoptère au-dessus d'eux semblait changer de position, se trouvant désormais légèrement en retrait derrière eux.

Gabriel jeta un regard sombre à Charlie par-dessus son épaule.

– Tu viens de signer l'arrêt de mort de Graves, mon ange, lui dit-il d'un ton qui ne laissait rien présager de bon.

Charlie le fixa et ne ressentit aucune peur. Que pourrait-il lui faire ? Peu importe ce qu'il parviendrait à imaginer, elle pourrait le supporter. Elle fronça les sourcils et inclina la tête de côté.

– Ah, dit-elle. D'accord. Alors, je suppose que puisque sa mort n'est qu'une question de temps, je n'ai rien à perdre en faisant *ceci*.

À une vitesse à la limite du perceptible, elle projeta encore une fois son coude de l'avant à l'arrière, cognant de nouveau le nez de Seth.

Le sorcier émit un bruit rauque de douleur et un grognement de colère à peine contenue qui témoignaient clairement des douleurs atroces qu'il voulait infliger à Charlie.

Elle lui fit simplement un sourire mielleux, puis elle s'appuya contre le dossier de cuir, les bras croisés sur sa poitrine.

Un muscle tressaillit sur la mâchoire de Gabriel, mais il n'eut pas le temps d'intervenir auprès de ses passagers, car une autre détonation d'arme à feu déchira le ciel. La voiture fut secouée vers la droite, Gabriel échappant presque le volant.

Il émit quelques jurons bien sentis, puis il saisit fermement le volant une fois de plus et rétrograda tout en appuyant sur les freins. La voiture se retrouva sur le trottoir, où elle fonça dans une boîte aux lettres avant de s'arrêter au beau milieu d'une pelouse verte. Le véhicule heurta probablement le système de gicleurs pour gazon, car l'eau jaillit et retomba sur le véhicule noir comme une pluie provenant du sol.

Gabriel se tourna sur son siège, et de ses yeux bleu saphir, il décocha un regard menaçant au sorcier.

— Fais atterrir l'hélico ici, car ce sera maintenant notre moyen de transport.

Seth soutint le regard de Phelan, puis il baissa les mains. Du sang maculait la moitié de son beau visage.

Il s'adossa lentement sur la banquette. Le combat qu'il livrait contre la furie qui l'habitait, en apparence calmement, fit frissonner Charlie. Elle observa son visage, qui semblait parcouru de légères ondulations semblables à celles de la surface d'un lac. C'était comme si quelqu'un, après avoir pris un polaroïd de lui, tenait cette photographie derrière une chute d'eau.

Lorsque les ondulations cessèrent, il était de nouveau en forme, et le sang avait disparu.

Il se tourna sur la banquette pour fixer Charlie de son terrifiant regard empreint de magie noire. Il était une fois de plus aussi beau que jamais, et ses yeux étaient d'un rouge luisant.

* * * *

Malcolm siffla derrière ses crocs de loup pendant que l'autre loup plus âgé réussissait à enfoncer ses dents derrière son épaule. Sa morsure nette et profonde déclencha une onde de douleur dans le corps de Malcolm.

En réaction à cette attaque, il grogna et se retourna vivement pour se dégager des dents de son adversaire. Il agit comme s'il n'entendait pas sa propre chair se déchirer, et il se concentra plutôt pour prendre le dessus lors du combat.

L'autre loup, quoique plus âgé, était aussi très fort. Cette démonstration de puissance de la part de son opposant rappelait vaguement quelque chose à Cole. C'était comme un souvenir récent, suffisamment clair pour presque le distraire. Malcolm dut se forcer pour se concentrer sur le combat qui se déroulait à ce moment-là.

Il réussit à s'extirper complètement de la poigne de l'autre loup, mais au prix de profondes entailles sur leurs flancs respectifs, causées par les griffes des deux adversaires.

Ils se tinrent l'un devant l'autre, leurs museaux à peine à trente centimètres de distance, leurs crocs découverts, leurs visages aux yeux luisants reproduisant l'image même qu'en avaient les enfants dans leurs cauchemars.

– *Tu te crois donc assez bien pour ma nièce ?*

Cole se figea, les poils du cou hérissés, lorsque la voix grave résonna dans sa tête. Ce n'était pas sa propre voix. Il ne l'avait jamais entendue auparavant. Mais il lui semblait la connaître. Malcolm conclut sans l'ombre d'un doute que c'était celle du loup gris devant lui.

– *Moi, je ne suis pas de cet avis,* poursuivit la voix.

Les yeux ambre du vieux loup se plissèrent en même temps qu'il émettait un grondement féroce, comme pour donner du poids à cette communication mentale.

– *Tu as fait du sacré bon travail jusqu'à maintenant, Malcolm Cole,* dit la voix, qui semblait cracher son nom comme s'il était répugnant à prononcer.

Cole grogna du fond de sa gorge et fit un pas vers l'avant, sa patte droite touchant le sol alors qu'il s'accroupissait, défiant l'autre loup de ses yeux émeraude luisants.

– *Tu es faible, Cole, quoi qu'en dise mon frère. Seuls les plus forts devraient s'accoupler*, continua la voix. *Tu n'avais pas à marquer ma nièce. Tu n'arrives même pas à la protéger.*

Le grognement de Cole augmenta d'intensité, et ce dernier fit un autre pas vers l'avant. Le loup devant lui recula de la même distance. Un bruit de pales d'hélicoptère se fit entendre, puis quelque part à leur gauche, il y eut une détonation d'arme à feu et des crissements de pneus suivis du fracas d'une collision et du ronronnement d'un moteur tournant au ralenti.

Cole ne lâcha jamais son adversaire des yeux. Et le loup gris ne lâcha pas non plus Cole.

– *Nous sommes une espèce en voie de disparition, Cole.*

Le ton de la voix dénotait une certaine lassitude.

– *Nous ne survivrons pas à moins que les meilleurs d'entre nous se reproduisent*, continua-t-elle.

Cole attendit, sachant ce qui suivrait.

– *Et je n'ai toujours pas la preuve que tu es le meilleur.*

À ces mots, Cole grogna une dernière fois. Puis, dans un geste qui confondit probablement totalement l'autre loup, il se tourna et se précipita dans l'autre direction, vers la Cobra détrempée par les gicleurs à l'autre bout du pâté de maisons.

Il ne regarda même pas par-dessus son épaule pour savoir si l'autre loup le suivait. Pour l'instant, ça lui était égal. Certains mots de l'autre loup l'avaient vraiment irrité.

Il n'avait pas réussi à protéger Charlie.

Le loup gris avait raison. Rien n'était plus important que Charlie. Rien d'autre.

* * * *

– Euh... patron... je vais devoir atterrir.

Jessie leva les yeux vers le pilote, qui examinait nerveusement ses cadrans. Maintenant que ce dernier parlait d'atterrissage, Jessie sentait une légère différence dans la vitesse de rotation des pales.

Elles semblaient tourner lentement. L'hélicoptère perdait de l'altitude.

Jessie se tint dans le cadre de porte de l'hélico et raccrocha le fusil à cartouches .270 Winchester. Il fit un signe de tête au pilote.

– D'accord. Sur le gazon, dit-il.

Il retira son casque radio et le lança sur le côté, se préparant à ce qu'il prévoyait.

Le pilote réussit à manœuvrer l'hélicoptère au-dessus de quelques maisons et à le poser sur une butte de gazon à l'extrémité du grand terrain de Gabriel Phelan. Lorsque l'hélicoptère toucha le sol, rebondissant une fois avant de s'immobiliser, Jessie sauta par la porte ouverte et se transforma en loup en un flash.

Il avait réussi à parcourir sept à dix mètres vers la rue de l'autre côté des maisons lorsque la maison luxueuse de Gabriel Phelan explosa.

La sensation et le bruit ne ressemblaient en rien à ce que l'on voit au cinéma. Au grand écran, les bombes explosent en un gros « bang » avec de magnifiques flammes destructrices orange et rouges, suivies d'un nuage de débris et de cendres en forme de champignon.

Mais ici, dans la vraie vie, la bombe explosa en un « boum ». Un bruit grave et tonitruant qui fit trembler le sol comme si ce n'était plus que de l'eau dans un étang. L'intensité de l'explosion provoqua une onde de choc supersonique à vous couper le souffle et à vous faire perdre vos esprits, comme un grand coup de poing d'une force inouïe.

Jessie fut renversé comme un écureuil dans la rue qu'un chauffeur de camion Mack aurait décidé d'écraser. Il se trouvait directement derrière la maison de Phelan au moment même de l'explosion, et son corps accusa le coup. Lorsqu'il s'arrêta finalement de rouler sur le sol, son corps poilu était devenu tout mou, et il ne sentait plus ses membres.

Il se demanda distraitement s'il les avait toujours.

Aucune flamme ni le moindre fragment de débris ne s'étaient rendus jusqu'à lui ; il avait été projeté au sol par la seule force de l'explosion. Il avait les oreilles qui sifflaient et un goût de sang dans la bouche. Il s'était mordu la langue.

Des sirènes retentirent au loin, mais Jessie les entendit à peine. Son monde était devenu irréel, flou et bourdonnant. Engourdi comme il était, il ne pouvait rien faire d'autre que de rester étendu sur place et d'accepter son sort, presque reconnaissant de ne pas savoir ce qui allait se passer.

Finalement, il reprit lentement contact avec la réalité et se souvint de son identité. Il se souvint de *ce qu'il était*. Il se souvint du fait qu'il devait sauver Charlie.

Lentement, de manière presque langoureuse, il cligna des yeux quelques fois pour tenter de chasser le brouillard blanc en forme de mosaïque qui lui voilait la vue. Il eut de nouveau de la sensation dans ses pieds, qu'il se mit à bouger. Il s'agissait de pieds humains au bout de jambes humaines. Il avait repris sa forme humaine lors de l'explosion de la bombe.

Il bougea les mains et réussit à s'en servir pour s'appuyer sur la pelouse dans le but de se remettre debout tout en levant la tête. Il inspira, mais ses poumons se dilatèrent douloureusement en raison des ecchymoses que ses côtes avaient provoquées de chaque côté de sa cage thoracique.

Il avait une côte cassée. Il l'entendait faire un bruit sec lorsqu'il respirait.

Elle bougea et reprit place pendant qu'il se relevait du sol. Lorsqu'il fut debout, son os s'était réparé, et sa vision était redevenue nette.

Ses yeux ambre luisants analysèrent le paysage. Il n'y avait aucun corps sur la pelouse. Il ne sentait pas de sang. Personne n'avait été blessé dans l'explosion. Le bruit des sirènes atteignit ses oreilles. Ce bruit était encore loin, mais Jessie remarqua qu'il se rapprochait.

Pour la deuxième fois en cinq minutes, Jessie s'élança à nouveau et reprit sa forme de loup.

****

Gabriel tira brusquement Charlie à ses côtés par terre lorsque le C4 dans les sacoches de la moto de Cole détona et que la maison de Phelan éclata comme un coup de tonnerre. Les fenêtres se brisèrent en mille morceaux tranchants comme des lames de rasoir qui tombèrent en cascade sur le sol.

Dans un rayon impressionnant, la force de l'explosion fit reculer de quelques centimètres tout ce qui se trouvait aux alentours, dont la Shelby Cobra, qui glissa légèrement sur la pelouse mouillée, forçant ceux qui se cachaient derrière elle à se déplacer eux aussi, même s'ils étaient devenus quelque peu paralysés sur le coup.

Charlie sentait ses oreilles bourdonner. Elle avait les muscles faibles. Son cœur battait étrangement; elle le sentait lourd dans sa poitrine, comme en état de fibrillation en raison de l'explosion. Il lui semblait tout aussi brouillé que ses idées. Mais Phelan la retenait fermement par le bras, ses doigts appuyés sur les ecchymoses que lui avait infligées le sorcier Seth un peu plus tôt.

Les secondes devinrent des minutes, et les effets de l'explosion se mirent à diminuer jusqu'à complètement disparaître.

— Fraye-nous un chemin jusqu'à l'hélicoptère, ordonna Gabriel au sorcier.

Celui-ci ne répondit pas, mais il se mit à psalmodier de nouveau. Charlie ressentit tout de suite de la colère. Elle détestait le timbre de sa voix, le son des horribles mots anciens qu'il s'employait à marmonner. Elle détestait la lueur rouge feu de ses yeux.

— Ta gueule, espèce de fou infâme et odieux ! lui siffla-t-elle en se redressant pour pouvoir l'attaquer de face.

Elle souhaitait vraiment pouvoir le frapper, lui asséner son poing si fort sur sa cage thoracique qu'il en ressortirait de l'autre côté.

Mais Gabriel sentit ses intentions et s'empressa de réagir. Il l'attrapa en moins de deux dans ses bras et la plaqua contre sa poitrine. Il ne prit pas la peine de lui dire quoi que ce soit, comme si toute menace qu'il aurait pu proférer à cet instant aurait semblé vide. Il se concentra plutôt sur ce qu'il devait faire.

— Continue, sorcier, ordonna-t-il, le ton grave et menaçant.

Seth regardait fixement Charlie. Elle avait réussi à interrompre ses sortilèges à deux reprises en moins de dix minutes. Charlie ne doutait pas une seule seconde que sans la présence de Phelan, le sorcier l'aurait tuée. Lentement.

Mais Phelan était bel et bien *présent*, si bien que le sorcier, plutôt que d'essayer de s'en prendre à la jeune femme d'une quelconque manière, se remit à psalmodier des incantations. Il détourna son attention de Charlie, qui le défiait de ses yeux bleu métallique luisants, pour regarder vers la rue et la rangée de maisons de l'autre côté.

Charlie tenta de suivre son regard pour voir ce sur quoi il se concentrait; y avait-il d'autres personnes? Qui était le pilote de l'hélicoptère? Qui avait tiré dans les pneus? Mais Gabriel la tenait trop fermement. Lorsqu'elle tenta de tourner la tête, il serra l'une de ses mains autour de son cou. C'était un avertissement qui ne nécessitait pas de mots.

Elle s'immobilisa sous sa poigne et tenta de réfléchir. Elle était certaine d'une chose. Elle savait que Malcolm Cole était dans les parages. Même si Gabriel ne lui avait pas dit qu'il s'agissait de la moto de Cole au moment où il l'avait traînée dans le garage attenant pour la forcer à monter dans sa voiture, elle l'avait deviné.

Le sang dans son corps la confortait dans sa conviction. Il circulait avec une vitalité qui se voulait annonciatrice d'espoir. Elle sentait Cole aussi assurément que le corps de certaines personnes peut sentir la pluie. Cette sensation prometteuse réussissait à endormir dans sa plus grande part la peur désagréable qui lui avait envahi le corps et l'esprit. Même la douleur que provoquait maintenant le contact de Gabriel sur sa peau s'acceptait mieux devant cette certitude intérieure que son compagnon ne permettrait plus qu'on la fasse souffrir davantage.

Mon compagnon? songea-t-elle, stupéfiée. D'où lui venait ce mot?

Elle n'eut pas le temps de réfléchir davantage, cependant, car Gabriel se remit soudainement à pousser des jurons, et le sorcier pivota sur lui-même alors qu'un loup noir géant bondissait vers eux avec une incroyable rapidité, à une vitesse telle que les contours de sa fourrure étaient devenus flous.

Charlie fut projetée par terre sur la pelouse au moment même où surgissait un de ces flashs étranges autour d'elle. Elle se retourna pour apercevoir deux gros loups, l'un noir et l'autre blanc, qui se livraient un terrifiant combat sans merci.

Les sons qu'ils émettaient étaient inexplicables.

Charlie avait par le passé entendu des *chats* se battre. Elle en avait vu s'entredéchirer dans la ruelle derrière son appartement à Pittsburgh. Elle était chaque fois sortie dans cette ruelle pour tenter de les séparer parce que les cris étaient trop horribles à ses oreilles. C'était comme des cris d'enfants que l'on aurait torturés à mort. Ce qu'elle entendait maintenant était pire. Il ne s'agissait pas de chats ni même de chiens. C'étaient des loups adultes plus grands que nature, entièrement en crocs et griffes. Leurs grognements profonds et retentissants semblaient au premier abord plus forts que le rugissement d'un moteur de Harley et plus méchants que le cri d'un Hell's Angel en selle sur cet engin.

Charlie se mit à s'éloigner de la scène, les yeux grands comme des soucoupes.

— Comment te sens-tu de savoir que tu as été marquée comme appât par l'une de ces brutes ?

Charlie figea sur place. La voix provenait directement de derrière elle. Si elle avait reculé d'un pas de plus, elle se serait cognée contre lui.

Le sorcier rit à voix basse, et elle sut qu'il secouait la tête.

— L'un d'entre eux va mourir, et tu resteras avec l'autre sur les bras, continua-t-il, le ton toujours bas et grave, empreint d'une menace facilement perceptible. Tu es destinée à te faire mettre un collier au cou, à te faire promener en laisse et à t'accoupler jusqu'à ce que tu tombes enceinte de ses louveteaux, lui dit-il.

Elle se tourna vers lui, son cœur battant à tout rompre.

Il avait les yeux rouges comme les feux de l'enfer. Il sourit, découvrant ses crocs.

Mon Dieu... quelle sorte d'être es-tu ? songea-t-elle avec panique.

Sa respiration s'accéléra et son pouls s'emballa. Elle savait qu'il n'était pas un loup-garou. Elle le sentait dans son sang.

Mais il n'était manifestement pas un humain. Elle avait eu raison sur ce point.

Il s'avança, puis à la manière d'un gentilhomme de roman d'amour historique, il lui tendit la main. Elle baissa les yeux vers celle-ci, puis recula vivement d'un pas.

Il inclina la tête de côté ; ses yeux rouges luisaient.

— Je peux t'emmener loin de tout ceci, Claire.

Il va me tuer, songea-t-elle.

— Je ne vais *pas* te tuer, promit-il, prononçant très bien ces mots entre ses crocs acérés. Je te donne ma parole.

— Sorcier, éloigne-toi d'elle au plus vite, gronda une voix grave.

Seth jeta un coup d'œil à sa droite juste avant que Jessie Graves fonce la tête première sur lui. Il prononça alors un mot ancien, un seul.

Et il disparut.

* * * *

Les camions de pompiers et les ambulances étaient trop près, selon ses sources. Les autorités seraient sur place dans quelques minutes. Apparemment, les humains de cette rue étaient déjà sortis de leur maison, puis étaient tout de suite rentrés, terrifiés et confus par ce qu'ils venaient de voir.

Il y avait eu pas moins de vingt appels au 911. Kavanagh pouvait déjà d'instinct affirmer que cet incident allait mettre les loups-garous sur la sellette comme jamais auparavant dans leur histoire. L'heure était grave, certes, mais la situation demeurait quand même gérable. Les meilleurs magiciens du monde travaillaient pour lui, et il était en rapport avec toutes les agences gouvernementales connues — et inconnues — de l'homme.

Ce ne fut pas la publicité négative susceptible d'être donnée à cette affaire qui poussa Kavanagh à s'embarquer à bord d'un avion privé à destination de Las Vegas. Ce n'étaient pas les dommages au terrain de golf ni la couverture médiatique ni les pots-de-vin à verser qui le dérangeaient vraiment.

Sa petite-fille était coincée au beau milieu de toute cette pagaille, et il devait y voir.

Lorsque Jessie l'avait informé du fait que Gabriel Phelan, aussi connu sous le nom de David Reese, était l'improbable chef des chasseurs, Kavanagh avait senti comme un poids sur son estomac, froid et lourd comme un morceau de charbon. Il était déjà assez pénible que des humains puissent être chasseurs, des combattants habiles voués à la destruction de la race des loups-garous.

Mais leur zèle les poussait dans la mauvaise direction; il les mettait dans l'erreur et s'apparentait même à la limite à une sorte de folie. Les chasseurs associaient les loups-garous aux démons, croyant honnêtement qu'ils étaient la même chose. Au bout du compte, un humain pouvait parfois être pardonné pour son ignorance.

Mais un loup-garou ? Chasseur ? Et pas seulement un chasseur, mais le *chef* des chasseurs ? Quel genre de foutu fils de pute était Phelan ? Et que ferait-il de Claire… de sa petite Charlie ?

Kavanagh se sentit parcouru d'une autre vague d'appréhension nauséeuse. Il était comme agité, anxieux et inquiet. Par-dessus tout, il était en colère. Il avait tant aimé son fils.

Et Gabriel Phelan l'avait tué.

Le regard de Kavanagh se plissa alors qu'il se tournait pour regarder l'horizon bleu par le hublot de l'avion.

* * * *

Cole savait que Gabriel Phelan était un bon combattant sous sa forme humaine. Mais sous forme de loup, il était soumis aux mêmes lois de la nature que les autres loups-garous. Tout ce qui importait était la taille, la force et la détermination.

Et en ce moment, malgré le fait que Cole ait déjà été blessé par un autre loup-garou, les deux loups combattaient à forces égales, sauf sur un point.

Phelan voulait Charlie, c'était manifeste. Mais Cole la voulait davantage. Et il y avait en cet instant assez de haine et de désir de revanche dans le sang de Malcolm pour alimenter une armée allemande entière. Donc, lorsque Phelan commit finalement une erreur dans sa défense, erreur que personne d'autre n'aurait remarquée, Malcolm saisit l'occasion.

Il remonta ses griffes sur le dessous du ventre de Phelan et tenta de les y enfoncer, mais Phelan devina ses intentions et pivota brusquement, prêt à sacrifier sa chair aux dents de

Cole en échange de sa liberté de mouvement. Phelan se dégagea et se releva, la fourrure couleur de neige de son épaule gauche couverte de coulisses de sang rouge foncé.

Cole grogna, exposant ses crocs couverts de sang.

Phelan reprit sa forme humaine en un flash.

Cole en fut temporairement aveuglé. Il retomba sur ses pattes, secouant la tête pour retrouver ses esprits. Lorsqu'il put à nouveau accorder son attention à Phelan, ce fut pour s'apercevoir que celui-ci tenait un revolver contre Charlie.

Cole n'avait pas la moindre idée de l'endroit où Phelan avait trouvé l'arme. Peut-être l'avait-il déjà sur lui avant de se transformer en loup. Dans une poche arrière de son pantalon ? Ce n'était pas important.

Cole reprit lui aussi sa forme humaine et jeta un coup d'œil à Charlie. Le regard de celle-ci allait de Phelan à Cole à un Noir qui se tenait à environ un mètre d'elle. L'inconnu avait une odeur d'humain, mais ses yeux ambre luisaient, et il exhibait des crocs.

Cole fut alors submergé par une vaste gamme d'émotions. Il était certes confus et encore plus enragé, mais d'abord et avant tout, il avait peur. De toutes les personnes présentes, Charlie était la seule à pouvoir mourir du type de balle, quel qu'il soit, qui se trouvait dans le revolver de Phelan.

Et le chasseur le savait. Dans la main qui tenait l'arme, Gabriel Phelan avait toutes les cartes.

— Je vais prendre l'hélicoptère, messieurs, dit-il calmement. Tournez-vous, et mettez-vous au sol.

Le sang coulait de sa plaie à l'épaule ; Cole pouvait le sentir. Il avait lui-même une blessure à l'épaule. Mais Phelan n'y portait guère attention, et il n'avait pas l'air de souffrir le moindrement. Il semblait simplement fâché, calculateur et déterminé.

Cole et l'inconnu hésitèrent à obéir aux ordres de Phelan. Gabriel arma son revolver. Charlie ferma les yeux et retint son souffle.

Malcolm et l'étranger se retournèrent alors simultanément pour se mettre à genoux dans le gazon. Immédiatement, Cole entendit Phelan les contourner à la course, se dirigeant vers l'hélicoptère qui avait atterri quelques minutes auparavant sur la pelouse du terrain de golf derrière la rangée de maisons la plus près.

Il n'avait pas emmené Charlie. Il devait croire qu'elle résisterait trop, et il préférait peut-être ne pas courir le risque de la faire monter dans l'hélicoptère. Il avait peut-être aussi d'autres raisons ; quelles qu'elles aient pu être, Cole ne s'était jamais senti si soulagé de sa vie.

Puis Charlie expira l'air qu'elle retenait dans ses poumons et se jeta au sol avec eux.

* * * *

Jessie rampa jusqu'à Charlie et tenta de l'attirer dans ses bras. Mais elle se débattit et le dévisagea, les yeux écarquillés, bouche bée.

Il savait qu'il avait les yeux luisants. Il savait que ses crocs étaient visibles depuis qu'il était apparu sur les lieux. Il fit un effort de concentration pour les faire rentrer, et il atténua l'expression de son regard. C'était le moment de vérité. Il ne pouvait plus se cacher.

— Jessie, *mon Dieu,* murmura-t-elle, sa voix s'estompant en raison du choc qu'elle ressentait sans l'ombre d'un doute. Jessie, es-tu…

Jessie la fixa et secoua la tête. Il sentait à ce moment un profond regret qui lui rongeait l'intérieur comme un chien enragé malmène un os.

— Oh, ma belle, dit-il doucement en levant la main droite pour lui caresser doucement la pommette de ses doigts.

Au grand mérite de Charlie et à l'immense soulagement de Jessie, elle ne se retira pas. Elle resta sur place à l'observer avec ébahissement. S'il avait été un loup-garou alpha, ce contact sur la joue de Charlie aurait fait mal à cette dernière, mais comme Jessie était une sentinelle, son toucher avait beaucoup moins de conséquences que celui d'un autre alpha. Elle nota indubitablement tous ces faits étonnants qui s'ajoutaient à tous les autres, mais en dépit de toutes les surprises qu'elle découvrait, ses yeux bleus révélaient encore quelque chose de merveilleusement réconfortant. On y voyait de la confiance. Encore et toujours.

Qu'il ne puisse pas remonter dans le temps, ce qui lui aurait permis de tout lui expliquer plus tôt, voilà un autre de ses regrets qu'il pourrait mettre sur le compte de son horrible semaine de malchance. Charlie méritait mieux.

— Je suis vraiment désolé, Charlie.

— Et moi donc ! dit-elle doucement.

Il cligna des yeux, interloqué devant sa réaction teintée d'humour. Elle fit un petit sourire las qui se mariait bien à la fatigue qui se lisait dans ses yeux bleus cernés.

— Viens ici.

Il l'attira dans ses bras, et cette fois-ci, elle le laissa faire. Ce faisant, il jeta un coup d'œil par-dessus son épaule et vit Malcolm Cole, qui le regardait fixement. Il avait été témoin de tout l'échange, et à en juger par l'expression sur le visage de Cole, il était manifeste que l'alpha était déchiré entre le désir de voir Charlie éprouver un réconfort mérité dans les circonstances, même s'il lui était procuré par Jessie, et le désir d'égorger ce dernier.

Jessie fit un signe de tête à Cole, puis se détacha lentement de Charlie. L'hélicoptère bourdonna bruyamment au-dessus de leurs têtes, puis s'éloigna, le bruit de ses pales enterré par le hurlement des sirènes des véhicules des services d'urgence qui tournaient maintenant le coin plusieurs pâtés de maisons plus loin.

– Je crois qu'il est temps que nous partions vers un endroit plus privé. Et sûr.

– D'accord, dit simplement Cole.

Charlie leva les yeux vers lui, puis vers Jessie. Elle prit la main que Jessie lui tendait, et elle se leva.

– Nous devrons courir, Charlie.

– Ça me va, répondit-elle.

Jessie hocha la tête, et Cole les guida dans une ruelle entre deux maisons tout près. Ils débouchèrent sur le terrain de golf, qu'ils traversèrent à la course pour atteindre des rues bondées de taxis.

CHAPITRE QUATORZE

LE ROI

— Comment va-t-elle ?

Lily ferma doucement la porte derrière elle et regarda en direction de Malcolm. Elle prit une profonde inspiration et détourna les yeux, songeant manifestement à ce qu'elle allait lui répondre. Malcolm crispa la mâchoire et durcit le regard dans l'intervalle.

— Elle va très bien en fait, répondit-elle finalement. Comme elle n'est pas une louve-garou à juste titre — *du moins, pas encore* —, elle ne pourra pas nous entendre si nous parlons à voix basse, ajouta-t-elle en jetant un regard perçant à Cole. D'autant plus qu'elle est dans la douche, poursuivit-elle à nouveau en faisant un signe aux autres pour qu'ils la suivent dans la pièce adjacente, où elle s'assit sur un des canapés de cuir au fini luxueux.

Malcolm arriva derrière elle, suivi de James Valentine, Lucas Caige et Jakob Samson. Ils prirent tous place. Caige semblait toutefois mal à l'aise dans une ambiance aussi décontractée.

— St. James est une fille très tenace. Et je suis sûre que vous l'avez déjà remarqué, reprit Lily. Elle a vécu l'enfer, mais elle s'en est sortie relativement indemne. Au moins physiquement. Mentalement, elle est fatiguée et épuisée, à vrai dire, peut-être même un peu hébétée. Toutefois, ce n'est rien que je n'aie déjà vécu ; je suis passée par là, dit-elle en haussant lentement les épaules. Si mes impressions sont bonnes, elle saura sûrement s'en remettre, s'interrompit-elle en fronçant les sourcils. Je lui ai expliqué tout ce que je pouvais, à l'exception de certaines petites choses qui, je le crois, devraient lui être expliquées par vous, Cole.

Elle lui lança un regard dur, lourd de sens, et il comprit tout de suite qu'elle faisait allusion au rituel d'accouplement et à tout ce qui allait survenir par la suite.

— Elle a été très heureuse d'apprendre que ses copains musiciens étaient vivants. Vous ne pouvez pas imaginer le soulagement qu'elle a ressenti lorsque je lui ai dit que personne n'avait péri dans l'explosion de l'hôtel. Elle était surtout fière qu'aucun enfant n'ait été touché.

Malcolm réfléchit à ces propos. Il n'était pas du tout surpris. Il pouvait en effet imaginer que Charlie, au moment de l'explosion, ait été terrifiée sur d'innombrables plans. Et toute personne ayant le moindrement de sensibilité aurait été touchée si des enfants avaient été victimes de l'explosion.

Il hocha la tête, puis changea de sujet.

— Qu'a-t-elle dit à propos de ce type — ce Jessie ?

Il tenait à lui poser cette question depuis le premier moment où il avait vu cet homme sortir de nulle part sur le terrain de golf près de la maison de Phelan et prendre Charlie dans ses bras. Il sentait l'humain, mais c'était très évident qu'il n'en était pas un. Alors, qu'était-il ? Encore plus important, que signifiait-il pour Charlie ?

— Il s'appelle Jessie Graves, répondit Lily à l'intention de tous. C'est l'avocat du groupe de musiciens et le meilleur ami de Charlie, depuis longtemps dans ce dernier cas. Elle m'a dit qu'elle avait ressenti de la douleur quand il l'avait serrée contre lui, mais que ce n'était rien en comparaison à celle qu'elle avait endurée lorsqu'elle avait été touchée par Phelan et ses hommes. Cette petite douleur ne la dérangeait en rien tellement elle avait besoin de le tenir dans ses bras.

Cole resta songeur. Cela signifiait que cet homme était bien un loup-garou, mais…

— Il avait l'odeur d'un humain, dit-il.

— Oui, je sais, fit Lily. Mais il avait aussi apparemment des yeux luisants et des crocs, ajouta-t-elle en haussant les sourcils, faisant soupirer Cole. Et elle m'a dit qu'il s'était arrangé pour finalement s'éclipser lorsque Caige était apparu avec la voiture, après que vous ayez échappé à la police à l'extérieur du terrain de golf Silverstone. Elle a ajouté qu'il lui avait dit qu'il devait maintenant s'en aller et qu'il lui expliquerait tout plus tard. Il a ensuite vraisemblablement disparu en passant par une ruelle, termina-t-elle en se tournant sur le canapé, regardant tous les hommes à tour de rôle. N'est-ce pas ?

— Ouais, répondit Caige dans un hochement de tête. Je l'ai vu aider Claire à monter dans la voiture, puis partir en courant par la ruelle la plus près, entre deux rangées de maisons. Il avait effectivement l'odeur d'un humain. Mais je dois l'admettre, ajouta-t-il en souriant à demi, bien appuyé sur les épais coussins, il se déplaçait très vite.

De nouveau, Lily hocha la tête.

— Je pense qu'il est une sentinelle.

James fit lui aussi un signe de tête

— Je le crois aussi. Ça expliquerait tout.

— Que vient-il faire dans cette histoire ? demanda Jake.

– Claire St. James est une louve-garou de naissance. C'est également une latente. Et ses parents ont été tués par des chasseurs. Elle est probablement en plein dans la mire du conseil. Je peux facilement imaginer que le conseil veuille à tout prix la protéger, expliqua James.

– Excellent travail, jusqu'à maintenant ! ironisa Caige, se croisant les doigts devant lui avant de les appuyer sur son estomac d'acier. Comme tu disais, Kane, elle a vécu l'enfer et s'en est sortie. Ça faisait partie du plan du conseil ?

Lily lui lança un regard agacé.

– Bien sûr que non, mais elle est toujours vivante. Et tu dois admettre que le conseil a mieux réussi que vous tous à la trouver à l'hôtel The August. Et c'est une sorcière du conseil qui a également réussi à rompre le sortilège territorial.

Caige ne trouva rien à rétorquer. Il sembla vaguement mal à l'aise un instant, puis détourna le regard. Malcolm savait que Lucas n'appréciait pas les personnes qui recouraient à la magie. Un sorcier avait tué son frère de nombreuses années auparavant en Australie.

Caige n'était effectivement pas arrivé à temps au The August pour rencontrer Dannai la sorcière, mais il aurait de toute façon probablement été irrité de constater que la communauté des loups-garous avait dû utiliser ce genre de moyen pour venir à bout de Gabriel Phelan.

Malcolm ne trouvait lui non plus quoi que ce soit à dire, pour la simple et bonne raison qu'il était *hors de lui*. La méthode employée pour retrouver Charlie ne lui importait guère, mais cette jeune femme portait sa marque. Il lui appartenait de la protéger. Et il avait échoué.

– Ne vous laissez pas trop abattre, Cole, continua Lily, comme si elle lisait dans ses pensées. Je crois que le conseil a décidé de sortir l'artillerie lourde étant donné qu'il considère sûrement que Claire n'est pas seulement une usine à louveteaux ambulante.

James roula les yeux et se passa une main dans les cheveux, l'air de dire « Nous y revoilà encore une fois ». Lily fit semblant de ne pas le voir et poursuivit sur sa lancée.

— Je crois qu'elle a de la famille ou des amis en haut lieu.

— Qu'est-ce qui te fait croire ça ? demanda Jake.

Elle regarda le loup-garou blond et inclina la tête sur le côté.

— Parce que le superviseur est en route vers ici en ce moment même.

Malcolm cligna des yeux, ainsi que tous les autres dans la pièce. Il se demanda d'abord comment elle pouvait le savoir, puis la mémoire lui revint.

— Tu as eu une vision, dit-il sur un ton plus affirmatif qu'interrogateur.

— Oui, admit-elle, soutenant son regard. Pendant que Claire et moi avions une conversation, j'ai vu monsieur Kavanagh, qui se tenait ici même dans cette pièce, converser avec votre promise.

Ils prirent tous le temps de digérer cette confidence, et l'atmosphère devint tout à coup très tendue dans la pièce.

— Charlie est un beau parti, je suis prêt à l'admettre, mais il doit y avoir une autre raison pour que le conseil intervienne de cette façon, laissa tomber Caige en se mordillant la mâchoire pendant que tous les autres se tournaient vers lui et que les yeux verts de Malcolm se mettaient à briller. Eh bien, quoi ? poursuivit Caige, le *sorcier* était quelqu'un de méchant, ne l'oubliez pas. Nous pouvions sentir l'odeur de ce bâtard même après qu'il ait disparu. Il se servait de la magie d'une façon très habile, ajouta-t-il dans un sourire devenu malveillant. Et très, *très* malsaine.

— Tu crois que le conseil désire interroger Claire sur ce sorcier travaillant pour Phelan ? demanda James.

Caige haussa à nouveau les épaules

— Peut-être. Et en plus, Phelan a disparu. Ça ne fait sûrement pas l'affaire du conseil.

— Ça ne fait l'affaire de personne, dit doucement Cole.

Il ne pensait pas à lui en disant ces mots, mais à Charlie. Le meurtrier de ses parents rôdait encore, et il fallait le faire payer pour les actes odieux qu'il avait commis.

— Mais peu importe ; nous sommes sur le point de savoir ce qu'il en est, ajouta-t-il en inclinant la tête sur le côté pour écouter.

Derrière la porte de la suite, au bout du corridor, il entendit le « ding » caractéristique de l'ouverture des portes d'ascenseur.

— Kavanagh vient d'arriver.

* * * *

Charlie ferma le robinet d'eau chaude et se tortilla doucement les cheveux pour enlever le surplus d'eau. De grosses gouttes tombèrent sur le plancher de la douche et glissèrent vers le trou du drain. Elle fit retomber ses longs cheveux dégoulinants par-dessus son épaule et ouvrit la porte de la cabine pour saisir la serviette qui pendait à un crochet adjacent.

Elle fit tous ces gestes par habitude, sans trop s'en rendre compte ni se soucier de ce qu'elle faisait. Elle pensait plutôt à Malcolm Cole.

Des semaines durant, avant de rencontrer le loup-garou, elle l'avait vu dans ses rêves. Ses superbes yeux verts irréels lui avaient bouleversé l'âme, la faisaient fondre sur place. Elle s'était réveillée chaque fois envahie d'un sentiment de désir et de frustration, habitée d'une énergie sexuelle inassouvie.

Et elle savait maintenant pourquoi.

Selon ce que lui avait dit Lily Kane, Malcolm Cole était destiné à devenir son compagnon. C'était un loup-garou alpha débordant de puissance dont l'accent britannique faisait exploser ses terminaisons nerveuses et qui avait un visage et un corps qui la rendaient folle. Et il *la* voulait. Parmi toutes les femmes sur la planète, Malcolm Cole convoitait Claire St. James.

Charlie.

Il avait fait beaucoup d'argent avec ses livres, et il était un écrivain talentueux. Ce qui signifiait probablement qu'il serait en mesure de comprendre cet élan créatif en elle. C'était une qualité qu'elle avait toujours recherchée chez un homme et qu'elle jugeait essentielle si jamais elle décidait de s'accrocher pour de bon à quelqu'un.

Il semblait que Malcolm Cole irait n'importe où et ferait n'importe quoi pour mettre la main sur elle. Il la poursuivrait sans relâche. Le courant passait entre elle et lui, selon ce que disait Lily. Le destin semblait vouloir les unir. Il n'y avait rien que l'on pouvait y faire.

Étonnamment, Charlie acceptait la situation. Quelque part en elle, elle avait toujours apprécié le côté plus animal de la nature humaine. Elle s'était certes toujours efforcée de jouer la carte de la prudence avec les hommes, mais elle avait toujours aussi éprouvé le goût du flirt, le goût d'amener un homme à la pourchasser. Elle lisait des romans d'amour remplis d'hommes intelligents et puissants qui savaient quoi faire pour atteindre leurs buts et qui ne reculaient jamais devant quoi que ce soit pour y parvenir.

Elle aimait se la jouer dure. Elle savait que son type de comportement la faisait passer pour un drôle de phénomène auprès de nombreuses personnes, mais c'était ainsi. Elle n'y pouvait rien. Et dans la mesure où elle n'était pas appelée à en souffrir, elle aimait un homme pleinement conscient de sa masculinité. Dominant. Fort. Persuasif.

Au bout du compte, elle était chanceuse. Car il existait apparemment un loup-garou alpha qui correspondait parfaitement à ce profil. C'est ce qui expliquait pourquoi Cole l'avait marquée contre son gré deux jours auparavant dans un salon de tatouage sur le Strip. Dans un scénario qui lui avait alors paru chaotique, surréel et complètement dingue, Malcolm Cole l'avait marquée d'une marque protectrice qui allait empêcher tout autre loup-garou de s'accoupler avec elle et de la réclamer comme sienne.

Charlie s'enveloppa les cheveux dans la serviette et jeta un coup d'œil à la marque verte qui luisait sur son bras. Elle était tout à fait remarquable. Aucun tatoueur dans le monde n'aurait pu dessiner quelque chose d'aussi complexe et d'aussi beau. La marque semblait presque fausse, trop belle pour être vraie, exactement comme l'homme qui lui avait fait cette marque.

Charlie soupira et baissa le bras. Malcolm Cole. Elle ferma les yeux et prononça son nom dans sa tête. Il était grand et fort, et il avait ce genre de visage que des agences de mode auraient voulu exploiter à tout prix : ciselé, fort, résolument masculin. Puis il y avait ses yeux, ses *damnés* yeux ! Ils lui grugeaient l'intérieur du corps. Chaque fois qu'elle se trouvait près de lui, il éveillait quelque chose en elle. Dans la boîte de nuit, lors de leur première rencontre, sur le trottoir lorsqu'elle avait voulu le fuir, dans l'auto lorsqu'elle avait échappé à Phelan et à son sorcier, et même dans la chambre principale de sa suite d'hôtel, le regard de Cole l'avait subjuguée. Alors qu'elle était maintenant entourée de Lily Kane et des hommes qui faisaient apparemment partie de la meute de Cole, la seule présence du loup-garou britannique faisait se contracter l'estomac de Charlie, elle sentait sa poitrine devenir étrangement lourde et son pouls s'accélérer. Elle se sentait prise d'un léger vertige.

Seigneur, elle devenait excitée en sa présence… et mouillée.

Et elle savait qu'il le savait.

C'était tout simplement insensé. Comment pouvait-elle penser à lui en de telles circonstances ? Son univers lui échappait ! Tout se bousculait dans sa tête !

Gabriel Phelan avait tué ses parents. Seuls les dieux savaient ce qu'il voulait d'elle. Il rôdait toujours quelque part, en compagnie de Seth, son sorcier aux yeux rouges brillants et aux crocs blancs acérés.

Et voilà que Jessie était lui aussi un *loup-garou* !

Elle en avait mis du temps à voir clair, dans son cas. Elle savait intérieurement que Jessie n'avait jamais envisagé de lui faire du mal. Ni sciemment ni intentionnellement. Vraiment pas. Mais lorsqu'il l'avait attirée dans ses bras sur la pelouse du terrain de golf Silverstone, son réflexe avait été de le repousser — pour échapper à la douleur qu'elle avait ressentie au contact de sa peau.

Ce n'était pas une douleur aussi forte que celle ressentie au contact de Gabriel — loin de là. C'était comme la cerise sur le gâteau, en quelque sorte, une légère douleur de plus. Elle savait ce que cette légère douleur signifiait. Elle avait été vraiment stupéfiée, prise au dépourvu. Depuis combien d'années le connaissait-elle ? À quel point étaient-ils près l'un de l'autre ?

Elle avait même couché avec lui. Il l'avait touchée comme elle n'avait jamais laissé un autre homme la toucher. Et pendant tout ce temps, il avait été quelque chose de plus qu'un simple humain.

Avait-il pu sentir son excitation ? Avait-il pu sentir sa peur ? Avait-il pu entendre les battements de son cœur ? Que savait-il d'elle qu'elle ne lui avait jamais dit ? Et *pourquoi* ? *Pourquoi* était-il un loup-garou ? Pourquoi son meilleur ami était-il un loup-garou ? Que voulait-il ?

Finalement, sur la pelouse du terrain de golf, elle avait ressenti un besoin de contact physique avec son meilleur ami. Elle avait eu besoin de sentir sa solidité, de savoir qu'il était près d'elle, de retrouver cette sécurité qu'elle éprouvait toujours lorsqu'il la tenait dans ses bras. Et c'est pourquoi elle avait posé la tête contre sa poitrine, s'efforçant de ne pas tenir compte de la douleur qui lui parcourait le corps.

Elle commençait à s'y habituer, de toute façon.

Elle secoua la tête, comme pour s'éclaircir les idées. Elle soupira et ouvrit la porte de la salle de bain. Elle se retrouva dans une chambre individuelle luxueuse, où de nouveaux vêtements avaient été déposés à l'extrémité du très grand lit. On les lui avait achetés dans l'une des multiples boutiques situées sous le Caesar's Palace. C'est Lily qui s'était chargée de les trouver, et elle avait beaucoup de goût, comme avait pu le constater Charlie. Un jean Lucky, un t-shirt Ed Hardy, une marque très en vogue à Las Vegas, un soutien-gorge et un slip Victoria's Secret, ainsi qu'une nouvelle paire de chaussures Converse sans lacets. Charlie sourit et prit les chaussures dans ses mains, toujours heureuse d'en recevoir une nouvelle paire. Elle les retourna pour confirmer du regard ce qu'elle s'attendait à trouver : la signature de Christian Audigier.

Très, très en vogue à Vegas.

Elle déposa les chaussures et commença à se vêtir, se perdant à nouveau dans ses pensées.

Ses amis musiciens étaient vivants, et elle avait échappé aux griffes de Phelan pour l'instant, mais un grand méchant loup l'attendait sûrement quelque part, tapi dans l'ombre. Si elle devait faire un faux pas par inadvertance, elle se retrouverait à la merci du diable n'attendant que cette occasion pour l'assujettir.

Toute personne saine se retrouvant dans sa situation aurait pensé devenir folle à ce stade. Il est parfois facile de perdre la raison. Une personne saine d'esprit un jour donné peut voir son monde basculer complètement le lendemain. Mais Charlie avait déjà vécu ce genre d'épreuve ; elle n'avait plus depuis longtemps cette belle naïveté en elle. Une grande partie de cette logique de soumission, qui peut si facilement disparaître à la suite d'événements que l'on n'aurait jamais pensé affronter, avait disparu chez Charlie pendant sa douzième année d'existence. Cette grande part de docilité s'était envolée dans le silence d'un vent tranquille en cette journée où Charlie s'était tenue debout en compagnie de sa marraine dans un vaste cimetière, vêtue d'une robe jaune, la couleur préférée de sa mère. Le peu de docilité qui lui restait encore avait disparu au cours des quarante-huit heures précédentes, et elle savait qu'elle ne serait plus jamais docile.

Il ne lui restait que sa ténacité, cette qualité que la plupart des êtres humains rêvent d'obtenir. Elle acceptait fondamentalement et profondément que l'univers ne consistait pas en une représentation simpliste et concrète des choses, que ce n'était pas parce qu'une chose nous était inconnue qu'elle n'existait pas.

Charlie enleva la serviette de ses cheveux et enfila son nouveau jean et ses chaussures, puis elle se rendit à la fenêtre et contempla d'un œil nouveau, plus sage, le monde devant elle.

Le soleil se couchait au loin, défiant de ses derniers rayons les fontaines du Bellagio. De l'autre côté de la rue, la tour Eiffel du Paris Hotel prenait une couleur bleue sous la lumière du jour déclinante, et l'horizon de plus en plus sombre redonnait vie aux néons éclatants du Strip. Du haut de sa fenêtre, Lily avait l'impression qu'il n'existait plus aucune autre ville en ce monde que Vegas.

– C'est plutôt joli, n'est-ce pas ?

Charlie se tourna au son de cette voix grave à l'accent britannique, empreinte de sensualité. Elle tenta de dissimuler le frisson qu'elle ressentit dans sa colonne vertébrale, mais elle savait que c'était inutile. C'était un loup-garou, n'est-ce pas ? Il pouvait probablement entendre son cœur battre à tout rompre à l'intérieur de sa cage thoracique.

Vivrait-elle toujours les mêmes sensations en sa présence ?

Il lui sourit, révélant ses dents parfaitement blanches. Elle se serra les bras, puis lui rendit son sourire, légèrement nerveuse.

Il était vêtu d'un pantalon léger en lin beige et d'une chemise blanche faite du même tissu et dont les manches longues roulées laissaient voir deux bandes de cuir à ses poignets. Lorsque Charlie aperçut ces bracelets, son sourire vacilla.

Lily lui avait parlé de ces bracelets. Du sortilège lancé contre Cole.

— J'ai toujours aimé la vue du haut des tours Bellagio au crépuscule, dit-il doucement en enfonçant les mains dans ses poches tout en s'avançant.

Ses yeux verts allèrent de Charlie à la vue qui s'offrait à lui par la fenêtre.

Elle le regarda se déplacer dans la chambre jusqu'à côté d'elle. Quelle élégance forte, puissante !

— Lorsque l'on contemple Las Vegas d'ici, à la tombée du jour, on a l'impression qu'il n'existe plus aucune autre ville en ce monde, dit-il doucement, presque dans un murmure.

Charlie cligna des yeux. C'était exactement les mots qu'elle se disait auparavant. *Ah, non ! Ne me dites pas qu'il peut lire dans mes pensées, en plus du reste !*

Il lui jeta un coup d'œil et fronça les sourcils.

— Charlie ? Ai-je dit quelque chose de mal ?

Il y eut une pointe d'inquiétude dans ses traits magnifiques. Ses yeux vert jade étaient si expressifs qu'elle sut tout de suite qu'il ne jouait pas la comédie. Il n'avait pas lu dans ses pensées. Ils avaient seulement quelque chose de plus en commun.

— Non, lui répondit-elle en secouant la tête avant de se tourner pour admirer les lumières plus bas. Je pensais simplement tout à fait la même chose, sans plus, continua-t-elle en le regardant à nouveau, lui adressant un autre sourire moins nerveux.

Il parut soulagé, et son sourire revint. Un sourire chasseur.

— Avais-tu déjà vu ces fontaines, mon amour ?

— Je les vois pour la première fois, répondit Charlie en haussant les sourcils d'incompréhension.

Le sourire de Malcolm s'élargit.

— Ah. C'est bien, alors. C'est réglé. Je t'amène avec moi en bas.

Charlie cligna des yeux.

— Pour quelle raison ? demanda-t-elle, puisqu'elle pouvait très bien apercevoir les fontaines de la fenêtre où elle se trouvait.

La chambre offrait une vue incroyable. *Elle doit coûter une fortune*, se dit-elle.

— Je gâcherais la surprise, lui confia-t-il sur le ton de la confidence.

Sa voix faisait toujours frissonner Charlie, et la marque commençait à se faire sentir, faisant circuler de petites ondes de plaisir dans son bras et à travers sa poitrine. C'était une très agréable sensation.

— Mais avant, poursuivit-il en se tournant tout à fait vers elle, la poussant à le regarder une fois de plus, il y a quelqu'un dans la chambre d'à côté qui souhaiterait beaucoup te parler.

Charlie sentit son cœur se serrer. Elle ne voulait parler à personne d'autre. Lily Kane s'était montrée très gentille à son endroit. Aux yeux de Charlie, cette femme savait comment venir en aide aux personnes qui avaient vécu des événements traumatiques. Cependant, Charlie avait déjà parlé avec elle jusqu'à l'épuisement. Elle était littéralement fourbue. Quelqu'un pouvait-il vraiment ajouter quelque chose qu'elle n'avait pas déjà entendu à moult reprises lors des deux journées précédentes ?

– Qui ? demanda-t-elle.

Ce fut tout ce qu'elle réussit à dire. Elle ne voulait pas vraiment le savoir.

Comme s'il avait noté son hésitation et son abattement, Cole lui fit un sourire rassurant. Il se pencha vers elle et lui tendit la main.

– Fais-moi confiance.

C'était une étrange demande, un peu déconcertante. Encore une fois, Charlie se sentit rougir. Il voulait qu'elle lui fasse confiance, elle qui n'avait jamais fait entièrement confiance à personne, à l'exception de Jessie. C'était comme si Cole savait qu'en lui demandant cela, il lui demandait ce qu'elle avait de plus cher à donner. Il lui demandait tout de sa part. C'était réellement ce qu'il voulait : tout d'elle.

Charlie se sentait toute particulière dans le regard de Cole. Elle se sentait convoitée.

Elle ne put maîtriser la poussée de chaleur qui lui monta jusqu'au cou et lui fit rosir les joues. Ses mamelons devenus durs contre la dentelle de son soutien-gorge et son t-shirt, elle baissa la tête avec hésitation et accepta la main qu'il lui tendait.

De ses doigts froids et forts, il lui enveloppa la main dans un geste possessif. La chaleur qui avait pris naissance dans la poitrine de Charlie se propagea vers le haut jusqu'à son bras et vers le bas jusqu'à son estomac pour finalement se lover dans son entrecuisse. Sa respiration se bloqua dans sa gorge, puis elle redressa brusquement la tête, ses yeux cherchant les siens.

Le sourire de Cole avait disparu. Ses yeux étaient devenus noirs ; ses pupilles s'étaient dilatées jusqu'à recouvrir presque toute la couleur verte des iris. On aurait dit que des ombres s'étaient formées sur son visage ; ses magnifiques traits devenaient de plus en plus accentués. Il l'avait l'air affamé. Il ressemblait beaucoup à un loup.

Charlie déglutit, faisant descendre dans un effort audible la boule qui s'était formée dans sa gorge. Il n'était plus possible de nier le tremblement qui l'habitait dans tout son corps ni le fait qu'elle était totalement mouillée au niveau de l'entrejambe. Elle arrivait à peine à respirer.

Heureusement, Malcolm Cole semblait encore maîtriser les facultés que Charlie avait pour sa part quelque peu perdues lorsqu'il lui avait pris la main. Il se raidit et détourna le regard de celui de Charlie sans toutefois desserrer sa poigne sur sa main. Elle sut instinctivement que si elle essayait de s'échapper à cet instant, il ne la laisserait pas faire.

Il regarda en avant de lui et la mena à travers la pièce jusqu'à la porte. Elle le suivit, légèrement à contrecœur, tout de même un peu soulagée de voir qu'ils se sortaient de cette situation. Il provoquait en elle une chaleur suffocante.

Malcolm lui fit franchir la porte et la guida dans le court corridor menant au salon et à la salle à manger attenante, dans cette suite de deux chambres et de quatre salles de bain. Lorsqu'ils arrivèrent dans la pièce, Charlie fixa du regard l'homme de grande taille qui se tenait à la fenêtre.

Elle était capable de sentir la puissance de Malcolm Cole, comme une énorme montagne jetant de l'ombre sur le terrain plat environnant du reste de la planète. Elle avait noté le même type de puissance chez James Valentine. Cependant, *cet homme-ci* dégageait une puissance supérieure à celle des deux autres, peut-être même réunies.

Charlie se figea sur place, incapable de faire un pas de plus. Comme s'il avait senti sa présence et remarqué qu'elle l'avait vu, l'homme à la fenêtre se tourna vers elle.

Lorsque les yeux bleu métallique de l'homme croisèrent les siens, Charlie sentit son monde s'écrouler. Cet homme et son père se ressemblaient comme deux gouttes d'eau.

— Charlie, permets-moi de te présenter monsieur Alexander Kavanagh, dit Cole, en lui serrant doucement la main pour capter son regard. Ton grand-père, termina-t-il doucement.

Charlie sentit ses yeux s'écarquiller, et sa bouche s'ouvrit sous le coup de la surprise, mais elle demeura figée sur place. Malcolm eut un sourire rassurant et fit un signe de tête en direction de Kavanagh, relâchant la main de Charlie.

Il lui fallut un moment pour qu'elle puisse bouger à nouveau. Elle se tourna alors vers l'homme de l'autre côté de la pièce, qui lui sourit. Il avait le sourire de son père

Elle laissa monter ses émotions et leva ses résistances, et tout à coup, elle eut les yeux pleins d'eau. Elle nota que Cole s'était éloigné pour quitter la pièce, la laissant seule avec l'homme qu'elle avait longtemps cru mort. C'était ce que ses parents lui avaient toujours dit.

— Bonjour, Charlie, la salua Kavanagh.

Sa voix eut l'effet d'un millier de câlins, apaisants, chaleureux et réconfortants. Comme le goût d'un bon chocolat chaud. Comme une symphonie de Beethoven. Comme les gratte-ciel de New York pour un observateur devenu las de la monotonie du monde.

Il avait un sourire gentil, et l'émotion se lisait dans ses yeux bleu clair, désormais humides.

— Nous avons beaucoup à nous raconter.

* * * *

Malcolm sortit de la suite et se dirigea à grands pas vers l'ascenseur dans le corridor. Il avait besoin de prendre l'air. Naturellement, pour se rendre à l'extérieur, il lui faudrait d'abord traverser le casino, où l'air était plutôt vicié. Mais il n'avait guère le choix. Au moins, il devrait marcher. C'était ça ou une douche froide.

Il appuya sur le bouton de l'ascenseur et se passa une main dans les cheveux, s'obligeant à respirer profondément. *Inspire, expire !*

Bon Dieu !

Il n'avait fait que lui tenir la main. Un seul petit contact, et il avait éclaté comme un pétard. Tous les muscles de son corps étaient tendus jusqu'à lui faire mal. Ses gencives étaient douloureuses aux endroits où ses crocs menaçaient d'allonger, et il devait se faire violence pour éviter que sa bite se gonfle du sang de tout son organisme.

Le désir le rendait fou. Il n'avait *jamais* senti une latente ayant une aussi bonne odeur que Claire St. James, et cette latente portait sa marque à lui. Tout en son être le poussait à la réclamer maintenant, dans cette chambre d'hôtel, avant que l'aiguille de l'horloge atteigne l'heure suivante.

Il devait se calmer. Il lui fallait trouver une façon d'accorder à Charlie le temps dont elle avait besoin.

Les portes de l'ascenseur s'ouvrirent dans un « ding » caractéristique. Cole fronça les sourcils. Comme il entrait dans la cabine, il pensa à la façon dont Charlie avait réagi quand leurs deux mains s'étaient touchées. Il avait pu sentir son excitation, l'accélération de son pouls, son souffle court. Il avait vu le désir dans le bleu impénétrable de ses yeux. Elle le voulait. Il en aurait parié son dernier dollar à n'importe quelle table du rez-de-chaussée.

Mais Lily avait raison. Charlie ne savait pas dans quoi elle s'embarquait. S'il l'amenait au lit, il ne pourrait s'empêcher de la transformer. Elle deviendrait une véritable louve-garou. Pour l'heure, il existait une infime possibilité qu'elle ne se soit pas encore rendu compte des conséquences ou qu'elle ne les ait pas encore totalement acceptées.

Il serra les dents au moment où les portes de l'ascenseur s'ouvraient à nouveau, et il sortit dans le hall.

Lily Kane l'attendait. Cole s'arrêta pile et regarda automatiquement aux alentours, à la recherche de Valentine. Comme il s'y attendait, il aperçut le loup-garou gardien, qui se trouvait plusieurs mètres plus loin, le téléphone cellulaire à l'oreille, conversant calmement avec son interlocuteur. Cole écouta un court moment — assez longtemps pour confirmer ses doutes. Valentine était en conversation avec la sœur de Daniel Kane, Tabitha.

Puis il revint à Lily, qui l'observait avec intérêt.

— Nous devons nous parler, Cole, dit-elle.

— Tu peux m'appeler Malcolm, mon amour. Et quelles horribles nouvelles vas-tu maintenant me communiquer ? Le Bellagio est-il sur le point de brûler ? Gabriel Phelan a-t-il réussi à me tuer dans une de tes visions ?

Il leva les sourcils et attendit, mettant une fois de plus les mains dans ses poches.

Lily pinça les lèvres et se mit les mains sur les hanches.

— Écoutez-moi bien ! Mon fils me manque, Cole. Je veux aussi rentrer chez moi pour une bonne baise avec mon mari. Je suis encore ici uniquement pour vous aider, ajouta-t-elle en s'appuyant sur son autre pied, haussant les épaules, parce que j'aime Charlie et que je veux qu'elle soit heureuse.

Malcolm la fixa du regard. Il devait admettre qu'elle avait trouvé la faille de son armure. Sa grande franchise l'impressionnait. Elle semblait vraiment vouloir l'aider. Ils faisaient tous les deux des progrès pour mieux s'apprécier.

– D'accord, osa-t-il lentement. De quoi devons-nous nous parler ?

– Suivez-moi. Je n'arrive pas à supporter la fumée de cigarette.

Lily pivota sur ses talons et se dirigea droit vers les sorties de l'autre côté du casino. Cole lui emboîta le pas. Il n'avait nulle part ailleurs où aller de toute façon.

Pendant qu'il marchait, il remarqua que les membres de sa meute s'étaient répartis un peu partout dans le casino. Certains étaient à des tables, et d'autres se trouvaient devant des machines à sous. Ils avaient tous établi un contact visuel avec lui sur son passage. C'étaient des loups on ne peut plus loyaux, prêts à aider leur chef à une seconde d'avis, ce qu'il trouvait rassurant.

– Cole, je sais que votre instinct vous commande de posséder Charlie pour en faire votre compagne au plus vite, avant qu'une autre catastrophe survienne…

– Et tu crois qu'il vaudrait mieux que j'attende. Puisqu'elle est fragile et qu'il faut lui laisser le temps de guérir, l'interrompit Cole, devinant ce qu'elle allait dire.

– À vrai dire, non, lança Lily, impassible.

Cole s'arrêta net et la regarda d'un air confus.

– Quoi ?

– Je pense justement que vous devriez suivre votre instinct, cette fois-ci.

– Tu me fais marcher, n'est-ce pas ?

— Pas du tout. Écoutez-moi, répondit-elle en faisant un pas vers lui pour lui prendre le coude dans le but manifeste d'aller poursuivre la conversation à l'extérieur du casino. Si Charlie était une humaine, je vous dirais de lui foutre la paix. Je dirais à *tous les hommes* de la laisser tranquille. Elle a vécu toute une épreuve, aux mains d'un seul et même sadique. Elle aura besoin de temps pour guérir ; beaucoup de temps.

Elle s'interrompit.

— Mais… ? glissa Cole.

— *Mais,* continua Lily, elle n'est pas une humaine. Elle est une louve-garou de naissance. Les gens de votre espèce fonctionnent différemment. Les fils de votre cerveau sont reliés d'une autre façon. Essentiellement, au départ, vous êtes des animaux, et il vous importe d'assurer votre reproduction, peu importe ce qui arrive. Surtout en raison de la présence funeste des humains. Un loup-garou manifeste de l'amour et du soutien de plusieurs façons autres que celles d'un homme ou d'une femme, Cole. Et je crois qu'en son for intérieur, Charlie le comprend. Elle le comprend peut-être encore plus que les façons de faire des humains, dit Lily avant de s'interrompre une autre fois, comme si elle cherchait les bons mots. Je crois que c'est ce qui explique sa façon d'être. C'est une personne particulière qui ignore totalement à quel point elle peut l'être.

— Tu me dis que je devrais la prendre ce soir.

— Il ne faut jamais remettre au lendemain ce que l'on peut faire le jour même, répondit doucement Lily. Et votre charme ne la laisse pas indifférente, Cole. Elle vous aime vraiment. Et depuis longtemps. Elle a déjà rêvé à vous.

Cole cligna des yeux. Il était bouche bée.

— Elle m'a vu dans…

Il s'interrompit, déglutit bruyamment, puis continua :

– Elle m'a vu dans ses… ses…

– Oui, sourit Lily en le voyant en état de choc. Dans ses rêves. Et je crois pouvoir affirmer sans me tromper que c'étaient des rêves agréables.

Cole ne pouvait toujours pas parler. Il était trop sidéré. Le fait que Charlie avait rêvé à lui était un signe, comme si le destin approuvait leur union. Une latente rêve à l'homme avec qui elle désire passer sa vie. Et pendant tout ce temps, Cole avait toujours cru qu'il arrachait Charlie à quelqu'un d'autre, éprouvant une atroce et profonde culpabilité.

Lily rit à nouveau.

– Il semble bien que j'aie terminé ma mission, maintenant.

Elle s'éloigna en direction de Valentine, qui les avait suivis à une distance polie. Il attendait Lily à l'extrémité de l'allée.

Malcolm la regarda partir. Elle prit la main de Valentine et tourna la tête une dernière fois en sa direction.

– Je vous souhaite bien du plaisir, Malcolm. Vous le méritez.

Valentine la guida à l'extérieur du casino et dans la nuit de Las Vegas.

CHAPITRE QUINZE

LA PAIRE

Il fallut à Malcolm un moment pour se rendre compte qu'après trois ans, Lily Kane, qui s'appelait auparavant Lily St. Claire, l'avait finalement appelé par son prénom. Elle lui accordait sa bénédiction, le laissant passer à autre chose.

À l'extérieur de l'hôtel, les fontaines faisaient entendre des « bangs » supersoniques en projetant leurs jets d'eau en l'air dans l'obscurité de la soirée, ce qui ne manquait pas de fasciner les curieux qui s'étaient rassemblés le long du Las Vegas Boulevard. Devant la devanture d'un magasin jouait la chanson *New York, New York* malgré le fait qu'il y avait erreur sur la ville. C'était pour l'ambiance, supposa-t-il.

À l'intérieur, les cœurs de plusieurs personnes se mirent à battre à tout rompre, et Cole entendit la friture lointaine d'une communication radio. Quelqu'un venait de remporter un gros lot à la table des jeux de dés.

À l'étage, Claire St. James rencontrait pour la première fois son grand-père, qui n'était rien de moins que le superviseur des loups-garous en personne, le loup-garou le plus puissant et le plus influent de tous.

Cole, tout absorbé, se passa une main dans son épaisse chevelure foncée. Voyant un groupe de femmes se diriger vers lui, il les éconduit tout aussitôt par le simple pouvoir surnaturel de sa pensée. Il n'était pas d'humeur à flirter, ce soir-là.

— Voulez-vous prendre une bière avec moi ?

Jake était à côté de lui, et comme toujours, cet homme savait ce dont Cole avait besoin.

— D'accord.

Cole le guida à l'extérieur du casino, puis dans la rue jusqu'à un bar où la musique jouait si fort sur un patio extérieur qu'il pourrait oublier ses pensées durant un bon moment.

Lorsqu'ils furent assis et qu'ils eurent commandé une consommation, Jake s'inclina vers lui en croisant les mains sur la table.

— Donc, le superviseur est le grand-père de Charlie.

Ce n'était pas tant une question qu'une tentative manifeste de faire parler Cole. Celui-ci sourit légèrement du coin des lèvres et se pencha lui aussi vers l'avant. Quiconque les aurait observés de la rue aurait tout de suite conclu qu'il s'agissait de deux artistes faisant partie de l'une des nombreuses troupes de spectacles de Las Vegas. Peut-être des artistes de cirque, en congé pour la soirée et probablement gais.

— Oh que oui ! répondit Cole. Et je donnerais un an de mes droits d'auteur pour pouvoir entendre ce qu'ils se disent en ce moment dans la pièce où ils se trouvent.

— Vous croyez qu'il va lui dire de rentrer avec lui au quartier général du conseil ?

Malcolm réfléchit avant de répondre.

— Bon sang, j'espère que non.

Parce que si oui, le Conseil allait avoir affaire à un loup-garou très en colère.

— Ça me surprendrait vraiment.

Après tout, Charlie avait rêvé à lui. Certes, si un seul loup-garou dans le monde avait l'autorité d'infléchir un tel destin, c'était le superviseur. Pourtant, Malcolm ne croyait pas que Kavanagh déciderait d'intervenir. Celui-ci voudrait ce qu'il y a de mieux pour sa petite-fille, et elle portait la marque de Cole. Elle ne pouvait pas rester coincée dans cette situation inconfortable. Pour elle et lui, la meilleure solution était de passer à l'étape suivante.

Charlie était une redoutable louve de naissance. Elle lui avait cassé le nez d'un coup de tête qu'il n'avait jusqu'alors vu que dans les films. Elle courait presque aussi vite que lui. Il lui était impossible de prédire à quel point elle serait forte et puissante une fois transformée en louve-garou. À tout le moins, elle serait beaucoup plus en mesure de se défendre contre Phelan ou tout autre chasseur susceptible de croiser sa route.

La serveuse leur apporta leurs bières, s'arrêtant un instant à leur table pour regarder Malcolm, comme si son visage lui disait quelque chose. Elle était sur le point de lui poser une question lorsqu'elle s'immobilisa soudainement, ferma la bouche, puis esquissa un vague sourire amical avant de s'éloigner.

Jake l'observa s'en retourner. Il secoua la tête.

— Vous savez que vous êtes un authentique salaud de Britannique, n'est-ce pas ?

Malcolm haussa les épaules et prit une gorgée de bière.

— Vous avez peut-être un rendez-vous ce soir, mais *moi*, non. Lâchez les filles. Vous leur embrouillez probablement sciemment les esprits.

À ces mots, Malcolm sourit et fixa son second d'un regard luisant.

— Qu'est-il arrivé à Mary Jane ? L'amie de Charlie ?

Jake se mordit la joue et évita son regard. Il devint instantanément nerveux. Gêné, même.

— Elle… disons qu'elle ne veut plus me revoir.

Malcolm haussa les sourcils. Jake avait capté son attention.

— Ah ?

Jake poussa un profond soupir et prit une grande et longue gorgée de bière. Lorsqu'il eut terminé, il posa la bouteille sur la table un peu fort. Il parla d'un ton crispé.

— Elle s'est réveillée à mes côtés, a paniqué et a voulu savoir où se trouvait Charlie.

— Continue, fit Malcolm en souriant.

Jake lui décocha un regard cinglant.

— Je lui ai dit de ne pas s'inquiéter pour son amie et qu'elle était capable de se débrouiller seule, commença-t-il en regardant Malcolm, les yeux écarquillés et les mains en l'air. Qu'étais-je censé faire ? Vous vouliez l'écarter du chemin, non ? demanda-t-il alors en secouant la tête. Puis elle a piqué une crise. Elle a exigé de savoir qui vous étiez, et elle a voulu savoir si nous étions de connivence. Et lorsqu'elle a essayé sans succès de joindre Charlie avec son téléphone, elle a menacé d'appeler la police.

— Merde ! dit Malcolm en souriant tout en portant sa bière à ses lèvres une fois de plus. Elle a un dynamisme fou, commenta-t-il en prenant une gorgée avant de poser sa question. A-t-elle appelé les flics ?

Le regard de Jake s'assombrit.

— Oui.

Malcolm éclata de rire, la tête vers l'arrière ; son rire grave résonnait autour d'eux, attirant des regards de convoitise de plusieurs personnes, des femmes comme des hommes, assises aux tables à l'extérieur. Lorsqu'il eut terminé, il inclina la tête de côté et poussa sa bière vide au bord de la table, où elle serait ramassée et remplacée par une bouteille pleine.

— Qu'as-tu fait ?

— Pourquoi croyez-vous que j'ai mis tant de temps à venir vous rejoindre ? Je l'ai embrassée une fois de plus, à sa grande surprise, et lorsque j'ai pu finalement exercer mon emprise sur elle, je l'ai amenée à rappeler les policiers pour qu'elle leur dise qu'elle avait fait une erreur. Elle a été vraiment convaincante.

— Et tu dis que c'est moi qui suis un authentique salaud.

Jake ne trouva rien à répondre. Il cacha son visage rougissant derrière sa bière, qu'il termina de boire, puis il posa lui aussi sa bouteille sur le bord de la table, près de celle de Malcolm. Puis son regard alla de l'autre côté de la section extérieure du bar, et il blêmit.

— Oh, merde. Quand on parle du diable…

Malcolm se tourna sur sa chaise et vit Mary Jane et ses deux amis musiciens monter les marches vers la section extérieure principale du bar. La jeune femme était ravissante dans son t-shirt noir serré, son jean noir ajusté et ses bottes à hauteur des genoux qui devaient avoir des talons de plus de dix centimètres. Ses cheveux noirs et lisses luisaient de manière attrayante dans l'éclairage du bar, et ses lèvres étaient aussi rouges que des rubis.

— Elle rôde, mon homme, marmonna Malcolm avant de jeter un regard d'avertissement à Jake.

Jake s'appuya contre le dossier de sa chaise, et Cole et lui remercièrent la serveuse qui venait de leur laisser deux bières fraîches. Jake saisit la bouteille la plus près de lui et la porta à ses lèvres tout en surveillant Mary Jane du coin de l'œil.

Cole écouta attentivement et nota l'accélération des battements de cœur de Jake. Une nouvelle tension émanait maintenant du loup-garou blond. Malcolm étudia son second en train d'observer la femme avec laquelle il avait passé la nuit. Mary Jane parlait à plusieurs autres humains, dont deux qui lui offrirent immédiatement à boire.

Ses camarades musiciens les repoussèrent. Enfin, plus ou moins. Les deux inconnus semblaient plutôt effrayants, surtout le plus grand avec des *dreadlocks*. Mais Malcolm eut la nette impression, de par le regard sévère et impitoyable de son ami, qui avait maintenant raidi les mâchoires, que si les hommes ne s'étaient pas éloignés, Jake les aurait fait partir.

– Tu vas te décider à aller l'aborder, Jake, ou alors tu vas rester assis ici jusqu'à demain à la regarder ? demanda soudainement Cole, dont l'accent britannique posé refroidit les pensées manifestement enivrantes de Jake.

Jake retira la bière de ses lèvres et décocha un regard irrité à Malcolm.

– Oh, allons, continua Cole en se radossant, prenant sa bière sur la table pour la tenir sur ses genoux. Tu la veux. Va la chercher. Elle a probablement complètement oublié cette histoire de police.

À ce moment précis, Mary Jane aperçut les deux hommes à l'autre bout de la section extérieure du bar, et ses yeux brun foncé se plissèrent. Elle se tourna vers eux, et ses lèvres rouge sang formèrent un sourire.

– Oh, merde, marmonna Jake.

– *Vraiment.*

Le sourire de Malcolm s'élargit alors qu'il prenait une autre grande gorgée de sa bière en observant Mary Jane se frayer un chemin entre les tables jusqu'à eux. Il entendit Jake remuer sur sa chaise et le vit, du coin des yeux, se passer une main dans ses épaisses boucles blondes.

— Messieurs ? les salua doucement Mary Jane, qui s'approcha de leur table, les mains sur les hanches.

Ses deux amis observaient Malcolm et Jake avec une suspicion et une méfiance évidentes.

— M.J., fit Jake en hochant la tête en sa direction, le ton détendu et un éclat prometteur dans ses yeux ambre.

Malcolm déposa sa bière de nouveau et s'appuya le dos, croisant les mains sur ses abdominaux durs comme le roc. Il ne fut pas du tout surpris que Mary Jane lui adresse un regard sombre.

— Qu'avez-vous fait à Charlie, trou du cul ? demanda-t-elle doucement, s'assurant que son ton demeure celui de la conversation, même si ses mots étaient mordants.

Malcolm lui fit un large sourire.

— Rien qu'elle ne voulait pas que je fasse, mon amour. Elle est maintenant rentrée au Bellagio… et *elle se repose.*

Son ton en donnait beaucoup à entendre.

— Ce n'est pas vrai, sale menteur. Je viens de lui parler au téléphone. Elle est en pleine conversation avec un grand-père dont elle ne connaissait même pas l'existence, donc vous pouvez effacer ce sourire suffisant de votre joli visage.

Elle continuait de parler sur un ton léger, mais ses mots acides étaient toujours chargés de venin.

Jake haussa les sourcils d'un cran. Un sourire apparut aux coins de ses lèvres sensuelles.

Malcolm voyait maintenant ce que Jake aimait en Mary Jane. Elle était tout feu tout flamme. Intelligente, en plus. Il soupira et se leva.

— Eh bien, parfait, dit-il en laissant tomber une liasse de billets sur la table, prêt à s'en aller. Je vous donne ma bénédiction.

De sa chaise, Jake le transperça de ses yeux ambre. Malcolm ne pouvait nier l'exaltation qu'il ressentait à laisser son second à un sort si incertain. Le pauvre diable. Il ne faisait vraiment pas le poids face à elle.

Malcolm quitta la table, frôlant les deux hommes qui accompagnaient Mary Jane. Ils le regardèrent tous les deux d'un regard sombre. Loyaux envers Charlie, ils ne voulaient pas que quiconque lui fasse du mal.

Il leur fit un signe de tête, puis tenta de les réconforter au moyen de ses pouvoirs télépathiques en espérant atteindre leur esprit.

Comme les deux hommes clignaient des yeux et semblaient se détendre, il sut qu'il avait réussi son coup.

En traversant la section extérieure du bar, il sentit le regard de Jake lui brûler le dos, mais il savait que c'était mieux qu'il quitte les lieux. L'autre loup-garou devait s'occuper seul de ses problèmes avec cette fille.

Et Malcolm se devait de voir Charlie.

* * * *

Charlie raccrocha le téléphone, l'éteignit et le laissa tomber sur le canapé. Puis elle se tourna, la mine contrite, vers l'homme assis en face d'elle.

— Je suis désolée. C'est juste que quand j'ai vu que c'était elle, j'ai su qu'elle avait besoin d'entendre ma voix, et j'avais raison. Elle se mourait d'inquiétude à mon sujet.

Alexander Kavanagh fit un sourire compréhensif et secoua la tête.

— N'y pense plus, Charlie. Je ne te blâme pas le moindrement. J'ai dû appeler ma femme de l'ascenseur. Elle veut avoir de mes nouvelles toutes les heures, sans quoi elle jure d'envoyer les policiers du conseil à mes trousses, dit Alexander en secouant la tête, les yeux bleus rieurs. Je te le jure, le pouvoir lui est monté à la tête.

— Vous avez une femme ? lui demanda Charlie.

Sa grand-mère — la mère de son père — était déjà morte à la naissance de Charlie. Du moins, c'est ce qu'on lui avait dit. D'un autre côté, on lui avait aussi déjà dit que son grand-père était mort.

— Oui, dit-il doucement. C'est ma deuxième femme, Charlie. Nous sommes ensemble depuis presque trente ans. Nous nous sommes épousés dix-sept ans après la mort de ta grand-mère, s'interrompit-il le temps qu'elle accuse le coup. Tu aurais aimé ta grand-mère, Charlie, poursuivit-il gentiment. Elle était exactement comme toi, pleine de vie et solide comme un roc. Tu es son portrait tout craché, en fait. Je suis désolé que vous n'ayez jamais pu vous rencontrer.

Charlie fixa le sol un moment. Elle tenta d'imaginer une femme qui avait vécu cinquante ans plus tôt, mais c'était difficile. Elle était fatiguée, et son cerveau retournait toujours à Malcolm et à ses yeux vert pâle.

— Pourquoi ne m'avez-vous pas dit que vous étiez vivant ? demanda-t-elle soudainement, surprise d'oser lui poser la question.

Elle ne s'était pas rendu compte que la question lui trottait dans la tête jusqu'à ce qu'elle se laisse aller à la poser sans réfléchir.

Il y eut un silence prolongé dans la pièce, et Charlie leva le regard. Son grand-père l'observait attentivement, ses yeux bleus remplis de secrets, de sagesse et probablement de choses que personne n'aurait osé croire. Mais son sourire était doux et empreint de grands remords.

— J'y ai songé, dit-il doucement.

La chaleur rude, la beauté mortelle et les trésors cachés de sa voix grave et rauque comme le désert se trouvèrent révélés dans le petit espace qu'habitait entièrement de sa seule présence cet homme grand et bien bâti.

— Mais ton père voulait que tu sois élevée comme une humaine. C'est pourquoi je ne m'étais jamais montré à toi auparavant. Je savais que tu pourrais sentir ma…

Sa voix s'estompa alors qu'il cherchait le mot juste. Il était trop humble.

Elle l'aida.

— Puissance ? suggéra-t-elle.

Il rigola et eut la décence de rougir.

— Je suppose que oui, dit-il en hochant la tête. Il m'avait dit que tu étais une latente. Nous n'en avions jamais entendu parler avant ta venue au monde. Tu es la première, Charlie. La première louve de naissance en mesure d'être transformée.

Il soupira et s'étira les jambes devant lui. Son chic complet fait sur mesure tombait sur son corps musclé comme l'aurait fait de la soie sur une statue.

— Ton père avait franchement peur des conséquences de cette particularité en toi. Il ne voulait pas que des alphas s'approchent de toi.

Il rigola une fois de plus d'un rire profond, résonnant et si contagieux que Charlie faillit presque l'imiter.

— Je ne peux pas le blâmer, sincèrement. Si j'avais eu une fille au lieu d'un fils, j'aurais ressenti la même chose, s'interrompit-il, ses traits éloquents et ses yeux s'obscurcissant légèrement. Il a donc voulu te cacher. Et il a pratiquement réussi, en somme, continua-t-il en regardant alors le plancher comme s'il se trouvait maintenant quelque part ailleurs en un autre temps. Du moins, jusqu'à ce que ta mère et lui soient tués.

Charlie déglutit. Elle avait senti comme une boule se former dans sa gorge. Une boule légèrement douloureuse.

— Par Phelan ? demanda-t-elle.

Kavanagh leva soudainement le regard. Le bleu pâle de ses yeux luisait maintenant comme si quelqu'un avait allumé une flamme à l'intérieur d'un iceberg.

— Oui, confirma-t-il.

Le souffle de Charlie resta coincé dans sa gorge. Le regard de son grand-père ressortait tellement dans les beaux traits de son visage qu'elle fut en quelque sorte stupéfiée. Elle comprenait pourquoi il était devenu le superviseur du conseil. La puissance qui émanait de lui en ce moment l'étouffait. Elle avait simultanément chaud et froid. Elle avait la nausée et le souffle court.

Elle avait l'impression de vivre une crise de panique.

Comme s'il était soudainement devenu conscient de l'effet de sa colère sur Charlie, Kavanagh se leva pour maîtriser les émotions qui émanaient de sa personne. Elle sentit la puissance de ces émotions se détacher d'elle et de son environnement dans la pièce. Elle ne saurait jamais comment il s'y était pris pour y parvenir, mais elle lui en était reconnaissante.

Elle pouvait maintenant respirer.

— Je suis si désolé, Charlie. Je ne voulais pas perdre la maîtrise de moi, soupira Kavanagh en se rendant une fois de plus aux fenêtres qui faisaient tout le mur de l'autre côté de la pièce.

La vue sur Las Vegas était tout à fait magnifique à cette hauteur. Les lumières, les allées et venues, la musique, tout avait quelque chose de magique. Pour les fêtards, c'était un véritable chant des sirènes.

— J'aimais beaucoup mon fils, lui dit-il doucement.

— Et j'aimais mon père.

À ces mots, Alexander se tourna et la fixa d'un air quasi interloqué. Il l'observa avec émerveillement, comme s'il la voyait réellement pour la première fois. Puis il sourit une fois de plus et hocha lentement la tête.

— Tu es une jeune femme forte, Charlie. Je dois l'admettre.

Charlie se leva aussi et se passa une main dans les cheveux, puis elle serra les bras contre sa poitrine et posa la question qu'elle mourait d'envie de poser depuis qu'elle avait appris qu'il était le superviseur, donc le seul qui saurait la réponse avec certitude.

— Qui est Jessie Graves ?

Alexander cligna des yeux, puis ses épaules s'affaissèrent un peu. Il poussa un profond soupir et enfonça ses mains dans les poches de son pantalon de complet.

— C'est une sentinelle. Ta sentinelle, maintenant. Et il te surveille depuis de nombreuses années.

— Combien ?

Il attendit un long moment. Il ne voulait manifestement pas répondre à cette question. Mais il capitula finalement.

— Depuis tes douze ans, admit-il doucement. Depuis le jour de la mort de tes parents.

Le cœur de Charlie cessa de battre, puis il commença à *palpiter*. Elle se sentait étourdie, prise de vertiges. Elle s'assit sur le canapé sans même s'en rendre compte. Ses doigts s'enfoncèrent dans le cuir, et elle ferma les yeux.

— Vous voulez dire qu'il me connaît… depuis que je suis une *enfant* ?

— Oui, admit-il en soupirant alors qu'il s'éloignait des fenêtres. Charlie, tu as encore beaucoup à apprendre sur la communauté des loups-garous. Les sentinelles sont des êtres compliqués, même selon nos critères. Graves est le plus vieux et le plus puissant des surveillants. C'est pourquoi j'ai choisi de te l'attribuer.

— Attendez, dit-elle en levant les mains tout en gardant les yeux fermés. Donnez-moi une minute.

Elle en avait besoin, c'était vrai. Elle avait eu confiance en Jessie. Pour *tout*. Et il lui avait menti de tellement de manières et durant tout ce temps. C'en était trop.

— Si ça peut t'aider, Charlie, il n'a pas eu le choix. Je ne lui aurais pas permis de revenir sur sa position en ce qui te concerne. J'avais besoin de mon meilleur homme dans ce cas-là, et c'était lui. Si quelqu'un doit implorer ton pardon, c'est moi. Non pas Graves.

À ces mots, Charlie leva les yeux, et elle sut tout de suite qu'ils reflétaient la douleur qu'elle ressentait dans son cœur, car son grand-père semblait avoir été littéralement frappé en pleine figure. Le regret se lisait sur son visage.

— Vous ne savez pas, dit-elle doucement pour ne pas que sa voix se brise, vous n'avez aucune idée de ce que nous… comment j'ai…

— J'en ai une idée, ma petite, murmura Kavanagh.

Il traversa la pièce vers Charlie. Elle sentit tout de suite sa présence. Le corps d'Alexander était précédé d'une aura de réconfort, un réconfort chaud et rassurant comme celui déjà ressenti lorsqu'elle avait posé les yeux sur lui pour la première fois.

Charlie s'abandonna, l'accueillit et n'eut pas de geste de recul lorsqu'il s'assit à côté d'elle et la prit lentement et tendrement dans ses bras.

Elle n'éprouva aucune douleur. Non pas qu'elle s'attendait à souffrir, mais elle portait quand même la marque de Cole, et elle savait que son grand-père était un loup-garou — un loup-garou puissant. Sans l'ombre d'un doute un alpha.

Mais elle supposa que la marque d'un compagnon ne réagissait pas lorsque la personne marquée se faisait toucher par des membres de sa famille. Et lorsqu'elle posa sa tête contre la poitrine de son grand-père, elle en fut profondément heureuse. Elle aurait vraiment été frustrée, par-dessus tout le reste, si elle n'avait pas pu enlacer le seul membre de sa famille qu'il lui restait au monde. Elle aurait été obligée de tuer Cole.

Et elle ne voulait pas le tuer.

Elle voulait lui faire d'autres choses. Les faire avec lui. Elle voulait — eh bien, elle voulait…

— Cole est quelqu'un de bien, dit soudainement son grand-père.

Sa voix résonnait dans sa poitrine sous la joue de Charlie. La jeune femme avait l'impression d'entendre la vibration d'un moteur de Harley. Elle s'écarta légèrement et leva les yeux vers lui.

— Pourquoi dites-vous ça ? rétorqua-t-elle, se demandant une fois de plus si le loup-garou pouvait lire dans ses pensées.

— Pour te dire la vérité, Charlie, dit-il, l'air penaud, oui, je le peux.

Charlie cligna des yeux. *Il peut quoi* ? se dit-elle intérieurement

— Je peux lire dans tes pensées, répéta-t-il.

Il énonça cette réalité comme s'il était en train d'admettre qu'il avait déjà été scout ou qu'il avait obtenu son diplôme de la faculté de droit de Harvard avec mentions d'honneur. Il ne lui laissa cependant pas le temps de réfléchir. Il précisa plutôt ce qu'il avait dit auparavant.

— Malcolm Cole a traversé beaucoup d'épreuves ; je suis sûr que madame Kane t'en a parlé.

Hébétée, Charlie hocha la tête. Elle avait maintenant deux gros points d'interrogation dans les yeux.

— Il a mérité le respect de tous les membres du conseil, dont moi. Et ce n'est pas là une tâche facile, Charlie. J'admets que ses méthodes sont parfois peu orthodoxes et qu'il manque souvent de subtilité. Mais je sais aussi que lorsque le loup s'affirme beaucoup à l'intérieur d'un homme, celui-ci tombe parfois sous le joug de la bête. Et le loup à l'intérieur de Cole est effectivement puissant.

— Vous pouvez lire dans mes pensées ?

Alexander rit doucement une fois de plus. Il hocha la tête.

— Oui, ma petite. Chaque loup-garou naît avec des pouvoirs différents. Certains sont plus utiles que d'autres, expliqua-t-il en haussant les épaules, comme s'il n'y avait pas de quoi en faire un plat. La capacité de lire dans les pensées d'autrui est l'un de mes pouvoirs. Ne t'en préoccupe pas, mon enfant. Je suis devenu habitué à filtrer ce dont je n'ai pas besoin.

— Vous pouvez lire dans les pensées… Saint Seigneur !

Elle ressentit soudainement le besoin de tout lui cacher. Elle tenta de penser à des tournesols. À des abeilles. À l'été. À la couleur jaune. Mais elle pensa alors à sa mère. Et aux funérailles.

Et à David Reese. Et à Gabriel Phelan.

Lorsque le visage de son grand-père s'assombrit en réaction à ses pensées, elle sut qu'elle avait perdu la bataille.

— Nous le retrouverons, Charlie. Et il sera traduit en justice. Ça, je te le promets.

On cogna alors à la porte. Kavanagh se redressa, manifestement pas surpris. Il prit une profonde inspiration et réussit à esquisser un léger sourire à l'intention de sa petite-fille.

— Entre, Cole.

Malcolm Cole inséra sa carte magnétique dans la serrure de la porte. Il ouvrit et entra dans le hall.

Le cœur de Charlie se mit immédiatement à battre la chamade. Leurs regards se croisèrent, et elle se figea telle une biche devant des phares émeraude. Pour la millième fois, elle fut frappée par sa beauté. Elle en eut le souffle coupé. Aucun homme n'avait jamais été si beau. Il avait ce genre de visage qu'elle imaginait seulement dans ses rêves érotiques. Et ces yeux… *Bon Dieu*, comme elle aimait ses yeux ! Et il sentait bon. Chaque fois qu'elle était près de lui, elle était submergée par son odeur. Il sentait le brouillard, la plage, les voiliers, le cuir, l'eau de Cologne de qualité, la lotion après-rasage…

À côté d'elle, son grand-père remua et se leva.

Charlie détacha instantanément son regard de Malcolm et leva les yeux vers le superviseur. Une chaleur épouvantable lui envahit les joues et le cou. Elle avait rougi intensément, se rappelant soudainement qu'il pouvait lire en elle. Il connaissait probablement chacune des pensées impures qui venaient de lui passer par la tête.

Charlie réprima un grognement et baissa le regard pour observer fixement le plancher pendant que Kavanagh traversait la pièce pour aller parler à Cole. Elle les entendit converser à voix basse, puis son grand-père sortit. Cole referma la porte derrière lui.

Ils étaient seuls.

Charlie leva subitement la tête lorsqu'elle entendit Malcolm fermer la porte et tirer le verrou. Elle savait qu'il pouvait l'entendre respirer depuis l'autre côté de la pièce. Elle ne pouvait pas maîtriser ses palpitations ni ses inspirations et ses expirations rapides. Elle ne pouvait empêcher d'apparaître la mince couche de sueur qui se formait soudainement sur son front et qui lui donnait l'envie d'enlever son t-shirt, qu'elle trouvait maintenant trop chaud, ainsi que son soutien-gorge.

De l'autre côté de la pièce, Cole se tourna face à elle, ses yeux vert pâle analysant de manière experte ses moindres gestes. Aucune femme au monde n'aurait pu s'empêcher de fondre sous un tel regard. Pour Charlie, qui portait sa marque, c'était mille fois pire.

Il s'avança vers elle, faisant des pas lents et fluides. Il avait une main dans sa poche. De l'autre, il posa sa clé magnétique sur la table près d'un mur, puis il tamisa l'éclairage.

Charlie ouvrit les lèvres et ressentit tout de suite de l'humidité au niveau de son entrejambe lorsqu'elle se rendit compte que c'était uniquement en raison d'elle que Malcolm Cole avait tamisé l'éclairage et verrouillé la porte.

Elle ne pouvait maintenant plus fuir.

– Dis-moi de partir, Charlie, lui dit-il d'un ton bas qui se voulait un avertissement gentil, mais dans lequel se décelait une pointe de séduction. Dis-le-moi maintenant, car cette occasion ne se représentera plus.

Oh, Seigneur… oh, bonté divine…

Charlie n'arrivait plus à penser clairement. Elle avait les idées confuses, embrouillées. Par contre, alors même qu'elle n'arrivait plus à maîtriser ses folles pensées, son corps, lui, savait comment réagir. C'était déjà cela ; son corps savait au moins ce qu'il voulait. Elle prit donc une inspiration hésitante, puis se força à parler.

– Je ne veux pas que tu partes, Malcolm. Je… je veux…, déglutit-elle, incertaine de pouvoir finir par dire ce qu'elle pensait vraiment. Je veux que tu me fasses oublier tout le reste. Tous les autres.

Elle tenta une fois de plus de regarder le plancher, mais cette fois-ci, il capta résolument son regard et ne la laissa pas détourner les yeux.

Malcolm s'était arrêté net, et son expression était maintenant indéchiffrable. Cependant, son regard était toujours brûlant, et ses pupilles se dilataient au centre de ses yeux purs. Il avait l'air affamé, presque méchant.

Charlie remua sous l'intense regard scrutateur presque douloureux de ces yeux verts qui s'assombrissaient. Et comme le silence se prolongeait, elle se mit à regretter d'avoir parlé et même de lui avoir demandé de ne pas partir.

Puis lorsqu'elle se serra le corps de ses bras pour masquer son inconfort, la voix de Malcolm franchit rapidement la distance qui les séparait l'un de l'autre, et Charlie se figea une fois de plus.

— Arrête.

Il avait parlé très doucement, mais elle avait quand même un peu sursauté en entendant ce ton catégorique.

— Ne te cache pas de moi, Charlie, lui dit-il à voix basse, l'implorant légèrement. Pas de moi.

Charlie déglutit profondément. Elle commençait quelque peu à trembler, mais il continuait de l'observer de son regard perçant, ne lui laissant aucun répit. Puis il parla de nouveau, et les mots qu'il prononça doucement comme un ordre eurent sur elle l'effet d'un étau. Elle se sentit comme une bobine d'acier recouverte de velours pelucheux.

— Enlève tes vêtements.

Charlie n'arrivait pas à bouger. Elle était tiraillée. Elle avait d'une part le goût de faire ce qu'il lui disait, mais d'une autre part, elle avait peur de se dénuder, pour toutes sortes de raisons. Il ne l'avait jamais encore vue sans ses vêtements. Et si son corps devait le décevoir ? Elle avait la peau très pâle ; peut-être n'était-ce pas dans ses goûts ?

— Je crois qu'ils sont neufs, Charlie, et je ne suis pas sûr que tu voudrais me voir les déchirer, lui dit-il, le ton décidé et très calme, même si l'air autour d'eux était lourd à craquer à cause de son imposante présence. Alors, retire-les.

L'ordre était clair et simple ; le slip de Charlie lui colla encore plus à la peau en raison des chaudes sensations qu'elle se mettait à anticiper. C'était ce dont elle avait toujours rêvé. Ce Malcolm Cole aux yeux si magnifiques s'était invité dans ses rêves depuis fort longtemps. Elle lui était destinée. Il était le parfait mâle dominant qui s'était occupé d'elle, qui allait la protéger, qui savait ce dont elle avait besoin et qui pourrait le lui donner. Il lui était promis, et elle était née pour faire ce qui allait suivre.

C'était irréel. C'était trop parfait. Dans son corps, tout n'était plus que magma en fusion.

Charlie ferma les yeux et inspira maladroitement. Au moment d'expirer, elle plia les doigts sous le bord de son t-shirt et le releva au-dessus de son ventre, de ses seins, puis de sa tête. Les yeux toujours fermés, elle le retira d'une main et le laissa tomber sur le plancher.

Elle s'entendit déglutir pour chasser la boule qui s'était formée dans sa gorge, et lorsqu'elle ouvrit les yeux, elle ne fut pas surprise de constater que de la sueur s'était accumulée entre ses seins au point d'humecter la dentelle de son nouveau soutien-gorge.

Sans lever les yeux vers lui, elle commença à déboutonner son jean. Elle tenta de ne pas penser à ce qu'elle faisait. Elle essaya de ne pas penser à la réaction de sa peau exposée à l'air frais du climatiseur de la chambre ni à ses mamelons si foncés et visibles sous le tissu de son soutien-gorge. Si elle se mettait à réfléchir à ses gestes, si elle osait lever les yeux vers Cole, elle savait qu'elle fondrait sous son regard de loup et qu'elle vacillerait.

Elle termina donc de déboutonner son jean, puis elle plia ses pouces à la taille de chaque côté d'elle. Lentement, elle fit glisser son jean sur ses hanches, sur la courbe de ses fesses, puis elle les laissa tomber sur ses Converse Ed Hardy.

En se dégageant les pieds de son jean, elle se défit de ses chaussures sur le plancher, posant ses orteils nus sur l'épais tapis duveteux de la pièce.

Elle aurait alors désespérément voulu se voiler de ses bras. Elle voulait se cacher ; elle avait incroyablement chaud et froid en même temps. Elle tremblait d'anticipation et d'appréhension dans tout son grand corps souple, et la tension qui bouillonnait dans son ventre forçait ses muscles à se contracter.

Elle ne saurait jamais l'effet qu'elle avait sur le loup-garou en se tenant ainsi devant lui, toute en minceur et en muscles, la peau douce, humide et luisante. Elle ne le saurait jamais vraiment totalement. Mais elle sentait un changement dans l'air. Elle en avait la nausée. Croyant qu'elle allait s'évanouir, mais en même temps soucieuse d'obéir à Cole, qui lui avait ordonné de ne pas se cacher de lui, elle recula vers la fenêtre, où elle appuya les paumes pour ne pas tomber.

Un faible grognement à peine audible lui parvint de l'autre bout de la pièce. Charlie ouvrit subitement les yeux. Les magnifiques traits du visage de Malcolm ressortaient dans la pénombre, son visage révélait l'essence même du désir animal. Il s'adressa quand même à elle d'une voix gentille.

— Viens ici, ordonna-t-il doucement.

Les yeux de Charlie s'écarquillèrent. Son souffle s'accéléra, mais elle eut le réflexe habituel de le défier, toujours prête à jouer ce jeu. Elle fit signe que non d'un léger mouvement de tête, ce qui fit plisser les yeux vert émeraude de Cole.

— Charlie, répéta-t-il d'un ton auquel son riche accent conférait une calme autorité. Viens ici.

L'air dans la pièce sembla se réchauffer, s'alourdir. La domination de Cole se faisait sentir, atteignant un niveau insupportable par la seule force des mots qu'il prononçait, un niveau inatteignable pour la majorité des hommes qui auraient espéré en imposer autant avec des cordes ou des chaînes. Toute résistance était futile.

Charlie ferma les yeux et força son corps à bouger. Un pas. Puis deux. Elle rouvrit les yeux, et son estomac se serra;

ses mamelons se durcirent pour former de petites bosses douloureuses contre la dentelle de son soutien-gorge, devenue irritante. Sa peau semblait enflammée, particulièrement aux endroits encore couverts par le peu de vêtements qu'il lui restait sur le corps.

Les yeux de Cole continuaient de la réclamer sans fléchir, sans jamais se refermer. Charlie sentit une chaleur se frayer un chemin dans tout son corps, allumant un désir impitoyable dans sa poitrine, son abdomen et son entrecuisse. Elle se sentait de plus en plus mouillée, comme en témoignait d'ailleurs maintenant son slip de dentelle.

Elle s'arrêta à environ un mètre de lui, absolument incapable de faire un pas de plus.

L'univers sembla soudainement s'embrouiller autour d'elle lorsque Cole lui serra les cheveux d'une main et que de l'autre, il lui prit fermement le cou, poussant le corps de Charlie contre le mur le plus près, où il s'appuya fortement contre elle.

Une douloureuse surprise lui coupa le souffle. Elle ne réussit pas à réprimer un gémissement de désir et de pur plaisir quand il resserra sa poigne autour de son cou et qu'il lui écarta les jambes de la force de son genou jusqu'à ce que son entrejambe mouillé se retrouve appuyé contre les longs muscles durs de la cuisse de Cole.

Il baissa les lèvres jusqu'à son oreille, et les mots qu'il murmura lui procurèrent des vagues de frissons dans tout son corps retenu prisonnier.

— Prépare-toi, mon amour, lui dit-il alors qu'il relâchait la pression qu'il exerçait avec son pouce, de manière à pouvoir lui caresser le menton. Car avant la fin de la nuit, je vais te prendre de toutes les manières possibles, dans chaque pièce de cette suite, et après, Charlie, siffla-t-il en lui tirant la tête vers l'arrière, la forçant à arquer le cou, lorsque tu n'en pourras plus, je vais enfoncer mes dents en toi et te boire.

La main de Malcolm remonta sur son cou et se posa sur son menton. Il enfonça le pouce entre ses lèvres, la forçant à ouvrir la bouche. Il lui frôla le haut des dents, et cette nouvelle intrusion la fit frissonner. Il baissa les lèvres à deux centimètres des siennes, et il fixa profondément ses yeux bleu métallique en la coinçant de toutes les manières imaginables.

— Es-tu le *moindrement* consciente de ta magnifique beauté, Charlie ? lui demanda-t-il doucement et avec insistance, presque désespéré.

Il retira la main de sa bouche pour lui serrer doucement la gorge une fois de plus, et elle réprima un gémissement à ce contact.

— Je soupçonne que non, continua-t-il, le souffle court alors qu'il semblait combattre quelque chose en lui qu'il arrivait à peine à maîtriser.

Lorsque ses doigts lâchèrent sa gorge pour effleurer son mamelon avant de continuer à glisser doucement jusqu'à sa chaude moiteur pleine de promesses à l'entrecuisse, Charlie se sentit comme au beau milieu d'un merveilleux rêve érotique. Mais ne lui avait-il pas dit quelque chose… murmuré des mots… parlé de dents ? Une sonnette d'alarme tentait de retentir dans sa tête, mais elle ne l'entendait pas. Elle ne la reconnaissait pas. Cole était trop grand, trop fort, et il occupait tout son univers.

Soudainement, il la lâcha et recula juste assez pour qu'elle puisse bouger.

— Tourne-toi et mets les mains sur le mur, ordonna-t-il.

Elle le fixa un moment, étonnée de la soudaine absence de son corps contre le sien. Mais la chaleur de son regard l'atteignait encore, et elle désirait ardemment qu'il s'appuie à nouveau contre elle.

Il attendait encore qu'elle obéisse à son ordre.

Elle était prête. Et elle pourrait donner autant qu'elle recevrait.

Dans un regard brut et avide qui, elle en était certaine, dévoilait toute l'intensité de son désir, Charlie se tourna doucement, ne le quittant pas des yeux par-dessus son épaule. Puis elle fit retomber ses cheveux sur son dos, détourna les yeux et se pencha. Elle appuya les paumes contre le mur, arquant le dos pour exposer du mieux qu'elle le pouvait la longue ligne courbe de son corps.

Le silence s'étira. Un battement de cœur. Un deuxième.

Puis elle fut plaquée brusquement contre le mur, les seins aplatis contre la surface fraîche, les poignets coincés dans sa poigne d'acier.

— Je ne suis pas un humain, Charlie, lui dit-il, ses lèvres effleurant doucement son oreille pendant qu'il appuyait fermement son corps contre le sien. Je suis un loup, et tu es ma compagne.

Il laissa ses mots produire leur effet. C'était un avertissement. Il ne serait pas doux. Il ne *pourrait pas* être doux. Pas maintenant.

— C'est ta dernière chance. Si tu me dis de partir, je le ferai.

— Si tu pars maintenant, souffla-t-elle entre ses dents tout en s'appuyant le dos contre lui pour l'inciter à passer à l'action, *je* vais *te* traquer.

Malcolm se mit à rire, gravement et longtemps, et les éclats de son rire envahirent l'esprit de Charlie. Il baissa la tête jusqu'à ce que ses lèvres effleurent la peau ferme de son cou. Puis il sourit, et Charlie sentit ses crocs allongés qui lui éraflaient la chair.

Elle émit comme un sifflement à ce contact, inspira rapidement et sentit naître une nouvelle peur en elle. Quelque part, profondément à l'intérieur d'elle, une lumière rouge se mit à clignoter. Elle l'ignora, aussi étrange et incompréhensible que cela ait pu être, et elle tendit plutôt l'oreille alors qu'il lui parlait une fois de plus.

– Je ne peux pas toujours maîtriser le loup en moi, Charlie, avoua-t-il. Si tu retires tes mains de ce mur, je n'essaierai même pas.

Cole écarta les pieds de Charlie d'un coup de soulier, et il lui relâcha les poignets pour lui caresser les bras.

Elle portait toujours son soutien-gorge, mais il ne la protégeait plus contre les mains de Malcolm ; la dentelle frottait plaisamment sur sa peau au contact des chaudes paumes de Cole, qui parcouraient le galbe de ses seins, puis les soulevaient doucement. Lorsqu'il inséra les pouces à l'intérieur du soutien-gorge pour lui titiller ses mamelons durcis, Charlie tressauta une fois de plus dans ses bras, puis elle remua encore lorsqu'il répéta son geste, projetant des décharges électriques dans tout son corps.

Elle ne bougea pas ses mains, qui étaient appuyées contre le mur. Elle avait senti les crocs de Cole. L'adrénaline de la peur faisait corps avec le désir hésitant qui lui parcourait les veines. La peur ajoutait soudainement au plaisir.

Les doigts de Cole agrippèrent adroitement le rebord du soutien-gorge si fermement appuyé contre la peau crème de Charlie. Puis, d'un mouvement brusque qui fit crier Charlie de surprise et de douleur à la fois, il tira vers le bas, déchirant le vêtement en deux.

Charlie s'éloigna du mur pour se tourner vers Cole, mais celui-ci porta sa main au cou de la jeune femme et le serra une fois de plus, cette fois-ci assez fort pour empêcher l'air d'arriver jusqu'à ses poumons.

Les doigts de Charlie enroulèrent le poignet de la main qui lui tenait la gorge, et ses yeux se fermèrent d'eux-mêmes.

Cole se pencha pour lui murmurer les mots suivants devant ses lèvres :

– Tu as bougé les mains.

Sur ce, il pivota rapidement sur lui-même et la projeta brusquement sur le canapé tout près. Elle fut momentanément prise d'une terreur panique pendant son vol plané, mais une fois atterrie sur le cuir du canapé, elle sentit un soulagement envahir son organisme. Elle ne perdait toutefois rien pour attendre.

En effet, lorsqu'elle eut retrouvé le fil de ses idées, elle leva la tête vers Malcolm et constata que ses yeux verts étaient devenus complètement noirs, ses pupilles ayant recouvert ses iris d'un noir inhumain. De longs crocs blancs acérés ornaient son cruel sourire prometteur, et sa poitrine se soulevait et s'abaissait à la vitesse du souffle d'un homme qui n'en pouvait plus de se contenir.

Il ressemblait à un monstre. À un superbe monstre dangereux avide de sexe qui allait littéralement la dévorer, bouchée par bouchée, au plus grand plaisir de la jeune femme.

Charlie ressentait des surcharges d'électricité dans cette partie du cerveau servant de siège aux mécanismes de défiance et aux fonctions sexuelles. Cet endroit avait pris en charge les réactions de la jeune femme. Elle ne réfléchit pas vraiment lorsqu'elle sauta soudainement d'un bond par-dessus le dossier du canapé pour se précipiter à toute vitesse vers la porte la plus près. Elle savait qu'il se lancerait à sa poursuite. Et c'était précisément dans ce but qu'elle voulait s'échapper.

Elle était très rapide — mais Malcolm Cole l'était encore beaucoup plus. Et la porte qu'elle venait de franchir menait à la chambre de ce dernier.

Cole rattrapa Charlie aussitôt, et elle fut une fois de plus projetée en l'air pour atterrir brusquement sur le lit, cette fois-ci. Ne lui laissant aucune chance de retrouver ses esprits, il la retourna plutôt sur elle-même, presque sans effort, puis il retint ses poignets au-dessus d'elle sur le matelas. Il se mit à califourchon sur son corps, empêchant de tout son poids Charlie de lui faire mal avec ses longues jambes minces.

Elle leva des yeux écarquillés vers lui pendant qu'il continuait de l'écraser, affamé par le désir, obéissant à ses instincts d'animal. La petite partie humaine toujours présente en Malcolm Cole avait totalement cédé sa place au loup en lui.

Charlie contracta ses muscles pour se défendre contre la force de Malcolm, mais elle n'était pas de taille. Il en fit d'ailleurs la puissante démonstration en lui lâchant un de ses poignets afin de saisir une barre de métal de la tête de lit au-dessus d'elle.

Il fit céder la soudure à l'une des extrémités de cette barre, puis il leva le poignet droit de Charlie, autour duquel il enroula le bout de métal en guise d'étau de fortune. Charlie cria de stupeur et tenta instinctivement de se dégager avec force de ce lien métallique. Un peu de bondage, ça pouvait aller, mais ceci était proprement hallucinant.

Sa résistance était purement inutile. C'était du métal solide. Et elle n'était que chair et os. Cole avait enroulé la barre de métal juste assez autour de son poignet pour ne pas lui faire mal tout en rendant son bras inutile.

Charlie respirait maintenant très rapidement et à petits coups. Elle était incapable de faire quoi que ce soit à part rester étendue sous Cole, stupéfaite et atterrée pendant qu'il lui prenait l'autre poignet pour lui faire subir le même sort que le premier. La tête de lit en métal produisit d'horribles sons lorsqu'il libéra l'extrémité d'une autre barre pour l'enrouler autour du mince poignet gauche de Charlie comme s'il s'agissait d'une simple corde ou d'un morceau de tissu.

Elle était prisonnière de ses liens. Il n'y avait absolument aucun moyen de se sortir de cette situation.

La partie est terminée.

Cole ne perdit pas de temps. Il se tourna vers le bas-ventre de la jeune femme, et sans la moindre douceur, il saisit de ses doigts le mince tissu de son slip et arracha celui-ci de son corps. Charlie était trop stupéfiée pour pousser le moindre cri de douleur, mais son corps réagit, et elle se souleva du matelas, le dos arqué, arrachant un grognement à Cole.

Elle se figea d'inquiétude sur le lit en entendant ce murmure. Mais le parfum de son excitation et les battements frénétiques de son cœur contredisaient la peur qui se voyait dans ses yeux, et elle le savait. Elle savait qu'il sentait, ressentait et entendait son désir. Elle brûlait sous lui, et la férocité de Malcolm ne faisait qu'alimenter le désir en elle.

Elle ne prit pas la peine de se débattre lorsqu'il appuya brutalement les mains à l'intérieur de ses cuisses pour lui ouvrir les jambes, les écartant d'une façon qu'elle n'avait jamais connue. Lorsqu'il baissa la tête vers son estomac tendu et qu'il l'embrassa doucement, puis qu'il fit partiellement pénétrer ses crocs dans la mince courbe de sa peau sur sa hanche, elle poussa un cri de douleur jouissive et se souleva une fois de plus du matelas.

Cole la fixa du haut de ses yeux verts, la dévorant par anticipation. Puis il fit pénétrer ses doigts en elle, amenant celle-ci à pousser encore un cri. Elle était presque transportée en le sentant ainsi plonger profondément dans ses parties les plus sensibles. Elle se sentait par-dessus tout presque au bord d'un précipice. Ses muscles intérieurs se contractèrent autour de ses doigts, l'invitant à continuer. Elle ferma les yeux et gémit, incapable de réprimer les petits cris plaintifs qui s'échappaient de sa gorge.

Elle en voulait davantage. Elle *avait besoin* de sensations plus fortes. Elle brûlait de désir. Elle avait presque l'impression qu'elle allait mourir — elle était tellement prise dans un interminable tourbillon de sensations qu'elle ne remarqua même pas Malcolm en train de déchirer son pantalon de son autre main pour libérer son pénis en érection.

Puis il retira ses doigts et s'étendit de tout son corps au-dessus d'elle. Elle se sentit submergée par les vagues de sa puissance, et elle jouit presque sur-le-champ. Comment arrivait-il à lui faire un tel effet ? Comment un homme pouvait-il avoir tant de puissance ? Elle en mourrait sûrement !

Pourtant, son corps ne demandait qu'à l'accueillir ; elle garda les jambes comme elles étaient, écartées et prêtes, comme si elle attendait qu'il la prenne.

— Dis-moi que tu es à moi, Charlie, lui dit-il alors que ses pupilles totalement dilatées faisaient de ses yeux de somptueux bassins noirs dans lesquels elle aurait voulu se noyer.

Elle ouvrit la bouche, ses lèvres s'écartant comme si elle allait parler, mais aucun son n'en sortit. Elle lui résisterait encore, ne serait-ce qu'un tant soit peu. Elle ne pouvait certes faire plus, mais elle allait quand même le défier jusqu'au bout.

Nullement démonté, comme s'il savait d'avance qu'elle allait se rebeller, Cole secoua la tête dans un geste de reproche. Mais il garda le même sourire froid et cruel pendant que le bout de son membre dur menaçait l'entrée de la fente mouillée de Charlie.

Charlie s'arqua contre son corps à ce contact, désirant soudainement et désespérément que Malcolm se glisse en elle. Elle perdit presque le combat. Elle faillit crier et le supplier.

Il répondit à ses attentes, du moins un tantinet, la pénétrant du bout de sa grosse queue pendant qu'il saisissait sa mince gorge d'une main et un sein de l'autre. Il lui pinça rapidement le mamelon, puis il bloqua l'arrivée d'air dans sa trachée, provoquant chez Charlie des sensations érotiques divines.

C'en était trop. Il la torturait. Elle le voulait entièrement en elle, intensément, rapidement, *immédiatement*.

– Dis-moi que tu es mienne, Charlie. Dis-moi que tu m'appartiens, ordonna-t-il une fois de plus, ses doigts torturant adroitement ses mamelons durcis, la chaleur de son corps la brûlant en attisant son désir.

Charlie était dans un état de ravissement total, mais elle refusait quand même d'obéir à son instinct, qui lui disait d'obtempérer à la demande de Cole. Dans un effort visant à empêcher sa bouche de prononcer les mots qu'il voulait entendre, elle enfonça ses dents dans sa lèvre inférieure, qui se mit à saigner.

Elle entendit une intense inspiration au-dessus d'elle, et une nanoseconde plus tard, la bouche de Cole se jetait brusquement sur la sienne en un geste possessif, sa langue écartant ses dents pour la goûter librement. Elle gémit contre ses lèvres, arquant une fois de plus son mince corps au-dessus du lit, et Cole entra un peu plus profondément en elle.

Elle sentait qu'il la buvait ; elle goûtait son propre sang sur la langue de Cole, et elle comprit qu'il suçait le liquide rouge de sa plaie. Quelque chose d'intense montait en elle comme une spirale avec une intensité grandissante, atteignant un endroit secret qui allait éclater vers l'extérieur, exploser comme une étoile en expansion.

Cole l'embrassa encore plus profondément, et Charlie gémit de nouveau. Son gémissement fut cette fois accompagné d'un faible grognement de désir de la part de Malcolm alors qu'il lui serrait plus fermement la gorge, à la limite du danger. Charlie sentit le sang qui lui arrivait aux oreilles.

Au moment même où elle pensait qu'elle allait s'évanouir, son corps fut pris d'intenses convulsions rapprochées en harmonie avec les contractions répétées de ses parois vaginales, en proie à un orgasme comme elle n'en avait jamais connu auparavant.

Elle se laissa porter par ces vagues de plaisir qui diminuaient lentement, insouciante de l'univers qui se brouillait autour d'elle. De longues secondes s'écoulèrent avant qu'il ne commence à se reconstruire. Cole avait relâché sa pression sur sa gorge, mais il continuait de l'embrasser. Et alors, même si la chose semblait invraisemblable — *incroyable* — Charlie se sentit à nouveau habitée de désir. C'était comme si elle n'avait pas eu d'orgasme. Le désir augmentait encore en elle à une vitesse inouïe. Alors qu'elle approchait de son deuxième orgasme, Cole rompit le baiser.

Charlie grogna de frustration, coincée sous lui, le souffle irrégulier, le corps tremblant, totalement perdue dans sa tête. C'était uniquement grâce au baiser. Le loup-garou lui avait procuré un orgasme au moyen d'un simple baiser. Et maintenant qu'elle était sur le point de jouir une fois de plus, il la laissait là alors qu'elle était haletante, pantelante et *pleine de désir.*

— Dis-le-moi, Charlie. Dis-moi que tu m'appartiens.

Bon Dieu, contente-toi de me prendre! cria une voix à l'intérieur d'elle. Il ne s'était toujours pas totalement glissé en elle, et tout ce qu'elle désirait à ce moment-là, c'était que Malcolm Cole la pénètre à fond et qu'il la baise comme si c'était la fin du monde.

De désespoir et de rage, elle se mit à tirer contre les extrémités des épaisses barres de métal qu'il avait enroulées autour de ses poignets. Elle s'arqua contre lui dans l'espoir de le sentir davantage. Mais il était habile et rapide, et il lisait en elle comme dans un livre ouvert.

Il pinça, tira et tordit son mamelon une fois de plus, et elle cria dans la paume de sa main, qui lui couvrait la bouche. Il secoua la tête.

— J'adore tes cris, Charlie, mais ce n'est pas ce que je veux le plus entendre.

Il déplaça sa main, et Charlie frissonna. Ses doigts effleurèrent une fois de plus son sein maintenant endolori, ce qui lui fit pousser un faible gémissement de désespoir. Lorsqu'il abaissa sa bouche, crocs sortis, jusqu'à sa gorge, Charlie sentit le bout de ses ongles — de ses griffes — s'enfoncer sur les côtés de son mamelon. C'était douloureux. Délicieusement douloureux. Une douleur douce et impitoyable qui vint à bout de ses dernières résistances.

— Je suis à toi, murmura-t-elle d'un ton inégal en raison du désir qui l'habitait. Je t'appartiens.

Cole s'enfonça totalement en elle. Charlie cria à nouveau, mais cette fois-ci pour qu'il la fasse taire au moyen d'un baiser qu'elle n'oublierait jamais. Il la pénétra entièrement, au point de lui faire mal, et elle se demanda même si elle n'allait pas éclater de l'intérieur. Elle se le demanda, mais ça lui était égal. C'était trop bon.

Lorsqu'il se retira, juste un peu pour mieux s'enfoncer de nouveau, elle ne put retenir un hurlement de bonheur intense. Ni celui d'après. Ni le suivant.

Sans pitié ni tendresse, Malcolm pénétra et pénétra encore Charlie, poussant de plus en plus fort, de plus en plus profondément et de plus en plus rapidement, jusqu'à ce qu'il n'existe plus dans l'univers que cette sensation qu'il éprouvait en réclamant Charlie comme sienne.

Elle était *à lui.*

Elle lui *appartenait* vraiment.

Lorsqu'il éloigna ses lèvres des siennes et qu'il saisit une poignée de ses cheveux pour lui tirer la tête vers l'arrière, elle savait intérieurement ce qui allait arriver. C'était dans l'ordre des choses. Il fallait que ce soit fait. *Elle le voulait.*

— C'est ça, Charlie. Tu es à moi, murmura-t-il à son oreille sans ralentir ses assauts sur son corps tremblant, s'enfonçant en elle une fois de plus et raffermissant sa poigne dans ses cheveux. *Pour toujours.*

Puis ses dents pénétrèrent dans la peau tendue de son cou, et le corps de la jeune femme explosa sous le sien. Il appuya fermement la bouche sur la plaie, suçant avidement le sang jusqu'à ce que la douleur mélangée au plaisir devienne littéralement insupportable pour Charlie. En cet instant précis, elle jouit une fois de plus dans tout son corps, criant d'extase, se secouant violemment contre ses attaches. Cette fois-ci, le hurlement sortit sans contrainte de sa gorge et se répercuta dans toute la pièce, comme pour témoigner du grand changement qui s'opérait en elle par l'entremise de Cole. C'était dans l'ordre naturel des choses.

Il continua de la posséder, la forçant à jouir encore et encore sous lui alors qu'il aspirait le sang de ses veines et que le corps de Charlie commençait lentement à faiblir jusqu'à devenir alangui.

Finalement, Cole la pénétra une dernière fois, plus profondément que ce qui semblait possible, et tout son corps ferme devint rigide au-dessus d'elle. Alors que sa semence se répandait en elle, Cole retira ses dents de son cou et recula la tête en poussant un cri rauque de satisfaction violente et parfaite, ses crocs couverts de sang luisant au clair de lune qui perçait les rideaux au-dessus du couple.

Charlie perçut et entendit au travers d'un voile brumeux ce qui venait de se produire. Son corps semblait bel et bien avoir été utilisé. Ses orteils picotaient, et ses bras étaient lourds aux endroits où ils étaient encore retenus par d'épais étaux de métal au-dessus de sa tête. Elle se trouvait dans un état de douce béatitude ; ses cellules sanguines se transformaient en elle sans douleur, merveilleusement bien dans cette étape vers le chapitre suivant de sa vie.

Lorsqu'elle ferma les yeux, acceptant enfin tout ce que Malcolm Cole lui avait fait, elle le sentit déplier les étaux de métal autour de ses poignets, puis la prendre dans ses bras. La dernière chose qu'elle entendit avant de tomber dans le profond sommeil réparateur qui devait suivre son grand changement fut une promesse murmurée par Cole.

– Tu es à moi, maintenant, mon amour. Fais-moi confiance.

CHAPITRE SEIZE

L'ACOLYTE

Ce fut d'abord le bruit qui réveilla Charlie, qui se trouvait dans son lit, sous les couvertures. Des « bangs » supersoniques comme des feux d'artifice du 4 juillet. Des sirènes qui hurlaient à une distance relativement proche. Le doux bourdonnement d'un climatiseur. Le bruit de respiration d'un homme. Et…

Des battements de cœur, suivis d'autres, d'abord doux et constants, puis plus forts. Ils provenaient du cœur de Malcolm. Elle le savait sans comprendre pourquoi.

Charlie ouvrit les yeux et battit des paupières pour s'habituer aux lumières contrastantes autour d'elle. Elle vit d'abord dans la fenêtre un rayon de clair de lune jaunâtre qui pénétrait à l'horizontale dans la chambre, se frayant un trajet jusque sur le tapis. Le bord du lit donnait l'impression de surplomber des profondeurs obscures. Le miroir de la salle de bain, de l'autre côté de la pièce, réfléchissait les images comme en plein midi.

On voyait le reflet d'une femme dans ce miroir. Charlie mit un bon moment à réagir devant son image, mais lorsqu'elle le fit, elle se figea, assise dans son lit.

Elle fixa attentivement la jeune femme aux yeux bleu métallique brillants.

Elle étouffa d'abord un hurlement, mais il finit quand même par se libérer de sa gorge dans l'air de la nuit pour se propager dans les moindres recoins de silence de la grande suite où elle se trouvait.

Cole tendit immédiatement le bras qu'il tenait fermement autour de la taille de Charlie. Dans un mouvement hyper rapide, il se redressa pour repousser sa compagne sur le matelas, ses yeux verts brillant comme des éclats d'émeraude, les crocs pleinement sortis, tous ses muscles en mode combat.

Il sembla scruter toutes les ombres de la pièce autour d'eux, puis lorsqu'il se rendit compte du fait qu'il n'y avait pas de danger, il baissa les yeux vers Charlie. Elle haletait sous lui, totalement troublée et apeurée.

— Mes yeux ! lui dit-elle finalement. Ils... ils *brillent* !

Au-dessus d'elle, Malcolm continua de la fixer encore un moment, puis à la grande surprise de Charlie, qui était toujours médusée, il éclata de rire. D'un gros rire enivrant, profond, teinté de cette légère touche britannique qui réussit instantanément à calmer les pires angoisses de Charlie et à lui faire retrouver ses esprits. Pendant qu'il riait, ses crocs s'étaient rétractés, et ses yeux avaient retrouvé leur couleur vert pâle habituelle.

— Veux-tu bien me dire ce qu'il se passe, merde ! s'exclama-t-elle en le regardant, se demandant ce qui pouvait bien lui donner envie de rire dans tout ça. Il lui avait manifestement fait quelque chose — c'était la seule explication logique. Car habituellement, faire l'amour avec un homme ne transformait pas vos yeux comme ça.

Le rire de Cole finit par s'atténuer, et il s'allongea à côté d'elle, appuyé sur un coude. Il était encore tout habillé, ce qui ne fut pas sans rappeler à Charlie qu'elle ne portait pas, quant à elle, le moindre bout de vêtement.

Elle saisit timidement son oreiller sur le dessus du lit pour le tenir devant elle.

— Pourquoi mes yeux brillent-ils ainsi ? demanda-t-elle d'un ton insistant, pour qu'il comprenne bien qu'elle ne plaisantait pas.

Le sourire de Cole était vraiment magnifique. Désarmant. Elle voulait rester attentive, et d'ailleurs, elle aurait dû être encore terrifiée dans un sens, mais étendue ainsi à ses côtés alors qu'elle contemplait son parfait sourire aux dents blanches et ses yeux verts lumineux et malicieux, elle éprouvait un sentiment de bien-être qu'elle ne pouvait nier ni repousser. C'était comme un opiacé. Elle se sentait vraiment bien.

— Allez, explique-moi, exigea-t-elle, les dents serrées.

— Quand nous… quand je…, commença-t-il en se frottant la mâchoire un moment, son regard allant du visage de Charlie à sa peau nue au-dessus de l'oreiller qu'elle tenait devant elle. Un moment, s'interrompit-il en levant son index avant de se lever du lit pour aller dans l'autre pièce, d'où il revint avec le jean et le t-shirt de la jeune femme. Enfile ces vêtements, car il m'est impossible d'avoir une conversation sérieuse avec toi en sachant que seul un oreiller me sépare de la nudité de ton corps.

Charlie eut le souffle coupé lorsqu'elle vit son regard concupiscent, puis elle sentit une chaleur piquante parcourir son long corps mince. Elle se sentit tout de suite mouillée à l'entrejambe — et même un peu collante.

— Je vais aller prendre une douche, lui dit-elle, impassible, empoignant ses vêtements dans un grand geste du bras, et quand j'aurai terminé, tu vas me dire pourquoi diable j'ai maintenant les yeux qui brillent!

Sur ce, elle sortit du lit et se dirigea d'un pas lourd vers la salle de bain, dont elle referma violemment la porte.

* * * *

Alexander Kavanagh sut tout de suite qu'il n'était plus seul. N'importe quel loup-garou aurait tout de suite noté ce bruissement d'air provoqué par l'apparition magique de l'autre loup-garou dans cette gigantesque suite d'hôtel.

Non seulement pouvait-il sentir l'odeur de l'autre animal dans l'ombre du couloir attenant, mais il pouvait aussi lire dans ses pensées.

Il posa gentiment sa délicate tasse de thé à l'avant de lui, puis s'appuya dans sa chaise dure recouverte de cuir.

– Ça fait longtemps, Ulrich.

– En effet, frérot.

Alexander attendit que l'autre loup-garou sorte de l'ombre et qu'il s'approche de la table où il était installé. Il resta immobile pendant que l'autre homme venait avec grâce s'asseoir devant lui.

– Malcolm Cole m'a informé du rôle que tu as joué dans toute cette affaire. Je ne peux pas dire que je suis vraiment surpris, lui confia doucement Alexander, mais je n'en demeure pas moins déçu.

– Évidemment, répondit simplement Ulrich, parce qu'une fois de plus, tu négliges de regarder la situation dans son ensemble, ajouta-t-il dans un haussement d'épaules.

Alexander constata aussitôt que l'épaule gauche de ce dernier ne se soulevait pas aussi haut que son épaule droite.

— Cole t'a blessé.

— Et je l'ai moi aussi blessé.

— Qu'es-tu venu faire ici, Ulrich ? soupira Alexander.

Son frère aîné prit un moment avant de répondre. Mais lorsqu'il ouvrit la bouche, son ton avait baissé.

— Ta petite-fille est vraiment hors du commun, Alex. Es-tu certain que Cole soit le parfait compagnon pour elle ? Je sais qu'elle a rêvé à lui, s'interrompit Ulrich pour souligner les mots à venir, mais elle a aussi rêvé à Phelan.

Les yeux bleu métallique d'Alexander s'enflammèrent aussitôt, et la tension devint tout de suite palpable entre les deux frères. Le four à micro-ondes démarra de lui-même dans la cuisine. Les plafonniers se mirent à clignoter, et les rideaux dans chaque pièce se refermèrent en coulissant sur leurs tringles électriques tandis que les téléviseurs s'allumaient et se refermaient.

La sueur commença à perler sur le front d'Ulrich ; la chaleur dans la pièce devenait étouffante. Il se raidit devant cette soudaine manifestation de puissance de la part de son frère, et sa poitrine se serra. Il déglutit profondément pour faire passer la boule qui s'était formée dans sa gorge.

Devant lui, Alexander Kavanagh était l'image même du calme et de la sérénité, mais son regard s'amincit, et ses yeux devenus tout à fait brillants étaient tout simplement terrifiants dans ce si magnifique visage.

— Ne me parle pas de l'assassin de mon fils, Ulrich. La seule pensée que tu aies pu lui venir en aide me suffirait pour te tuer là, tout de suite, devant moi.

Un muscle se raidit sur la mâchoire d'Ulrich.

— Je t'ai permis de continuer à vivre uniquement parce que c'était là le souhait de notre mère, poursuivit Alexander avant de s'interrompre aussitôt pour laisser durer un silence. Mais si tu veux savoir la vérité toute nue, je te dirais, sans diplomatie aucune, que je n'aurais aucune objection à ce que tu la suives au plus vite dans la tombe.

— Tu es quelqu'un de courte vue, lui rétorqua Ulrich, les dents serrées. Tu n'as jamais été capable d'envisager l'avenir; tu n'as jamais eu une once de prévoyance. Dès le départ, il faut savoir que les latentes ne rêvent pas à un seul alpha, mais bien à deux. Elles se voient attribuer des pouvoirs au fur et à mesure qu'elles évoluent. Elles deviennent de plus en plus uniques année après année, et toi, tu restes assis sur ton trône, à prôner cette part d'humanité en nous au détriment de notre part d'animal, *de loup*.

Il se leva alors, grand et fort, dans une attitude rigide s'expliquant par sa rage à peine contenue, et il fixa durement son frère cadet.

— Nous ne sommes pas des humains, Alex. Nous ne l'avons jamais été, et nous ne le serons *jamais*, indépendamment des efforts que tu déploies pour nous faire croire le contraire. Et dans notre monde, Alex, dans le monde des loups, ce sont les plus forts qui l'emportent. C'est la survie du plus apte. *Un point, c'est tout!*

Il donna un coup de poing dans le téléviseur tout près, projetant le boîtier électronique dans la direction opposée. On aurait dit une grosse comète noire suivie d'une traînée d'étincelles.

Les blessures qu'il s'infligea à son poignet et à ses jointures se mirent instantanément à guérir, sans qu'il s'en préoccupe.

— Tant que tu ne l'accepteras pas, les gens de notre espèce continueront à disparaître!

— Sors d'ici, Ulrich, dit Alexander d'un ton très bas et très posé pendant que, toujours assis, il regardait son frère de ses yeux surnaturels. Tu travailles pour l'homme qui a tué mon fils et sa femme. Tu as permis qu'un autre homme blesse jusqu'au sang ta propre nièce. Et te voici en ma présence, sur mon territoire, me demandant d'entériner tes actions.

Alexander détourna les yeux pour regarder quelque chose au loin — quelque chose d'invisible.

— Tout ce que j'ai à te dire, poursuivit-il de sa voix calme toujours aussi puissante, c'est que si jamais tu t'approches encore le moindrement de ma famille, je te tuerai. J'en fais le serment.

Ces mots furent suivis d'un long silence immobile entre les deux loups.

Puis Ulrich inspira profondément et lentement avant d'expirer par le nez.

— Je te jure, Alex, tu vas finir par regretter la direction que tu prends. Tu risques de rencontrer des obstacles sur ta route. Et je ne serai pas là pour t'aider à reculer.

Alexander ne répondit rien.

— Très bien, alors, soupira Ulrich, qui disparut de la suite comme par enchantement dans une invisible et inaudible explosion.

****

Pendant que l'eau chaude lui coulait sur les cheveux et le visage, Charlie ferma les yeux et essaya de ne pas penser qu'ils luisaient derrière ses paupières fermées. Elle repoussa ses longues boucles de ses joues et de son front, et elle se tint sans bouger pendant un certain moment, se contentant de profiter de la chaleur et de l'effet de massage des jets d'eau, qui chassaient la tension de ses épaules.

Au bout d'un certain temps, la tête toujours envahie de pensées, elle se passa une fois de plus les mains dans le visage pour enlever un surplus d'eau, puis elle ouvrit finalement les yeux pour repérer le shampoing et le revitalisant. Elle n'avait pas vraiment besoin de se laver les cheveux, mais comme ils étaient déjà mouillés, elle préférait se les shampouiner et les revitaliser pour éviter qu'ils sèchent mal.

Comme elle se tournait dans la douche, elle vit les mini-bouteilles de shampoing et de revitalisant qui allaient sûrement faire en sorte que ses cheveux, une fois secs, auraient l'air d'avoir été arrangés avec un fer à friser des années quatre-vingts dans un salon de coiffure embué de La Nouvelle-Orléans. Elle soupira. Lorsqu'elle tendit la main pour attraper la bouteille remplie de liquide doré, son regard fut attiré vers l'intérieur de son bras droit.

La marque verte complexe que lui avait faite Malcolm quelques soirées auparavant avait disparu.

En lieu et place, sa peau semblait légèrement plissée. Irritée, peut-être.

Elle fronça les sourcils et passa sa main sur cette étrange rougeur, qui avait l'air de représenter une forme quelconque. La tête de lit en acier ? Non. Ça ne ressemblerait pas à ça. Elle fronça davantage les sourcils. Cette rougeur ne lui faisait pas mal, mais elle était quand même plus chaude que l'eau de la douche qui lui tombait sur le corps.

Elle cligna des yeux et retira la main de cette rougeur pour mieux tendre le bras à la lumière. Elle cligna encore des yeux. *Mais qu'est-ce que ça peut bien être, bordel ?* siffla-t-elle intérieurement.

Elle n'arrivait pas à deviner. En fait, c'est simplement qu'elle ne connaissait pas suffisamment la communauté des loups-garous pour comprendre ce qui arrivait à son corps en ce moment. Lily Kane lui avait raconté beaucoup de choses, mais elle lui en avait caché tout autant – délibérément, semblait-il.

Lily espérait sûrement que Cole allait se charger d'informer Charlie. Ou peut-être n'avait-elle pas voulu que Charlie soit mise au courant, la vérité étant trop difficile à entendre.

Poussant un gros soupir, elle laissa tomber son bras droit et tendit le gauche vers la tablette au-dessus d'elle pour y saisir la bouteille de shampoing. Elle plissa encore une fois les yeux et demeura figée en apercevant cette même rougeur d'irritation à l'intérieur du poignet. Ses deux poignets avaient la même forme de rougeur.

Bon Dieu ! Mais qu'est-ce qui se passe, bordel de merde ?

– Charlie ?

Charlie leva rapidement la tête et regarda vers la porte de la salle de bain, qu'elle pouvait voir à travers la vitre embuée de la grande cabine de douche. Cole se trouvait de l'autre côté de la porte.

Elle pouvait l'entendre respirer. Il avait le cœur qui battait à tout rompre. Elle pouvait même *entendre* ses battements, et elle pouvait sentir… *quelque chose.*

Ah, mon Dieu, songea-t-elle, *c'est de la peur. Je peux sentir la peur en lui. Il a peur en ce moment même.*

Pour moi ?

Ça va, là-dedans ? demanda-t-il.

Elle sentait qu'il avait déjà la main sur la poignée et qu'il était prêt à ouvrir la porte. Le ton de sa voix disait tout ; Cole voulait entendre une réponse de Charlie, sinon il entrerait pour vérifier de lui-même qu'elle allait bien.

— Ça... ça va, dit-elle doucement. Je suis... c'est juste un... problème de femme, c'est tout!

Il était maintenant calme de l'autre côté de la porte. Mais elle pouvait presque l'entendre réfléchir. Il ne la croyait pas. Et il avait bien raison! Elle lui mentait effrontément, elle qui était si nulle dans l'art de mentir. Son cœur devait battre beaucoup trop vite pour quelqu'un aux prises avec un simple « problème de femme ». Il pouvait le déceler dans sa voix.

Tout comme elle avait auparavant décelé la peur dans la sienne.

— Charlie...

— *La paix,* Malcolm! cria-t-elle en espérant que le ton courroucé de sa voix lui ferait clairement comprendre qu'elle voulait le voir s'éloigner pour qu'elle puisse réfléchir à son aise. Elle avait besoin d'être seule pour composer avec la situation.

Alors qu'elle regardait à nouveau les étranges rougeurs sur ses bras, elle entendit Cole bouger derrière la porte. Elle pouvait sentir la colère en lui, maintenant. Elle était presque en mesure de lire dans ses pensées. Même en dépit de la vapeur, du savon et de l'odeur du sexe qui adhérait encore à elle, elle pouvait sentir le loup-garou dans l'autre pièce.

Et il sentait bon. *Très* bon.

Mais il sentait aussi l'animal sur le point de devenir frustré, à cran, méchant.

Qu'est-ce qui m'arrive, bordel de bordel ? se demanda-t-elle. *Je peux voir dans le noir. Je peux entendre battre le cœur d'un homme. Mes yeux brillent comme des éclairs. Et mes poignets ont comme une rougeur d'irritation… qui devient de plus en plus foncée,* pensa-t-elle. *Ça prend de plus en plus la forme…*

D'un dessin.

Le souffle lui manqua une fois de plus ; son cœur battait à tout rompre contre sa cage thoracique. *Merde !*

Au même instant, Cole fit sauter le loquet de la porte et ouvrit celle-ci toute grande, brisant la chaîne de sécurité. Charlie mit impulsivement les bras derrière son dos pour cacher les marques rouges naissantes. Elle respirait trop vite, son cœur battait trop rapidement. Il savait qu'il se passait quelque chose.

— Charlie, dis-moi ce qui ne va pas.

C'était un ordre formulé calmement sur un ton grave. Du haut de sa grandeur, il obstruait le cadre de porte, semblable à un mur de briques. C'était presque une image symbolique. Elle ne pourrait sortir de la salle de bain sans avoir affaire à lui.

Elle se détourna et se mit le visage dans les mains, comme si elle était sur le point de se mettre à pleurer. N'importe quoi pour dissimuler les marques. Elle ne savait même pas pourquoi elle ne voulait pas qu'il les voie, mais elle trouvait la chose essentielle.

— Je suis tout simplement bouleversée, d'accord ? Je peux entendre ton *cœur* battre, nom de Dieu ! Je peux te sentir, Malcolm. Je peux voir…, continua-t-elle en secouant désespérément la tête, absolument *tout* dans le *noir* !

Elle était surprise de s'apercevoir, après que les mots eurent commencé à sortir de sa bouche, que ses yeux se remplissaient de larmes et qu'elles étaient de plus en plus lourdes au fur et à mesure qu'elle se confiait.

– Et mes satanés yeux brillent ! Mais enfin… Que m'arrive-t-il, *bordel* ? Qu'est-ce que *tu m'as fait* ?

Elle ne faisait plus semblant, maintenant. Elle était vraiment bouleversée, et elle voulait vraiment obtenir des réponses. Ses larmes se mêlaient à l'eau de la douche, et elle laissa échapper un sanglot qui lui secoua tout le corps.

La porte de la cabine s'ouvrit, et Charlie leva les yeux pour apercevoir Malcolm, qui venait la rejoindre, encore tout habillé.

Elle le fixa du regard, les yeux écarquillés, pendant qu'il faisait un pas vers l'avant pour la prendre dans ses bras puissants sans se soucier des jets d'eau chaude qui pleuvaient sur eux.

– *Malcolm…*

– Chuuut, Charlie. Tout va bien, mon amour. Et toi aussi, *tu vas bien*.

Elle se sentit envahie par cette puissance de loup-garou qui se dégageait de lui, qu'elle avait appris à connaître. Elle se sentit soudain très calme, apaisée. La voix de Malcolm l'enveloppa aussi sûrement que le faisaient ses bras, entraînant Charlie dans son intimité, sa force. Il la couvrait de sa protection.

– Je vais tout t'expliquer, je te le promets, lui dit-il. Mais tu dois d'abord savoir que tu n'as rien d'anormal. Ce qui t'arrive est tout à fait naturel. Tu te dois de l'accepter. Me comprends-tu bien, Charlie ?

Après quelques longues secondes, Charlie fit oui de la tête sur sa chemise toute trempée. Cole continua à la tenir d'un bras, et avec les doigts de son autre bras, il repoussa gentiment du visage de la jeune femme une boucle de cheveux trempés. À ce contact, Charlie baissa lentement les paupières et s'appuya davantage sur lui pour se détendre contre sa grande et ferme silhouette.

— Brave fille, dit-il, doucement. Voilà.

Elle sentait sur sa joue les battements de cœur réguliers de Malcolm, semblables à des coups de tambour. Ils étaient tout simplement enivrants. Elle pouvait battre la mesure, et leur rythme était plus parfait, doux et captivant que tous les solos de batterie qu'elle avait exécutés.

Elle ne se soucia pas, pour une rare fois, de toute cette eau inutilement gaspillée. Elle oublia les marques sur ses bras. À ce moment-là, rien d'autre n'existait que l'homme qui la tenait dans ses bras ; rien d'autre n'importait que ses battements de cœur ininterrompus. Elle se satisfaisait de rester immobile à écouter — à jamais s'il le fallait —, les explications qui allaient suivre. Et il semblait que Malcolm éprouvait la même satisfaction à la laisser faire.

* * * *

Lorsque Malcolm laissa enfin Charlie seule en paix sous la douche, quinze minutes plus tard, il était heureux que l'hôtel ait tant d'eau chaude à la disposition de ses clients. La dernière chose dont Charlie avait besoin en ce moment, c'était de finir de se rincer les cheveux à l'eau froide. Elle tremblait déjà bien suffisamment.

Il referma gentiment derrière lui la porte maintenant abîmée de la salle de bain et songea à tous les dommages qu'il avait causés dans la suite depuis son arrivée. Qu'il ait, tout comme les membres de sa meute, une très bonne réputation auprès des autorités de l'hôtel était un coup de chance. Il était aussi reconnaissant que Steve Wynn ait beaucoup apprécié chacun de ses romans.

Malcolm se rendit jusqu'à la commode contre le mur de l'autre côté de la pièce et commença à déboutonner sa chemise de lin à manches longues. Ses vêtements étaient complètement trempés, de même que ses chaussettes et ses souliers.

Lorsqu'il eut fini de se dévêtir, il se pencha pour passer en revue tous les vêtements qu'il avait pliés et rangés dans le meuble quelques journées auparavant. Il choisit un jean, qu'il enfila tout de suite sans mettre de sous-vêtements. Puis il mit un t-shirt gris et serré qui mettait en évidence les muscles de ses bras et de sa poitrine.

Il pensa aux bracelets de cuir trempés qu'il n'avait pas encore enlevés. Ils lui irritaient la peau des poignets, mais il n'avait vraiment pas le goût de voir ses marques à ce moment-là. Elles lui empoisonnaient la vie.

Alors que Charlie lui faisait voir la vie en rose.

Il était au paradis, maintenant, et il n'allait pas, *nom de Dieu,* retomber en enfer en contemplant les marques de cette malédiction que lui avait lancée cette bohémienne, plus de cinquante ans auparavant, et qui lui avait aussi marqué le cœur. Il garda donc ses bracelets et décida qu'ils allaient sûrement bientôt sécher dans l'air de la nuit du désert.

Dans la salle de bain, l'eau cessa de couler. Cole tendit l'oreille au moment où s'ouvrait la porte de la cabine de douche. Charlie sortit et commença à se sécher. Il imaginait son corps entouré de volutes de vapeur qui se collaient en fines gouttelettes à sa peau claire. Il sentit le désir naître furieusement en lui, et dans un grognement de frustration, il s'efforça de penser au baseball, aux délais de remise de ses manuscrits, au réchauffement de la planète, *à n'importe quelle chose* qui pourrait chasser cette raideur soudaine de sa bite. Quelques instants plus tard, il se sentit à nouveau plus à l'aise, mais il se rendit compte que maintenant qu'il avait goûté à Charlie et qu'il avait senti le contact de sa peau sous son corps, il lui faudrait être éternellement vigilant dans ses pensées. Jusqu'à ce qu'il apprenne à dominer les envies qu'elle suscitait en lui, ou alors tant qu'il ne l'aurait pas attachée à son lit durant un mois sans interruption, il devrait bannir certaines images de sa tête. Sinon, le loup en lui n'allait pas manquer de se réveiller.

Après qu'il eut enfilé une paire de bottes de moto et qu'il se soit sèché les cheveux avec une serviette, il prit un chandail à manches longues dans le tiroir du bas de sa commode et se dirigea vers la salle de bain.

Il cogna à la porte.

— Ouais ? répondit doucement Charlie.

— J'ai un chandail pour toi, si tu as froid, lui dit-il.

Il ouvrit la porte de quelques centimètres et lui tendit le vêtement par l'entrebâillement pour ne pas empiéter sur son intimité. Il y eut une brève hésitation de la part de Charlie, puis elle accepta le chandail qu'il lui offrait.

— Merci, lui dit-elle avec une sincère gratitude.

Il sourit intérieurement. Ils faisaient des progrès.

— De rien, Charlie.

Il referma la porte et quitta la pièce pour aller donner un coup de téléphone.

* * * *

Je devrais d'abord la prendre tout de suite, songea-t-il, *avant que les blessures n'empirent. Avant que le sang ne salisse tout.* Elle paraissait bien. Elle avait de beaux nichons. Elle était mince, attrayante.

Mais pas aussi jolie que Charlie.

Personne n'arrivait à la cheville de Charlie. Elle était parfaite. Personne ne se battrait jamais avec lui comme elle le faisait. Personne n'avait la force nécessaire pour durer…

Gabriel fixa du regard la femme attachée à une chaise devant lui. Ses cheveux, encore tressés quelques heures auparavant, s'étaient maintenant dénoués et retombaient en bouclettes sombres trempées de sueur de chaque côté de son visage. L'une d'elles était sur le point de lui voiler l'œil gauche, qui se noircissait lentement en raison du coup qu'il lui avait asséné lorsqu'elle s'était débattue au départ.

C'était vraiment dommage. Elle avait de jolis yeux, brun foncé, presque noirs. Comme du café. C'étaient de grands yeux expressifs, et ils avaient ce regard propre aux jeunes mamans : un regard empreint de sagesse, mais qui reflétait néanmoins la force de la jeunesse et qui témoignait dans les moindres détails d'une vision plus large, plus intelligente du monde.

Vraiment dommage… Mais il fallait que ce soit fait, car au bout du compte, cette femme n'était pas Charlie. Personne ne s'y comparait.

— Tout sera bientôt terminé, mon ange.

La femme gémit derrière le bâillon qu'il lui avait fourré dans la bouche, un morceau de chiffon entouré de ruban adhésif pour tuyaux, sans plus. Ce n'était certainement pas le genre de bâillon qu'il aimait de coutume utiliser pour une femme, mais ce moyen de fortune convenait bien dans les circonstances. C'était pour elle, de toute façon. Non pour Charlie. *Non.* Charlie méritait mieux. Il avait une panoplie de très jolis bâillons qu'il aurait aimé voir entre les lèvres roses et charnues de Charlie.

— Étant donné que tu ne survivras pas à cette nuit, j'ai pensé que tu serais curieuse de connaître mes motifs.

Gabriel se tourna et se rendit tranquillement vers une vieille commode en bois éraflée le long d'un mur. Ce meuble était surmonté d'un miroir circulaire ; des photos d'un garçonnet et d'une fillette, qui avaient tous les deux le même âge et la même couleur de cheveux et d'yeux que leur mère, avaient été insérées dans la bordure.

Il jeta un coup d'œil rapide à ces photos, puis il se tourna, s'appuya sur la commode et se croisa les bras sur sa poitrine.

— Tu vois, commença-t-il doucement, l'homme que je veux faire venir ici ce soir est victime d'une malédiction. Il porte des marques qui lui sont apparues à la suite d'un sort qui lui fut jeté par une tzigane il y a très longtemps. Et chaque fois qu'il survient un meurtre crapuleux, gratuit, commis de sang-froid et assez terrifiant pour faire la une des journaux, lui dit-il dans un parfait sourire qui laissait voir ses dents blanches, cet homme est contraint de quitter immédiatement les lieux où il se trouve pour se retrouver aussitôt téléporté sur la scène du crime.

Il rit doucement pendant que la femme l'observait, les yeux écarquillés par le choc et la peur, même si l'un d'eux était maintenant boursoufflé.

— Je sais. C'est une terrible malédiction, n'est-ce pas ? Je n'envie pas la situation de cet homme, s'interrompit-il en fronçant les sourcils. Euh, ce n'est pas tout à fait vrai. Je lui envie quelque chose, au fond. Il a réclamé Charlie le premier, et je ne peux nier que ça me rend jaloux. De toute façon, ça importe peu. Il sera bientôt mort, et à ce moment-là, Charlie pourra être à nouveau réclamée par quelqu'un d'autre.

La femme assise sur sa chaise commença à se débattre pour se défaire de ses liens. Elle n'était pas stupide. Elle savait ce qui l'attendait.

Gabriel lui jeta un coup d'œil, mais ne fit pas davantage attention aux efforts qu'elle faisait pour se déprendre. Elle avait été fermement ligotée. Il savait depuis des années comme faire de solides nœuds.

* * * *

Charlie leva l'énorme chandail devant elle, étonnée de sa si grande taille. Cole était un homme de forte carrure. Elle allait flotter dans ce vêtement, mais elle était reconnaissante que Malcolm le lui ait prêté. Lorsque l'univers tout autour s'avère accablant, il fait bon de pouvoir se recouvrir de quelque chose de chaud.

Elle mit le chandail sur le comptoir, enfila son jean et son t-shirt, maugréant parce qu'elle n'avait pas de slip ni de soutien-gorge, puis elle revêtit finalement le tricot. Ses cheveux commençaient déjà à sécher dans l'air sec de cette soirée du Nevada. Elle pencha la tête pour se passer les doigts dans les cheveux, puis elle se redressa et s'estima satisfaite du résultat.

Il lui restait toutefois à se regarder dans le miroir. Elle était certaine de ressembler à une va-nu-pieds, ainsi drapée du lainage que lui avait prêté Malcolm, et elle était convaincue que ses jambes auraient l'air de véritables échasses dans son pantalon de denim étroit, en comparaison à ce chandail.

Mais elle ne voulait pas vraiment le savoir, car si elle se regardait vraiment dans le miroir pour faire de derniers ajustements, elle allait peut-être voir ses yeux à nouveau. Et elle n'était pas tout à fait prête pour cette épreuve.

Elle soupira longuement. *T'as intérêt à t'y faire, mon ange,* se dit-elle. Quand il l'avait tenue contre lui dans la douche, Cole avait fait de son mieux pour lui expliquer les choses. Des choses sur le monde des loups-garous. Il lui avait aussi mentionné qu'elle en faisait maintenant davantage partie qu'à peine quelques heures auparavant.

Il lui avait dit que lorsqu'il l'avait mordue, Charlie avait accepté le grand changement à venir dans son corps. La louve latente à l'intérieur d'elle avait fait irruption, modifiant à tout jamais sa physiologie, de même que sa façon d'être et son comportement.

Elle avait instinctivement réagi avec colère à cette confidence. Avait-elle été informée comme il se doit ? Était-ce seulement juste ? Pendant qu'elle l'avait écouté sans bouger, elle s'était toutefois rendu compte que ce dernier changement à s'opérer en elle constituait un point d'orgue dans sa destinée. Et que *oui,* elle avait été prévenue. Gabriel Phelan lui avait laissé entendre que tout cela allait arriver. Lily Kane y avait fait allusion. Et le fait même qu'elle ait été marquée dès le départ lui rappelait qu'elle était quelqu'un de particulier — et qu'elle constituait une source d'espoir pour la communauté des loups-garous. Une source d'espoir introuvable chez toute autre femme. Un espoir pour la procréation et la survie.

Elle ne pouvait assurer la survie de l'espèce que si elle en faisait partie.

Cole lui avait expliqué que ses yeux brillants qui semblaient tant la bouleverser étaient en vérité magnifiques et tout à fait naturels pour un loup-garou. Il l'avait assurée qu'elle apprendrait très bientôt à maîtriser « la lumière de ses émotions » derrière ses yeux bleus pleins d'innocence. Il lui avait même dit que, quant à lui, elle pourrait bien avoir à jamais cette brillance dans les yeux. Il avait ajouté qu'elle était tout simplement superbe et qu'elle ne saurait jamais tout ce qu'elle signifiait pour lui.

Quand elle avait finalement cessé de pleurer et qu'elle avait pu lui rendre son gentil sourire, il l'avait laissée seule pour qu'elle finisse sa douche.

Pendant tout ce temps où il avait été avec elle dans la douche, elle avait réussi à lui dissimuler ses marques rouges aux poignets. Elle se demandait encore pourquoi elle s'était souciée de ce détail. Elle avait tout simplement l'impression que c'était là quelque chose d'important, d'une certaine manière, et que leur nouveau et fragile terrain d'entente serait rompu si Malcolm apercevait les tatouages rouges qui s'étaient maintenant totalement formés du côté intérieur de ses poignets.

Charlie retroussa jusqu'à ses coudes les manches de l'énorme chandail et fixa attentivement les étranges nouvelles marques. Elles étaient presque aussi complexes que la marque vert émeraude précédente laissée par Cole, mais elles avaient aussi quelque chose de vilain et de désagréable à regarder. Elles étaient de la couleur du sang, constituées d'angles aigus repoussants.

Il n'avait rien mentionné à propos de ces nouvelles marques lorsqu'il lui avait parlé du grand changement et de ses symptômes connexes, quelques minutes auparavant. Il était possible qu'il ait oublié. Mais il était beaucoup plus probable qu'il ne savait rien à cet égard. Et Charlie aurait été prête à parier là-dessus.

Elle soupira et redescendit ses manches pour bien cacher les marques. Elle ouvrit ensuite la porte de la salle de bain, laissant s'échapper un épais nuage de vapeur qui tournoya vers le plafond, puis elle fit un pas dans le couloir.

Elle ressentit sur son visage l'air frais propulsé par le climatiseur, qui était beaucoup plus froid que celui de la salle de bain, et elle fut tout de suite heureuse d'avoir revêtu le gros chandail doux de Malcolm. Elle s'enveloppa la taille de ses bras et se mit à marcher sur la pointe des pieds, tendant le cou pour écouter attentivement un bruit quelconque témoignant de la présence de Cole dans les autres pièces de la suite.

Mais elles étaient toutes vides.

Elle s'immobilisa un instant lorsque lui parvint une délicieuse odeur alléchante qui lui caressa les sens. Elle entra ensuite dans la salle à manger, où elle vit des chandelles allumées sur la table, de même que plusieurs plats de nourriture qui avaient été laissés à son intention.

Du vin avait été servi, du vin rouge sang qui, elle le savait déjà, allait lui piquer la bouche et la gorge. Il y avait un plateau où se trouvaient six fraises recouvertes de chocolat. Et le plus alléchant de tout, même si elle n'avait jamais vraiment mangé de viande rouge dans sa vie, c'était le steak saignant déposé dans l'assiette la plus près d'elle. La viande fumait encore dans l'air frais de la salle à manger, sa senteur se propageant à travers la pièce jusqu'à Charlie, l'incitant à s'avancer vers la table.

Elle se mit à saliver. Son estomac commença à grogner. Elle ne s'était même pas encore rendu compte du fait qu'elle mourait de faim à ce point. Elle se dirigea à grands pas vers la table, où elle s'assit devant son steak. Elle prit le couteau et la fourchette, et elle commença à manger.

Au moment où elle se mit à mâcher le premier morceau qu'elle déposa sur sa langue, elle ferma les yeux, perdue dans une sorte d'extase. Ses dents lui faisaient mal aux gencives. Elle voulait déchirer la viande entre ses dents, la mastiquer et l'avaler *à répétition*. Elle termina le steak en cinq minutes et tendit la main vers le verre de vin déjà rempli qui avait été déposé à côté de son assiette.

Elle but le vin, qui lui piqua effectivement la bouche et la gorge. Toutefois, après avoir terminé son verre et replacé celui-ci sur la table, elle constata qu'elle ne ressentait ni euphorie en elle ni affaiblissement de ses sens.

Du vin sans alcool ? *Peu importe*, se dit-elle. C'était probablement mieux ainsi, car elle avait vraiment soif et voulait en boire encore plus.

Elle se versa un autre verre et entreprit de manger les fraises. Elle le fit avec abandon, sans se soucier de la moralité, de la teneur en gras, du cholestérol ou des calories. Elle mastiqua lentement, mais continuellement, rêvant de la bouchée suivante, imaginant le goût de cette bouchée devant toute cette nourriture absolument délicieuse.

La porte principale de la suite émit un « bip », et son verrou glissa à l'intérieur de la serrure. Charlie mit dans sa bouche le dernier morceau de fraise qu'elle tenait dans sa main, puis elle se leva et se tourna en direction de l'entrée. Elle avala son morceau au moment même où Malcolm franchissait le petit hall vers le couloir.

Lorsqu'il sortit de l'ombre pour se retrouver dans la lumière de la salle à manger, il s'arrêta pile et regarda fixement la jeune femme.

— Bon Dieu, tu es magnifique, Charlie ! s'exclama-t-il, la dévorant de ses yeux vert pâle et pris d'émerveillement en dépit du fait que son énorme chandail voilait la majeure partie de son corps. Tu n'en as pas la moindre idée, ajouta-t-il en secouant la tête. Vraiment pas, souffla-t-il.

Charlie rougit devant son regard insistant et ses compliments inattendus. Elle se prit les bras devant elle à sa taille. Il lui fit un gentil « tss-tss » de la bouche et se dirigea lentement vers elle en de longues enjambées.

— Je t'ai déjà demandé de ne pas te cacher de moi, il me semble, non ? lui dit-il d'un ton gentil, mais franchement réprobateur.

Elle ne bougea pas les bras. Elle se rappelait très bien ses mots — elle ne les oublierait jamais. Mais là, tout de suite, elle se sentait forte. Elle se contenta de lever le menton vers lui en signe de défiance. Son cœur s'accéléra.

Il s'arrêta à un mètre d'elle et sourit, ses pupilles noires se dilatant rapidement au centre de ses yeux.

— J'aimerais te rappeler ce qui arrive lorsque tu désobéis à mes ordres, Charlie, mais j'ai bien peur que pour l'instant, nous soyons en retard.

Charlie cligna des yeux. Elle ne tint pas compte de la première partie de sa phrase, se concentrant plutôt sur ses derniers mots.

— En retard pour quoi ?

— Viens avec moi, lui répondit-il en lui tendant la main.

Elle hésita une petite seconde et glissa ensuite sa main dans la sienne. Comme toujours, il enroula ses doigts autour de ceux de Charlie d'une façon possessive. Il la guida à l'extérieur de la suite, vers les ascenseurs.

— Où allons-nous ? demanda-t-elle encore lorsque les portes de l'ascenseur se refermèrent sur eux dans un tintement de cloche.

— Tu verras.

Elle se tourna vers lui et le fixa d'un regard dur.

— J'ai eu ma part de surprises en une seule soirée, Cole. Où allons-nous ?

Cole appuya instantanément sur le bouton d'arrêt de l'ascenseur, puis il la fusilla du regard, la clouant sur place. L'ascenseur s'arrêta brusquement, obligeant Charlie à se retenir en agrippant la barre de bronze sur la paroi verticale de la cabine. Elle pouvait sentir son soudain élan de colère. Elle pouvait entendre ses battements de cœur s'accélérer et sentir l'adrénaline dans ses veines.

C'était à la fois enivrant et terrifiant.

— Appelle-moi Malcolm, Charlie, lui dit-il, les mâchoires serrées, le ton grave. Beaucoup de gens m'appellent Cole. Les amis. Les éditeurs. Les loups-garous. Le superviseur, ajouta-t-il en se rapprochant d'elle. Mais la femme avec qui je viens tout juste de faire l'amour se doit de m'appeler par mon prénom.

Il se trouvait maintenant à côté d'elle, la dominant de sa haute taille, dégageant sa puissance de loup-garou et faisant ressortir sa frustration.

— Ma *compagne* doit m'appeler Malcolm. Est-ce clair ?

Il ne fallait pas être un génie pour s'apercevoir que c'était devenu un point délicat pour lui. C'est pourquoi, même si elle se sentait rebelle et forte, elle décida que ce n'était probablement pas le meilleur endroit ni le meilleur moment pour en faire montre. Elle hocha la tête une fois. Elle pourrait toujours lui en faire voir de toutes les couleurs plus tard, à un autre sujet.

Malcolm se détourna d'elle et appuya sur le même bouton pour faire repartir l'ascenseur. Une ampoule s'alluma près du toit de la cabine.

— Monsieur Cole, est-ce que tout va bien ? demanda une personne invisible.

Cole regarda Charlie droit dans les yeux, puis lentement, il leva la tête en direction de la mini-lentille de caméra à moitié cachée dans un coin supérieur de l'ascenseur.

— Tout va bien, répondit-il calmement. Merci.

— Parfait, répondit la voix d'un ton neutre.

L'ascenseur parvint à l'étage du casino, et les portes s'ouvrirent en faisant leur « ding » caractéristique. Cole fit signe à Charlie de sortir la première. Elle était un peu plus nerveuse que quelques minutes auparavant.

— Tu ne veux vraiment pas me dire où nous allons ?

— Nous y sommes presque, répondit-il, tendant cette fois-ci la main vers la sienne, qu'il saisit fermement.

Le contact de ses doigts la réchauffa instantanément. C'était un geste de réconfort, presque chargé d'électricité. Elle se demanda s'il éprouvait un tant soit peu le même effet lorsqu'il lui prenait la main.

Cole la mena à travers le casino jusqu'à l'extérieur, dans la fièvre du soir de Las Vegas. Des badauds étaient rassemblés le long du mur de pierre entre le Las Vegas Boulevard et le lac à l'avant du Bellagio. Ils parlaient et riaient tous très fort entre eux, la plupart avec une consommation à la main. Mais tous regardaient régulièrement derrière eux, dans l'attente évidente de quelque chose.

Charlie se demanda ce qu'ils pouvaient bien attendre.

— Ici, mon amour, lui dit Cole en attirant son attention derrière lui.

Elle regarda en sa direction et vit qu'il faisait un signe vers une ouverture dans des buissons à leur gauche.

Personne n'avait semblé remarquer cette trouée, et elle se demanda où cette brèche pouvait mener.

— Après toi, dit-il doucement.

Elle observa son visage pour tenter d'y déceler un indice du secret qu'il refusait de lui dévoiler, mais il resta de marbre. Il lui fit un petit sourire sexy et attendit qu'elle s'avance dans le minuscule sentier.

Charlie soupira et fit un pas en avant. Le sentier à travers les buissons débouchait sur un rebord à deux mètres au-dessus du lac. Lucas Caige et quelques membres de la meute de Cole l'attendaient en bas.

Caige se tourna et leva ses deux bras lorsqu'il vit la jeune femme sortir des buissons.

— Par ici, Charlie. Je vais t'aider à descendre.

Charlie cligna des yeux vers lui, puis se retourna vers Cole. Il était tout juste derrière elle. D'un signe de tête, il lui fit signe d'y aller.

— Fais ça vite, Caige. Ça va commencer d'une minute à l'autre.

Charlie était toujours aussi confuse, mais elle laissa Caige la saisir pour qu'elle puisse descendre, résignée. Ce n'était pas nécessaire, toutefois. Dans le cadre de ses entraînements au cours des années précédentes, Charlie avait appris comment sauter de hauteurs beaucoup plus élevées et dans des endroits beaucoup plus difficiles que celui-ci. Mais elle savait que les hommes de Cole ne pouvaient pas être au courant. Et ils voulaient se montrer gentils.

— Dirige-toi vers l'embarcation, Charlie, l'informa Caige en pointant de la tête une barque qui avait été placée à l'extrémité du lac.

Elle se dirigea vers l'embarcation, que deux autres loups-garous tenaient immobile.

— Embarque, mon amour, lui dit Cole, la main gentiment appuyée sur le dos de Charlie pour la presser d'avancer.

Elle monta gracieusement dans l'embarcation, admirant les contours en bois polis et les gravures pendant qu'elle s'assoyait dans l'attente de la suite.

Cole monta à son tour, puis s'assit. Il fit un signe de tête à Caige, qui était debout sur le sol. De son pied chaussé d'une botte de moto, il donna une douce poussée à la barque. L'embarcation s'éloigna du rebord blanc du sentier caché, et Charlie regarda s'évanouir au-dessus de sa tête les ombres de l'imposant hôtel à mesure que l'embarcation s'avançait vers le milieu du lac.

Tout autour d'elle, les fêtards regardaient en leur direction, sans toutefois les montrer du doigt. Ils faisaient comme si de rien n'était. Ils continuaient à parler, à boire et à jeter des coups d'œil sur le lac tout en semblant attendre quelque chose. On aurait juré que l'embarcation n'existait même pas.

— Peuvent-ils nous voir ? demanda Charlie.

— Oui et non, répondit Malcolm en ramassant deux rames dans le fond de la barque pour les fixer aux tolets afin de pouvoir ensuite ramer plus avant sur le lac.

— Que veux-tu dire ?

— Ils peuvent nous voir, en théorie, lui précisa Cole dans un sourire qui s'élargissait malicieusement, mais en pratique, je ne le leur permets pas.

— Tu ne… tu ne quoi ? fit Charlie en clignant des yeux.

— Charlie, de nombreux loups-garous naissent avec des dons qui les distinguent des autres de notre espèce…

— Oh, *merde,* ne me dis pas que tu peux lire dans mes pensées ! s'exclama aussitôt Charlie, pensant immédiatement à son grand-père, qui avait prononcé exactement les mêmes mots.

Ce fut au tour de Malcolm de cligner des yeux.

— Quoi ? Non ! Non, je ne peux pas lire dans tes pensées. Veux-tu bien me dire pourquoi diable tu me demandes ça ? rétorqua-t-il avant que ses magnifiques traits révèlent soudain qu'il venait de trouver l'explication. Ah, le superviseur, dit-il en hochant la tête tout en continuant de ramer. Non, autant que je sache, Kavanagh est le seul à posséder cette capacité. Cette capacité et plusieurs autres très utiles, termina-t-il doucement.

— Alors…, risqua Charlie. Comment t'y prends-tu ?

— J'ai le pouvoir de modifier les pensées des humains, ou leurs actions, devrais-je plutôt dire. Dans une certaine mesure.

— Et tu peux les rendre aveugles à notre existence ?

— C'est une jolie façon de l'exprimer, Charlie, dit Cole, dont le sourire s'élargit. Je devrai me rappeler ces mots pour les mettre dans l'un de mes bouquins.

Charlie ne trouva plus rien à ajouter. Elle porta son attention sur le lac et sur l'embarcation.

— Le lac est très joli, et la soirée est magnifique, reconnut-elle doucement. Mais était-ce tout ce que tu voulais m'amener voir ?

Elle se rappela les mots qu'il avait dits à Lucas Caige, quelque chose à propos du fait qu'il ne fallait pas être en retard. Elle poursuivit :

— Que voulais-tu dire quand tu as dit à Caige que ça allait commencer d'une minute à l'autre ?

Cole n'eut pas la chance de répondre, car au même moment, les premières mesures d'une pièce musicale se mirent à vibrer dans les haut-parleurs encastrés dans les murs autour du lac. Les notes de la chanson *My Heart Will Go On* de Céline Dion se mirent à planer au-dessus du miroir d'eau, puis la surface du lac commença soudain à bouillonner. Charlie regarda autour de l'embarcation, les yeux grands ouverts, et elle se rendit compte que le bouillonnement se remarquait de tous les côtés autour d'eux. L'embarcation se trouvait au beau milieu d'une espèce d'installation de distribution d'eau.

Puis la musique devint de plus en plus forte, et la voix de Céline Dion se mit à caresser les oreilles de toutes les personnes rassemblées autour du lac. De fins jets d'eau commencèrent à jaillir par centaines dans un fantastique ballet aquatique. Ils oscillaient d'avant en arrière en harmonie avec la musique.

Charlie eut le souffle coupé, et un sourire se forma sur son visage; il lui resta tout simplement accroché aux lèvres en raison de la chanson qui allait en crescendo, toujours accompagnée de jets d'eau maintenant projetés dans l'obscurité à près d'une centaine de mètres de hauteur dans une pétarade assourdissante.

Tout autour du lac, la foule s'extasiait devant ce merveilleux spectacle, et Charlie elle-même se surprit à rire, incapable de contenir sa joie. Louve-garou ou non, elle ne pouvait entendre ses propres exclamations au milieu de la musique forte, des cris de la foule et du bruit tonitruant des fontaines du Bellagio.

L'eau projetée dans les airs commença à retomber et, comme par magie, Malcolm sortit un parapluie d'on ne sait où, qu'il s'empressa d'ouvrir juste à temps au-dessus d'eux au moment où les gouttes d'eau des fontaines s'abattaient sur le lac.

Charlie fit un grand sourire à son compagnon, trop ébahie pour dire quoi que ce soit. Mais elle n'avait pas besoin d'ouvrir la bouche. Pendant que la chanson se poursuivait et que l'eau des fontaines continuait à gicler dans les airs, Malcolm vit dans les yeux de Charlie tout ce qu'il espérait y voir. Il lui rendit son grand sourire.

Il n'existait plus rien d'autre à ce moment-là que la musique et cette aura de magie qui rayonnait de plus en plus autour d'eux. Charlie n'oublierait jamais ce moment. Ce moment précieux sembla se figer dans le temps, tout comme l'eau en suspension au-dessus de leurs têtes, qui semblait planer sur des vagues sonores d'une douce béatitude devant les regards amoureux d'un millier de personnes émerveillées, toutes redevenues enfants. *Enfants*, car toutes ces personnes riaient, pleuraient et s'abandonnaient devant la beauté de ce spectacle.

Le temps d'une chanson, elles n'avaient plus quarante, ni cinquante, ni même vingt et un ans. Elles avaient toutes quatre ans et demi et soif de vivre.

Une larme – une seule – s'échappa du coin d'un des yeux à nouveau brillants de Charlie. Au moment où cette dernière souriait au bel homme devant elle, cette larme glissa sur sa joue. Ce serait la seule goutte d'eau qui parviendrait à tomber dans la barque cette soirée-là.

Malcolm la regarda d'une façon qu'il ne lui avait jamais montrée auparavant, avec une sorte d'émerveillement, de gentillesse et de stupéfaction. Sous le bruit des pétards qui marquaient l'apothéose du spectacle autour d'eux, Malcolm tint le parapluie dans une main, et de l'autre, il forma une coupe sous le menton de Charlie.

Elle ferma les yeux alors qu'il se penchait vers elle, et lorsqu'il frôla délicatement ses lèvres avec les siennes dans ces premiers moments tendres d'un doux baiser, elle mit les bras autour de son cou et lui rendit la pareille. C'était un baiser qui reflétait le bonheur qu'il avait éveillé en elle, au milieu de ce petit lac, sous une pluie magique provoquée par la main de l'homme.

Il émit un gémissement au contact de ses lèvres et prit possession de sa bouche, glissant la main derrière sa nuque pour bien lui retenir la tête. Elle fondit devant ce geste et le laissa maître de la situation. Il excellait sur ce chapitre.

Mais il mit fin au baiser, se reculant juste assez pour pouvoir la regarder.

— Je n'arrive plus à me concentrer sur eux à cause de toi, Charlie, lui souffla-t-il entre les lèvres, lui serrant les cheveux un peu fort.

Elle comprit qu'il parlait des humains qui ne pouvaient voir la barque, car il avait la maîtrise de leurs pensées. Ses yeux ordinairement verts étaient devenus complètement noirs de désir.

— Pas maintenant, ajouta-t-il d'un seul hochement de tête.

Elle frissonna lorsqu'il retira sa main de sa nuque et qu'il déposa le parapluie. Les jets d'eau n'oscillaient plus que lentement et doucement, désormais. Cole saisit les avirons et se mit à ramer vers le bord, à l'emplacement du sentier caché où attendaient ses hommes.

Charlie essaya de calmer les battements erratiques de son cœur. Elle sentait de l'humidité au niveau de son entrejambe, ce qu'elle pouvait facilement remarquer vu qu'elle ne portait pas de sous-vêtements. Distraitement, elle frotta l'intérieur de son poignet droit, puis elle remonta ses jambes, qu'elle tint de ses bras contre sa poitrine pendant qu'elle regardait Cole et observait les superbes muscles de son large torse qui se tendaient et se détendaient sous le tissu de son t-shirt serré. Elle anticipait qu'il allait bientôt jouer de ces muscles pour la sortir de la barque dans ses bras et qu'elle allait apprécier la chaleur de son corps contre le sien. Elle se frotta distraitement l'autre poignet, mais plus vigoureusement, cette fois-là.

Elle souffla de douleur, mais sans vraiment savoir ce qui lui faisait vraiment mal. Elle était trop obnubilée par Malcolm Cole. Elle voulait qu'il lui parle, qu'il lui dise quelque chose, n'importe quoi, pour le simple plaisir d'entendre son incroyable voix et son accent si sexy.

Elle se demanda si elle n'était pas en train de tomber amoureuse…

Elle respira fortement à nouveau. Le regard de Cole s'amincit. Il observa ses gestes au moment où elle enveloppait son poignet de son autre main pour y exercer une pression.

— Aïe…, souffla-t-elle, maintenant pleinement consciente de la douleur naissante. Ça fait mal.

Elle avait dit ces mots sans avoir pu se retenir, et il les avait clairement entendus.

La barque toucha le bord du lac, et Cole s'empressa de se lever pour sortir de l'embarcation. Il se dépêcha tout aussitôt de prendre la jeune femme dans ses bras pour l'aider à descendre. Il la déposa ensuite devant lui et ne lui laissa même pas le temps de reprendre son équilibre. Il saisit le bras droit de Charlie de sa main gauche, et de son autre main, il retroussa la manche du chandail.

Il se figea. Charlie put entendre le cœur de Cole cesser de battre un instant. Puis il se remit à battre à tout rompre contre sa poitrine.

– *Oh, non.*

Il écarquilla les yeux au cœur de son magnifique visage. Ils n'étaient plus noirs, mais bien d'un vert émeraude vif qui brillait sinistrement dans l'obscurité.

Il lui prit sans ménagement l'autre bras et retroussa également la manche du chandail, révélant la même marque rouge sur son poignet gauche.

– *Mon Dieu, non !* s'étrangla-t-il. Non, non, non…

Il lui lâcha le bras, et dans un mouvement net et rapide, il défit ses propres bracelets de cuir pour regarder l'intérieur de ses poignets.

Ses marques avaient disparu.

CHAPITRE DIX-SEPT

LE DÉVOILEMENT

— Prends-le, dit Lily en se tournant vers son mari, attendant que l'homme imposant aux yeux bleus et aux cheveux noirs lui enlève l'enfant des bras. Mon téléphone vibre.

— Je sais. Je suis capable de l'entendre, lui répondit Daniel.

— Évidemment, Superman, lui rétorqua Lily en se précipitant vers son sac à main, qui se trouvait sur un divan de l'autre côté de la pièce.

Après avoir ouvert la fermeture éclair du sac, elle en sortit son téléphone, regarda le numéro sur l'afficheur et fronça les sourcils.

Elle détestait y lire les mots « numéro confidentiel », car comme elle connaissait malheureusement bon nombre de personnes qui avaient ce genre de numéro, elle ne pouvait se permettre de ne pas répondre. Elle soupira et ouvrit le rabat.

— Lily à l'appareil.

— *Sacré bon Dieu*, Kane, pourquoi ne me l'avais-tu pas dit ?

Lily cligna des yeux et se raidit de tout son corps. C'était la voix de Cole. Il était furieux comme elle ne l'avait jamais entendu l'être auparavant.

– Tu le savais ! Tu le *savais,* et tu ne m'as rien dit ! *Pourquoi* ?

Dans un éclair de lucidité, Lily sembla soudain comprendre. *Merde,* se dit-elle intérieurement.

– Calmez-vous et dites-moi ce qui se passe, Cole.

– Bordel de Dieu, qu'est-ce qui se passe, d'après toi, Kane ? Mes marques sont maintenant rendues sur les poignets de ma compagne. Voilà ce qui se passe. Et elles commencent à chauffer et à lui *faire mal.*

Il s'interrompit brièvement dans des bruits d'agitation. Lily en conclut que Cole avait éloigné le téléphone de sa bouche et qu'il le serrait fort dans sa main, essayant malgré tout de toutes ses forces de *ne pas* le briser dans sa rage.

Elle attendit qu'il replace le téléphone à son oreille tout en jetant un coup d'œil à son mari. Les yeux bleus de Daniel s'étaient mis à briller. Il pouvait très bien entendre Cole, dont la colère avait amené Daniel à se mettre en mode combat.

Elle tenta de le rassurer du regard, mais Daniel demeura froid. Il tenait son fils dans un bras, le berçant gentiment de l'avant vers l'arrière, mais ses magnifiques traits étaient toujours impitoyablement tendus alors que ses yeux étaient rivés sur ceux de Lily.

Finalement, celle-ci entendit Cole respirer une fois de plus. Elle se dépêcha de parler la première.

– Cole ! Écoutez-moi attentivement. Nous n'avons pas beaucoup de temps, d'accord ?

Il y eut un silence. Un silence de rage, un silence d'une personne rouge de colère. Mais tout de même un silence.

– Vous ne lui avez pas transmis la malédiction, Cole. Pas exactement. Cette malédiction ne vous touche plus, effectivement. Et elle en a hérité en partie, en effet. Mais c'est différent...

— Je le jure devant Dieu, Kane, si tu ne me dis pas tout de suite comment corriger la situation, je vais...

Lily eut le souffle coupé lorsque Daniel lui enleva soudainement le téléphone de la main pour le coller à son oreille.

— Ne t'avise plus de parler encore une fois sur ce ton à ma compagne, Cole, car je te jure que peu importe ta puissance, je vais te poursuivre tant que je ne t'aurai pas tué — jusqu'à ma mort s'il le faut.

— Passe-moi ta femme, chef, siffla Cole à son oreille.

— Daniel referma le téléphone, mettant fin à la conversation.

Lily l'observa avec de grands yeux.

— Daniel, non! Pourquoi as-tu fait ça? Charlie a besoin de moi tout de suite!

— Elle est maintenant avec Cole — elle est donc déjà plus puissante. Et les seules personnes qui ont besoin de toi sont déjà ici, devant toi, Lily, lui répondit-il en la fixant de ses yeux saphir.

Dans le creux de son bras, le bébé émit un faible cri plaintif.

Lily baissa les yeux vers ce dernier.

— Donne-le-moi, dit-elle doucement.

Daniel lui tendit leur bébé, et l'enfant agrippa tout de suite la longue chevelure blonde de Lily.

— La situation est trop grave pour que tu agisses en macho avec moi, Daniel, dit-elle en se tournant vers le hall qui menait à la chambre du bébé. Je vais le rappeler, à moins que tu ne le fasses toi-même.

Ce n'était pas tant une menace qu'une promesse. Elle lui donnait au moins un choix.

Elle déposa le bébé dans son lit, l'emmitoufla dans ses couvertures, puis revint au salon. Daniel était en train d'enfiler son étui de revolver à l'épaule. Elle regarda ses muscles puissants se tendre et se détendre sous son t-shirt noir serré.

— Daniel, m'as-tu bien comprise? demanda-t-elle pendant qu'elle cherchait son téléphone du regard. La situation est très grave.

Daniel secoua la tête.

— Ce n'est pas de mon ressort, répondit-il calmement.

Il se tourna sur lui-même, prit sa montre-bracelet et inséra ses revolvers chargés dans l'étui.

— Et en plus, je m'en fiche, ajouta-t-il.

— Daniel, où est mon téléphone?

— Bonne nuit, ma chère, lui dit Daniel en franchissant la pièce à grandes enjambées.

Lorsqu'il fut auprès de Lily, il passa une main dans les douces et soyeuses boucles de cheveux de sa femme et l'attira vers lui pour lui donner un profond baiser possessif. Lorsqu'il mit fin à ce baiser, presque une bonne minute plus tard, il contempla ses yeux dorés avant de lui murmurer :

— Je serai bientôt de retour.

* * * *

Cole remit son téléphone dans sa poche sans plus penser à la discussion qui venait de se dérouler, puis il prêta une fois de plus attention à Charlie. Ce n'était pas le moment de perdre la maîtrise de ses émotions.

Charlie, quant à elle, essayait de demeurer calme, et il était impressionné par son courage. Elle n'avait aucune idée de ce qui lui arrivait ou de ce qui était *sur le point* de lui arriver, mais elle faisait face à la situation les épaules relevées, le menton en avant et en montrant les dents.

À ce moment-là, elle s'enveloppait les poignets de ses mains, les appuyant sur son ventre.

— Tu te comportes très bien sur de nombreux plans, Malcolm, mais je dois dire que pour ce qui est du tact, il y a place à l'amélioration, dit-elle doucement, les dents serrées.

Il s'avança et lui prit gentiment les bras pour les examiner.

— Je dois dire que je suis d'accord avec toi à ce sujet, mon amour, répondit-il, mais maintenant, écoute-moi ; je vais t'expliquer en quoi consistent ces marques, car je ne sais pas combien de temps nous avons encore devant nous.

Elle attendit.

— Ces marques ont été faites sur mes poignets par une tzigane il y a plusieurs décennies.

— Elles étaient un témoignage tangible de ta malédiction ? demanda Charlie.

— Oui, répondit-il en fronçant les sourcils avant de se rendre compte que Lily l'avait sûrement informée de ce petit secret. C'est Kane qui te l'a dit ?

Elle hocha la tête.

— Je suis désolée que tu doives revivre tout ça, dit-elle en grimaçant devant la douleur croissante des marques.

— Bon Dieu, mon amour, tu n'as pas fini d'être désolée, car c'est peut-être toi qui es maintenant frappée de cette malédiction, lui dit-il en la regardant droit dans les yeux. Et je ne peux rien y faire.

Charlie l'observa longuement à son tour pendant qu'elle accusait le coup, puis elle se regarda les bras.

– Tu veux dire que je suis sur le point d'être téléportée dans un lieu maculé de sang à la suite d'un meurtre sanglant et que je n'aurai pas le choix de voir des corps mutilés de femmes et d'enfants innocents ? demanda-t-elle dans un souffle, comme si elle mettait en mots ses pires pensées cauchemardesques.

Cole eut le cœur déchiré. Dans ces propos de Charlie, il reconnaissait quelque chose d'horrible, des sentiments qu'il avait déjà éprouvés. Il se rappelait sa première visite au camp de Dachau ; il se souvenait d'avoir vu les meurtres de son premier tueur en série et de n'avoir pas pu, pendant ce qu'il lui avait semblé des mois par la suite, chasser l'odeur nauséabonde du sang d'innocents… Et maintenant, cette douleur pénible l'envahissait à nouveau, car il savait que Charlie allait à son tour la ressentir *à sa place*.

Son estomac se noua, et il se sentit nauséeux. Désespéré. Se sentir aussi frustré à cause de son impuissance lui donnait mal à la tête. Il voulait tout faire pour épargner à Charlie d'avoir à vivre ce qu'il avait vécu. Mais il ne maîtrisait aucunement la situation dans ce cas-ci.

– Charlie, nous devons t'amener en lieu sûr, dit-il rapidement.

Il nota que sa voix tremblait. Il devait trouver un endroit tranquille où amener Charlie, à l'abri de passants, de caméras, un endroit où personne d'autre ne pourrait l'apercevoir lorsqu'elle reviendrait de sa téléportation. Et il lui fallait faire vite. Il leva les yeux et constata que ses hommes l'observaient tous d'un air aussi affligé que le sien. Ils n'arrivaient pas à croire eux non plus à la scène qui se jouait devant eux.

L'instant d'après, Jake se tenait à côté de Cole, comme s'il avait senti que quelque chose ne tournait pas rond. Il avait coupé court à ses activités avec Mary Jane, si intimes fussent-elles. Jake lui prit gentiment le coude pour attirer son attention.

— Les toilettes des hommes. Nous pourrions en interdire l'accès en prétextant qu'elles sont hors d'usage, suggéra le loup-garou blond.

Cole hocha la tête d'approbation. C'était le seul endroit dans l'hôtel qui ne comportait pas de caméra de surveillance, et ils n'avaient pas le temps de retourner à leurs suites au dernier étage de l'établissement.

— Ça fera l'affaire.

Il prit la main de Charlie et entreprit de guider sa compagne sur le sentier vers le mur de deux mètres où Caige avait précédemment aidé celle-ci à descendre. Cole grimpa le premier et attendit que Jake pousse Charlie vers le haut. Ses hommes grimpèrent le mur autour de lui, et ils retournèrent tous ensemble au casino.

Ils passèrent à côté d'un homme vêtu d'une salopette grise qui tenait une vadrouille et un seau. Caige s'arrêta pour lui parler. Laissant ce dernier monnayer la collaboration du préposé, Cole traversa le casino avec le reste de sa meute. Lorsqu'ils arrivèrent devant les toilettes des hommes, il fit sortir par télépathie toutes les personnes qui s'y trouvaient.

Trois humains sortirent de la pièce presque en même temps. Lorsque le dernier eut enfin franchi la porte, Cole fit entrer rapidement Charlie. Jake demeura à l'extérieur, le dos contre la porte, pour interdire l'accès aux toilettes jusqu'à l'arrivée de Caige et du concierge avec leur affiche.

Une fois à l'intérieur, Cole se tourna vers sa compagne.

– Charlie, écoute-moi bien, commença-t-il. La douleur va commencer à empirer. Et tu vas ressentir comme une…

Il cherchait désespérément le bon terme.

– … déchirure.

Il eut des sueurs froides en prononçant le mot. Pourquoi devait-elle entendre de tels propos ? Pourquoi devait-elle traverser cette épreuve maintenant ?

Il détestait l'univers entier à cet instant.

– Quand cela se produira, continua-t-il, même si Charlie était visiblement devenue blême, tu disparaîtras d'ici en un flash pour réapparaître quelque part ailleurs. Je te demande alors de faire une chose pour moi, Charlie. Promets-moi de garder les yeux fermés. Ne les ouvre surtout pas, ma petite. Sous aucun prétexte. Tu comprends ?

Il lui prit le visage de ses deux mains, l'implorant de ses yeux vert pur.

– Promets-le-moi, Charlie. Promets-moi que tu garderas les yeux bien fermés.

Charlie ouvrit la bouche comme pour répondre, mais elle ne prononça aucun mot. Puis ses yeux s'élargirent, et son corps devint tout rigide. Cole pouvait entendre le cœur de sa compagne battre à tout rompre alors que l'adrénaline circulait dans ses veines. Il regarda les deux poignets de la jeune femme, qui venait de baisser les yeux vers ses bras, et les deux compagnons surveillèrent les marques qui commençaient à briller.

– Non, *non… Charlie…*, dit Cole en prenant Charlie dans ses bras tout en fermant les yeux.

Il ne pouvait la laisser partir. Il ne pouvait laisser aller les choses. Ce n'était pas bien. Il devait y avoir une certaine justice dans le monde. Il devait bien venir un temps où la douleur – l'injustice – devait cesser, n'est-ce pas ?

Charlie fit entendre un cri rauque, un cri de douleur et de peur, et Cole raffermit son étreinte.

– Ferme les yeux, Charlie ! ordonna-t-il une fois de plus.

Puis tout se mit à bouger autour de lui. Il se sentit soudain ivre, sens dessus dessous. L'univers basculait, se dissipait, devenait rouge, un rouge qu'il connaissait trop bien. Il se sentit tout confus, perdant presque contact avec la réalité, mais il ne desserra pas son étreinte. Il demeurait lié à Charlie.

Elle hurla dans ses bras, poussant un cri assurément provoqué par la douleur qui lui déchirait le corps, le long de la colonne vertébrale – une douleur qu'il avait plus que souvent lui-même ressentie auparavant. Cole vivait le moment le plus misérable de sa vie.

Mais ce fut de courte durée. L'univers se reconstituait une fois de plus autour de lui, la vive lumière rougeâtre laissant tranquillement place à diverses couleurs brillantes ; le sol redevenait stable.

– Mais qu'est-ce…

C'était la voix grave d'un homme. Une voix connue et détestée.

Cole ouvrit les yeux et regarda sa compagne. Charlie était toujours dans ses bras, et Dieu merci, elle avait gardé les yeux fermés, comme il le lui avait demandé.

– Eh bien, je dois dire que c'est tout à fait inattendu. Vous arrivez tôt, Cole. Et vous avez de la compagnie.

Cole se retourna vivement pour faire face à Phelan, crocs et griffes sortis, ses yeux brillant déjà comme des émeraudes. De l'autre côté de la pièce se tenait Gabriel, dont le maintien et la tenue témoignaient d'un homme qui n'avait jamais été blessé et qui n'était pas encore sur le point de mettre à exécution ce qu'il s'était manifestement promis de faire.

Cole sentit son estomac se nouer lorsqu'il aperçut la jeune femme attachée à une chaise à côté du loup-garou. Elle avait l'œil gauche enflé et bleui. Son visage montrait des traces de pleurs séchés. Après avoir senti la présence de quelques gouttes de sang, Cole baissa les yeux vers la silhouette féminine pour s'apercevoir qu'elle s'était éraflé les poignets jusqu'au sang lorsqu'elle avait tenté de se défaire des liens qui la retenaient prisonnière.

— *David…*, dit Charlie, qui avait reculé d'un pas derrière Cole.

Elle observait Phelan, le corps toujours parcouru d'ondes de choc résiduelles provoquées par la douleur qui disparaissait peu à peu. Son sang était maintenant davantage constitué de cortisol et d'adrénaline que de cellules blanches et rouges. Elle était livide, souffrante et abasourdie. Son corps, habituellement souple, était rigide, tremblant d'émotion contenue. Ses minces crocs acérés sortis et ses yeux bleu métallique brillants témoignaient de son bouleversement total.

Le regard de Cole alla de Charlie à Phelan.

Gabriel observait Charlie. Il était apparemment aussi surpris qu'elle, mais il y avait quelque chose de plus sombre dans le regard de Phelan. Cole sut tout de suite ce qu'il en était. Il avait déjà lui-même éprouvé ce genre de désir.

Phelan jeta un coup d'œil aux marques rouges qui ornaient les poignets de Charlie, puis il regarda les poignets de Cole, où il n'y avait désormais plus de traces de ces dernières.

— Ça, par exemple ! s'exclama-t-il dans un demi-murmure, n'est-ce pas là un développement intéressant ?

Cole émit un faible grognement dans sa gorge, mais il était si profond et si puissant que les fenêtres se mirent à vibrer. Les colliers de carnaval et autres chaînes et bijoux divers qui pendaient au miroir de la commode commencèrent à s'entrechoquer sur la vitre. L'une des photos du garçonnet et de la fillette glissa du bord du miroir jusque sur le plancher.

La femme ligotée à la chaise geignit, mais il y avait soudain de l'espoir dans ses yeux, alors qu'à peine quelques instants auparavant, elle était encore totalement désespérée.

— Sale putain d'enfoiré, siffla Charlie, s'apprêtant à faire un pas vers Phelan de l'autre côté de la pièce.

Les yeux saphir de Gabriel brillèrent de défi, et les coins de sa bouche se levèrent par anticipation.

Cole toucha rapidement Charlie de la main pour lui faire signe de ne pas avancer plus loin. Il lui lança de plus un regard d'avertissement. Elle cessa de regarder Phelan pour observer Malcolm, ce dernier espérant qu'elle comprendrait.

Il vit tout de suite dans ses yeux qu'elle comprenait son message.

Mais elle s'en fichait.

Une demi-seconde avant l'instant fatidique, il sentit qu'elle allait péter les plombs et se précipiter sur Phelan. Il aurait dû s'y attendre. Elle avait trop souffert entre les mains de son bourreau. Il y avait des limites à ce qu'une personne pouvait endurer, loup-garou ou pas.

Charlie, à côté de Cole, retira à une vitesse inouïe le chandail qu'il lui avait prêté, puis elle se rua vers Phelan, crocs et griffes sortis, dans l'intention de le tuer.

Gabriel s'accroupit bien bas et tendit les bras vers le haut pour parer l'attaque. Ses crocs s'allongèrent au moment même où Charlie l'attrapait dans sa course, les projetant tous les deux par terre dans un flou total où l'on distinguait à peine leurs formes. Leurs mouvements étaient beaucoup trop rapides pour l'œil humain. Cole, d'un seul regard en sa direction, put d'ailleurs constater que l'humaine ligotée à la chaise était totalement stupéfaite. Peut-être cette femme s'imaginait-elle avoir perdu la raison dans cette série d'événements cauchemardesques, qui n'avaient pas été sans la traumatiser au cours de ses dernières heures avec Phelan.

Tout allait beaucoup trop vite, même pour lui. Rien n'avait plus de sens. Charlie bougeait comme seul Malcolm avait pu le faire jusqu'alors. Ses mouvements étaient nets, extrêmement rapides et incroyablement puissants. En moins de quelques secondes, Phelan et elle semblèrent se retrouver engagés dans un combat surhumain.

Cole cessa de regarder cette lutte suffisamment longtemps pour porter son attention sur la femme assise sur la chaise. Il s'avança vers elle dans le but de la détacher, mais il entendit soudain des mots derrière lui.

— Vous laissez toujours vos femmes livrer vos combats à votre place, loup-garou ?

Cole se tourna pour voir la provenance de cette voix étrangère.

Une demi-douzaine d'humains mâles se tenaient dans le passage d'entrée à l'intérieur de la chambre à coucher. Cole pouvait sentir l'huile et la poudre des armes que ces hommes avaient dans les mains. Il perçut même le tout premier indice de déclenchement du tir lorsque les six hommes déchargèrent totalement leurs armes sur son imposante et forte silhouette.

Le corps de Cole fut secoué violemment sous l'impact des balles, mais il réussit à se tourner une fois de plus pour plonger vers la femme sur la chaise, qui se retrouva par terre derrière le lit, hébétée, pendant qu'il venait se placer devant elle.

D'autres balles ricochèrent dans la pièce, rebondissant sur les poignées de porte et le cadre métallique du lit. Cole entendit comme dans un tunnel le cliquettement et la détonation des armes. C'étaient des bruits distants, des grondements, comme des carillons éoliens. Il avait été atteint tellement de fois par des balles dans sa vie qu'il savait ce qui risquait d'arriver. Il perdait beaucoup trop de sang, et il perdrait sûrement connaissance.

Et il savait très bien que dans ce cas, les chasseurs le tueraient.

* * * *

Charlie avait réagi sur un coup de tête, sans penser à quoi que ce soit. C'était comme si une partie de son cerveau — cette partie capable de peser le pour et le contre d'un geste à venir — avait cessé de fonctionner, s'était enrayée, s'était détruite.

Dès qu'elle vit la femme sur la chaise et les photos sur la commode, elle ressentit cette douleur presque disparue qui lui avait parcouru le corps quelque temps auparavant, et elle se rappela les coups de fouet dans le dos et les années où David Reese, alias Gabriel Phelan, l'avait touchée lorsqu'elle était emprisonnée dans ses bras. Elle pensa à son père. À sa mère. Aux funérailles de ce dimanche ensoleillé dont les derniers rayons de lumière avaient laissé place à un orage qui avait emporté les fleurs laissées sur les tombes de ses parents, le soir venu.

Dès qu'elle vit cette femme et ces photos, il se produisit un changement à l'intérieur d'elle. Quelque chose en elle s'envola.

Avant même de se rendre compte de ce qu'elle faisait, elle se rua à travers la pièce vers l'homme qui avait été son entraîneur, rassemblant toute son énergie jusqu'à devenir une véritable boule de rage. Elle ne savait pas d'où lui venaient cette puissance et cette force. Elle ne s'était jamais sentie si puissante et si forte auparavant. C'était littéralement quelque chose de surhumain. Elle ne pouvait maîtriser cette rapidité ; sa puissance dépassait ce dont elle avait toujours rêvé.

Ils tombèrent par terre, elle et Gabriel, comme des masses. Ils heurtèrent le plancher de bois franc violemment, au point d'en fendre des planches. Il y eut comme un silence, et le monde devint rouge autour de Charlie. Ses mains et ses bras se tendirent d'eux-mêmes. Un uppercut. Un coup au plexus solaire. Elle lui frappa les oreilles de ses paumes.

Phelan roula sous elle et la repoussa en la projetant sur le mur opposé. Un bruit lointain de détonations, comme une pétarade de motocyclette, se fit entendre autour d'eux, en ondes de choc répétitives et rapides. Mais les deux adversaires n'entendaient rien, tant ils étaient occupés à se battre avec acharnement.

Quelque chose de dur et d'acéré traversa le bras gauche de Charlie, puis un autre projectile lui transperça la jambe droite. Elle ne s'en soucia pas, car sa douleur était à peine perceptible, voire inexistante. Phelan l'attendit de face, cette fois-ci, faisant virevolter ses mains à une vitesse qui défiait toute logique. Il y eut un coup du revers de la main, un coup de coude à l'arrière de la tête de Charlie, puis un autre coup sur sa cuisse gauche, et Charlie tomba et roula sur elle-même avant de se replacer pour poursuivre le combat.

Ils se bagarraient à nouveau, l'odeur du sang se faisant beaucoup sentir dans l'étroitesse de la chambre à coucher. Il bloqua le premier coup de pied de Charlie, mais il ne put esquiver son deuxième, qui lui arriva en pleine poitrine, lui cassant une côte et lui faisant perdre le souffle. Il accusa le coup, et en moins d'une fraction de seconde, il lui rendit la politesse.

Il y eut soudain des vitres fracassées autour d'eux, mais ils ne perçurent le fracas que comme un tintement assourdi accompagné d'un craquement occasionnel. Des plumes, de la poussière et des éclats de débris voletaient dans la pièce.

Le temps s'était presque arrêté; l'univers s'était immobilisé l'espace d'un instant. Une femme ensanglantée ligotée à une chaise était maintenant renversée sur le plancher, les yeux fermés, les traits pendants. Un homme était étendu à côté d'elle, tentant d'esquiver les balles de plomb qui lui traversaient le corps et allaient se loger dans le plancher sous lui.

Des rayons de lumière éclairaient de plein fouet des grains de poussière et des morceaux de tissu qui flottaient dans l'air lourd de la pièce. Les éclairs. Le tonnerre. Le sang.

La tête de Charlie fut projetée sur le côté par un autre coup, et elle eut le temps de voir l'homme qui se trouvait à côté du lit, ses yeux verts fermés, ses vêtements imbibés d'un épais liquide rouge.

On dit que l'on ne peut pas arrêter le temps, qu'il s'écoule inlassablement, toujours au même rythme, n'attendant personne. C'est faux. Le temps ralentit quand on voudrait qu'il file. Il passe trop vite quand on a du plaisir. Et le temps s'arrête. Il s'arrête pile lorsque survient l'inimaginable. Le temps n'est pas impartial ; il n'est pas sensé, et il ne respecte aucune logique. Il n'est aucunement réglé par la nature, l'équité ou la physique.

Le temps est cruel.

C'est aussi simple que cela.

Charlie comprit ; elle avait déjà été prise dans ce même piège. Cette fois-ci, au moins, cet arrêt du temps en secondes et en minutes était à son avantage. Il ne lui fallut d'ailleurs pas de temps du tout pour faire un tour complet sur elle-même avant d'asséner un coup de pied à la mâchoire de Phelan, qui fut projeté sur le mur adjacent.

Moins d'une seconde plus tard, Charlie le frappait au cou. N'eût été le mur qui se brisa derrière lui sous le choc, le loup-garou aurait eu la tête arrachée. Mais Phelan s'enfonça plutôt dans le plâtre du mur, qui absorba le choc, faisant trembler les chevrons, contribuant à répandre par terre autour d'eux encore plus de morceaux de gypse et de mortier effrité.

Une balle transperça un rein de Charlie. Une autre lui pénétra dans l'épaule gauche, suivie d'une troisième dans la cuisse droite. Elle se crispa chaque fois, sans jamais entendre les coups de feu et sans jamais reconnaître ce qu'était la douleur. Elle avait seulement vaguement conscience qu'on avait tiré plusieurs fois sur elle, sans plus. Son corps continuait à bouger quand même, comme si de rien n'était.

Phelan reçut un coup de poing qui lui cassa le nez, puis un autre qui lui brisa une molaire. Il appuya alors les paumes de chaque côté de lui sur le mur et leva ses jambes pour atteindre Charlie d'un coup de pied double qui la fit littéralement voler à travers la pièce. Elle reçut plusieurs autres balles avant de retomber par terre, chacune lui brûlant et lui trouant la peau d'un côté à l'autre du corps.

Loin dans sa tête, Charlie entendit un homme crier. Le grondement du tonnerre s'estompa, puis s'arrêta, et elle s'aplatit sur le mur opposé de la pièce.

Elle s'efforça de se mettre debout, mais elle n'y arrivait pas.

Elle demeura étendue par terre, son corps se guérissant de lui-même ; les trous de balle se refermaient, et ses os se reformaient. Elle essaya de nouveau de se lever, pleine de détermination, et cette fois-là, elle y arriva.

Elle s'aperçut tout de suite qu'elle était entourée de silhouettes noires. Elle ne leur prêta guère attention, tant elle avait de la difficulté à les distinguer, mais ces hommes qu'elle voyait comme des silhouettes indistinctes semblaient la regarder intensément.

Elle sentit comme une pointe d'aiguille que l'on appuyait durement sur sa nuque, et ses jambes lâchèrent une fois de plus. Un feu liquide se répandit sur sa peau, la dévorant, la consumant. Elle tomba vers l'avant, à peine en mesure de se retenir.

Le sang lui martelait les tympans, la coupant de toute cette réalité confuse et bizarre autour d'elle. Elle heurta le plancher, tournant sa tête de côté sous le choc. Sa joue droite glissa sur des éclats de verre qui se trouvaient sur les planches de bois. Malcolm laissa tomber mollement son bras, immobile, sous le lit de la chambre. Elle pouvait lui voir le côté du visage pendant qu'il dormait paisiblement.

Elle aurait donné n'importe quoi à ce moment même pour qu'il ouvre ses yeux vert pâle et la regarde une dernière fois.

Elle se sentit soulevée de terre par une personne qui l'appuya ensuite sur sa ferme poitrine. Elle regarda les yeux saphir de Phelan, et elle vit le triomphe sur son visage totalement guéri, redevenu magnifique. Elle essaya de lui enlever cet air de triomphe, de l'arracher de son visage, mais ses bras ne voulaient pas obéir. Ils pendaient, inutiles, de chaque côté de son corps.

Il remua les lèvres pour s'adresser à elle, mais elle ne pouvait pas entendre ce qu'il disait. C'était inutile. Tout était inutile. Sans espoir. C'était la fin.

– *Non, ma petite. Nous sommes ici. Nous arrivons.*

Cette voix dans sa tête eut l'effet d'un grondement, comme un vent du désert dans une nuit d'été. Cette voix dans son cerveau assécha les larmes que Charlie gardait à l'intérieur d'elle-même, en plus de la réchauffer entièrement. C'était la voix de son grand-père – le superviseur. Elle aurait reconnu cette voix n'importe où.

– *Nous sommes ici, Charlie. Réponds-moi, mon ange. Guide-nous vers toi.*

– *Je suis ici,* répondit-elle en pensée. *Malcolm est blessé.*

Au-dessus d'elle, Gabriel perdit son sourire triomphant. Ses yeux saphir brillaient plus intensément. Elle sentit le grondement qui lui parcourait la poitrine et le corps.

– *Je ne peux pas bouger…*

– *Dannai va t'aider, Charlie.*

Gabriel pivota sur lui-même avec Charlie dans ses bras alors que les cadres de fenêtre sans leurs vitres commençaient à se courber vers l'intérieur ; Charlie imagina le bruit horrible qui allait en résulter. Les murs autour vacillaient et tremblaient sur leurs bases. Il était sur le point d'arriver quelque chose.

Gabriel relâcha Charlie, qui tomba sur le plancher sans pouvoir bouger ni appeler à l'aide. Elle ferma les yeux, la différence entre sa vue et son ouïe causant une vague de vertige à travers son système. Elle ne faisait plus confiance à ses sens.

— Peux-tu m'entendre, Charlie ?

C'était une voix douce, tendre, féminine et grave, qui ressemblait vaguement à celle de Demi Moore. Charlie se dit qu'elle était peut-être en train de rêver, qu'elle s'était peut-être profondément endormie et qu'elle se jouait des scènes de *Proposition indécente* dans sa tête.

Mais le grondement dans ses oreilles commençait à s'estomper, et elle entendit une autre fois la voix de la femme.

— Tout va bien. Tu peux ouvrir les yeux.

Charlie ouvrit les yeux et vit une femme penchée au-dessus d'elle, qui se mit debout pour se rendre maintenant dans une autre direction. Ses longs cheveux, noirs comme du jais, encadraient magnifiquement un visage très bronzé aux yeux multicolores. La femme s'éloigna avant que Charlie ait eu le temps de retrouver tous ses sens et de s'asseoir.

Elle était guérie. Elle n'avait ni douleur ni raideur dans son corps. Elle s'assit enfin et constata que le flou se dissipait autour d'elle. Tout devenait de plus en plus clair. Le temps s'écoulait à nouveau à un rythme normal, c'est-à-dire très rapidement. Elle nota l'odeur du sang, une odeur piquante et métallique. Elle huma la sueur, la poudre d'arme à feu et la poussière. Il y avait plusieurs loups-garous dans la pièce.

Elle éprouva comme un choc, mais un choc réconfortant, lorsqu'elle reconnut Jessie parmi eux.

De l'autre côté de la pièce, la jeune femme qui était agenouillée à ses côtés une seconde auparavant était maintenant à genoux auprès de quelqu'un d'autre — Malcolm.

Charlie bondit sur ses pieds. Elle promena son regard parmi les personnes qui étaient toujours en train de se battre, cherchant un homme aux cheveux blonds et aux yeux bleus, mais Phelan était parti. Elle ne vit pas non plus son grand-père dans le groupe.

Charlie se précipita droit devant à la vitesse de l'éclair, se penchant soudainement pour éviter le corps d'un humain qui venait d'être projeté dans les airs, puis elle fit un bond par en avant dans une roulade au-dessus de deux silhouettes qui passaient soudainement devant elle : un loup-garou assaillait un autre chasseur. Elle atterrit sur ses pieds et continua d'avancer jusqu'à ce qu'elle se retrouve à genoux auprès de son compagnon.

La femme qui se trouvait déjà auprès de Malcolm leva les yeux vers elle. Charlie ressentit la puissance de ce regard dans les yeux aux touches d'or, de vert, de pourpre et de bleu. Elle eut instantanément le souffle coupé.

— *Il est guéri, Charlie, mais ne parle à personne…*, entendit-elle d'une voix qui lui parvenait dans sa tête, une voix douce, mais insistante.

Cette femme avait l'odeur d'une humaine, mais la puissance qui émanait d'elle avait quelque chose de surnaturel.

— *Ne parle à personne de ce que tu m'as vue faire,* lui ordonna gentiment la voix. *S'il te plaît,* ajouta-t-elle doucement.

Charlie regarda la femme dans les yeux pendant ce qui sembla une brève éternité. Puis elle posa les yeux sur Cole, qui s'était mis à gémir à voix basse en tournant la tête. Sans réfléchir, elle lui prit le visage dans ses mains, adjurant intérieurement Malcolm d'ouvrir les yeux, de la regarder.

C'est ce qu'il fit. Il ouvrit ses yeux vert pâle dans la lumière déclinante. La beauté de ses yeux capta l'attention de Charlie. Elle observa attentivement Malcolm, admirative une fois de plus devant cet homme superbe.

— Penche-toi, lui ordonna soudainement la femme à côté d'elle.

Charlie obéit aussitôt. Ils virent passer au-dessus d'eux quelqu'un qui avait été projeté dans leur direction. Ils s'assirent tout de suite après, y compris Cole. Puis les deux loups-garous se levèrent, se déplaçant comme s'ils n'avaient jamais été blessés. La femme aux longs cheveux noirs et aux incroyables yeux multicolores demeura assise par terre pour porter attention à la femme inconsciente ligotée à la chaise.

Charlie était maintenant certaine que la jeune mère allait survivre. Elle n'avait aucune raison logique de le croire ; elle se fiait à son instinct, sans compter qu'elle entendait battre le cœur de cette femme. Elle savait aussi que celle qui s'occupait d'elle avait quelque chose d'une sorcière. Elle avait guéri Charlie, et elle ferait de même pour la jeune mère qui avait été entraînée dans cet enfer. Peut-être l'aiderait-elle même à oublier ce qui lui était arrivé.

Charlie parcourut la pièce des yeux, encore une fois à la recherche d'un homme en particulier. Mais elle n'oubliait pas pour autant la présence de son compagnon à ses côtés, toujours en vie, toujours intact et toujours aussi fort. Elle pensait intensément à ce moment présent — à ce cadeau pour lequel elle aurait tout donné encore quelques minutes auparavant.

Jessie tua un chasseur, lui arrachant complètement le cœur, puis il se tourna vers un autre homme qui arrivait dans la pièce par la porte pratiquement détruite.

Charlie n'avait jamais vu son meilleur ami sous ce jour; elle n'avait jamais vu le loup en Jessie. Ses yeux ambre brillaient comme du feu jaune. Ses crocs d'un blanc vif, longs et acérés, lui donnaient un air mauvais. Ses griffes étaient monstrueuses, redoutables. Il avait l'air plus grand et plus large de trente centimètres. Il était massif, monstrueux et terrifiant.

Il était magnifique.

Deux autres loups-garous combattaient corps à corps dans un coin de la pièce. L'un d'eux travaillait sûrement pour le superviseur. Un genre de policier du clan, peut-être. L'autre devait être au service de Phelan. Ils luttaient tous les deux dans leurs corps de loup.

La même scène se répétait au centre de la pièce. Charlie vit un loup se faire projeter dans le lit, faisant glisser dans sa chute le matelas et le sommier par terre jusqu'à ce qu'ils aillent se fracasser sur le mur opposé.

La sorcière aux yeux de kaléidoscope réussit à faire lever la femme qu'elle avait détachée de sa chaise, et tout en tenant la femme dans ses bras, elle eut tout juste le temps d'esquiver le matelas et le sommier qui glissaient contre le mur.

Charlie remarqua aussi un autre policier du clan qui se transformait en loup dans un flash pour attaquer deux chasseurs qui couraient maintenant vers la porte pour rejoindre leur camarade. Les trois roulèrent dans le corridor.

Des mitrailleuses et des corps de chasseurs tués jonchaient le plancher.

Mais Phelan demeurait invisible.

* * * *

Alexander attendit patiemment et calmement que l'homme qui avait tué son fils se relève lentement de l'endroit où il l'avait projeté, contre le tronc creux d'un arbre mort. Gabriel Phelan se ressaisit, se leva et sembla reprendre possession de ses moyens avec une facilité remarquable. Alexander l'observait pendant que les blessures de Phelan se mettaient à guérir. Ce dernier fixa lui aussi le superviseur.

— Vous êtes ici pour terminer le combat de votre fils à sa place, mon cher ? souffla finalement Gabriel.

Les mots remplirent le silence dans le désert autour d'eux. Comment les deux hommes s'étaient-ils retrouvés à cet endroit ? Alexander était certain que Phelan ne le savait pas.

C'était Alex qui les avait téléportés en ce lieu. Il avait la capacité de se téléporter dans des endroits rapprochés en un clin d'œil — dans un flash. Et parfois, s'il se concentrait bien, il pouvait amener quelqu'un avec lui. Son frère aîné possédait le même don, mais il pouvait se téléporter sur de plus grandes distances. Kavanagh était limité à de petits déplacements. C'était une lacune qu'il compensait cependant fort bien par ses autres aptitudes.

Ils se trouvaient dans le désert qui menait à l'aéroport, plus précisément derrière la maison délabrée de la jeune maman. Phelan ne pouvait pas le savoir, mais il s'en fichait. Ils se trouvaient maintenant à un endroit où ils étaient tous les deux seuls. Il attendait ce moment depuis longtemps.

La lune luisait dans ce décor céleste nocturne au-dessus d'eux. Des lignes à haute tension faisaient entendre un doux bourdonnement à quelques mètres au-dessus d'eux. Les rochers, la terre, les buissons et les écorces des arbres frappés par la foudre en une quelconque occasion étaient clairement visibles dans la lumière jaunâtre provenant de l'astre de la nuit.

— Vous auriez dû m'accorder Charlie, Kavanagh. Je vous aurais alors épargné de souffrir, par respect pour elle, lui dit Phelan en s'éloignant lentement de l'arbre mort sous l'œil attentif du superviseur. Mais maintenant, j'ai mis mes hommes à vos trousses. Et s'ils n'arrivent pas à vous trouver, ils trouveront votre petite-fille.

— Tu ne lui toucheras plus jamais, répondit Alexander. *Jamais.*

Gabriel rejeta la tête en arrière dans un grand rire profond. Il trouvait tout simplement hilarante l'idée qu'il puisse laisser Charlie tranquille.

— Vous êtes un vieil homme puissant, Kavanagh. Je le reconnais, dit finalement Gabriel en secouant une fois la tête. Mais vous ne pourrez pas m'arrêter.

— C'est déjà fait, lui rétorqua Alex.

Télépathiquement, il dit dans la tête de Phelan :

— Tu es ici avec moi, Gabriel, et la femme que tu veux est ailleurs, avec son compagnon choisi — et maintenant guéri. Bref, j'ai gagné.

Gabriel se figea, et son regard se durcit.

Alexander ne lâcha pas la bride. L'air autour d'eux commença à se réchauffer. Les nuits dans le désert sont habituellement douces ; la chaleur du jour s'envole pour laisser place à une légère brise confortable faisant descendre la température à vingt degrés. Mais soudain, la température remonta. Vingt-cinq. Trente. Trente-cinq.

À quarante degrés, Gabriel regarda autour de lui. Il ressentit la puissance du superviseur et perçut une odeur de magie, et il sut à cet instant ce qui allait lui arriver.

— *Je vais te faire bouillir vivant de l'intérieur, Phelan,* lui dit Alex par transmission de pensée. *Et je vais ensuite te faire geler. Et te faire bouillir — encore et encore.*

Les lignes à haute tension se mirent à bourdonner de plus en plus fort jusqu'à ce que l'une d'elles se casse net et fende l'air en ondulant avant de toucher le sol. Des étincelles se répandirent un peu partout dans un chuintement, ricochant maladroitement çà et là.

De ses yeux bleus, Gabriel regarda d'abord la ligne à haute tension, puis à nouveau Alexander. Celui-ci devinait maintenant la peur chez Phelan. Légère, mais présente.

Il faisait maintenant quarante-cinq degrés, et la température était toujours en hausse.

La sueur commença à perler sur le front de Phelan, mais son regard se rétrécit.

— *Si je meurs, mes chasseurs vont se disperser à vos trousses, Kavanagh. Ils vont vous débusquer au moment où vous vous y attendrez le moins. Puis ils s'en prendront à ceux et celles que vous aimez.*

Alexander écoutait ces mots que le loup-garou lui crachait par la pensée.

— Votre petite-fille va mourir, mais pas avant son précieux mari, dit Gabriel à voix haute.

Et il ajouta mentalement :

— *Et pas avant son cher enfant. Elle vivra tant que tous les membres de sa famille n'auront pas été tués. Et quand ce sera à son tour, mes hommes prendront tellement leur temps qu'elle en viendra à les supplier d'en finir au plus vite.*

Il est un principe qui veut que la peur ait une incidence sur l'issue d'un combat, mais la colère aussi. L'un ou l'autre de ces sentiments peut constituer un désavantage pour tout homme désireux d'avoir la main haute dans une bataille. Lorsqu'Alexander se rua sur l'autre loup, Phelan était prêt à lui faire face dans un combat au corps à corps. L'issue du combat allait être conforme à ce principe.

Phelan s'était entraîné pendant des années. Il avait de bons et rapides réflexes, ce qui empêcha Alexander de bien l'agripper. Le temps d'un flash, ils se transformèrent en loups, puis à nouveau en humains. Pendant tout ce temps, l'air continuait de se réchauffer. Une autre ligne de haute tension se coupa net, la gaine du fil roussie se mettant à fumer. Des étincelles tombèrent sur les deux combattants.

Alex se dégagea de Phelan un moment et recourut à ses pouvoirs pour s'en prendre à son adversaire. Les lignes électriques brûlantes servirent de fouet contre l'autre loup-garou. Elles s'abattirent dans le dos de Gabriel, déchirant le tissu de sa chemise et lui faisant une entaille rouge et profonde dans la peau.

Les yeux de Gabriel lancèrent des éclairs de douleur. Il roula vers l'avant, mais en vain, car il fut tout de suite repoussé vers l'arrière par un autre coup de fouet d'une autre ligne de haute tension qui l'atteignit en pleine poitrine, le faisant saigner davantage.

— *Comment te sens-tu, Phelan ? Comment te sens-tu d'être à la place de ma petite-fille ?*

Une troisième ligne d'alimentation électrique fendit l'air en ondulant, plus rapidement que les autres, et frappa Gabriel avec une telle force qu'il en perdit pied. Son dos était maintenant marqué de deux entailles, une troisième ornait sa poitrine, et le sang coulait de ces brûlures cherchant à guérir. Elles ne guériraient jamais entièrement. S'il survivait, il resterait marqué de cicatrices. Le feu était l'une des rares choses qui pouvaient vraiment faire du mal à un loup-garou. Et l'électricité n'était rien de plus qu'un type de feu qui brûlait encore plus que le soleil.

Il faisait maintenant cinquante-cinq degrés. L'air devenait difficile à respirer. Des vagues de chaleur montaient du sol, entourant les buissons, les cactus et les rochers d'un étrange type de brouillard jaune et pourpre sous l'effet des rayons de la lune, qui leur dérobaient leur véritable couleur.

Phelan ne répondit pas au sarcasme d'Alexander. Il se rua plutôt sur l'autre loup-garou, furieux à cause de la douleur des coups de fouet et irrité de savoir qu'il allait devoir vivre avec des cicatrices.

Alexander s'attendait cependant à cette attaque. Il tourna sur lui-même lorsque Phelan fut sur lui, se servant de ce dernier pour les entraîner tous les deux au sol. Ce faisant, il enfonça ses crocs dans le cou de Gabriel et le mordit profondément à une jugulaire tout en exerçant une pression vers l'arrière.

Phelan poussa un cri rauque de douleur et de surprise ; il essaya de se dégager, mais Kavanagh le tenait fermement. L'air continuait de se réchauffer. Il faisait maintenant soixante degrés. Kavanagh supposa que Gabriel commençait à se sentir mal. La chaleur avait cet effet sur un animal, ainsi que la perte de sang.

Il continua d'exercer sa pression vers l'arrière sur la jugulaire, suçant et avalant le sang. Il sentit ensuite que Phelan l'agrippait moins fermement, bien que ce ne fût qu'un peu moins. Puis il éprouva ce genre de flottement familier dans sa tête — cette intervention d'un autre cerveau dans ses pensées, de quelqu'un qui entrait en communication avec lui sans émettre le moindre mot ni le moindre son.

Mais la communication se faisait cette fois-ci différemment. Alors qu'Alexander s'attendait à entendre la voix de Gabriel dans ses pensées, peut-être pour la dernière fois, il commença plutôt à *voir* des choses — des images — et à ressentir des sentiments. Il se trouvait maintenant dans la tête de son ennemi. Il ferma les yeux et se vit debout dans une salle de torture. Une superbe femme entièrement nue était suspendue à des courroies de cuir tombant du plafond. Il tenait un fouet dans ses mains. Ses battements de cœur s'accéléraient. Il était envahi par le désir. Ses pupilles se dilataient, et il levait le bras.

Puis il faisait claquer le fouet d'une main experte. La lanière de cuir s'abattait ensuite dans un magnifique bruit sur le dos de sa petite-fille, dont la peau se marquait d'une ligne rouge. Elle poussait un cri de souffrance atroce, et Alex sentait sa queue se durcir. Douloureusement.

Son cœur cessa de battre dans sa poitrine. La bile lui monta à la gorge. Il relâcha Phelan, essayant de ne pas vomir. La haine, le dégoût et un sentiment déchirant de culpabilité s'emparèrent totalement de lui jusqu'à ce qu'il voit rouge de colère, un rouge semblable à celui du sang qui dégouttait de ses crocs.

Gabriel s'était relevé. Il était faible, mais il se tenait néanmoins debout.

— Vous n'avez encore rien gagné, mon cher, souffla Phelan tandis que l'air autour d'eux commençait à se rafraîchir une fois de plus. Ça ne fait que commencer.

Alexander se tourna sur ses genoux et leva la tête vers Phelan, qu'il regarda de ses yeux bleu métallique baignés de larmes. Gabriel avait trouvé le moyen de s'immiscer en lui. Il avait su comment lui dévoiler ces images et lui faire ressentir ces ignobles sentiments. Il savait l'effet que cela aurait sur lui. Gabriel avait décelé le défaut de sa cuirasse.

Alex observa dans un silence consterné les yeux de Phelan, qui passèrent du bleu au brun, puis au doré. Le corps de ce dernier commença à se transformer, à se défaire, à se métamorphoser. Il y eut un flash.

Cet éclair fit disparaître l'imposante silhouette blonde de Gabriel. Un aigle royal se trouvait maintenant en lieu et place sur la souche à un mètre ou deux d'Alexander. L'aigle déploya ses ailes, battit l'air une fois, deux fois, puis s'envola dans la nuit.

Tout près, des étincelles s'échappèrent d'une ligne de haute tension qui se mit à crépiter et à siffler. Puis le courant fut coupé.

CHAPITRE DIX-HUIT

LE SINGLETON

– Ton mari sait-il que tu es ici ? demanda Cole.

Il n'avait plus ce ton acide qu'il avait coutume d'employer lorsqu'il s'adressait à Lily. Il semblait vraiment et uniquement curieux de le savoir.

– Franchement, je m'en fous, répondit-elle en haussant les épaules. Il me fait vraiment suer, parfois, soupira-t-elle en se rassoyant sur le canapé en cuir. James sait que je suis ici, de même que Tabitha. Ça me suffit.

Charlie inclina la tête de côté pour observer Lily, qui avait été transformée quelques années auparavant en une vraie louve-garou et qui devenait rapidement une amie.

– Que s'est-il passé ? lui demanda-t-elle, sachant instinctivement que Lily avait probablement le goût de dire ce qu'elle avait sur le cœur.

– Ah, ce n'est qu'une grosse brute, dit Lily en levant les yeux vers Charlie dans un sourire éloquent. Tu sais comment sont les alphas.

Charlie lui rendit son sourire, et Cole eut la décence de paraître chagriné.

– Je ne saurai jamais assez te remercier pour ce que tu as fait, lui dit ensuite Charlie. Tu m'as probablement sauvé la vie, et tu as indéniablement sauvé celle de Cole, ajouta-t-elle en jetant un regard à son compagnon, dont les yeux brillants témoignaient de la même reconnaissance envers Lily. Et de Maria, termina Charlie en se retournant vers Lily.

Maria était le nom de la jeune femme qui s'était retrouvée au beau milieu de ces événements tragiques et qui avait failli être tuée comme un vulgaire ver de terre.

Lily eut un sourire chaleureux et rougit légèrement.

— C'est mon devoir, répondit-elle en attrapant son gobelet de café en carton pour prendre une grande gorgée du liquide chaud.

Charlie n'en était pas aussi sûre ; Lily était une femme déterminée qui avait encore plus à cœur de bien agir dans toutes les situations. Constatant que Daniel Kane avait caché son téléphone, elle avait tout simplement sauté dans son auto et parcouru la brève distance la séparant de la maison de sa meilleure amie, où elle s'était servie du téléphone de Tabitha pour appeler le superviseur. Elle lui avait fait part des marques de Charlie et de la vision qu'elle avait eue de Phelan en cours de route.

Alexander Kavanagh avait alors mobilisé ses troupes.

Dannai était arrivée sur les lieux la première, comme d'habitude, et grâce à ses pouvoirs magiques, elle avait pu informer le conseil de l'endroit où se trouvait Charlie. S'ils n'étaient pas arrivés à temps…

Charlie osa un regard circulaire dans la grande chambre de l'hôtel. Ils se trouvaient dans la suite de Cole au Bellagio, et il lui semblait que l'entière communauté des loups-garous était également sur place. Le superviseur se tenait près de la fenêtre, vêtu d'un complet cher, ses solides bras croisés sur sa large poitrine. Charlie n'avait jamais vu des yeux bleu métallique aussi perçants et aussi intelligents.

Jessie Graves était assis à la table sur une chaise confortable, un bras appuyé sur la table et l'autre sur ses cuisses. Il vit le regard de Charlie et lui sourit tendrement.

Elle lui rendit son sourire.

Jakob Samson, Lucas Caige et le reste des membres de la meute de Cole se trouvaient aussi dans la pièce. La plupart d'entre eux étaient debout, et l'air était rempli de toute leur énergie. Ils étaient préoccupés et pratiquement tous encore en mode combat. Phelan était encore libre comme l'air. Cet homme semblait impossible à tuer.

Les policiers du clan se trouvaient eux aussi un peu partout dans la pièce. Ils étaient faciles à reconnaître. Ils ressemblaient à des culturistes au sein de la communauté. Les loups-garous étaient déjà tous bien bâtis, mais ce n'était rien à côté d'eux.

La sorcière Dannai était la seule personne qui, de l'avis de Charlie, n'était pas présente dans la pièce. Elle était partie dès la fin de la bagarre dans la maison de Maria, au moment où les policiers avaient commencé à nettoyer tout le fouillis.

En pensant à Dannai, Charlie se rappela les mots que la sorcière lui avait soufflés dans la tête, sans ouvrir la bouche : « Ne parle à personne de ce que tu m'as vue faire. S'il te plaît. »

— Je crois qu'il est temps de discuter de Phelan et de ce dont cet homme est capable, dit le superviseur, qui s'éloignait de la fenêtre en marchant lentement vers le milieu de la pièce, les mains maintenant derrière le dos. Il représente un problème toujours présent.

Toutes les personnes dans la pièce le regardèrent pendant qu'il se tournait vers Charlie.

— Il peut se transformer comme il le veut, Charlie, ce qui signifie que nous devons accepter son don de pouvoir devenir n'importe quoi et n'importe *qui*.

— Vous voulez dire qu'il pourrait tout aussi bien être ici parmi nous, risqua Lucas Caige, étendu dans une grande causeuse noire.

— C'est pas mal ce que je veux laisser entendre, répondit calmement Alexander, mais nous reconnaîtrions fort probablement son odeur.

— À moins qu'il puisse aussi la modifier, intervint Cole.

Ils demeurèrent silencieux. Charlie remarqua que les hommes se regardaient tous les uns les autres, l'air dubitatif.

Elle soupira.

— Je ne sais pas pourquoi je n'ai pas mentionné la couleur de ses yeux auparavant. Nous aurions peut-être pu nous préparer en conséquence. Lorsqu'il m'entraînait sous le nom de David Reese, ses yeux étaient bruns.

— C'est vrai, ajouta Lily. Il avait les yeux bruns dans ma vision.

Charlie hocha la tête.

— Mais leur couleur a changé droit devant moi. S'il peut agir sur la couleur de ses yeux, il n'y a pas de raison qu'il ne puisse pas faire plus. Vous m'avez bien dit, poursuivit-elle en se tournant vers son grand-père, que certains loups-garous naissent avec des dons. Il aurait donc ces dons.

— En effet, répondit Kavanagh, qui prit une grande inspiration pour ensuite expirer par le nez. Maintenant, écoutez-moi tous. Soyez sur vos gardes et demeurez en contact, ordonna le superviseur.

Comme s'il leur avait commandé de rompre les rangs, les loups-garous qui étaient assis se mirent à se lever, et ceux qui étaient déjà debout commencèrent à se diriger vers la porte.

Charlie les regarda sortir de la suite. Jessie resta à l'intérieur, ainsi que Lily.

Au bout d'un moment, le superviseur, Jessie, Charlie, Lily et Cole furent les seules personnes toujours présentes dans la pièce.

La porte de la suite de Cole fut fermée et se verrouilla d'elle-même, puis Alexander Kavanagh s'assit à côté de Charlie.

— Phelan est quelqu'un de méchant, dit Alexander comme s'il s'adressait uniquement à elle, mais nous ne devons pas oublier le sorcier Seth.

Charlie blêmit légèrement à la pensée de l'homme aux cheveux noirs si jeune d'apparence, mais si vieux à l'intérieur. Ce sorcier était un véritable joker dans la situation. Elle pensa à la façon dont les yeux indigo de cet homme l'avaient remuée et au regard qu'il lui avait lancé sur la banquette arrière de la Cobra de Phelan après qu'elle lui eut donné un coup de coude. Et elle frissonna.

— Il avait des crocs, ainsi que des yeux d'un rouge brillant.

— Oui, dit Kavanagh dans un hochement de tête. Je crois qu'il y a des liens à faire avec un Akyri. Il est fort probablement un descendant de cette espèce.

— J'ai eu la même pensée, dit Jessie.

— Qu'est-ce qu'un Akyri ? demanda Lily.

— Un être surnaturel qui vit côte à côte avec les loups-garous depuis la nuit des temps, répondit Alexander. Les Akyris ont tendance à vivre en une sorte de symbiose avec les sorciers. Il y a quelque chose dans la magie des sorciers qui contribue à assurer la survie des Akyris. En retour, ces derniers exécutent des tâches pour les sorciers qui les nourrissent.

— Ils existent donc vraiment, dit doucement Cole. J'avais des doutes jusqu'à aujourd'hui.

Charlie ne savait plus quoi penser, mais ce n'était assurément pas la première fois cette semaine-là. Elle avait fini par croire aux loups-garous et aux sorciers. Pourquoi ne croirait-elle pas à une créature surnaturelle de plus ?

— Bon nombre de puissants alphas ont déjà croisé leur chemin à un moment ou l'autre de leur vie sans savoir à qui ils avaient affaire, poursuivit Kavanagh. Maintenant, vous le savez.

— Sont-ils dangereux ? demanda Lily.

— J'aimerais cocher « oui » ici, intervint Charlie, se rappelant l'aura de puissance de Seth. Mais Seth était lui-même un sorcier, dit-elle à son grand-père. Vous venez juste de dire que les Akyris se nourrissent seulement de la magie des sorciers.

— Je crois que Seth est peut-être le fils d'un père sorcier ou d'une mère sorcière et d'un père ou d'une mère Akyri. C'est incroyablement rare. En réalité, nous n'avons pratiquement aucune information sur ce genre de progéniture, ce qui m'empêche d'affirmer hors de tout doute que Seth fait partie de ces cas rares. Toutefois, cela aurait du sens. Et si tel est le cas, la réponse à votre question, Lily, serait la suivante : *oui*, les Akyris sont dangereux. Mais Seth l'est peut-être beaucoup plus.

— Très bien, dit Lily en soupirant. Que faisons-nous, maintenant ?

— Les Akyris ne se doutent pas du fait que nous connaissons leur existence, dit Kavanagh dans un sourire. Et nous voulons qu'ils continuent de ne pas s'en douter. Si jamais vous apercevez Seth dans l'une de vos visions, vous devrez naturellement nous le dire. Mais à part ça, tenez-vous loin de lui. Nous n'avons aucune idée de ses intentions. Nous n'avons aucun indice de ce qu'il veut. Il a tous les atouts dans son jeu.

Personne n'avait quoi que ce soit d'autre à ajouter. Ces mots semblaient avoir créé une atmosphère de solennité autour du petit groupe de loups-garous et leur donnaient beaucoup de sujets de réflexion. Le chef des chasseurs s'était évanoui dans la nature, avec à sa disposition une armée en apparence sans fin d'humains et de loups-garous prêts à tuer. Et il pouvait fort probablement se transformer en tout ce qu'il voulait.

Pour empirer les choses, il fallait composer avec un sorcier inhumain déchaîné et doté d'une puissance incroyable aux intentions cachées. On pouvait affirmer sans se tromper que Charlie et les autres dans cette pièce n'étaient pas au bout de leurs peines.

— Charlie, nous devons parler de ces marques sur tes bras, dit Kavanagh en coupant court aux pensées de la jeune femme.

Cole s'assit devant eux et se pencha vers l'avant, appuyant les coudes sur ses genoux et se croisant les doigts.

— Lily, tu as dit que la malédiction n'était plus la même, s'interrompit-il un instant pour se racler la gorge, comme par gêne. Tu n'as pas eu l'occasion de donner des détails.

Lily rougit et hocha la tête.

— Vous êtes arrivés dans la maison de Maria avant que celle-ci ne soit tuée. Et dans mes visions, c'est la même chose chaque fois que les marques deviennent douloureuses. Charlie, tu te retrouves sur place *avant* que le crime survienne, dit-elle, s'arrêtant pour bien se faire comprendre de tous. De plus, dans mes visions, Charlie n'est jamais seule, termina-t-elle en regardant Cole, cette fois-ci.

Puis elle détourna les yeux de Malcolm et se tourna sur son siège pour regarder Jessie.

Jessie plissa légèrement ses yeux ambre pur et se raidit dans son fauteuil.

– Je ne sais pas si vous avez déjà essayé d'amener quelqu'un avec vous lors de vos téléportations forcées, Cole, reprit doucement Lily en se retournant pour le fixer attentivement de ses yeux dorés. Mais il est évident que Charlie peut quant à elle le faire, maintenant. Elle peut amener des personnes avec elle. Il suffit que quelqu'un la touche.

– Tu veux dire que je peux me rendre sur les lieux d'un crime à venir avant que qui que ce soit ait eu le temps de se faire tuer ? Que je peux faire la peau à un quelconque tueur en série et sauver la vie de personnes innocentes ? demanda soudain Charlie avec une pointe d'excitation dans la voix.

Tous clignèrent des yeux dans la pièce, et tous les regards se dirigèrent vers elle.

– Quoi ? demanda-t-elle. Pourquoi me regardez-vous tous de cette façon ? N'est-ce pas vrai ? C'est ce que Lily vient de dire. Avec ce don, je pourrai sauver la vie de certaines gens.

– Ce n'est pas un don, Charlie. C'est une malédiction, dit doucement Cole.

– Non, c'était une malédiction pour *toi*. Mais pour moi, c'est peut-être quelque chose de différent, quelque chose de mieux.

— Elle a raison, dit Lily. Dans son cas, la possibilité de faire le bien est immense. Vous devez l'admettre.

Cole se serra davantage les doigts. Il semblait combattre quelque chose en lui. Finalement, il parla en gardant les dents légèrement serrées.

— Comment se fait-il que nos compagnes acquièrent des pouvoirs qui les mettent ainsi en danger ?

— C'est une excellente question, Cole, soupira le superviseur en regardant l'alpha droit dans les yeux. Et je n'ai pas de réponse. Personne ne le sait. Sauf mon frère, peut-être.

Charlie se figea sur son canapé. Avait-elle bien entendu ce qu'il avait dit ?

— Il semble croire, poursuivit le superviseur, que lorsqu'elles deviennent louves, les latentes reçoivent ces pouvoirs pour être en mesure de collaborer davantage à notre survie. Charlie et Lily ne sont pas les deux seules…

Charlie, dont les yeux bleu métallique s'étaient mis à luire, se tourna vers son grand-père.

— Votre *frère* ?

Alexander ne sourcilla même pas. Il s'attendait manifestement à cette réaction. Et il pouvait lire dans les pensées de sa petite-fille.

— Oui, Charlie. C'est ton grand-oncle. Malheureusement, nos rapports se sont quelque peu détériorés. Nous nous sommes un peu… brouillés.

— J'ai un grand-oncle ? demanda-t-elle.

Kavanagh soupira.

— Théoriquement, oui. Mais j'ai bien peur que je doive t'interdire d'avoir des contacts avec lui, quels qu'ils soient, Charlie. C'est un homme dangereux. Il voit les choses d'une façon tordue. On ne peut pas lui faire confiance.

Charlie s'enfonça dans le fauteuil, fixant son grand-père pendant qu'elle accusait le coup. Puis elle se redressa, soulevant le menton.

– Vous me *l'interdisez* ?

Kavanagh cligna des yeux. Il ne devait pas avoir vu venir cette réaction.

Cole se racla la gorge.

– Charlie, ton grand-père est le superviseur du clan…

– Personne ne peut m'interdire de faire quoi que ce soit, dit Charlie sur un ton bas et d'une voix tendue qui semblait bien signifier qu'elle en avait plein le dos du machisme des loups-garous alpha. Mais il est toujours possible de me faire entendre raison, si l'on s'en donne la peine. Et rien ne dit que je ne tomberai pas d'accord, ajouta-t-elle, les mâchoires serrées, sentant presque un avertissement émaner de ses yeux bleu pâle qui s'étaient mis à luire. Je suggère que nous tentions la chance.

Les personnes présentes dans la pièce étaient restées tranquilles et silencieuses. Le regard de Charlie alla de Cole à son grand-père ; les deux la regardaient avec le plus grand étonnement. Lily, toutefois, souriait.

De la table où il se trouvait, à un ou deux mètres de distance, Jessie Graves émit un petit rire. Charlie se tourna vers lui pour le regarder. Il souriait, fier d'elle, et ses yeux ambre étincelaient. Il secoua la tête d'admiration, et lorsque les deux autres hommes dans la pièce se tournèrent vers lui pour lui lancer un regard dur, son petit rire se transforma en un gros rire gras, profond et magnifique.

– Faites attention, messieurs, dit Lily d'un ton malicieux, on a déjà fait des révolutions pour moins que ça.

Et je suis désormais en mesure de botter bien des derrières, pensa Charlie, se rappelant la vitesse à laquelle elle avait pu se rendre à la maison de Maria, ainsi que les coups répétés qu'elle avait administrés à Phelan. Elle se sentait incroyablement forte. Capable de tout.

Elle ressentait… une *absence* de peur.

C'était le but qu'elle s'était toujours efforcée d'atteindre. Avec chacun de ses entraîneurs, dans chaque classe et avec tous ses amis bien baraqués. Elle n'avait enfin plus peur. Elle pourrait marcher seule dans la rue comme bon lui semblerait, et à part Gabriel Phelan et ce sorcier inhumain, aucun homme ne pourrait plus lui faire mal.

Plus jamais.

— Bon, très bien, dit Alexander en essayant soudain de dissimuler lui aussi un sourire. Charlie, fais-moi le plaisir de te tenir loin de ton grand-oncle, car il n'a pas tes intérêts à cœur.

Charlie hocha la tête. Une fois.

— Je vais faire de mon mieux.

Sur ces mots, Lily se leva.

— Je dois m'en aller. James et Tabbie m'attendent à l'extérieur.

— Attends, lui dit Cole, qui se leva lui aussi. Qu'en est-il de la douleur ? demanda-t-il en montrant les bras de Charlie. Peut-on faire quelque chose pour la diminuer ?

Charlie sentit son estomac se nouer. Elle leva les yeux vers son compagnon. Peu importe sa force et sa grandeur, il avait l'air de porter un fardeau dont il aurait grandement voulu se débarrasser, mais sans savoir comment faire. Il semblait désespéré. Il avait presque l'air d'un humain.

Lily fut sur le point de dire quelque chose, mais elle s'arrêta et se tut un instant. Son regard alla de Cole à Charlie – puis à Jessie.

– Je ne peux rien y faire, Cole, et vous non plus, répondit-elle avant de se tourner de nouveau vers Jessie. Mais lui, si !

Cole et Charlie regardèrent Graves.

Jessie se leva. Il n'avait pas l'air trop surpris, ce qui sembla choquer davantage Charlie et Cole.

– Très bien, dit-il doucement. Autant en parler tout de suite !

Dans un silence de surprise, les autres le regardèrent quitter la table pour se diriger vers un porte-documents qui se trouvait sur un comptoir contre un mur. Il l'ouvrit pour y prendre une chemise de classement, qu'il tendit ensuite à Cole après s'être dirigé vers lui.

Cole hésita un instant, puis il prit la chemise et l'ouvrit. Charlie se leva pour jeter elle aussi un coup d'œil à l'intérieur de celle-ci.

On voyait sur le dessus du dossier la photo d'un jeune homme superbe aux yeux brun foncé, presque noirs. Il avait la peau claire et des cheveux noirs ondulés qui lui tombaient négligemment aux épaules. Il y avait quelque chose de secret dans le regard intense de cet homme.

– Il s'appelle Rendor. Il est le prince de la tribu tzigane Boyash en Roumanie, dit Jessie.

– Voilà pourquoi son visage me disait quelque chose, remarqua Cole.

Charlie regarda attentivement la photo, puis leva les yeux vers le visage de Cole. Elle pensa à ce qu'on lui avait raconté sur la tzigane qui était à l'origine de l'apparition des marques rouges sur les bras de Malcolm. Puis elle comprit. Cet homme sur la photo avait probablement un lien filial avec la tzigane. Son petit-fils ? Son arrière-petit-fils ?

— Pourquoi me montres-tu cette photo ? demanda Cole, dont le ton manifestait une soudaine irritation.

Jessie fit un dernier pas pour combler la distance qui le séparait de Cole. Il le regarda droit dans les yeux, désireux de soutenir le regard de ce dernier.

— Il se trouve que la tribu Boyash me doit une faveur, Cole, dit-il avant de s'interrompre un instant. Et le temps qu'elle s'acquitte de sa dette est arrivé, poursuivit-il en penchant la tête de côté, attendant une réaction de Malcolm.

Charlie sentit naître une tension entre les deux hommes et recula d'un pas. Cole n'était pas stupide. Il savait fort bien que Jessie n'allait pas lui rendre service gratuitement.

— Que veux-tu de moi en retour ? lui demanda Malcolm, les dents serrées.

— Je veux des droits de protecteur.

* * * *

Il fallut un bon moment avant que Jessie et Lily quittent la pièce et que Cole et Charlie se retrouvent seuls avec le superviseur. Les trois étaient de plus en plus fatigués. Il n'était pas des humains, plutôt semblables à des animaux, mais les animaux ont aussi besoin de sommeil.

— Maintenant que je vous ai tous les deux en privé, je dois vous parler de quelque chose de très important, commença Alexander.

Il fit une pause, cherchant les bons mots à dire, et après avoir pris une profonde respiration, il se lança.

— La sorcière Dannai est quelqu'un de très particulier.

Charlie sentit son cœur s'arrêter. Elle se rendait compte, dans ce moment de tension, que son grand-père pouvait lire dans ses pensées, et elle ne pouvait s'empêcher de revoir dans sa tête les interventions de Dannai dans la chambre de la maison de Maria. Elle ne pouvait s'empêcher de la revoir alors qu'elle guérissait Malcolm, la jeune femme et elle. Son grand-père saurait tout, même si Dannai l'avait implorée de n'en parler à personne.

— Ça va, mon enfant, dit Alexander en secouant la tête, un léger sourire aux lèvres. Tu n'as pas besoin de me cacher ses dons. Je suis bien au courant de ses capacités. Et elle sait que je sais, ajouta-t-il en poussant un petit rire. Elle sait aussi qu'elle ne peut rien y faire. Vous deux, Lily Kane, son protecteur et la majorité des alphas de notre communauté sont au courant de son don. C'est un esprit généreux, Dannai. Elle nous fait bénéficier de son pouvoir de guérison sans jamais se plaindre, chaque fois que nous en avons besoin. Cependant, si le reste du monde venait à connaître l'existence de ses capacités, elle serait en péril. Nous devons tout faire pour garder ce secret entre nous.

Charlie se sentit soulagée, mais toujours confuse.

— Mais pourquoi ? Pourquoi veut-elle cacher ses capacités ? Elle pourrait faire tant de bien avec ce don.

— Elle le fait déjà, Charlie, crois-moi. Cependant, ce pouvoir qu'elle a de guérir les blessures est tout à fait spectaculaire. Les humains n'ont jamais rien vu de tel. Peux-tu imaginer ce que penseraient d'elle les fidèles des nombreuses grandes religions ? Peux-tu imaginer la une des journaux ? La réaction des organismes gouvernementaux ? Si la chose se savait, Dannai n'aurait plus aucun endroit sur terre où se cacher.

Cole et Charlie écoutaient ces mots en silence. Puis Alexander poursuivit sur sa lancée.

— Elle accepte de travailler pour le conseil parce que celui-ci a toujours collaboré avec les assemblées de sorcières depuis des centaines, voire des milliers d'années. Et elle accepte parce qu'elle est fondamentalement quelqu'un de bien. Elle ne peut s'en empêcher. Lorsqu'elle sait que quelqu'un souffre, elle veut être sur place pour lui venir en aide.

Charlie hocha la tête. Elle pouvait comprendre. Elle avait elle-même senti la bonté de Dannai.

— Charlie, Dannai en a déjà parlé à Lily, et elle voulait que je t'en parle à toi aussi, continua Alexander. Elle veut…

Sa voix était hésitante, comme s'il cherchait le bon terme.

— Elle veut que vous *regroupiez vos forces,* elle, Lily et toi, si tu l'acceptes. Si vous pouviez toutes les trois travailler ensemble, vous pourriez sauver de très nombreuses vies.

— Que voulez-vous dire ? dit Charlie en clignant des yeux.

Cole se raidit à côté d'elle. Elle aurait pu affirmer qu'il n'aimait pas la tournure que prenait cette conversation. Mais le superviseur continua néanmoins.

— Lily peut lire l'avenir. Toi, tu peux téléporter des personnes sur les lieux d'un crime sur le point de se produire, sans compter tes aptitudes au combat, qui sont tout simplement phénoménales. Dannai peut quant à elle guérir des blessures et accomplir une panoplie de tours de magie plutôt impressionnants.

Il s'arrêta le temps voulu pour que Charlie puisse digérer ses propos.

— Ensemble, vous formeriez un trio…

— Plutôt impressionnant, termina Charlie à sa place.

Elle sut qu'elle avait les yeux brillants lorsqu'elle entendit Cole jurer doucement à côté d'elle tout en se passant une main dans ses épais cheveux noirs.

— Tout va vraiment de mieux en mieux ce soir, grommela-t-il.

Kavanagh poussa un petit rire.

— Tout est relatif, je crois bien, dit-il doucement.

— Et rappelle-toi, Cole : tu pourras les accompagner. Et je suis sûr que le nouveau protecteur de Charlie ne demandera pas mieux que de le faire lui aussi à l'occasion.

Malcolm ferma fermement les yeux et jura à nouveau.

— *Bon Dieu* !

ÉPILOGUE

Lucas Caige tenta de ne pas penser à ce qu'il faisait. C'était douloureux, dans un certain sens. Comme arracher un diachylon d'une plaie guérie depuis longtemps. Il fallait le faire, même si c'était douloureux.

Et le moment était venu.

D'un geste rapide, il retira la housse de sa moto, exposant le chrome et la peinture noire et argentée à la lumière des plafonniers de son garage. Cela faisait maintenant trop longtemps.

D'un regard lent et appréciatif, il examina la moto comme il le faisait toujours avant de l'enfourcher et de démarrer le moteur. Il s'était habitué à ce rituel qu'il observait depuis environ quarante ans, depuis que Scrubs l'avait aidé à se construire son premier chopper à San Francisco.

Caige avait par la suite possédé beaucoup de motos. Mais celle-ci avait toujours été sa préférée. Une Harley Davidson FXS 1200 Low Rider 1978 noire et argentée. Elle était en parfait état ; il s'assurait toujours de ce détail.

Il n'avait aucune idée de l'endroit où il s'en allait. Il n'avait aucun plan.

Il y aurait des personnes à cet endroit qui voulaient du mal à la collectivité des loups-garous. Et il devrait être sur ses gardes. Il devrait toujours regarder par-dessus son épaule.

Mais il pourrait le supporter. Il l'avait déjà fait.

La route l'appelait vers cet endroit inconnu qui l'attendait lorsque son réservoir d'essence serait à sec — voilà où il allait. C'était là qu'il devait aller depuis toujours. Il était mûr pour une visite.

— J'avais le sentiment que tu allais partir, dit Jake depuis le seuil de la porte qui menait dans la maison de Caige.

Lucas avait déjà remarqué sa présence; il l'avait senti s'approcher. Il ne leva même pas le regard vers lui. Il saisit plutôt un bidon rouge d'essence qui se trouvait sur le sol à un mètre de distance de sa moto, puis il fit le plein du réservoir.

— Tu salueras Cole de ma part, fit-il simplement.

Son ton ne trahissait aucune émotion. Il ne voulait rien laisser paraître.

Il ne pouvait pas se le permettre.

Après avoir finalement déposé le bidon, enfilé ses gants et s'être assis sur le siège de sa moto, il osa lever le regard vers les yeux bleus de Jake.

— Garde l'œil sur lui, compagnon, dit-il d'un ton qui trahissait un léger accent australien, comme ça lui arrivait parfois lorsqu'il ne faisait pas attention. Ce bâtard de Britannique s'attire toujours des ennuis.

Jake sourit, montrant ses dents blanches, et il hocha la tête.

— Oui, Caige. Fais attention à toi.

Il appuya sur le bouton de la porte de garage à côté de lui, et Caige démarra le moteur.

L'engin gronda, et quelques secondes plus tard Caige et sa moto disparurent dans un vrombissement.

* * * *

Elle n'était pas censée se trouver à cet endroit. Ce genre d'action était strictement interdite par le conseil, ainsi que par son assemblée de sorcières. Qu'à cela ne tienne, elle était frustrée. Elle était fatiguée, vexée et fâchée contre le monde entier, et ce, pour d'innombrables raisons.

Elle avait vu quelque chose qu'elle voulait. Et ce méchant n'y avait pas droit.

C'était elle qui y avait droit.

À pas rapides et déterminés, Dannai se fraya un chemin dans la fourrière où la police de Las Vegas retenait les véhicules saisis. Le don d'invisibilité dont elle pouvait se servir la protégeait des regards indiscrets et des caméras de surveillance qui pivotaient tout autour d'elle.

Elle ne mit pas beaucoup de temps à trouver celui qu'elle voulait ; il semblait l'attendre. Lorsqu'elle tourna un coin et qu'apparut sa grande silhouette noire, elle en eut le souffle coupé. Le véhicule semblait répondre à son regard alors qu'elle parcourait des yeux son capot luisant, sa peinture noire et ses vitres teintées. Elle distingua l'emblème Cobra sur le radiateur et la marque GT500 sur le côté.

Il était stationné devant elle, immobile, deux pneus crevés, comme s'il lui racontait une histoire. Il avait été maltraité. Il souhaitait quelque chose de mieux, et ce quelque chose, c'était elle.

Dannai sourit, et ses parfaites dents blanches illuminèrent son visage.

– Eh bien, bonjour, vilain garnement, murmura-t-elle. Voulez-vous coucher avec moi ce soir[1] ?

Le tonnerre gronda au loin. Son cœur s'arrêta une seconde, et son ventre se serra. Elle anticipait nerveusement la suite et ressentait comme une vague déferlante à l'intérieur d'elle. Elle ravala sa peur et ferma les yeux en prenant une profonde inspiration pour se calmer.

D'accord, vas-y, Danny, se dit-elle. *C'est maintenant ou jamais.*

À ces mots, elle rouvrit les yeux et chercha un autre véhicule qui avait environ les mêmes dimensions. Lorsqu'elle trouva celui qu'elle voulait, elle se plaça environ à mi-chemin entre celui-ci et le Shelby, puis elle ferma les yeux de nouveau.

Elle se mit à psalmodier des incantations. Une brise se fit sentir dans le terrain de stationnement. La poussière commença à s'élever vers le ciel, et les déchets se mirent à tourbillonner légèrement entre les véhicules. Il y eut un éclair tout près, immédiatement suivi de coups de tonnerre. Les lumières vives des lampadaires vacillèrent et s'éteignirent.

Puis elles se rallumèrent.

Il y avait maintenant deux Shelby Cobra dans le terrain de stationnement. Le deuxième Shelby occupait désormais la place de la voiture blanche qui s'y trouvait encore un instant plus tôt et qui avait maintenant disparu.

Dannai eut un sourire de triomphe.

– Parfait, dit-elle doucement.

Elle se dirigea vers le Shelby aux pneus dégonflés et posa les mains sur la voiture. Elle marmonna d'autres mots

1. N.d.T.: En français dans le texte original.

magiques, et quelques secondes plus tard, les pneus étaient à nouveau intacts et gonflés.

Puis elle ouvrit la portière et se glissa derrière le volant. L'intérieur sentait bon ; il avait l'odeur du cuir et d'une voiture neuve.

— Super, marmonna-t-elle intérieurement. D'accord, ma belle. On va te sortir d'ici.

Elle toucha l'orifice servant à accueillir la clé de contact, puis appuya sur la pédale d'embrayage pour passer en première vitesse. Elle chuchota un mot d'incantation. Le moteur démarra, et le sourire de Dannai s'élargit. Elle sortit la voiture de son emplacement et se dirigea vers la porte de la fourrière tout en faisant bien attention d'inclure la voiture dans son champ d'invisibilité. C'était épuisant, et elle était déjà très fatiguée.

Mais le jeu en valait la chandelle.

Encore quelques mots, un peu plus d'énergie, et la chaîne autour de la porte de la fourrière glissa et tomba sur le sol à l'extérieur. La porte commença à s'ouvrir en glissant sur elle-même. Quelques instants plus tard, Danny appuyait sur la pédale d'accélérateur et s'engageait dans l'ouverture.

Première vitesse. Deuxième vitesse. Troisième. La bretelle d'accès à l'autoroute se trouvait droit devant. Elle n'avait aucune idée de l'endroit où elle s'en allait. Elle n'avait aucun plan.

Il y avait des personnes à cet endroit qui voulaient du mal à son assemblée de sorcières. Le conseil se battait contre une armée de chasseurs et un sadique mégalomane qui avait trop de puissance et beaucoup trop d'influence.

Elle devrait être sur ses gardes, et elle devrait toujours regarder par-dessus son épaule. Mais elle avait besoin d'une pause, de vacances, pour ainsi dire.

La route l'appelait vers cet endroit inconnu qui l'attendait lorsque son réservoir d'essence serait à sec — voilà où elle allait. C'était là qu'elle devait aller depuis toujours.

Elle était mûre pour une visite.

NE MANQUEZ PAS LA SUITE
DE LA SÉRIE

LES GRANDS MÉCHANTS LOUPS

AdA
éditions

www.ada-inc.com
info@ada-inc.com

www.facebook.com/EditionsAdA

www.twitter.com/EditionsAdA